이상 단편선

날개

책임 편집 · 김주현

안동대학교 국어국문학과 및 서울대학교 대학원 국어국문학과 졸업.
현재 경북대학교 인문대학 국어국문학과 교수.
저서로는 『이상 소설 연구』가 있고, 엮은 책으로는 『백세노승의 미인담』『그리운 그
이름, 이상』(공편) 등이 있음.

한국문학전집 16

날개

이상 단편선

초판 1쇄 발행 2005년 4월 22일
초판 29쇄 발행 2024년 10월 22일

지 은 이   이상
책임 편집   김주현
펴 낸 이   이광호
펴 낸 곳   ㈜문학과지성사
등록번호   제1993-000098호

주   소   04034 서울 마포구 잔다리로7길 18(서교동 377-20)
전   화   02)338-7224
팩   스   02)323-4180(편집) 02)338-7221(영업)
전자우편   moonji@moonji.com
홈페이지   www.moonji.com

ⓒ ㈜문학과지성사, 2005. Printed in Seoul, Korea

ISBN 89-320-1597-X 04810
ISBN 89-320-1552-X(세트)

이상 단편선

날개

김주현 책임 편집

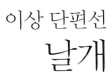

문학과지성사 한국문학전집 16

| 차례 |

| 일러두기 |

1. 이 책에 실린 작품은 1930년부터 1939년까지 발표된 이상의 소설 가운데에서 11편을 선정한 것이다. 각 작품의 정확한 출처는 작품목록에 명시되어 있다.

2. 이 책의 맞춤법은 1988년 1월 19일 문교부 교시 '한글 맞춤법'에 따르는 것을 원칙으로 하였다. 단 작품의 분위기에 영향을 준다고 판단되는 방언이나 구어체 표현, 의성어 의태어, 줄표, 괄호 등은 그대로 두었다.

    예) 기인 동안 잠자고

    예) 건 어째 내다 버렸다능 거야.

    예) 칵 막힌 머리―코 없는 생각―정신없는 것―방―

    예) 그러면(나는 실신할 만치 놀랐다) 한 번 이상―몇 번. S! 몇 번인가.

3. 원본의 한자는 가급적 한글로 바꾸었으며, 작품 이해에 도움이 될 만한 한자는 그대로 두고 괄호 안에 넣었다(예 ①). 반복적으로 등장하는 한자어는 최초에만 괄호 안에 한자를 병기하고 후에는 한글로만 표기하였다. 또 책임 편집자가 독자들의 이해를 위해 필요하다고 판단되어 부가적으로 병기한 한자는 중괄호(〔 〕)를 사용하여 표기하였다(예 ②).

    예) ① 童骸→동해(童骸)

    예) ② 수만→수만〔數萬〕

4. 대화를 표시하는 『 』 혹은 「 」은 모두 " "로 바꾸었고, 대화가 아닌 강조의 경우에는 ' '로 바꾸었다. 또 책 제목은 『 』로, 영화 단편소설 등의 제목은 「 」로 표시했다. 말줄임표 '…' '..' '......' 등은 모두 '……'로 통일시켰다. 단 원문에서 등장인물의 머릿속 생각을 표시하는 괄호는 작은따옴표(' ')로 바꾸었고, 작가가 편집자적인 논평을 붙인 부분은 원문대로 괄호(( )) 안에 표시해두었다.

5. 외래어 표기는 1986년 1월 7일 문교부 교시 '외래어 표기법'에 따라 바꾸었다(예 ①). 단 작품의 제목이나 중요한 어휘로 등장하는 경우에는 원본을 그대로 살렸다(예 ②). 그리고 일본어의 경우에는 원문대로 표기하고 그 뜻을 괄호(〔 〕)에 넣어 붙였으며 일본어 원문은 주에 표시해주었다.

    예) ① 피데칸트롭스→피테칸트로푸스

    예) ② 맑스, 말사스(현 외래어 표기법으로는 '마르크스, 맬서스')

6. 과도하게 사용된 생략 부호나 이음 부호는 읽기에 편하도록 조정하였다.

7. 책임 편집자가 부가적인 설명이나 단어 풀이가 필요하다고 판단한 경우에는 본문에 중괄호(〔 〕)로 표시해놓거나 책의 뒤쪽에 미주로 설명을 붙여놓았다.

12월 12일

이때나 저때나 박행(薄幸)에 우는 내가 십유여 년 전 그해도 저
무려는 어느 날 지향도 없이 고향을 등지고 떠나가려 할 때에 과
거의 나의 파란 많은 생활에도 적지 않은 인연을 가지고 있는 죽
마의 구우(舊友)¹ M군이 나를 보내려 먼 곳까지 쫓아나와 갈림을
아끼는 정으로 나의 손을 붙들고,

"세상이라는 것은 우리가 생각하는 것과 같은 것은 아니라네."
하며 처창한² 낯빛으로 나에게 말하던 그때의 그 말을 나는 오늘
까지도 기억하여 새롭거니와 과연 그 후의 나는 M군의 그 말과
같이 내가 생각던 바 그러한 것과 같은 세상은 어느 한 모도 찾아
낼 수는 없이 모두가 돌연적이었고 모두가 우연적이었고 모두가
숙명적일 뿐이었다.

"저들은 어찌하여 나의 생각하는 바를 이해하여주지 않을까,
나는 이렇게 생각해야 옳다 하는 것인데 어찌하여 저들은 저렇게

생각하여 옳다 하는 것일까."

이러한 어리석은 생각은 하여볼 겨를도 없이

"세상이란 그런 것이야. 네가 생각하는 바와 다른 것, 때로는 정반대되는 것, 그것이 세상이라는 것이야!"

이러한 결정적 해답이 오직 질풍신뢰[3]적으로 나의 아무 청산도 주관도 없는 사랑을 일약 점령하여버리고 말았다. 그 후에 나는

"네가 세상에 그 어떠한 것을 알고자 할 때에는 우선 네가 먼저 그것에 대하여 생각하여보아라. 그런 다음에 너는 그 첫번 해답의 대칭점을 구한다면 그것은 최후의 그것의 정확한 해답일 것이니."

하는 이러한 참혹한 비결까지 얻어놓았다. 예상 못한 세상에서 부질없이 살아가는 동안에 어느덧 나라는 사람은 구태여 이 대칭점을 구하지 않고도 쉽사리 세상일을 대할 수 있는 가련한 '비틀어진' 인간성의 사람이 되고 말았다. 그리하여 인간을 바라볼 때에 일상에 그 이면을 보고, 그럼으로 말미암아 '기쁨'도 '슬픔'도 '웃음'도 '광명'도 이러한 모든 인간으로서 당연히 가져야 할 감정의 권위를 초월한 그야말로 아무 자극도 감격도 없는 영점(零點)에 가까운 인간으로 화하고 말았다. 오직 내가 나의 고향을 떠난 뒤 오늘까지 십유여 년 간의 방랑 생활에서 얻은 바 그 무엇이 있다 하면,

"불행한 운명 가운데서 난 사람은 끝끝내 불행한 운명 가운데서 울어야만 한다. 그 가운데에 약간의 변화쯤 있다 하더라도 속지 말라. 그것은 다만 그 '불행한 운명'의 굴곡에 지나지 않는 것

이다."

이러한 어그러진 결론 하나가 있을 따름이겠다. 이것은 지나간 나의 반생의 전부요 총결산이다. 이 하잘것없는 짧은 한 편은 이 어그러진 인간 법칙을 '그'라는 인격에 붙여서 재차 방랑 생활에 흐르려는 나의 참담을 극한 과거의 공개장으로 하려는 것이다.

1

통절한 자극 심각한 인상 그것은 사람의 성격까지도 변화시킨다. 평범한 환경 단조한 생활 긴장 없는 전개 가운데에 살아가는 사람으로서는 도저히 그의 성격까지의 변경을 보기는 어려울 것이다. 어느 때 무슨 종류의 일이고 참으로 아픈 자극과 참으로 깊은 인상을 거쳐서야 비로소 그 사람의 성격 위에까지의 결정적 변화를 찾아볼 수 있을 것이다. 이제 지금으로부터 지나간 이삼 년 동안에 그를 만나보지 못한 사람은 누구나 다 '그'의 성격의 어느 곳인지 집어내지 못할 변화를 인식할 것이다. 이러한 변화에 따라 그의 용모와 표정 어조까지의 차라리 슬퍼할 만한 변화를 또한 누구나 다 놀라움과 의아를 가지고 대하지 않을 수 없을 것이다.

"저 사람, 저 사람의 그동안 생활에 저 사람의 성격을 저만치 변화시킬 만한 무슨 큰 자극과 깊은 인상이 있었던 것이겠지. 무엇일까."

그러나 이와 같은 의아는 도리어 그의 그동안의 생활에도 그의 성격을 오늘의 그것으로 변화시키게까지 한 그러한 아픈 자극과 깊은 인상이 있었다는 것을 더 잘 이야기하는 외에 아무것도 아닌 것이겠다.

2

세대와 풍정은 나날이 변한다. 그러나 그 변화는 그들을 점점 더 살 수 없는 가운데에서 그들의 존재를 발견할 수밖에 없도록 하는 변화에 지나지 않았다. 이 첫번 희생으로는 그의 아내가 산후의 발병으로 세상을 떠나고 만 것이었다. 나 많은(많다 하여도 사십이 좀 지난) 어머니를 위로 모시고 어미 잃은 젖먹이를 품 안에 끼고 그날그날의 밥을 구하여 어두운 거리를 헤매는 그의 인간고야말로 참담 그것이었다.

"죽어라 죽어, 차라리 죽어라. 나의 이 힘없는 발길에 거치적대지를 말아라. 피곤한 이 다리를 위하여 평탄한 길을 내어다오."

그의 푸른 입술이 떨리는 이러한 무서운 부르짖음이 채 그의 입술을 떨어지기도 전에 안타까운 몇 날의 호흡을 계속하여오던 그 젖먹이마저 놓였던 자리도 없이 죽은 어미의 뒤를 따라갔다. M군과 그, 그리고 애총[兒塚] 메우는 사람 이 세 사람이 돌림돌림 얼어붙은 땅을 땀을 흘려가며 파서 그 조그마한 시체를 묻어준 다음에 M군과 그는 저문 서울의 거리를 걷는 두 사람이 되었다.

"M군, 나는 이제 나의 지게의 한 편짝 짐을 내려놓았어. 나는 아무래도 여기서 이대로는 살아갈 수 없으니 죽으나 사나 고향을 한번 뛰어나가볼 테야."

"그야…… 그러나 늙으신 자네의 어머니를 남의 땅에서 고생시킨다면 차라리 더 아픈 일이 아니겠나."

"그러나 나는 불효한 자식이라는 것을 면치 못한 지 벌써 오래니깐."

드물게 볼 만치 그의 눈이 깊숙이 습벅이고[4] 축축이 번쩍이는 것이 그의 굳은 결심의 빛을 여지없이 말하고 있는 것도 같았다.

T씨(T씨는 그와 의(義)는 좋지 못하다 할망정 그래도 그에게는 단 하나밖에 없는 친아우였다) 어렵기 짝이 없는 그들의 살림이면서도 이 단둘밖에 없는 형제가 딴 집 살림을 하고 있는 것도 그들의 의가 좋지 못한 까닭이었으나 그러나 그가 이 크나큰 결심을 의논하려 함에는 그는 그 T씨의 집으로 달려가지 않으면 안 되었다.

"네나 내나 여기서는 살 수 없으니 우리 죽을 셈 치고 한번 뛰어나가 벌어보자."

"형님은 처자도 없고 한 몸이니깐 그렇게 고향을 뛰어나가시기가 어렵지 않으시리다만 나만 해도 철없는 처가 있고 코 흘리는 저 업(T씨의 아들)이 있지 않소. 자 저것들을 데리고 여기서 살자 해도 고생이 자심[5]한데 낯선 남의 땅에 가서 그 남 못할 고생을 어떻게 하며 저것들은 다 무슨 죄란 말이오. 가려거든 형님 혼자나 가시오. 나는 갈 수 없으니."

일상에 어머니를 모신 형 그가 가까이 있어서 가뜩이나 살기 어려운데 가끔 어머니를 구실로 그에게 뜯겨가며 사는 것을 몹시도 괴로이 여기던 T씨는 내심으로 그가 어서 어머니를 모시고 어디로든지 멀리 보이지 않는 곳으로 가기를 바라고 기다렸던 것이었다. 그가 홧김에,

"어머니 큰아들 밥만 밥입니까. 작은아들 밥도 밥이지요. 큰아들만 그렇게 바라지 마시고 작은아들네 밥도 가끔 가서 열흘이고 보름이고 좀 얻어잡숫다 오시구려."

이러한 그의 말이 비록 그의 홧김이나 술김의 말이라고는 하나, 일상에 가난에 허덕이는 자식들을 바라볼 때에 불안스럽고 면구스러운 마음을 이기지 못하는 늙은 그들의 어머니는 작은아들 T씨가 싫어할 줄을 번연히 알면서도, 또 작은아들 역시 큰아들보다 조금도 나을 것 없이 가난한 줄까지 번연히 모르는 것도 아니었으나, 그래도 큰아들 가엾은 생각에 하루고 이틀이고 T씨의 집으로 얻어먹으러 터덜거리고 갔다. 또 그 외에도 즉 어머니 생일날 같은 때,

"너도 어머니의 자식, 나도 어머니의 자식, 네나 내나 어머니의 자식 되기는 일반인데, 내가 큰아들이라서 내 혼자서만 물라는 법이 있니, 그러니 너도 반만 물 생각 해라."

그럴 때마다 반이고 삼분의 일이고 T씨는 할 수 없거나 있거나 싫은 것을 억지로 부담하여왔다. 이와 같은 것들이 다 T씨가 그의 가까이 있는 것을 그다지 좋아하지 않는 까닭이었다.

"그럼 T야, 너 어머니를 맡아라. 나는 일 년이고 이태고 돈을 벌어가지고 돌아올 터이니 그러면 그때에는……"

"에— 다 싫소. 돈 벌어가지고 오는 것도 아무것도 다 싫소. 내가 어머니가 당했소. 그런 어수룩한 소리 하지도 마시오. 더군다나 생각해 보시오. 형님은 지금 처자도 다 없는 단 한 몸에 늙으신 어머님 한 분을 무엇을 그러신단 말이오. 나는 처자들이 우물우물[6]하는데 게다가 또 어머니까지 어떻게 맡는단 말이오. 형님이 어머니를 모시고 다니시면서 고생을 시키든지 낙을 뵈든지 그건 다 내가 알 배 아니니깐 어머니를 나한테 떠맡기고 갈 생각은 꿈에도 마시오."

이렇게 T는 그의 면전에서 한 번에 획 뱉아버리고 말았다.

어머니를 그 자식들이 서로 떠미는 이 불효, 어머니 모시기를 싫어하는 이 불효, 이것도 오직 그들을 어찌할 수도 없이 비끄러매고 있는 적빈(赤貧), 그것이 그들로 하여금 차마 저지르게 한 조그마한 죄악일 것이다.

그후 며칠 동안 그는 그의 길들였던 세대 도구를 다 팔아가지고 몇 푼의 노비를 만들어서 정든 고향을 길이 등지려는 가련한 몸이 되었다. 비록 그다지 의는 좋지 못하였다고는 하나, 그러나 그러한 형, 그와의 불의도 다 적빈 그것 때문이었던 그의 아우 T는, 생사를 가운데 놓은 마지막 이별을 맡기며 눈물 흘려 설워하는 사람도 오직 이 T 하나가 있을 따름이었다.

"어머니, 형님, 언제나 또 뵈오리까."

"잘 있거라, 잘 있거라."

목멘 그들의 차마 보지 못할 비극. 기차는 가고 T씨는 돌아오고 한밤중 경성역두에는 이러한 눈물의 이별극이 자국도 없이 있었다.

죽마의 친구 M군이 학창의 여가를 타서 부산 부두까지 따라와서 마음으로의 섭섭함으로써 그들 모자를 보내어주었다. 새벽바람 찬 부두에서 갈림을 아끼는 친구와 친구는 손을 마주 잡고,

"언제나 또 만날까, 또 만날 수 있을까, 세상이라는 것은 우리가 생각하는 바 그러한 것은 아니라네. 부디 몸조심, 부모 효도 잊지 말아주게."

"잘 있게, 이렇게 먼 데까지 나와주니 참 고맙기 끝없네. 자네의 지금 한 말 언제라도 잊지 않을 것일세. 때때로 생사를 알리는 한 조각 소식 부치기를 잊지 말아주게. 자—— 그러면."

새벽 안개 자욱한 속을 뚫고 검푸른 물을 헤치며 친구를 싣고 떠나가는 연락선의 뒷모양을 어느 때까지나 하염없이 바라보아도 자취도 남기지 않은 그때가, 즉 그해도 저물려는 12월 12일 이른 새벽이었다.

그 후 그의 소식을 직접 들을 수 있는 고향의 사람에는 오직 M군이라는 그의 친구가 있을 따름이었다. 그가 처음의 한두 번을 제하고는 T씨에게 직접 편지하지 않은 것과 같이 T씨도 처음의 한두 번을 제하고는 그에게 편지하지 않았다.

오직 그들 형제는 그도 M군을 사이로 하여 T씨의 소식을 얻어 알고, T씨도 M군을 사이로 하여 그의 생사를 알 수 있는 흐릿한 상태가 길이 계속되어왔던 것이다.

M에게 보내는 편지(1신)

M군 추운데 그렇게 먼 곳까지 나와서 어머니와 나를 보내주려고 자네의 정성을 다하였으니 그 고마운 말을 무엇으로 다 하겠나. 이 나의 충정의 만 분의 일이라도 이 글발에 부쳐보려 할 뿐일세. 생전에 처음 고향을 떠난 이 몸의 몸과 마음의 더없는 괴로움 또한 어찌 이루 다 말하겠나. 다만 나의 건강이 조금도 축나지 않은 것만 다시없는 요행으로 알고 있을 따름일세. 그러나 처음으로의 긴 동안의 여행으로 말미암아 어머님께서는 건강을 퍽 해하셔서 지금은 일어앉으시지도 못하시고 누워 계시네. 이렇게도 몸의 아픔과 괴로움을 맛보시면서도 나에게 대하여는 도리어 미안하다는 듯이 이렇다는 말씀 한 마디 안하시니 이럴 때마다 이 자식의 불효를 생각하고 스스로 하늘을 우러러 한숨지으며 이 가슴이 찢어지는 것과 같은 아픔을 맛보는 것일세. 자네가 말한 바와 같이 역시 세상은 우리가 생각한 바와는 몹시도 다른 것인 모양이야. 오나가나 나에게 대하여서는 저주스러운 것들뿐이요 차디찬 것들뿐일세그려!

*

이곳에는 조선 사람으로만 조직되어 있는 조합이 있어서 처음 도항(渡航)하여 오는 사람들을 위하여 직업 거주 등절을 소개도 하며 돌보아도 주며 여러 가지로 편의를 도모하기에 진력하고 있

는 것일세. 나의 지금 있는 곳은 신호시(神戶市)[8]에서 한 1리쯤
떨어져 있는 산지에 가까운 곳인데 이곳에는 수없는 조선 사람의
노동자가 보금자리를 치고 있는 것일세. 이 산비탈에 일면으로
움들을 파고는 그 속에서 먹고 자고 울고 웃고 씻고 빨래하고 바
느질하고 하면서 복작복작 오물거리며 살아가는 것일세. 빨아 넌
흰 옷자락이 바람에 날리는 것이나 다홍 저고리와 연두 치마 입
은 어린아이들이 오고 가며 뛰노는 것이나 고향 땅을 멀리 떠난
이곳일세만 그래도 우리끼리 모여 사는 것 같아서 그리 쓸쓸하거
나 낯설지는 않은 듯해!

*

나는 아직 움을 파지는 못하였네. 헐어빠진 함석 철판 몇 장과
화재 터에 못쓸 재목 몇 토막을 아까운 돈의 몇 푼을 들여서 사다
가 놓기는 하였네마는 처음 당해보는 긴 여행 끝에 몸도 피곤하
고 날도 요즈음 좀 춥고 또 그날그날 먹을 벌이를 하노라고 시내
로 들어가지 않으면 안 될 몸이라 어떻게 그렇게 내가 들어 있을
움집이라고 쉽사리 팔 사이가 있겠나. 병드신 어머님을 모시고서
동포라고는 하지만 낯선 남의 집에서 폐를 끼치고 있는 생각을
하며 어서어서 하루라도 바삐 움집이나 파서 짓고 들어야 할 터
인데 모든 것이 다 걱정거리뿐일세. 직업이라야 별로 이렇다는
직업이 있을 까닭이 없네. 더욱이 요즈음은 겨울날이라 숙련된
기술 노동자 외에 그야말로 함부로 그날그날을 벌어먹고 사는 막

벌이꾼 노동자는 할 일이 아무것도 없는 것일세. 더욱이 나는 아직 이곳 사정도 모르고 해서 당분간은 고향에서 세간기명⁹을 팔아 가지고 노자 쓰고 나머지 얼마 안 되는 돈을 살이나 뼈를 긁어먹는 셈으로 갉아먹어가며 있을 수밖에 없네. 그러나 이곳은 고향과는 그래도 좀 달라서 아주 하루에 한 푼도 못 벌어서 눈뜨고 뻔히¹⁰ 굶고 앉았거나 그렇지는 않은 셈이여.

*

이불과 옷을 모두 팔아먹고 와서 첫째로 도무지 추워서 살 수 없네. 더군다나 병드신 늙은 어머님을 생각하면 어서 하루라도 바삐 돈을 변통하여서 덮을 것과 입을 것을 장만하여야만 할 터인데 그 역시 걱정거리에 하나일세.

*

아직도 여행 기분이 확 풀리지 아니하여 들뜬 마음을 진정시키지 못하였으니 우선 이만한 통지 비슷한 데 그치거니와 벌써부터 이렇게 고향이 그리워서야 어떻게 앞으로 길고 긴 날을 살아가는지 의문일세. 이곳 사람들은 이제 처음이니깐 그렇지 조금 지나가면 차차 관계치 않다고 하데마는 요즈음은 밤이나 낮이나 눈만 감으면 고향 꿈이 꾸어져서 도무지 괴로워 살 수 없네그려. 아— 과연 운명은 나의 앞길에 어떠한 장난감을 늘어놓을는지 모르겠네마는 모두를 바람과 물결에 맡길 작정일세. 직업도 얻고[11] 어머니의 병환도 얼른 나으시게 하고 또 움집이라도 하나 마련하여 이국의 생활이나마 조금 안정이 된 다음에 서서히 모든 것을 또 알려드리겠네. 나도 늙은 어머니와 특히 건강을 주의하겠거니와 자네도 아무쪼록 몸을 귀중히 생각하여 언제까지라도 튼튼한 일꾼으로의 자네가 되어주기를 바라네. 떠난 지 며칠 못 되는 오늘 어찌 다시금 만날 날을 기필(期必)[12]할 수야 있겠나마는 운명이 전연 우리 두 사람을 버리지 않는다면 일후 또다시 반가이 만날 날이 없지는 않겠지! 한 번 더 자네의 끊임없는 건강을 빌며 또 자네의 사랑에 넘치는 글을 기다리며…… 친구 ×로부터……

M에게 보내는 편지(2신)

M군! 하늘을 꾸짖고 땅을 눈흘긴들 무슨 소용이 있겠나.

M군 M군! 어머니는 돌아가시었네. 세상에 나오신 지 오십 년에 밝은 날 하루를 보시지 못하시고 이렇다는 불평의 말씀 한마디도 못하여보시고 그대로 이역의 차디찬 흙 속에 길이 잠드시고 말았네. 불효한 이 자식을 원망하시며 쓰라렸던 이 세상을 저주하시며 어머님의 외롭고 불쌍한 영혼은 얼마나 이 이역 하늘에 수없이 방황하실 것인가. 죽음! 과연 죽음이라는 것이 무엇이겠나. 사람들은 얼마나 그 죽음을 무서워하며 얼마나 어렵게 알고 있나. 그러나 그 무서운 죽음, 그 어려운 죽음이라는 것이 마침내는 그렇게도 우습고 그렇게도 하잘것없이 쉬운 것이더란 말인가.

나는 이제 그 일상에 두려워하고 어렵게 여기던 죽음이라는 것이 사람이 나기보다도 사람이 살아가기보다도 그 어느 것보다 가장 하잘것없고 가장 우스꽝스러운 것이라는 것을 잘 알았네. 50년 동안 기구한 목숨을 이어오시던 어머님이 하루아침에 그야말로 풀잎에 맺혔던 이슬과 같이 사라지고 마시는 것을 보니 인생이라는 것이 그다지도 허무하더라는 것을 느낄 대로 느꼈네.

M군! 살길을 찾아서 고향을 등지고 형제를 떨치고 친구를 버리고 이곳으로 더듬거려 흘러온 나는 지금에 한 분밖에 안 계시던 어머님을 잃었네그려! 내가 지금 운명의 끊임없는 장난을 저주하면 무엇을 하며 나의 불효를 스스로 뉘우치며 한탄한들 무엇을 하며 무상한 인세에 향하여 소리지르며 외친들 그 또한 무엇 하겠나! 사는 것도 죽는 것도 모두가 허무일세. 우주에는 오직 이 허무 외에는 아무것도 없는 것일세.

*

한 분 어머니를 마저 잃었으니 지금에 나는 문자대로 아주 홀몸이 되고 말았네. 이제 내가 어디를 간들 무엇 내 몸을 비끄러매는 것이 있겠으며 나의 걸어가는 길 위에 무엇 걸리적댈 것이 있겠나? 나는 일로부터 그날을 위한 그날의 생활 이러한 생활을 하여 가려고 하는 것일세. 왜? 인생에는 다음 순간이 어찌 될지도 모르는 오직 눈앞에의 허무스러운 찰나가 있을 따름일 터이니깐!

*

    나는 지금에 한 사람의 훌륭한 숙련 직공일세. 사회에 처하여 당당한 유직자(有職者)일세. 고향에 있을 때 조금 배워둔 도포업(塗布業)¹³이 이곳에 와서 끊어져가던 나의 목숨을 이어주네. 쓰여먹을 줄 어찌 알았겠나. 지금 나는 ××조선소 건구 도공부(建具塗工部)에 목줄을 매고 있네. 급료 말인가? 하루에 1원 50전 한 달에 45원. 이 한 몸뚱이가 먹고 살기에는 너무나 많은 돈이 아니겠나. 나는 남는 돈을 저금이라도 하여보려 하였으나 인생은 허무인데 그것 무엇 그럴 필요가 있나. 언제 죽을지 아는 이 몸이라고 아주 바로 저금을 다 하고, 그것 다 내게는 주제넘은 일일세. 나의 주린 창자를 채우고 남는 돈의 전부를 술과 그리고 도박으로 소비해버리고 마는 것일세. 얻어도 술! 잃어도 술! 지금의 나의 생활이 술과 도박이 없다 할진댄 그야말로 전혀 제로에 가깝다고 해도 과언이 아니겠네.

*

    고향에도 봄이 왔겠지. 아! 고향의 봄이 한없이 그립네그려! 골목골목이 '앵도 저리 뻐찌'¹⁴ 장사 다니고 개천가에 달래 장사 헤매는 고향의 봄이 그립기 한이 없네그려. 초저녁 병문(屛門)에 창자를 끊는 듯한 처량한 날라리¹⁵ 소리, 젖빛 하늘에 떠도는 고향의 봄이 더욱 한없이 그리워 산 설고 물 선 이 땅에도 봄은 찾아와서 지금 내가 몸을 의지하고 있는 이 움집들 다닥다닥 붙은 산비탈도 엷은 양광(陽光)에 씻겨가며 종달새 노래에 기지개 펴고 있는 것일세. 이때에 나는 유쾌하게 일하고 있는 것일세. 이 세상을 괴롭게 구는 봄이 밖에 왔건마는 그것은 나와는 아무 관계가 없다는 듯이 소리 높이 목청 놓아 노래 부르며 떠들며 어머님 근심도 집의 근심도 또 고향 근심도 아무것도 없이 유쾌하게 일하고 있는 것일세.

*

어머님이 돌아가시던 그 움집은 나의 눈으로는 보기도 싫었네. 그리하여 나는 새로이 건너온 사람에게 그 움집을 넘기고 그곳에서 좀 뚝 떨어져서 새로이 움집을 하나 또 지었네. 그러나 그 새 움집 속에서는 누구라 나의 돌아오기를 기다리고 있겠나. 참으로 아무도 없는 것일세. 나는 일터에서 나오는 대로 밤이 깊도록 그대로 시가지를 정신없이 헤매다가 그야말로 잠을 자기 위하여 그 움집을 찾아들고 찾아들고 하는 것일세. 그러나 내가 거리 한 모퉁이나 공원 벤치 위에서 밤샌 것도 한두 번이 아닌 것은 말할 것도 없네.

자네는 지금의 나의 찰나적으로 타락된 생활을 매도[16]할는지도 모르겠네. 그러나 설사 자네가 나를 욕하고 꾸지람을 한다 하더라도 어찌할 수 없는 일일세. 지금 나의 심정의 참 깊은 속을 살펴 알 사람은 오직 나를 제하고 아무도 없는 것이니깐. 원컨대 자네는 너무나 나를 책망 힐타[17]만 말고서 이 나의 기막힌 심정의 참 깊은 속을 조금이라도 살피어주기를 바라네.

*

어머님이 돌아가신 지도 벌써 두 주일이 넘었네그려. 그 즉시로 자네에게 이 비참한 소식을 전하여주려고도 하였으나 자네 역시 짐작할 일이겠지마는 도무지 착란된 나의 머리와 손끝으로는 도저히 한 자를 그릴 수가 없었네. 그래서 이렇게 늦은 것도 늦은 것이겠으나 아직도 나의 그 극도로 착란되었던 머리는 완전히 진정되지 못하였네. 요사이 나의 생활 현상 같아서야 사람이 사는 것이 무슨 의의가 있는 것이겠으며 또 사람이 살아야만 하겠다는 것도 무슨 까닭인지 도무지 알 수가 없네. 오직 모든 것이 우습게만 보이고 하잘것없이만 보이고 가치 없어만 보이고 순간에서 순간으로 옮기는 데에만 무엇이고 있다는 의의가 조금이라도 있는 것인 듯하기만 하네. 나의 요즈음 생활은 나로서도 양심의 가책을 전연 받지 않는 것도 아닐세. 그러나 지금의 나의 어두워진 가슴에 한 줄기 조그마한 빛깔이라도 돌아올 때까지는 이러한 생활을 계속하지 않으면 안 되겠네. 설사 이 당분간이라는 것이 나의 눈을 감는 전 순간까지를 가리키는 것이 된다 하더라도……

*

　어머님의 돌아가심에 대하여는 물론 영양 부족으로 말미암은 몸의 극도의 쇠약과 도에 넘치는 기한(飢寒)이 그 대부분의 원인이겠으나 그 직접 원인은 생전 못하여보시던 장시간의 여행 끝에 극도로 몸과 마음의 흥분과 피로를 가져온 데다가 토질(土質)이 다른 물과 밥으로 말미암은 일종의 토질(土疾)[18] 비슷한 병에 걸리신 데 있는 것이라고 생각하네. 평소에 그다지 뛰어난 건강을 가지셨다고는 할 수 없었으나 별로 잔병치레를 하지도 않으며 계시던 어머님이 이번에 이렇게 한번에 힘없이 쓰러지실 줄은 참으로 꿈밖에도 생각 못하였던 바야. 돌아가실 때에도 역시 아무 말도 안 하시고, 오직 자식 낳아 길러서 남같이 호강은 못 시키나마 뼈마디가 빠지도록 고생시킨 것이 다시없이 미안하고 한이 된다는 말씀과 T를 못 보시며 돌아가시는 것이 또 한 가지 섭섭한 일이라는 말씀, 자네의 후정(厚情)을 감사하시는 말씀을 하실 따름이었네. 그러고는 그다지 몸의 고민도 없이 고요히 잠들 듯이 눈을 감으시데. 참 허무한, 그러나 생각하면 우선 눈물이 앞을 가리는 어머님의 임종이었네. 어머님의 그 말들은 아직도 그 부처님 같은 어머니를 고생시킨 이 불효의 자식의 가슴을 에는 것 같으며 내 일생 내가 눈감을 순간까지 어찌 그때 그 말씀이 나의 기억에서 사라질 수가 있겠나!

*

　나는 일로부터 자유로이 세상을 구경하며 그날그날을 유쾌하게 살아가려고 하는 것일세. 나의 장래를 생각할 것도, 불쌍히 돌아가신 어머님을 생각할 것도 다 없다고 생각하네. 그것은 왜? 그것은 차라리 나의 못 박힌 가슴에 더없는 고통을 가져오는 것이니깐! 마음 가라앉는 대로 일간 또 자세한 말 그리운 말 적어 보내겠거니와 T는 지금에 어머님 세상 떠나가신 것도 모르고 그대로 적빈 속에 쪼들려가며 허덕이겠지? 또한 생각하면 가슴이 아프기 한이 없네. T에게는 곧 내가 직접 알려줄 것이니 어머님의 세상 떠나신 데 대하여는 자네는 아무 말도 하지 말아주게. 자네의 정에 넘치는 글을 기다리고 아울러 자네의 더없는 건강을 빌며…… 친구로부터.

　M에게 보내는 편지(3신)

　M군! 내가 자네를 그리어 한없이 적조[19]한 날을 보내는 거와 같이 자네도 또한 나를 그리어 얼마나 적조한 날을 보냈나? 언제나 나는 자네의 끊임없는 건강을 알리고 자네는 나의 또한 끊임없는 건강을 알릴 수 있는 것이 오직 우리 두 사람의 다시도 없는 기쁨이 아니겠나.

　내가 신호를 떠나 이곳 명고옥(名古屋)[20]으로 흘러온 지도 벌써 반년! 아— 고향 땅을 떠난 지도 벌써 꿈결 같은 3년이 지나갔네 그려. 그동안에 나는 무엇을 하였나. 오직 나의 청춘의 몸 달는 3년이 속절없이 졸아들었을 따름일세그려! 신호 ××조선소 시대의 나의 생활은 그 가운데 비록 한 분 어머니를 잃은 설움이 있었다고는 하나 가만히 생각하여본다면 그것은 참으로 평온무사한 안일한 생활이었네. 악마와 같은 이 세상에 이미 도전한 지 오래인 나로서는 이 평온무사한 안일한 직선 생활이 싫증이 났네. 나는 널리 흐트러져 있는 이 살벌의 항(巷)이 고루고루 보고 싶어졌네. 그리하여 그곳에서 사귄 그곳 친구 한 사람과 함께 이곳 명고옥으로 뛰어온 것일세. 두 사람은 처음에 이곳 어느 식당 보이가 되었네.

　세상이 허무라는 이 불후의 법칙은 적용되지 않는 곳이 없데. 얼마 전 그의 공휴일에 일상에 사냥을 즐기는 그는 그의 친구와 함께 이곳에서 퍽 멀리 떨어져 있는 어느 산촌으로 총을 메고 떠나갔네. 그러나 그날 오후에 그는 그의 친구의 그릇으로 탄환에 맞아 산중에서 무참히 죽고 말았네. 그 친구는 겁결에 고만 어디로 도망하였으나 얼마 되지 않아 잡혔다고 하데. 일상에 쾌활하고 개방적이고 양기에 넘치던 그를 생각하며 다시 한 번 더 세상의 허무를 느낀 것일세. 그와 나의 사귐의 동안이 비록 며칠 되지는 않았으나 퍽 마음과 뜻의 상통됨을 볼 수 있던 그를 잃은 나는 그래도 그곳을 획 떠나지 못하고 지금은 그 식당 헤드 쿡[21]이 되어 가지고 있으면서 늘 그를 생각하며 어떤 때에는 이 신변이 약간의 공허까지도 느낄 적이 다 있네.

*

　나의 지금 목줄을 매고 있는 식당은 이름이야 먹을 식 자 식당일세마는 그것을 먹기 위한 식당이 아니라 놀기를 위한 식당일세. 이 안에는 피아노가 놓여 있고 라디오가 있고 축음기가 몇 개씩이나 있네. 뿐만 아니라 어여쁜 여자[女給]가 20여 명이나 있으니 이곳 청등(靑燈) 그늘을 찾아드는 버러지의 무리들은 '맨해튼'과 '화이트 홀스'에 신경을 마비시켜가지고 난조(亂調)의 재즈에 취하며 육향 분복(肉香芬馥)²²한 소녀들의 붉은 입술을 보려고 모여드는 것일세. 공장의 기적이 저녁을 고할 때면 이곳 식당은 그 광란의 두께를 열기 시작하는 것일세. 음란을 극한 노래와 광대에 가까운 춤으로 어우러지고 무르녹아서 그날 밤 그날 밤이 새어가는 것일세. 이 버러지들은 사회 전반의 계급을 망라하였으니 직업이 없는 부랑아 · 샐러리맨 · 학생 · 노동자 · 신문 기자 · 배우 · 취한, 그러한 여러 가지 계급의 그들이나 그러나 촉감의 향락을 구하며 염가의 헛된 사랑을 구하러 오는 데에는 다 한결같이 일치하여버리고 마는 것일세.

　나는 밤마다 이 버러지들의 목을 축이기 위한, 신경을 마비시키기 위한 비료거리와 마취제를 요리하기에 여념이 없는 것일세. 나는 밤새도록 이 어지러운 소음을 귀가 해어지도록 듣고 있는 것일세. 더없는 황홀과 흥분과 피로를 느끼면서 나의 육체를 노예화시켜서 그들에게 제공하고 있는 것일세. 그 피로와 긴장도 지금에 와서는 다 어느덧 면역이 되고 말았네마는!

*

나는 몇 번이나 나도 놀랄 만치 코웃음쳤는지 모르겠네. 나! 오늘까지 나 역시 그날의 근육을 판 그날의 주머니를 술과 도박에 떨고 떠는 생활을 계속하여오던 나로서 그 버러지들을 향하여, 그 소음을 향하여 코웃음쳤다는 말일세. 내가 시퍼런 칼을 들고 나의 손을 분주히 놀릴 때에 그들의 떠들고 날치는 것이 어떻게 그리 우습게 보이는지 몰랐네.

"무엇하러 저들은 일부러 술로 몸을 피로시키며 밤샘으로 정력을 감퇴시키기를 즐겨 할까, 무엇하러 저들의 포켓을 일부러 털어 바치러 올까."

이것은 전면 나에게 대하여 수수께끼였네. 한편으로는 그들이 어린애같이 보이고 철없어 보이고 불쌍한 생각까지 들어서.

"내가 왜 술을 먹었던가, 내가 왜 도박을 했던가 내가 왜 일부러 나의 포켓을 털어 바쳤던가."

이렇게 지나간 이태 남짓한 나의 생활에 대하여 의심도 하며 스스로 꾸짖으며 부끄러워도 하여보았네.

"인제야 내 마음이 아마 바른길로 들었나 보다."

이렇게 생각하여보았으나

"술을 먹지 말아야지, 도박을 고만두어야지, 돈을 모아야지, 이것이 옳을까. 아 그러나 돈은 모아서 무엇 하랴, 무엇에 쓰며 누구를 주랴, 또 누구를 주면 무엇 하랴."

이러한 생각이 아직도 나의 머리에 생각되어 밤마다 모여드는 그 버러지들을 나는 한없이 비웃으면서도 그래도 나는 아직 그 타락적 찰나적 생활 기분이 남아 있는지 인생에 대한 허무와 저주를 안 느낄 수는 없네. 그러나 이것이 나의 소생(蘇生)의 길일는지도 모르겠으나 때로 나의 과거 생활의 그릇됨을 느낄 적도 있으며 생에 대한 참된 의의를 조금씩이라도 알아지는 것도 같으나 이것이 나의 마음과 사상의 점점 약하여가는 징조나 아닌가 하여 섭섭히 생각될 적도 없지 않으나, 하여간 최근 나의 내적 생활 현상은 확실히 과도기를 걷고 있는 것 같으니 이때에 아무쪼록 자네의 나를 위한 마음으로의 교시와 주저 없는 편달을 바라고 기다릴 뿐일세. 이렇게 심리 상태의 정곡을 잃은 나는 요사이 무한히 번민하고 있는 것이니간!······

*

직업이 직업이라 밤을 낮으로 바꾸는 생활이 처음에는 꽤 괴로운 것이었으나 지금 와서는 그것도 면역이 되어서 공휴일 같은 날 일찍 드러누우면 도리어 잠이 얼른 오지 않는 형편일세. 그러나 물론 이러한 생활이 건강상에 좋지 못할 것은 명백한 일이니 나로서 나의 몸의 변화를 인식하기는 좀 어려우나 일상에 창백한 얼굴빛을 가지고 있는 그 소녀들이 퍽 불쌍하여 보이네.

그러나 또 한편 밤잠은 못 잘망정 지금의 나는 한 사람의 훌륭한 쿡으로서 누구에게도 손색이 없는 것일세. 부질없는 목구멍을 이어가기에 나는 두 가지의 획식술(獲食術)을 배웠구나 하는 생각을 하면 이 몸이 한없이 애처롭기도 하네! 쿡이니만큼 먹기는 누구보다도 잘 먹으며 또 이 식당 안에서는 그래 당당한 세력을 가지고 있는 것일세. 내가 몹시 쌀쌀한 사람이라 그런지 여급들도 그리 나를 사귀려고도 않으나 들은즉 그들 가운데에도 퍽 고생도 많이 하고 기구한 운명에 쫓기어온 불쌍한 사람도 많은 모양이야.

*

이 쿡 생활이 언제까지나 계속되겠으며 또 이 명고옥에 언제까지나 있을지는 나로서도 기필할 수 없거니와 아직은 이 쿡 생활을 그만둘 생각도 명고옥을 떠날 계획도 아무것도 없네. 오직 운명이 가져올 다음의 장난은 무엇인지 기다리고 있을 따름일세. 처음 신호에 닿았을 때, 그곳 누구인가가 말한 것과 같이 날이 가고 달이 가면 차차 관계치 않으리라 하더니. 참으로 요사이는 고향도 형제도 친구도 다 잊었는지 별로 꿈도 안 꾸어지네. 오직 자네를 그리워하는 외에는 그저 아무나 만나는 대로 허허 웃고 사는 요사이의 나의 생활은 그다지 나로 하여금 적막과 고독을 느끼게 하지도 않네. 차라리 다행으로 여길까?

이곳은 그다지 춥지는 않으나 고향은 무던히 추우렷다. T는 요사이 어찌나 살아가며 업이가 그렇게 재주가 있어서 공부를 잘한

다니 T 집안을 위해서나 널리 조선을 위해서나 또한 기뻐할 일이 아니겠나. 자네의 나를 생각하여주는 뜨거운 글을 기다리고 아울러 자네의 건강을 빌며. ×로부터.

M에게 보내는 편지(4신)

태양은 언제나 물체들의 짧은 그림자를 던져준 적이 없는 그 태양을 머리에 이고——였다느니보다는 비뚜로 바라다보며 살아가는 곳이 내가 재생하기 전에 살던 곳이겠네. 태양은 정오에도 결코 물체들의 짧은 그림자를 던져주기를 영원히 거절하고 있는——물체들은 영원히 긴 그림자만을 가짐에 만족하고 있지 않으면 안 될——그만큼 북극권에 가까운 위경도의 숫자를 소유한 곳——그곳이 내가 재생하기 전에 내가 살던 참으로 꿈 같은 세계이겠네. 원시(原始)를 자랑스러운 듯이 이야기하며 하늘의 높은 것만 알았던지 법선[23]으로만 법선으로만 이렇게 울립(鬱立)[24]하여 있는 무수한 침엽수들은 백중천중으로 포개져 있는 잎새 사이로 담황색 태양광을 황홀한 간섭 작용으로 투과시키고 있는 잠자고 있는 듯한 광경이 내가 재생하기 전에 살던 그 나라 그 북국이 아니면 어느 곳에서도 얻어 볼 수 없는 시적 정조인 것이겠네. 오로지 지금에는 꿈——

꿈이라면 너무나 깊이가 깊고 잊어버리기에 너무나 감명 독(感銘毒)한 꿈으로만 나의 변화 많은 생의 한 조각답게 기억되네마는 그 언제나 휘발유 찌꺼기 같은 값싼 음식에 살찐 사람의 지방

빛 같은 그 하늘을 내가 부득이 연상할 적마다 구름 한 점 없는 이 청천을 보고 있는 나의 개인 마음까지 지저분한 막대기로 휘저어놓는 것 같네. 그것은 영원히 나의 마음의 흐리터분한 기억으로 조금이라도 밝은 빛을 얻어보려고 고달파하는 나의 가엾은 노력에 최후까지 수반될 저주할 방해물인 것일세.

*

나의 육안의 부정확한 오차를 관대히 본다 하더라도 그것은 25도에는 내리지 않을 치명적 '슬로프(경사)'였을 것일세. 그 뒤뚝뒤뚝하는 위험하기 짝이 없는 궤도 위의 바람을 쪼개고 공간을 쪼개고 맥진(驀進)[25]하는 '토롯코'[26] 위에 내 몸을 싣는다는 것은 전혀 나의 생명을 그대로 내어던지려는 것과 조금도 다름없는 것일세. 이미 부정된 생을 식도라는 질긴 줄에 포박당하여 억지로 질질 끌려가는 그들의 '살아간다는 것'은 그들의 피부와 조금도 질 것 없이 조금만치의 윤택도 없는 '짓'이 아니고 무엇이겠나. 그들의 메마른 인후(咽喉)를 통과하는 격렬한 공기의 진동은 모두가 창조의 신에 대한 최후적 마멸(馬蔑)[27]의 절규인 것일세. 그 음울한 소리를 들을 수 있는 사람은 누구나 다 싫다는 것을 억지로 매질을 받아가며 강제되는 '삶'에 대하여 필사적 항의를 드리지 않을 사람이 어디 있겠나. 오직 그들의 눈에는 천고의 백설을 머리 위에 이고 풍우로 더불어 이야기하는 연산의 봄도라지[28]들도 한낱 악마의 우상밖에 아무것으로도 보이지 않는 것일세. 그때에 사람의 마음은 환경의 거울이라는 것이 아니겠나.

*

　나는 재생으로 말미암아 생에 대한 새로운 용기와 환희를 한 몸에 획득한 것 같은 지금의 나로 변하여 있는 것일세. 그러기에 전세의 나를 그 혈사(吏)를 고백하기에 의외의 통쾌와 얼마의 자만까지 느끼는 것이 아니겠나. 내가 그 경사 위에서 참으로 생명을 내어던지는 일을 하던 그 의식 없던 과정을 자네에게 쏟아뜨리는 것도 필연컨대 그 용기와 그 기쁨에 격려된 한 표상이 아닐까 하는 것일세.

*

　그때까지의 나의 생에 대한 신념은——구태여 신념이 있었다고 하면 그것은 너무나 유희적이었음에 놀라지 아니할 수 없네.
　"사람이 유희적으로 살 수가 있담?"
　결국 나는 때때로 허무 두 자를 입 밖에 헤뜨리며 거리를 왕래하는 한 개 조그마한 경멸할 '니힐리스트'[29]였던 것일세. 생을 찾다가, 생을 부정했다가 드디어 첨으로 귀의하여야만 할 나의 과정은——나는 허무에 귀의하기 전에 벌써 생을 부정하였어야 될터인데——어느 때에 내가 나의 생을 부정했던가…… 집을 떠날 때! 그때는 내가 줄기찬 힘으로 생에 매어달리지 않았던가. 그러면 어머님을 잃었을 때! 그때 나는 어언간 무수한 허무를 입 밖에 방산시킨 뒤가 아니었던가. 그 사이! 내가 집을 떠날 때부터 어머님을 잃을 때까지 그 사이는 실로 짧은 동안⋯⋯뿐이랴. 그동안에 나는 생을 부정해야만 할 아무런 이유도 가지지 않았던가. 생을 부정할 아무 이유도 없이 앙감질[30]로 허탄히 허무를 질질 흘려왔다는 그 희롱적 나의 과거가 부끄럽고 꾸지람하고 싶은 것일세. 회한을 느끼는 것일세.

"생을 부정할 아무 이유도 없다. 허무를 운운할 아무 이유도 없다. 힘차게 살아야만 하는 것이⋯⋯"

재생한 뒤의 나는 나의 몸과 마음에 채찍질하여온 것일세. 누구는 말하였지.

"신에게 대한 최후의 복수는 내 몸을 사바[31]로부터 사라뜨리는 데 있다."

고. 그러나 나는

"신에게 대한 최후의 복수는 부정되려는 생을 줄기차게 살아가는 데 있다."

이렇게⋯⋯

*

또한 신뢰(迅雷)와 같이 그 '슬로프'를 나려 줄이고 있는 얼마 안 되는 순간에, 어떠한 순간이었네. 내 귀에는 무서운 소리가 들려왔어.

"×야, 뛰어내려라. 죽는다……"

"네 뒤 '토로'³²가 비었다. 뛰어내려라!"

나는 거의 본능적으로 고개를 돌렸네. 과연 나의 뒤를 몇 간 안 되게까지 육박해 온——반드시 조종하는 사람이 있어야만 할 그. 토로 위에는 사람이 없는 것이었네. 나는 브레이크를 놓았네. 동시에 나의 토로도 무서운 속도로 나의 앞에 가는 토로를 육박하는 것이었네. 나는 토로 위에서 필사적으로 부르짖었네.

"야! 앞의 토로야. 브레이크를 놓아라. 충돌된다. 죽는다. 내 뒤 토로에는 사람이 없다. 브레이크를 놓아라."

그러나 앞의 토로는 브레이크를 놓을 수 없었네. 그것은 레일이 끝나는 종점에 거의 가까이 닿았으므로 앞의 토로는 도리어 브레이크를 눌러야만 할 필요에 있는 것이었네.

"내가 뛰어내려, 그러면 내 토로의 브레이크는 놓아진다. 그러면 내 토로는 앞의 토로와 충돌된다. 그러면 앞의 놈은 죽는다……"

나는 뒤를 또 한 번 돌아다보았네. 얼마 전에 놀라 브레이크를 놓은 나의 토로보다도 훨씬 먼저 브레이크가 놓아진 내 뒤 토로는 내 토로 이상의 가속도로 내 토로를 각각으로 육박해 와서 이제는 한두 간 뒤——몇 초 뒤에는 내 목숨을 내어던져야 될(참으로) 충돌이 일어날——그렇게 가깝게 육박해 있는 것이었네.

'뛰어내리지 않고 이대로 있으면 아무리 브레이크를 놓아도 나는 뒤 토로에 충돌되어 죽을 것이다. 뛰어내려? 그러면 내가 뛰어내린 빈 토로와 그 뒤를 육박하던 빈 토로는 충돌될 것이다. 다행히 선로 바깥으로 굴러 떨어지면 좋겠지만 선로 위에 그대로 조금이라도 걸쳐 놓인다면 그 뒤를 따르던 토로들은 이 자빠진 토로에 충돌되어 쓰러지고 또 그 뒤를 따르던 토로는 거기서 충돌되고, 또 그 뒤를 따르던 토로는 거기서 충돌되고…… 이렇게 수없는 토로들은 뒤로 뒤로 충돌되어 그 위에 탔던 사람들은 죽고 다치고……!'

나는 세번째 또한 거의 본능적으로 뒤를 돌아다보았네. 그러나 다행히 넷째 토로부터 앞에 올 위험을 예기하였던지 브레이크를 벌써 눌러서 멀리 보이지도 않을 만큼 떨어져서 가만가만히 내려오고 있는 것이었네. 다만 화산의 분화를 바라보고 있는 사람의 눈초리와 같은 그러한 공포에 가득찬 눈초리로 멀리 앞을——우리들을 바라다보고 있는 것이었네. 그때에

"뛰어내리자. 그래야만 앞의 사람이 산다."

내가 화살 같은 토로에서 발을 떼려 하는 순간 때는 이미 늦었네. 뒤에 육박해 오던 주인 없는 토로는 무슨 증오가 나에게 그리 깊었던지 젖먹은 기운까지 다하는 단말마의 야수같이 나의 토로에 거대한 음향과 함께 충돌되고 말았네. 그 순간에 우주는 나로부터 소멸되고 다만 오랜 동안의 무(無)가 계속되었을 뿐이었다고 보고할 만치 모든 일과 물건들은 나의 정신권 내에 있지 않던 것일세. 다만 재생한 후 멀리 내 토로의 뒤를 따르던 몇 사람으로부터 '공중에 솟았던' 나의 그 후 존재를 신화 삼아 들었을 뿐일세.

*

　재생되던 첫 순간 나의 눈에 비친 나의 주위의 더러운 광경을 나는 자네에게 이야기하고 싶지 않네. 그것은 그런 것을 쓰고 있는 동안에 나의 마음에 혹이나 동요가 생기지나 않을까 하는 위험스러운 의문에서 그러나 나의 주위에 있는 동무들의 참으로 근심스러워하는 표정의 얼굴들이 두번째로 나의 눈에 비치었을 때에 의식을 잃은 나의 전 몸뚱어리에서 다만 나의 입만이 부드럽게——참으로 고요히——참으로 착하게 미소하는 것을 내 눈으로도 보는 것 같았네. 나는 감사하였네. 신에게보다도 우선 그들 동무에게——감사는 영원히 신에게 드림 없이 그 동무들에게만 그치고 말는지도 몰라. 내 팔이 아직도 나의 동체(胴體)에 달려 있는가 만져보려 하였으나 그 팔 자신이 벌써 전부터 생리적으로 움직일 수 없는 것이 된 지 오래였던 모양이데. 나는 다시 그들 동무들에게 감사하며 환계(幻界) 같은 꿈 속으로 깊이 빠지고 말았네. 나는 어머니에게 좀더 값있는 참다운 삶을 살 수 있게 하지 못한 '내'가 악마——신이 아니라——에게 무수히 매맞는 것을 보았네. 그리고 나는 '나'를 욕하였고 경멸하였네. 그리고 나는 좀더 건실하게 살지 않았던 쿡 생활 이후의 '내'가 또한 악마에게 매맞는 것을 보았네. 그리고 나는 나에게 욕하였고 경멸하였네. 그리고 생에 새로운 참다운 의의와 신에 대한 최후적 복수의 결심을 마음 속으로 깊이 암송하였네. 그 꿈은 나의 죽은 과거와 재생 후

36

의 나 사이에 형상지어져 있는 과도기에 의미 깊은 꿈이었네. 하여간 이를 갈아가며라도 살아가겠다는 악지[33]가 나의 생에 대한 변경시키지 못할 신념이었네. 다만 나의 의미 없이 또 광명 없이 그대로 삭제되어버린 과거——나의 인생의 한 부분을 섧게 조상(弔喪)하였을 따름일세.

*

털끝만 한 인정미도 포함하고 있지 않은 바깥에 부는 바람은 이 북국에 장차 엄습하여올 무서운 기절[34]을 교활하게 예고하고 있는 것이나 아니겠나. 번개같이 스치는 지난 겨울, 이곳에서 받은 나의 육체적 고통의 기억의 단편들은 눈 깜박할 사이에 무죄한 나를 전율시키는 것일세. 이 무서운 기절이 이 나라에 찾아오기 전에 어서 이곳을 떠나서 바람이나마 인정미——비록 그러한 사람은 못 만나더라도——있는 바람이 부는 곳으로 가야 할 터인데 나의 몸은 아직도 전연 부자유에 비끄러매여 있네. 그것은 육체적으로나 정신적으로나 의사 하는 사람은 나의 반드시 원상대로의 복구를 예언하데마는 그러나 행인지 불행인지 나는 방문 밖에서,

"절뚝발이는 아무래도 면치 못하리라."

이렇게 근심(?)하는 그들의 말소리를 들었네그려——만일에 내가 그들의 이 말과 같이 참으로 절뚝발이가 되고 만다 하면——나는 이 생각을 하며 내 마음이 우는 것을 느끼네.

"절뚝발이."

여태껏 내 몸 위에 뒤집어씌워져 있던 무수한 대명찰(大名札) 외에 나에게는 또 이러한 새로운 대명찰 하나가 더 뒤집어지는구 나—어디까지라도 깜깜한 암흑에 지질려 있는 나의 앞길을 건너 다 보며 영원히 나의 신변에서 없어진 등불을 원망하는 것일세. 절뚝발이도 살 수 있을까—절뚝발이도 살게 하는 그렇게 관대한 세계가 지상에 어느 한 귀퉁이에 있을까? 자네는 이 속타는 나의 물음—아니 차라리 부르짖음에 대하여 대답할 무슨 재료, 아니 용기라도 있겠는가?

*

북국 생활 7년! 그동안에 나는 지적(智的)으로나 덕적(德的)으 로나 많은 교훈을 얻은 것만은 사실일세. 머지않은 장래에 그 전 에 나보다 확실히 더 늙은 절뚝발이의 내가 동경에 다시 나타날 것을 약속하네. 그곳에는 그래도 조금이라도 따뜻한 나의 식어빠 진 인생을 조금이라도 덮어줄[35] 바람이 불 것을 꿈꾸며 줄기차게 정말 악마까지도 나를 미워할 때까지 줄기차게 살겠다는 것도 약 속하네. 재생한 나이니까 물론 과거의 일체 추상(醜相)은 곱게 청 산하여버리고 박물관 내의 한 권의 역사책으로 하여 가만히 표지 를 덮는 것일세. 모든 새로운 광채 찬란한 역사는 이제로부터 전 개할 것일세 하면서도

"절뚝발이가?……"

새로이 방문하여 오는 절망을 느끼면서도 아직 나는 최후까지

줄기차게 살 것을 맹세하는 것일세. 과거를 너무 지껄이는 것이 어리석은 일이라면 장래를 너무 지껄이는 것도 어리석은 일일 것일세.

*

M군! 자네가 편지를 손에 들고 글자 글자를 자네 눈에 통과시킬 때, 자네 눈에 몇 방울 눈물이 있으리라는 추측이 그렇게 억측일까. 그러나 감히 바란다면 '첫째로는 자네의 생에 대한 실망을 경계할 것이며 둘째로는 나의 절뚝발이에 대하여 형식적 동정에 그칠 것이요, 결코 자살적 비애를 느끼지 말 것'들이겠네. 그것은 나의 지금 이 '줄기차게 살겠다는' 무서운 고집에 조그마한 실망적 파동이라도 이끌어 올까 두려워서…… 나의 염세에 대한 결사적 투쟁은 자네의 신경을 번잡케 할 만치 되어 나아갈 것을 자네에게 약속하기를 꺼리지 않네. 자네의 건강을 비는 동시에 못 면할 이 절뚝발이의 또한 건강이 있기를 빌어주기를 은근히 바라며. ×로부터

M에게 보내는 편지(5신)
자네의 장문의 편지 그 가운데에 오직 자네의 건강을 전하는 구절 외에는 글자 글자의 전부가 오직 나의 조소를 사기 위한 외에 아무 매력도 가지지 않은 것들이었네. 자네는 왜 남에게 의지하

여 살아가려 하는가. 남에게 의지하여 살아간다는 것은 곧 생에 대한 권리를 그 사람 위에 가져올 자포자기의 짓이라는 것을 어찌 모르는가. 일조일석 많은 재물을 탕진시켜버렸다 하여 자네는 자네 아버지를 무한히 경멸하며 나중에는 부수적으로 따라오는 절망까지 하소연하지 않았는가. 그것이 자네가 스스로 구실을 꾸미어가지고 나아가서 자네의 애를 써 잘 경영되어 나오던 생을 구태여 부정하여보려는 것이 아니고 무엇이겠나. 그것은 비겁한 동시에——모든 비겁이 하나도 죄악 아닌 것이 없는 것과 같이—— 역시 죄악인 것일세.

*

어렵거든, 혹은 나의 말이 우의적으로 좋지 않게 들리거든 구태여라도 운명이라고 그렇게 단념하여주게. 그것도 오직 자네에게 무한한 사랑을 받고 있는 나의 자네에게 대한 무한한 사랑에서 나온 것인 만큼 나는 자네에게 인생의 혁명적으로 새로운 제2차적 '스타일'을 충고치 아니할 수 없는 것일세. 그리고 될 수만 있으면 이 운명이라는 요물을 신용치 말아주기를 바라는 것일세—— 이렇게 말하는 나 자신부터도 이 운명이라는 요물의 다시 없는 독신자(篤信者)이면서도——

"운명의 장난?"

하, 그런 것이 있을 수가 있나. 있다면 너무도 운명의 장난이겠네.

*

　M군! 나는 그동안 여러 날을 두고 몹시 앓았네. 무슨 원인인지 나도 모르게, 이 원인 알 수 없는 병이 나의 몸을 산 채로 더 삶을 수 없는 데까지 삶아가지고는 죽음의 출입구까지 이끌어 갔던 것 일세. 그때에 나의 곱게 청산하여버렸던 나의 정신 어느 모에도 남아 있지 않아야만 할 재생하기 전에 일어났던 일까지도 재생 후의 그것과 함께 죽 단렬(單列)로 나의 의식 앞을 천천히 지나가고 있는 것이었네. 그리고 나는 반 의식의 나의 눈으로 그 행렬 가운데서 숨차게 허덕이던 과거의 나를 물끄러미 바라다보고 있던 것이었네. 그것은 내 눈에 너무도 불쌍한 꼴로 나타났기 때문에, 아──그것들은──

　"이것이 죽은 것인가 보다. 적어도 죽어가는 것인가 보다."

　이렇게 몽롱히 느끼면서도

　"죽는 것이 이렇기만 하다면야."

　이런 생각도 나서 일종의 통쾌까지도 느낀 것 같으며 그러나 죽어가는 나의 눈에 비치는 과거의 나의 모양 그 불쌍한 꼴을 보는 것은 확실히 슬픈 일일 뿐 아니라 고통이었네. 어쨌든 나를 간호하던 이 집주인의 말에 의하면 무엇 나는 잠을 자면서도 늘 울고 있더라던가……

　"이것이 죽는 것이라면."

　이렇게 그 꼴사나운 행렬을 바라보던 나의 머리 가운데에는 내가 사랑에 주려 있는 형제와 옛 친구를 애걸하듯이 그리며 그 행렬 가운데에 행여나 나타나기를 무한히 기다렸던 것일세. 이 마음이 아마 어떤 시인의 병석에서 부른

"얼른 이때 옛 친구 한 번씩 모두 만나둘거나."

하던 그 시경(詩境)에 노는 것이나 아닌가 하였네.

*

순전한 하숙이라고만 볼 수도 없으나 그러나 괴상한 성격을 각각 가진 사람들이 많이 모여 있는 지금의 나의 사는 곳일세. 이곳 주인은 나보다 퍽 연배에 속하는 사람으로 그의 일상생활 양으로 보아 나의 마음을 끄는 바가 적지 않았으되 자세한 것은 더 자세히 안 다음에 써 보내겠거니와 하여간 내가 고국을 떠나 자네와 눈물로 작별한 후로 처음으로 만난 가장 친한 친구의 한 사람으로 사귀고 있는 것일세. 그와 나는 깊이깊이 인생을 이야기하였으며 나는 그의 말과 인격과 그리고 그의 생애에 많은 경의로써 대하고 있는 중일세.

*

운명의 악희[36]가 내게 끼칠 프로그램은 아직도 다하지 아니하였던지 나는 그 죽음의 출입구까지 다녀온 병석으로부터 다시 일어났네. 생각하면 그 동안에 내가 흘린 '땀'만 해도 말(斗)로 계산할

듯하니 다시금 푹 젖은 요 바닥을 내려다보며 이 몸의 하잘것없는 것을 탄식하여 마지않았으며 피비린 냄새 나는 눈방울을 달음박질시켜가며 불려놓았던 나의 포켓은 이번 병으로 말미암아 많이 줄어들었네. 그러나 병석에서도 나의 먹을 것의 걱정으로 말미암아 나의 그 포켓을 건드리게 되기는 주인의 동정이 너무나 컸던 것일세. 지금도 그의 동정을 받고 있을 뿐이야. 앞으로도 길이 그의 동정을 받지 않으리라고는 단언할 수 없으며,

"돈을 모아볼까."

내가 줄기차게 살아보겠다는 결심으로 모은 돈을 남의 동정을 받아가면서도 쓰기를 아까워하는 나의 마음의 추한 것을 새삼스러이 발견하는 것 같아 불유쾌하기 짝이 없네. 동시에 나의 마음이 잘못하면 허무주의에 돌아가지나 아니할까 하여 무한히 경계도 하고 있었네.

*

M군! 웃지 말아주게. 나는 그동안에 의학 공부를 시작하였네. 그것은 내가 전부터 그 방면에 취미가 있었다는 것도 속일 수 없는 일이겠으나 또 의사인 자네를 따라가고 싶은 가엾은 마음에서 그리한 것이라고 말하고 싶은 것도 속일 수 없는 일이겠네. 모든 것이 다 그 줄기차게 살아가겠다는 가엾은 악지에서 나온 짓이라는 것을 생각하고 부드러운 미소로 칭찬하여주기를 바라는 것일세. 또다시 생각하면 나의 몸이 불구자이므로 세상에 많은 불구

자를 동정하고자 하는 마음에서 그리는 것인지도 모르겠으나 내가 불구자인 것이 사실인 만큼 내가 의학 공부를 시작한 것도 자네에게는 너무나 돌연적이겠으나 역시 사실인 것을 어찌하겠나. 여기에도 나는 주인의 많은 도움을 받아오는 것을 말하여두거니와 하여간 이 새로운 나의 노력이 나의 앞길에 또 어떠한 운명을 늘어놓도록 만들는지 아직은 수수께끼에 부칠 수밖에 없네.

*

불쌍한 의문에 싸였던 그 '정말 절뚝발이가 될는지'도, 끝끝내는 한 개의 완전한 절뚝발이로 울면서 하던 예언에 어기지 않은 채 다시금 동경 시가에 나타났네그려! 오고 가는 사람이 이 가엾은 '인생의 패배자' 절뚝발이를 누구나 비웃지 않고는 맞고 보내지 않는 것을 설워하는 불유쾌한 마음이 나는 아무리 용기를 내어 보았으나 소제시킬 수가 없이 뿌리 깊이 박혀 있네그려.

"영원한 절뚝발이, 그러나 절뚝발이의 무서운 힘을 보여줄걸. 자세히 보아라."

이곳에서도 원한과 울분에 짖는 단말마의 전율할 신에 대한 복수의 맹서를 볼 수 있는 것일세. 내 몸이 이렇게 악지를 쓸 때에 나는 스스로 내 몸을 돌아다보며 한없는 연민과 고독을 느끼는 것일세. 물에 빠져 애쓰는 사람의 목이 수면 위에 솟았을 때 그의 눈이 사면의 무변대해임을 바라보고 절망하는 듯한 일을 나는 우는 것일세. 그때마다 가장 세상에 마음을 주어 가까운 사람에게 둘러싸여 따뜻한 이불 속에 고요히 누워서 그들과 또 나의 미소를 서로 교환하는 그러한 안일한 생활이 하루바삐 실현되기를 무한히 꿈꾸고 있는 것일세. 그것은 즉시로 내 몸을 깊은 노스탤지어에 빠뜨려서는 고향을 꿈꾸게 하고 친구를 꿈꾸게 하고 육친과 형제를 꿈꾸게 하도록 표상되는 것일세. 나는 가벼운 고통 가운데에도 눈물겨운 향수(鄕愁)의 쾌감을 눈 감고 가만히 느끼는 것일세.

*

명고옥 쿡 생활 이후로 전전 유랑의 7년 동안 한 번도 거울을 들여다본 적이 없던 나는 절뚝발이로 동경에 돌아와서 처음으로 거울에 비치는 나의 모양이 나로서도 놀라지 않을 수 없을 만치 그렇게도 무섭게 변한 데에 "악!" 소리를 지르지 않을 수 없었네. 그것은 청춘——뿐이랴 인생의 대부분을 박탈당한 썩어 찌그러진 흠집투성이의 값없는 골동품인 나였던 것일세. 그때에도 나는 또 한 나의 동체를 꽉 차서 치밀어 올라오는 무거운 피스톤에 눌리는 듯한 절망에 빠졌네. 그러나 즉시 그것은 나에게 아무것도 아니라는 것을 가르쳐주며 이 패배의 인간을 위로하며 격려하여주데. 그때에

"그러면 M군도 아차 T도!"

이런 생각이 암행 열차(暗行列車)같이 나의 허리를 스쳐갔네. 별안간 자네의 얼굴이 보고 싶어서 환등(幻燈)을 보는 어린아이의

"무엇이 나올까."

하는 못생긴 생각에 가득찼네. 그래서 나도 자네에게 나의 근영(近影)을 한 장 보내거니와 자네도 나의 환등을 보는 어린아이 같은 마음을 생각하여 자네의 최근 사진을 한 장 보내주기를 바라네. 물론 서로 만나 보았으면 그 위에 더 시원하고 반가울. 일이 있겠냐마는 기필치 못할 우리의 운명은 지금도 자네와 나, 두 사람의 만날 수 있는 아무 방책도 가르쳐주지 않네그려!

*

내가 주인에게 그만큼 나의 마음을 붙일 수까지 있었느니만큼 아직 나는 아무 데로도 옮길 생각은 없네. 지금 생각 같아서는 앞으로 얼마든지 이곳에 있을 것 같으니까 나에게 결정적 변동이 없는 한 자네는 안심하고 이곳으로 편지하여 주기를 바라네. T는 요즈음 어떠한가. 여전히 적빈에 심신을 쪼들리고 있다 하니 그도 한 운명에 맡길 수밖에 없지 않겠나. 나의 안부 잘 전하여주게. 내가 집을 떠나 10년 동안 T에게 한 장 편지를 직접 부치지 않은 데 대하여서는—나의 마음 가운데에 털끝만치라도 T에게 악의가 있지 않은 것은 물론 자네가 잘 알고 있으니깐—자네의 사진이 오기를 기다리며, 또 자네의 여전한 건강을 빌며, 영원한 절뚝발이 ×로부터.

3

벗어나려고 애쓰는 환경일수록 그 환경은 그 사람에게 매어달려 벗어나지를 않는 것이다. T가 아무리 그 적빈을 벗어나려고 애써왔으나 형과 갈린 지 십유여 년인 오늘까지도 역시 그 적빈을 면할 수는 없었다. 아버지의 불의의 실패가 있기 전까지도 그래도 그곳에서는 상당히 물적으로 유족한 생활을 하고 있던 M군의 호의로, T가 결정적 직업을 가지게 되지 못하였다 할진댄 세상에서──더욱이 가난한 사람은 더욱 가난해지지 않으면 안 되게 변하여가는 세상에서 T의 가족들은 그날그날의 목을 축일 것으로 말미암아 더욱이나 그들의 머리를 썩이지 않을 수 없었을 것이다. 그러나 다행히 위험성 적은 생계를 경영해 나아간다고는 하여도 역시 가난 그것을 한 껍데기도 면치 못한 것은 말할 것도 없다. 행인지 불행인지 T의 아내는 업이 하나를 낳은 뒤로는 사내아이도 계집아이도 낳지 못하였다. 그리하여 T의 가정은 쓸쓸하였다. 그러나 다만 세 식구밖에 안 되는 간단한 가정으로도 그때나 이때나 존재하여왔던 것이다.

적빈 가운데에서 출생한 업이가 반드시 못났으리라고 추측한다면 그것은 전연 사실과 반대되는 추측일 것이다. 업이는 그 아버지 T에게서도 또 그외에 그 가족의 누구에서도 찾아볼 수 없을 만치 영리하고 예민한 재질과 풍부한 두뇌의 소유자로 태어났던 것이다. 과연 업이는 어려서부터 간기(癇氣)[37]로 죽을 뻔 죽을 뻔하면서 겨우 살아났다. 그러나 지금에는 건강한 몸이 되었다. T의 적빈한 가정에는 그들에게 다시 없는 위안거리였고 자랑거리였다. T의 부처는 업이가 어려서부터 죽을 것을 근근히 살려왔다는 이유로도 또 남의 자식보다 잘나고 똑똑하다는 이유로도, 그 가정의 자랑거리라는 이유로도, 그 아들의 덕을 보겠다는 이유로도 그들의 줄 수 있는 최절정의 사랑을 업에게 바쳐왔던 것이다.

양육의 방침이 그 양육되는 아이의 성격의 거의 전부를 결정한다면 교육의 방침도 또한 그의 성격에 적지 않은 관계를 끼칠 것이다. 업이는 적빈한 가정에 태어났으나 또한 M군의 호의로 받을 만큼의 계제적(階梯的)[38] 교육을 받아왔다. 좋은 두뇌의 소유자인 업에게 대하여 이 교육은 효과 없지 않을 뿐이랴! 무엇에든지 그는 남보다 먼저 당할 줄 알고 남보다 일찍 알 줄 알고 남보다 일찍 느낄 줄 아는 혁혁한 공적을 이루었다. M군이 해외에 있는 그 친구에게 보내는 편지마다 자기의 공로를 자랑하는 의미를 떠난 더없는 칭찬도 칭찬이었거니와 학교 선생이나 그들 주위의 사람들은 누구나 다 최고의 칭찬하기를 아끼지 않아왔던 것이다. T에게는 이것이 몸에 넘치는 광영인 것은 물론이요 그러므로 업이는 T의 둘도 없는 자랑거리요 보물이었던 것이다.

"훌륭한 아들을 가진 사람."

이와 같은 말을 들은 T로 하여금 업을 위하여야 하는 것은 물론이요, 이와 같은 말을 영구히 몸에 받기 위하여서는 업이를 T의 상전으로 위하게까지 시키었다. 너무 과도한 칭찬의 말은 T에게 기쁨을 줄 뿐 아니라 T에게 또한 무거운 책임도 주는 것이었다.

"이 아들을 위해야 한다."

업을 소유한 아버지 T씨가 아니었고 T씨를 소유한 아들이었던 것이다. 업은 T씨가 가장 그 책임을 다하여야만 하고 그 충실을 다하여야만 할 T씨의 주인인 것이었다. T씨는 업이 그 어머니의 뱃속을 하직하던 날부터 오늘까지 성낸 손으로 업을 때려본 일이 한 번도 없을 뿐 아니라 변한 어조로 꾸지람 한마디 못하여본 채로 왔던 것이다.

"내가 지금은 이렇게 가난하지만 저것이 자라서 훌륭하게 되는 날에는 나는 저것의 덕을 보리라."

다만 하루라도 바삐 업이 학업을 마치기만, 그리하여 하루라도 바삐 훌륭한 사람이 되기만 한없이 기다리던 것이었다. 비록 업이 여하한 괴상한 행동을 하더라도 T씨는

"저것도 다 공부에 소용되는 일이겠지."

하고 업이 활동사진 배우의 '브로마이드'[39]를 사다가 그의 방 벽에다가 죽 붙여놓아도 그것이 무엇이냐고 업에게도 M군에게도 묻지도 않고 그저 이렇게만 생각하여버리고 고만두는 것이었다. 더욱이 무식한 T씨로서는 그런 것을 물어보거나 혹시 잘못하는 듯한 점에 대하여 충고라도 하여보거나 하는 것은 필요 없는 간섭같이 생각되어 전혀 입을 내어밀기를 주저하여왔던 것이다. 언제나 T씨는 업의 동정을 살펴가며 업이 T씨 밑에서 사는 것이 아니라 T씨가 업의 밑에서 사는 것과 같은 모순에 가까운 상태에서 그날그날을 살아왔던 것이다.

이런 때에 선천적 성격이라는 것은 의문이 많은 것이다. 사람의

성격은 외래의 자극 즉 환경에 따라 형상지어지는 것이라는 결론에 도달치 않을 수 없는 것이다. 이와 같은 교육 방침 밑에 있는 또 이와 같은 환경에서 자라나는 업의 성격이 그가 태어난 가정의 적빈함에 반대로 교만하기 짝이 없고 방종하기 짝이 없는 업을 형성할 것은 물론임에 오류를 발견할 수 없을 것이다. 업은 자기 주위의 모든 사람을 보기를 모두 자기 아버지 T씨와 같이 보는 것이었다. 자기의 말을 T씨가 잘 들어주듯이 세상 사람도 그렇게 희생적으로 자기의 말에 전연 노예적으로 굴종할 것이라고 믿는 것이었다. 자기를 호위하여주리라고 믿는 것이었다. 업의 걷잡을 수도 없는 공상은 천마가 공중을 가는 것과 같이 자유롭게 구사되어왔던 것이다.

'햄릿'의 「유령」 '올리브'의 「감람수의 방향」 '브로드웨이'의 「경종」 '맘모톨'의 「리젤」 '오페라'좌의 「화문천정」 이렇게.

허영! 그것들은 뒤가 뒤를 물고 환상에 젖은 그의 머리를 끊이지 않고 지나가는 것이었다. 방종 허영 타락 이것은 영리한 두뇌의 소유자인 업이라도 반드시 걸어야만 할 과정이 아닐까. 그들의 가정이 만들어낸 그들의 교육 방침이 만들어낸 그러나 엉뚱한 결과를 가져오게 한 예기 못한 기적. 업은 과연 지금에 그의 가장 혜성같이 나타난 한 기적적 존재인 것이었다.

4

M군은 실망하였다. 업은 아무리 생각하여보아도 마이너스의
존재였다.

"저런 사람이 필요할까? 아니 있어도 좋을까?"

그러나 유해무익이라는 참을 수 없는 결론이었다.

"가지가 돋고 꽃이 피기 전에 일찍이 그 순을 잘라버리는 것이
낫지 않을까."

M군에게 대하여서는 너무도 악착한 착상이었다. 그리하여

"다시 한 번 업의 전도를 위하여 잘 지도하여볼까."

그러나

"한 사람의 사상은 반응키 어려울 만치 완성되어 있지 않은가.
뿐만 아니라 설복을 당하기에는 업의 이지는 너무 까다롭다."

M군의 업에게 대한 애착은 근본적으로 다하여버렸다. M군의
이러한 정신적 실망의 반면에는 물질적 방면에서 받은 영향도 적
지 않았다. 그것은 오늘까지 업의 학비를 대어오던 M군이 수년
전에 그의 아버지가 불의의 액운으로 말미암아 파산을 당하다시
피 되어 유유자적하던 연구실의 생활도 더하지 못하고 어느 관립
병원 촉탁의[40]가 되어가지고 온갖 물질적 고통을 당하지 않으면
안 되게 되었던 것이다. 그간으로도 M군은 여러 번이나 업의 학
비를 대기를 단념하려 하였던 것이었으나, 그러나 아직 그의 업
에 대한 실망이 그리 크지도 않았고, 또 싹이 나려는 아름다운 싹

을 그대로 꺾어버리는 것도 같아서 어딘지 애착 때문에 매달려지는 미련에 끌려 그럭저럭 오늘까지 끌어왔던 것이었으나 지금에 이르러서는 그의 업에 대한 애착과 미련도 곱게 어디론지 다 사라지고 말았다. 그러기 때문에 이 물질적 관계가 그로 하여금 업을 단념시키기를 더욱 쉽게 하였던 것이나 아니었던가 한다.

"업이! 이번 봄은 벌써 업이 졸업일세그려!"

"네. 구속 많고 귀찮던 중학 생활도 이렇게 끝나려 하고 보니 섭섭한 생각이 없는 것도 아닙니다."

"그러면 졸업 후의 지망은?"

"음악 학교!"

그래도 주저하던 단념은 M군을 결정시켜버렸다.

"업이 자네도 잘 알다시피 지금의 나는 나 한 몸뚱이를 지지해 나아가기에도 어려운 가운데 있어! 음악 학교의 뒤를 대어줄 수가 없다는 것은 결코 악의가 아니야. 나의 지금 생각 같아서는 천재의 순을 꺾는 것도 같으나 이제부터는 이만큼이라도 자네를 길러주신 가난한 자네의 부모의 은혜라도 갚아보는 것이 좋을 것 같네."

이 말을 하는 M군은 도저히 업의 얼굴을 쳐다볼 수가 없었다. M군의 이와 같은 소극적 약점은 업으로 하여금

"오—— 네 은혜를 갚으란 말이로구나."

하는 부적당한 분개를 불지르게 하는 것이었다. 그러나 이렇게 말하는 M군은 언제인가 학교 무슨 회에서 여흥으로 만인의 이목이 집중되는 연단 위에서 바이올린의 줄을 농락하던 그 업이를

생각하고 섭섭히 생각한 것만치 그에게는 조금도 악의가 품어 있지 않았던 것이다. M군의 업에 대한 '내 몸이 어렵더라도 시켜보려 하였으나' 하던 실망은 즉시로 '나를 미워하는 세상, 내 마음대로 되지 않는 세상' 하는 업의 실망으로 옮겨졌다.

"내 생명을 꺾으려는 세상, 활동의 원동력을 주려 하지 않는 세상."

"M씨여, 당신은 나를 미워했지. 나의 천재를 시기했지. 나는 당신을 원망합니다."

어두운 거리를 수없이 헤매는 것이, 여항(閭巷)의 천한 계집과 씩뚝꺽뚝 하소연하는 것이 남의 집 담모퉁이에서 밤을 새우는 것이 공원 벤치에서 낮잠을 자는 것이, 때때로 죽어가는 T씨를 졸라서 몇 푼의 돈을 긁어내어 피부의 옅은 환락을 찾아다니는 것이 중학을 마치고 나온 청소년 업의 그 후 생활이었다.

나날이 늘어가는 것은 업의 교만 방종한 태도.

"아버지! 아버지는 왜 다른 아버지들과 같이 돈을 많이 좀 못 벌었습디까, 왜 남같이 자식 공부 좀 못 시켜줍니까, 왜 남같이 자식 호강 좀 못 시켜줍니까, 왜 돋으려는 순을 꺾느냐는 말이오."

'아버지 무섭다'는 생각은 업에게는 털끝만치도 있을 리가 없었다. 그것은 차라리 T씨가 아들 업이를 무서워하는 것이 옳을 것 같은 상태였으니까.

"오냐, 다 내 죄다. 그저 아비 못 만난 탓이다."

T씨는 이렇게 업에게 비는 것이었다.

"애비가 자식 호강 못 시키는 생각만 하고 자식이 애비 호강 좀 시켜보겠다는 생각은 꿈에도 못하겠니? 예끼 못된 자식."

T씨에게 이런 생각은 참으로 꿈에도 날 수 없었다. '천재를 썩힌다 애비의 죄다' 이렇게 T씨의 생활은 속죄의 생활이었다. 그날의 밥을 끓여 먹을 쌀을 걱정하는 그들의 살림 가운데에서였으나 업의 '돈을 내라'는 절대한 명령에는 쌀 팔 돈이고 전당을 잡혀서이고 그 당장에 내어놓지 않고는 죽을 것같이만 알고 있는 T씨의 살림이었다. 차마 못할 야료⁴¹를 T씨의 눈앞에서 거리낌 없이 연출하더라도 며칠 밤씩을 못 갈 데 가서 자고 들어오는 것을 T씨 눈으로 보면서도 '저것의 심정을 살핀다'는 듯이 '미안하다. 다내 죄가 아니면 무엇이냐'는 듯이 업의 앞에서 머리를 숙인 채 업에게 말 한마디 던져볼 용기도 없이 마치 무슨 큰 죄나 진 종이 주인의 얼굴을 차마 못 쳐다보는 것과 같이 묵묵히 앉아 있는 것이었다. 때로는

"해외의 형은 어쩌면 돈도 좀 보내주지 않는담."

이렇게 얼토당토않은 그 형을 원망도 하여보는 것이었다. T씨의 아들 업에 대한 이와 같은 죽은 쥐 같은 태도는 업의 그 교만 종횡한 잔인성을 더욱더욱 조장시키는 촉진제 외에는 아무것도 아니었다. 업에 실망한 M군과 M군에 실망한 업의 사이가 멀어져감은 물론이요 그러한 불합리한 T씨의 태도에 불만을 가득 가진 M군과 자기 아들에게 주던 사랑을 일조(一朝)에 집어던진 가증한 M군을 원망하는 T씨의 사이도 점점 멀어져갈 따름이었다. 다만 해외에 방랑하는 그의 소식을 직접 듣는 M군이 그의 안부를

전하는 동시에 그들의 안부를 알려 T씨의 집을 이따금 방문하는 외에는 그들 사이에 오고 감의 필요가 전혀 없던 것이었다.

M에게 보내는 편지(6신)

두 달! 그것은 무궁한 우주의 연령으로 볼 때에 얼마나 짧은 것일까? 그러나 자네와 나 사이에 가로질렸던 그 두 달이야말로 나는 자네의 죽음까지도 우려하고 자네는 나의 죽음까지도 우려하였음직한 추측이 오측(誤測)이 아닐 것이 분명할 만치 그렇게도 초조와 근심에 넘치는 길고 긴 두 달이 아니었겠나. 자네와 나의 그 우려, 그러나 내가 이 글을 쓰며 자네의 틀림없는 건강을 믿는 것과 같이 나는 다시없는 건강의 주인으로서 나의 정력[42]이 허락하는 한도까지 밤과 낮으로 힘차게 일하고 있는 것일세.

M군! 나의 이 끊임없는 건강을 자네에게 전하는 기쁨과 아울러 머지않아 우리 두 사람이 얼굴과 얼굴을 서로 만나겠다는 기쁨을 또한 전하는 것일세.

*

우스운 말이나 지금쯤 참으로 노련한 한 사람의 의학사로 완성되어 있겠지. 그 노련한 의학사를 멀리 떨어져 나의 요즈음 열심으로 하여오던 의학의 공부가 지금에는 겨우 얼간 의사 하나를 만들어놓았다는 것은 그 무슨 희극적 대조이겠나. 이것은 이곳에 친구의 직접의 원조도 원조이겠지마는 또 한편으로 멀리 있는 자네의 나에게 대하여주는 끊임없는 사랑의 덕이 그 대부분이겠다고 믿으며, 또한 자네가 더 한층이나 반가워할 줄 믿는 소식이겠다고도 믿는 것일세. 내가 고국에 돌아간 다음에는 자네는 나의 이 약한 손을 이끌어 그 길을 함께 걸어주겠다는 것을 약속하여 주기를 바라며 마지않는 것일세.

*

오늘날 꿈에만 그리던 고국으로 돌아가려 하고 보니 감개무궁하여 나의 가슴을 어지럽게 하네. 십유여 년의 기나긴 방랑 생활에서 내가 얻은 것이 무엇인가. 한 분 어머니를 잃었네. 그리고 절뚝발이가 되었네. 글 한 자 못 배웠네. 돈 한 푼 못 벌었네. 사람다운 일 하나 못하여놓았네. 오직 누추한 꿈속에서 나의 몸서리칠 청춘을 일생의 중요한 부분을 삭제당하기를 그저 달게 받아왔을 따름일세. 차인잔고(差引殘高)[43]가 무엇인가. 무슨 낯으로 형제의 낯을 대하며, 무슨 낯으로 고향 친구의 낯을 대할 것인가? 오직 회한 차인잔고가 있다고 하면, 오직 이 회한의 한 뭉텅이가 있을 따름이 아니겠나? 그러나 다시 생각하고 나는 가벼운 한숨으로써 나의 괴로운 마음을 안심시키는 것이니 그렇게 부끄러워야만 할 고향 땅에는 지금쯤은 나의 얼굴, 아니 나의 이름이나마 기억할 수 있는 사람의 한 사람조차도 있지 않을 것일 뿐이랴. 그곳에는 이 인생의 패배자인 나를 마음으로써 반가이 맞아줄 자네

M군이 있을 것이요, 육친의 형제 T가 있을 것이므로일세. 이 기쁨으로 나는 나의 마음에 용기를 내게 하여 몽매에도 그리던 고향의 흙을 밟으려 하는 것일세.

*

근 3년 동안이나 마음과 몸의 안정을 가지고 머물러 있는 이곳의 주인은 내가 자네와 작별한 후에 자네에게 주던 이만큼의 우정을 아끼지 않은 그렇게 친한 친구가 되어 있다는 말을 자네에게 전한 것을 자네는 잊지 않았을 줄 믿네. 피차에 흉금을 놓은 두 사람은 주객의 굴레를 일찍이 벗어난 그리하여 외로운 그와 외로운 나는 적적(비록 사람은 많으나)한 이 집안에 단 두 사람의 가족이 되었네. 이렇게 그에게 그의 가족이 없는 것은 물론이나 이만한 여관 외에 처처에 상당한 건물들을 그의 소유로 가지고 있는 꽤 있는 그일세.

나로서 들어가는[44] 바 그의 과거가 비풍참우(悲風慘雨)의 혈사를 이곳에 나열하면 무엇 하겠나마는 과연 그는 문자대로의 고독한 낭인일세. 그러나 그의 친구들의 간곡한 권고와 때로는 나의 마음으로의 권고가 있음에도 불구하고 그는 결코 아내를 취하지 않는 것일세.

"돈도 그만큼 모았고 나이도 저만큼 되었으니 장차의 길고 긴 노후의 날을 의지할 신변의 고적[45]을 위로할 해로[46]가 있어야 아니 하겠소."

"하, 그것은 전혀 내 마음을 몰라주는 말이오."

일상에 내가 나의 객관의 고적을 그에게 하소연할 때면 그는 도리어 나를 부러워하며 자기 신변의 고적과 공허를 나에게 하소연하는 것일세. 그러면서도 그는 결코 아내를 얻지 않겠다 하며 그렇다고 허튼 여자를 함부로 대하거나 하는 일도 결코 없는 것일세.

"그러면 그가 여자에게 대하여 무슨 가지[47] 못할 깊은 원한이나 있는 것이 아닐까."

하는 선입관념을 가진 눈으로 보아서 그런지 그는 남자에게는 어떤 사람에게든지 친절하게 하면서도 여자에게는 어떤 사람에게든지 냉정하기 짝이 없는 것일세. 예를 들면 이 집 여중(女中)[48]들에게 하는 그의 태도는 학대, 냉정, 잔인, 그것일세.

나는 때로

"너무 그러지 마오, 가엾으니."

"여자니깐."

그는 언제나 이렇게 대답할 뿐이었네. 그의 이 수수께끼의 대답은 나의 의아를 점점 깊게만 하는 것이었네. 하루는 조용한 밤 두 사람은 또한 떫은 차를 마셔가며 세상 이야기를 하고 있었네. 그 끝에

"여자에 관련된 남에게 말 못할 무슨 비밀의 과거가 있소?"

"있소! 있되 깊소!"

"내게 들려줄 수 없소?"

"그것은 남에게 이야기할 필요도 이유도 전혀 없는 것이오. 오

직 신이 그것을 알고 있을 따름이어야만 할 것이오. 그것은 내가 눈을 감고 내 그림자가 지상에서 사라지는 동시에 사라져야만 할 따름이오."

나는 물론 그에게 질기게 더 묻지 않았네. 그의 그림자와 함께 사라질 비밀이 무엇인지는 모르겠으나 쾌활한 기상의 주인인 그는 또한 남다른 개성의 소유자인 것일세.

*

그는 나보다 십여 세 만일세. 그의 나이에 겨누어 너무 과하다 할 만치 많이 난 그의 흰 머리털은 나로 하여금 공경하는 마음을 가지게 하네. 또한 동시에 그의 풍파 많은 과거를 웅변으로 이야기하고 있는 것도 같으니 그와 같은 그가 나를 사귀어주기를 동년배의 터놓은 사이의 우의로써 하여주니 내가 나의 방랑 생활에 있어서 참으로 나의 '희로애락'을 바꿀 수 있는 사람은 오직 그뿐이라고 어찌 말하지 않겠나? 그와 나는 구구한, 그야말로 경제 문제를 벗어난 가족. 그가 지금에 경영하고 있는 여관은 그와 내가 주객의 사이는커녕 누가 주인인지도 모르게 차라리 어떤 때에는 내가 주인 노릇을 하게쯤[49] 되는, 말하자면 공동 경영 아래에 있는 것과 같은 그와 나 사이인 것일세. 그의 장부는 나의 장부였고, 그의 금고는 나의 금고였고 그의 열쇠는 나의 열쇠였고, 그의 이익과 손실은 나의 이익과 손실이었고, 그의 채권과 채무는 나의 채권과 채무인 것이었네. 그와 나의 모든 행동은 그와 내가 목적을 같이 한 영향을 같이 한 그와 나의 행동들이었네. 참으로 그와 내가 서로 믿음은 마치 한 들보를 떠받치고 있는 양편 두 개의 기둥이 서로 믿지 않으면 안 되는 사이와도 같은 것이었네.

*

이와 같은 기쁜 소식만을 나열하고 있던 나는 지금 돌연히 그가 세상을 떠났다는 슬픈 소식을 자네에게 전하지 않을 수 없는 운명에 조우된 지 오래인 것을 말하네. 나와 만난 후 3년에 가까운 동안뿐 아니라 그의 말에 의하면 그 이전에도 몸살이나 감기 한 번도 앓아본 적이 없는 퍽 건강한 몸의 주인이던 그가 졸지에 이렇게 쓰러졌다는 것은 그와 오랫동안 같이 있던 나로서는 더욱이나 의외인 것이었네. 한 이삼 일을 앓는 동안에는 신열이 좀 있다 하더니 내가 옆에 앉아 있는 앞에서 고요히 잠자는 듯이 갔네.

"사람 없는 벌판에서 별을 쳐다보며 죽을 줄 안 내 몸이 오늘 이렇게 편안한 자리에 누워서 당신의 서러운 간호를 받아가며 세상을 떠나니 기쁘오. 당신의 은혜는 명도에 가서 반드시 갚을 것을 약속하오. 이 집과 내 가진 물건의 얼마 안 되는 것을 당신에게 맡기기로 수속까지 다 되어 있으니 가는 사람의 마음이라 가엾이 생각하여 맡아주기를 바라고 아무쪼록 그것을 가지고 고향에 돌아가 형제 친구들과 함께 기쁘게 살아주기를 바라오. 내가 이렇게 하잘것없이 갈 줄은 나도 몰랐소. 그러나 그것도 다 내가 나의 과거에 받은 그 뼈살에 지나치는 고생의 열매가 도진 때문인 줄 아오. 나를 보내는 그대도 외롭겠소마는 그대를 두고 가는 나는 사바에 살아 꿈적이던 날들보다도 한층이나 외로울 것 같소!"

이렇게 쓰디쓴 몇 마디를 남겨놓고 그는 갔네. 그 후 그의 장사도 치른 지 며칠째 되던 날, 나는 그의 일상 쓰던 책상 속에서 위의 말들과 같은 의미의 유서 그리고 문서들을 찾아내었네.

*

이제 이것이 나에게 기쁜 일일까, 그렇지 않으면 슬픈 일일까. 나는 그 어느 것이라고도 말하기를 주저하는 것일세.

내가 그의 생전에 그와 내가 주고받던 친교를 생각하면 그의 죽음은 나에게 무한히 슬픈 일이 아니겠나마는 어머니의 뱃속을 떠나던 날부터 적빈에만 지질려가며[50] 살아온 내가 비록 남에게는 얼마 안 되게 보일는지 모르겠으나 나로서는 나의 일생에 상상도 하여보지도 못할 만치의 거대한 재산을 얻은 것이 어찌 그다지 기쁜 일이 아니겠다고 생각하겠는가. 이러한 나의 생각은 세상을 떠난 그를 생각하기만 하는 데에서도 더없을 양심의 가책을 안 받는 것도 아니겠으나 그러나 위의 말한 것은 나의 양심의 속임 없는 속삭임인 것을 어찌하겠나.

"어째서 그가 이것을 나에게 물려줄까."

"죽은 그의 이름으로 사회업에 기부할까."

이러한 생각들이 끊임없이 나의 머리에 지나가고 지나오고 한

것은 또한 내가 나의 마음을 속이는 말이겠나? 그러나 물론 전에
도 느끼지 않은 바는 아니나 차차 나이 들고 체력이 감퇴되고 원
기가 좌절됨을 따라서 이 몸의 주위의 공허가 역력히 발견되고 청
운의 젊은 뜻도 차차 주름살이 잡히기를 시작하여 고향을 그리워
하는 마음 한낱 이 몸의 쓸쓸한 느낌만이 나날이 커가는 것일세.
그리하여 어서 바삐 고향에 돌아가 사랑하는 친구와 얼싸안기 원
하며 그립던 형제와 섞이어가며 몇 날 남지 않은 나의 여생을 보
내고 싶은 마음이 좀더 기쁨과 웃음과 안일한 가운데에서 보내고
싶은 마음이 날이 가면 갈수록 최근에 이르러서는 일층 더하여가
는 것일세. 내가 의학 공부를 시작한 것도 전전 푼의 돈이나마 모
으기 시작한 것도 그런 생각에서 나온 가엾은 짓들이었네.

사회사업에 기부할 생각보다도 내가 가질 생각이 더 컸던 나는
드디어 그 가운데의 일부를 헤치어 생전 그에게 부수되어 있던
용인(庸人) 여중(女中)들과 얼마 안 되는 채무를 처치한 다음 나
머지의 전부를 가지고 고향에 돌아갈 결심을 하였네. 그들 가운
데 몇 사람으로부터는 단언커니와 나의 일생에 들어본 적이 없던
비난의 말까지 들었네.

"돈! 재물! 이것 때문에 그의 인간성이 이렇게도 더럽게 변하고
말다니! 죽은 그는 나를 향하여 얼마나 조소할 것이며 침 뱉을 것
이냐."

새삼스러이 찌들고 까부러진 이 몸의 하잘것없음을 경멸하며
연민하였네. 그러면서도

"이것도 다 여태껏 나를 붙들어 매고 있는 적빈 때문이 아니

냐."

이렇게 자기 변명의 길도 찾아보면서 자기를 위로하는 것이었네.

*

친구를 잃은 슬픔은 어느 결에 사라졌는가, 지금에 나의 가슴은 고향 땅을 밟을 기쁨, 친구를 만날 기쁨, 형제를 만날 기쁨, 이러한 가지의 기쁨들로 꽉 차 있네. 놀라거니와 나의 일생에 있어서 한편으로는 양심의 가책을 받아가면서라도 최근 며칠 동안만큼 기뻤던 날이 있었던가를 의심하네.

아── 이것을 기쁨이라고 나는 자네에게 전하는 것일세그려. 눈물이 나네그려!

*

자네는 일상 나의 조카 업의 칭찬의 말을 아끼지 않아왔지. 최근에 자네의 편지에 이 업에 대한 아무런 말도 잘 볼 수 없음은 무슨 일일까. 하여간 젖 먹던, 코 흘리던 그 업이를 보아버리고 방랑 생활 십유여 년 오늘날 그 업이 재질의 풍부한 생래의 영리한 업으로 자라났다 하니 우리 집안을 위하여서나 일상에 적빈에 우는 T 자신을 위하여서나 더없이 기뻐할 일이라고 생각하면서도, 또 한편으로는 이제는 우리 같은 사람은 아무 소용이 없구나 하는 생각을 하니 감개무량하네. 또한 미구에 만나 볼 기쁨과 아울러 이 미지수의 조카 업이에 대하여 많은 촉망과 기대를 가지고 있는 것일세.

M군! 나는 아무쪼록 빨리 서둘러서 어서 속히 고향으로 돌아갈 차비를 차리려 하거니와 이곳에서 처치해야만 할 일도 한두 가지가 아니고 해서 아직도 이곳에 여러 날 있지 않으면 안 될 형편이나 될 수만 있으면 세전(歲前)에 고향에 돌아가 그립던 형제와 친구와 함께 즐거운 가운데에서 오는 새해를 맞이하려 하네. 어서 돌아가서 지나간 옛날을 추억도 하여보며 그립던 회포를 풀어도 보아야 할 터인데!

일기 추운데 더욱더욱 건강에 주의하기를 바라며 T에게도 불일간 내가 직접 편지하려고도 하거니와 자네도 바쁜 몸이지만 한번 찾아가서 이 소식을 전하여주기를 바라네. 자— 그러면 만나는 날 그때까지 평안히. ×로부터……

나의 지난날의 일은 말갛게 잊어주어야 하겠다. 나조차도 그것을 잊으려 하는 것이니 자살은 몇 번이나 나를 찾아왔다. 그러나 나는 죽을 수 없었다.

나는 얼마 동안 자그마한 광명을 다시금 볼 수 있었다. 그러나 그것도 전연 얼마 동안에 지나지 않았다. 그러나 또 한 번 나에게 자살이 찾아왔을 때에 나는 내가 여전히 죽을 수 없는 것을 잘 알면서도 참으로 죽을 것을 몇 번이나 생각하였다. 그만큼 이번에 나를 찾아온 자살은 나에게 있어 본질적이요, 치명적이었기 때문이다.

나는 전연 실망 가운데 있다. 지금에 나의 이 무서운 생활이 노〔繩〕 위에 선 도승사(渡繩師)[51]의 모양과 같이 나를 지지하고 있다.

모든 것이 다 하나도 무섭지 아니한 것이 없다. 그 가운데에도 이 '죽을 수도 없는 실망'은 가장 큰 좌표에 있을 것이다.

나에게, 나의 일생에 다시없는 행운이 돌아올 수만 있다 하면 내가 자살할 수 있을 때도 있을 것이다. 그 순간까지는 나는 죽지 못하는 실망과 살지 못하는 복수(復讐)——이 속에서 호흡을 계속할 것이다.

나는 지금 희망한다. 그것은 살겠다는 희망도 죽겠다는 희망도 아무것도 아니다. 다만 이 무서운 기록을 다 써서 마치기 전에는 나의 그 최후에 내가 차지할 행운은 찾아와주지 말았으면 하는 것이다. 무서운 기록이다.

펜은 나의 최후의 칼이다.

1930. 4. 26 의주통공사장에서(於義州通工事場)

이 ○[52]

어디로 가나?

사람은 다 길을 걷고 있다. 그러므로 그들은 어디로인지 가고 있다. 어디로 가나?

광맥을 찾으려는 것 같은 사람이 있는가 하면 산보하는 사람도 있다.

세상은 어둡고 험준하다. 그러므로 그들은 헤맨다. 탐험가나 산보자나 다 같이.

사람은 다 길을 걷는다. 간다. 그러나 가는 데는 없다. 인생은 암야의 장단 없는 산보이다.

그들은 오랫동안의 적응으로 하여 올빼미와 같은 눈을 얻었다. 다 똑같다.

그들은 끝없이 목마르다. 그들은 끝없이 구한다. 그리고 그들은 끝없이 고른다.

이 '고름'이라는 것이 그들이 가지고 나온 모든 것들 가운데 가장 좋은 것이면서도 가장 나쁜 것이다.

이 암야에서도 끝까지 쫓겨난 사람이 있다. 그는 어떠한 것, 어떠한 방법으로도 구제되지 않는다.

선혈이 임리[53]한 복수는 시작된다. 영원히 끝나지 않는 복수를. 피 밑(底) 없는 학대의 함정——

*

사람에게는 교통[54]이 없다. 그는 지구권 외에서도 그대로 학대받았다. 그의 고기를 전부 졸여서 애(愛)라는 공물(供物)을 만들어 사람들 앞에 눈물 흘리며도 보았다. 그러나 모든 것은 더 한층 그를 학대하고 쫓아내었을 뿐이었다.

"가자! 잊어버리고 가자!"

그는 몇 번이나 자살을 꾀하여보았다. 그러나 그는 이 나날이

진(濃)하여만 가는 복수의 불길을 가슴에 품은 채 싱겁게 가버릴 수는 없었다.

"내 뼈 끝까지 다 갈려 없어지는 한이 있더라도—— 그때에는 내 정령(精靈) 혼자서라도——"

그의 갈리는 이빨 사이에서는 뇌장(腦漿)을 갈아 마실 듯한 쇳소리와 피육(皮肉)을 말아 올릴 듯한 회오리바람이 일어났다.

그의 반생을 두고(아마) 하여 내려오던 무위한 애(愛)의 산보는 끝났다.

그는 그의 몽롱한 과거를 회고하여보며 그 눈먼 산보를 조소하였다. 그리고 그의 앞에 일직선으로 뻗쳐 있는 목표 가진 길을 바라보며 득의의 웃음을 완이(莞爾)[55]히 웃었다.

*

닦아도 닦아도 유리창에는 성에가 슬었다. 그럴수록 그는 자주 닦았고 자주 닦으면 성에는 자꾸 슬었다. 그래도 그는 얼마든지 닦았다.

승강장 찬바람 속에 옷고름을 날리며 섰다가 처음 들어왔을 때에는 퍽 따스하더니 그것도 삽시간이요 발밑에 스팀은 자꾸 식어만 가는지 삼등객차 안은 가끔 소름이 끼칠 만치 써늘하였다.

가방을 겨우 다나[56] 위에다 얹고 앉기는 앉았으나 그의 마음은 종시 앉지 않았다. 그의 눈은 유리창에 스는 성에가 닦아도 슬고 또 닦아도 또 슬듯이 씻어도 솟고 또 씻어도 솟는 눈물로 축였다.

그는 이 까닭 모를 눈물이 이상하였다. 그런 것도 그의 눈물의 원한인[57]이었는지도 모른다.

젖은 눈으로 흐린 풍경을 보지 않으려 눈물과 성에를 쉴 사이 없이 번갈아 닦아가며 그는 창밖을 내다보기에 주린 듯이 탐하였다. 모든 것이 이상하기만 할 뿐이었다.

"어찌 이렇게 하나도 이상한 것이 없을까? 아!"

그에게는 이것이 이상한 것이었다.

하염없는 눈물을 흘려서 그는 그의 백사지(白沙地)된 뇌와 심장을 조상하였다.

회색으로 흐린 하늘에 소리 없는 까마귀 떼가 몽롱한 북망산을 반점 찍으며 감도는 모양, 그냥 세상 끝까지라도 닿아 있을 듯이 겹친 데 또 겹쳐 누워 있는 적갈색의 벗어진 산들의 자비스러운 곡선, 이런 것들이 그의 흥미를 일게 하지 않는 것도 아니었다. 그러나 이런 것들도 도무지 이상치 않은 것이 그에게는 도무지 이상하였다.

이러한 가운데에도 그는 그의 눈과 유리창을 닦기를 게을리 하지 않았다.

"남의 것을 왜 거저 먹으려고 그리는 것일까."

그는 '따개꾼'[58]을 생각하여보았다.

"남의 것을 거저, 남의 것을, 거저."

그는 또 자기를 생각하여보았다.

"남의 것을 거저, 나는 남의 것을 거저 갖지 않았느냐. 비록 그 사람은 죽어서 이 세상에 있지 않다 하더라도──그의 유서가 그것을 허락하였다 할지라도—그의 유산의 전부를 차지하여도 조금도 거리낌이 없을 만치 그와 나는 친한 사이였다 하더라도—나는 그의 하고많은 유산을 그저 차지하지 않았느냐. 남의 것을—그는 아무리 친한 사이라 하더라도 남이다—남의 것을 거저, 나는 그의 유산의 전부를 사회사업에 반드시 바쳤어야 옳을 것을. 남의 것이다. 상속이 유언된 유산, 거저, 사회사업, 남의 것."

그의 머리는 어지러웠다.

"고요한 따개꾼, 체면 있는 따개꾼!"

그러나 그는 성에 슨 유리창을 닦는 것과 같이 그의 주머니 속에 들어 있는 '돈'의 종이조각—수형[59]을 어루만져보기를 때때로 하는 것도 잊어버리지는 않았다.

발끝에서 올라오는 추위와 피곤, 머리끝에서 내려오는 산란과 피곤—그것은 복부에서 충돌되어서는 시장함으로 표시되었다. 한 조각의 마른 빵을 씹어본 다음에 그는 물도 마시지 않았다. 오줌 누러 가는 것이 귀찮아서.

먹은 것이라고는 새벽녘에도 역시 마른 빵 한 조각밖에는 없다. 그때도 역시 물은 마시지 않았다.

그런데 그는 벌써 변소에를 몇번이고 갔는지 모른다. 절름발이를 이끌고 사람 비비대는 차 안의 좁은 틈을 헤쳐가며 지나다니기가 귀찮았다. 이것이 괴로웠다. 그리하여 이번에도 물을 마시지 않은 것이다. 그러나 오줌을 수없이—그는 이것이 이 차안의 특유인 미지근한 추위 때문이 아닌가? 이렇게도 생각해보았다. 그는 변소에 들어서서는 반드시 한 번씩 그 수형(手形)을 꺼내어

자세히 검사하여보는 것도 겸겸하였다.

"오냐── 무슨 소리를 내가 듣더라도 다시 살자."

왼편 다리가 차차 아파 올라왔다. 결리는 것처럼, 저리는 것처럼, 기미 나쁘게.

"기후가 변하여서, 풍토가 변하여서."

사람의 배를 가르고 그 내장을 세척하는 것은 고사하고──사람의 썩는 다리를 절단하는 것은 고사하고──등에는 조그만 부스럼에 메스 한 번을 대어본 일이 없는 슬플 만치 풍부한 경험을 가진 훌륭한 의사인 그는 이러한 진단을 그의 아픈 다리에다 내려도 보았다. 그래 바지 아래를 걷어 올리고 아픈 다리를 내어 보았다. 바른편 다리와는 엄청나게 훌륭하게 뼈만 남은 왼편 다리는 바닥에서 솟아올라오는 '풍토 다른' 추위 때문인지 죽은 사람의 그것과 같이 푸르렀다. 거기에 몇 줄기 새파란 정맥줄이 반투명체가 내뵈듯이 내보이고 있었다. 털은 어느 사이에인지 다 빠져 하나도 없고 모공의 자국에는 파리똥 같은 깜은 점이 위축된 피부 위에 일면으로 널려 있었다. 그는 그것을 '나의 것'이니만치 가장 친한 기분으로 언제까지라도 들여다보며 깔깔한 그 면을 맛 좋게 쓸어 다듬어주고 있었다.

그때에 건너편 자리에 앉아 있던 신사(?)는 가냘픈 한숨을 섞어 혀를 한번 쩍 하고 치더니 그 자리에서 일어서서 황황히 어디론지 가버렸다.

"내리는 게로군. 저 가방── 여보시오, 저 가방."

그는 고개를 돌이켜 그 신사의 가는 쪽을 향하여 소리질렀다.

"여보시오 저 가방을 가지고 내리시오— 저."

또 한 번 소리쳐보았으나 그 신사의 모양은 벌써 어느 곳으로 가버렸는지 보이지 않았다. '그가 생각나서 찾으러 오도록 나는 저 가방을 지켜주리라' 이런 생각을 그는 한턱 쓰는 셈으로 생각하였다.

"여보 인젠 그 다리 좀 내놓지 마시오."

"아 참 저 가방."

이렇게 불식간에 대답을 한 그는 아까 자리를 떠나 어디로 갔는지 없어졌던 그 신사가 어느 틈에인지 다시 그 자리에 와 앉아 있는 것을 그제야 겨우 보아 알았다. 신사는 또 서서히 입을 열어

"여보 나는 인제 몇 정거장 남지 않았으니 내가 내릴 때까지는 제발 그 다리 좀 내어놓지 좀 마오!"

"네. 하도 아프기에 어째 그런가 하고 좀 보았지요. 혹시 풍토가……"

"풍토? 당신 다리는 풍토에 따라 아프기도 하고 안 아프기도 하고 그렇소?"

"네. 원래 이 왼편 다리는 다친 다리가 되어서 조곰 일기가 변하기만 하여도 곧 아프기가 쉬운, 신세는 볼일 다 본, 그렇지만 이를 갈고—"

"하하 그러면 오— 알았소. 그 왼편……"

"네. 그 아플 적마다 고생이라니 어디 참."

"내 생각 같아서는 그건 내 생각이지만 그렇게 두고 고생할 것 없이 병신되기는 다 일반이니 아주 잘라버리는 것이 좋을 것 같

소. 저 내가 아는 사람도 하나 그 이야기는 할 것도 없소만 어쨌든 그것은 내 생각에는 그렇다는 말이니까 당신보고 자르라고 그러는 말은 아니요만 하여간 그렇다면 퍽 고생이 되겠는데."

"글쎄 말씀이야 좋은 말씀이외다만 원 아무리 고생이 된다 하더라도 어떻게 제 다리를 자르는 것을 제 눈으로 뻔히 보고 있을 수가 있나요?"

"그렇지만 밤낮 두고 고생하느니보다는 낫겠다는 말이지요. 그것은 뭐 어쩌다가 그렇게 몹시 다쳤단 말이오."

"그거요 다 이루 말할 수 있나요. 이 다리는 화태(樺太)[60]에서 일할 적에 토로에서 뛰어내리려다가 토로와 한데 뒹구는 바람에 이렇게 몹시 다친 거지요."

"화태?"

신사는 잠시 의아와 놀라는 얼굴빛을 보인 다음에 다시 말을 이어

"어쩌다가 화태까지나 가셨더란 말이요?"

"예서는 먹고 살 수가 없고 하니까 돈 벌러 떠난다는 것이 마지막 천하에 땅 있는 데는 사람 사는 곳이고 안 사는 곳이고 안 가본 데가 있나요. 이렇게 떠돌아다니는 게 올째 꼭! 가만있자. 열일곱 해 아니 열다섯 핸가—— 어쨌든 십여 년이지요."

"돈만 많이 벌었으면 고만 아니오."

"그런데 어디 돈이 그렇게 벌리나요. 한 푼 참 없습니다. 벌기는 고만두고 굶기를 남 먹듯 했습니다. 어머님 집 떠난 지 1년도 못 되어 돌아가시고……"

"하— 어머님이— 어머님도 당신하고 같이 가셨습디까. 처자는 그럼 다 있겠구려."

"웬걸요. 처자는 집 떠나기 전에 다 죽었습니다. 어린 것을 낳은 지—에 그게—어쨌든 에미가 먼저 죽으니까 죽을 밖에요. 어머님은 아우에게 맡기고 떠나려고 했지만, 원래 우리 형제는 의가 좋지 못한 데다가 아우도 처자가 다 있는 데다가 저처럼 이렇게 가난하니 어디 맡으려고 그럽니까."

"아우님은 단 한 분이오?"

"네. 그게 그렇게 의가 좋지 못하답니다. 남이 보면 부끄러울 지경이지요."

"그래 시방 어떻게 해서 어디로 가는 모양이오."

신사의 얼굴에는 연민의 빛이 보였다.

"십여 년을 별짓을 다하고 돌아다니다가…… 참 그동안에는 죽으려고 약까지 타놓은 일도 몇 번인지 모르지요. 세상이 다 우스꽝스러워서 술 노름으로 세월을 보낸 일도 있고 식당 쿡 노릇을 안 해보았나. 이래 보여도 양요리는 그래도 못 만드는 것 없이 능란하답니다. 일등 쿡이었으니까 화태에도 오랫동안 있었지요. 그때 저는 꼭 죽는 줄만 알았는데, 그래도 명이 기니까 할 수 없나 보아요. 이렇게 절름발이가 되어가면서도 여태껏 살고 있으니 그때 그놈들(그는 누구라는 것도 없이 이렇게 평범히 불렀다)이 이 다리를 막 자르려고 뎀비는 것들을 죽어라 하고 못 자르게 했지요. 기를 쓰고 죽어도 그냥 죽지 내 살점을 떼내 던지지는 않겠다고 이를 악물었더니 그놈들이 그래도 내 억지는 못 이기겠던지 그냥

내버려두었에요. 덕택에 시방 이 모양으로 절름발이 신세를, 네
— 가기는 제가 갈 데가 있겠습니까. 아우의 집으로 가야지요.
의가 좋으니 나쁘니 해도 한 배의 동생이요, 또 십여 년 만에 고
향에 돌아오는 몸이니 반가워하지는 못할지라도 그리 싫어하지는
않을 것 같습니다. 고향이요, 고향은 서울, 아주 서울 태생이올시
다. 서울에는 아우하고 또 극진히 친한 친구 한 사람이 있습니다.
그저 그 사람들을 믿고 시방 이렇게 가는 길이올시다. 그렇지만
내 이를 악물고라도."

"그럼 그저 고향이 그리워서 오는 모양이구려."

"네. 그렇다면 그렇지요. 그런데 하기는……"

그는 별안간에 말을 멈추는 것같이 하였다.

"그럼 아마 무슨 큰 수가 생겨서 오는 모양이구려."

어디까지라도 신사의 말은 그의 급처(急處)를 찌르는 것이었다.

"수, 에— 수가 생겼다면— 하기야 수라도—"

"아주 큰 수란 말이구려 하……"

두 사람은 잠시 쓰디쓴 웃음을 웃어보았다.

"다른 사람이 보면 하잘것없는 것일지는 몰라도 제게는 참 큰
수치요, 허고 보니."

"얘기 좀 하구려. 그 무슨 그렇게 큰 순가."

"얘기를 해서 무엇하나요? 그저 그렇게만 아시지요[61] 뭐. 해도
상관은 없기는 없지만……"

"그 아마 당신께 좀 꺼리는 데가 있는 게로구려? 그렇다면 할
수 없겠소만 또 그렇다고 하더라도 내가 당신을 천 리나 만 리나

따라다닐 사람이 아니요. 또 내가 무슨 경찰서 형사나 그런 사람도 아니요. 이렇게 차 속에서 우연히 만났다가 헤어지고 말 사람인데 설사 일후에 또 만나는 수가 있다 하더라도 피차에 얼굴조차도 잊어버릴 것이니 누가 누군지 안단 말이오. 내가 또 무슨 당신의 성명을 아는 것도 아니고 상관없지 않겠소."

"아— 그렇다면야. 뭐, 제가 이야기 안 한다는 까닭은 무슨 경찰에 꺼릴 무슨 사기 취재(?)[62]나 했다 해서 그러는 것이 아닙니다. 이야기가 너무 장황해서 또 몇 정거장 안 가서 내리신다기에 이야기가 중간에 끊어지면 하는 사람이나 듣는 사람이나 피차 재미도 없을 것 같고 그래서."

"그렇게 되면 내 이야기 끝나는 정거장까지 더 가리다그려. 이야기가 재미만 있다면 말이요."

"네(?) 아니 몇 정거장을 더 가셔도 좋다니 그것이 어떻게 하시는 말씀인지 저는 도무지—"

두 사람은 또 잠깐 웃었다. 그러나 그는 놀랐다.

"내 여행은 그렇게 아무렇게나 해도 상관없는 여행이란 말이오."

"그렇지만 돈을 더 내셔야 않나요."

"돈? 하— 그래서 그렇게 놀란 모양이로구려! 그건 조금도 염려할 것 없소. 나는 철도국에 다니는 사람인 고로 차는 돈 한 푼 안 내고라도 얼마든지 거저 탈 수 있는 사람이니까. 나는 지금 볼일로 ××까지 가는 길인데 서울에도 볼일이 있고 해서 어디를 먼저 갈까 하고 망설거리던 차에 미안한 말이지요만 아까 당신의 그 다리를 보고 고만 ××일을 먼저 보기로 한 것이오. 그렇지만 또 당신의 이야기가 아주 썩 재미가 있어서 중간에서 그냥 내리기가 아깝다면 서울까지 가면서 다 듣고 서울 일도 보고 하는 것이 좋을 듯도 하고 해서 하는 말이오."

"네. 나는 또 철도국 차를 거저, 그것 참 좋습니다. 차를 얼마든지 거저——"

이 '거저' 소리가 그의 머리에 거머리 모양으로 묘하게 착 달라붙어서는 떨어지지 않았다. 아 그는 잠깐 동안 혼자 애쓰지 않으면 안 되었다. 억지로 태연한 차림을 꾸미며 그는 얼른 입을 열었다. 그러나 그 말마디는 묘하게 굴곡이 심하였다. 그는 유리창이 어느 틈에 밖이 조금도 내어다보이지 않을 만치 서린 성에를 닦기도 하여보았다.

"말하자면 횡재 에—— 횡재—— 무엇 횡재될 것도 없지만 또 횡재라면 그야 횡재 아니라고도 할 수 없지만 어쨌든 제가 고생 고생 끝에 동경으로 한 3년 전에 다시 돌아왔습니다. 게서 친구 한 사람을 사귀었는데 그는 별 사람이 아니라 제가 묵고 있던 집주인입니다. 그 사람은 저보다도 더 아무도 없는 아주 고독한 사람인데 그 여관 외에 또 집도 여러 채를 가지고 있었는데 있는 동안에 그 사람과 나는 각별히 친한 사이가 되어 그 여관을 우리 둘이서 경영하여 나가게 되었습니다. 그런데 그 사람이 얼마 전에 고만 죽었습니다. 믿던 친구가 죽었으니 비록 남이었건만 어떻게 서러운지 아마 어머님 돌아가실 때만큼이나 울었습니다. 남다른 정분을 생각하고는 장사도 제 손으로 잘 지내주었지요. 그런데

인제 그렇거든요. 자— 그가 떡 죽고 보니까 그의 가졌던 재산
—무엇 재산이라고까지는 할 것은 없을지는 몰라도 하여간 제게
는 게서 더 큰 재산은 여태 그렇게 말할 것까지는 없을는지 몰라
도 어쨌든 상당히 큰돈(?)이니까요—그게 어디로 가겠느냐 이
렇게 될 것이 아니냐 그런 말이거든요."

"그러니까 그것을 당신이 슬쩍 이렇게 했다는 말인 것이오그
려. 하⋯⋯따은⋯⋯참⋯⋯횡재는⋯⋯"

"아— 천만에 제 생각에는 그것을 죄다 사회사업에 기부할 생
각이었지요, 물론."

"그런데 안 했다는 말이지."

"그런데 그가 죽기 전에 벌써 그가 저 죽을 날이 가까워오는 것
을 알고 그랬던지 다 저에게다 상속하도록 수속을 하여놓고는 유
서에다가는 떡 무엇이라고 써놓았는고 하니."

"사회사업에 기부하라고 써?"

"아— 그게 아니거든요. 이것을 그대의 마음 같아서는 반드시
사회사업에 기부할 줄 믿는다. 그러나 죽는 사람의 소원이니 아
무쪼록 그대로 가지고 고향으로 돌아가서 친척 친구와 함께 노후
의 편안한 날을 맞고 보내도록 하라. 만일 그렇지 아니하고 내 말
을 어기는 때에는 나의 영혼은 명도[63]에서도 그대의 몸을 우려하
여 안정할 날이 없을 것이라고."

"하— 대단히 편리한 유서로군! 당신 그 창작⋯⋯"

신사는 말을 멈추었다. 그러나 그의 얼굴은 어디까지든지 냉소
와 조롱의 빛으로 차 있었다.

"그래서 그의 죽은 혼령도 위로할 겸 저도 좀 인제는 편안한 날을 좀 보내보기도 할 겸해서 이렇게 돌아오는 길이오."

"하— 그럴듯하거든. 그래 대체 그 돈은 얼마나 되며 무엇에다 쓸 모양이오."

"얼마요? 많대야 실상 얼마 되지는 않습니다. 제게는 무얼 하겠느냐—먹고 살고 하는 데 쓰지요."

"아 그래 그저 그 돈에서 자꾸 긁어다 먹기만 할 모양이란 말이오. 사회사업에 기부하겠다는 사람의 사람은 딴 사람인 모양이로군!"

"그저 자꾸 긁어다 먹기만이야 하겠습니까. 설마하기는 시방 계획은 크답니다."

"한번 다부지게 먹어보겠다는 말이로구료."

"제게 한 친구가 의사지요. 그 전에는 그 사람도 남부럽지 않게 상당히 살았건만 그 부친 되는 이가 미두(米豆)[*]라나요. 그런 것을 해서 우리 친구 병원까지를 들어먹었지요. 그래 시방은 어떤 관립 병원에 촉탁의로 월급 생활을 하고 있다고 그렇게 몇 해 전부터 편지거든요. 그래서 친구 좋은 일도 할 겸 또 세상에 나처럼 아픈 사람 병든 사람을 위하여 사회사업도 할 겸 가서 그 친구와 같이 병원을 하나 낼까 하는 생각인데요. 크기야 생각만은."

"당신은 집이나 지키려오."

"왜요, 저도 의사랍니다. 친구의 그 소식을 들었대서 그런 것은 아니지만 내 몸이 병신이니까 그런지 세상에 허고많은 불쌍한 사람 중에도 병든 사람 앓는 사람처럼 불쌍한 이는 없는 것 같아서 저도 의학을 좀 배워두었지요."

신사는 가벼운 미소를 얼굴에 띠면서 의학을 배운 사람치고는 너무도 무식하고 유치하고 저급인 그의 말에 놀란다는 듯이 쩍쩍 혀를 몇 번 찼다.

"그래 당신이 의학을 안단 말이오."

"네——안다고까지야——그저 좀 똥겼지요.[65] 가갸거겨——왜 그러십니까. 어디 편치 않으신 데가 있다면 제가 시방이라도 보아드리겠습니다. 있습니까? 있으면——"

두 사람은 크게 소리치며 웃었다. 차창 밖은 어느 사이에 날이 저물어 흐린 하늘에 가뜩이나 음울한 기분이 떠돌았다.

차 안에는 전등까지도 켜졌다. 그러나 그들은 그것도 깨닫지 못하였다. 그는 밖을 좀 내다보려고 유리창의 성에를 또 닦았다. 닦인 부분에는 밖으로 수없는 물방울이 마치 말 못할 설움에 소리 없이 우는 사람의 뺨에 묻은 몇 방울 눈물처럼 여기저기에 붙어 있었다. 그것들은 차의 움직임으로 일순 후에는 곧 자취도 없이 떨어지고 그러면 또 새로운 물방울이 또 어느 사이에인지 와 붙고 하여 그 물방울은 늘 거의 같은 수효로 널려 있었다.

"눈이 오시는 게로군."

두 사람은 이야기를 멈추고 고개를 모아 창밖을 내어다보았다. 눈은 '너는 서울 가니? 나는 부산 간다' 하는 듯이 옆으로만 옆으로만 빠르게 지나가고 있었다. 이야기에 팔려 얼마 동안은 잊었던 왼편 다리는 여전히 아까보다도 더하게 아프고 쑤셨다 저렸다. 그는 그 다리를 옷 바깥으로 내리 쓰다듬으며 순식간에 '섯 소리를 내며 입에 군침을 한모금이나 꿀떡 삼켰다. 그 침은 몹시도 끈적끈적한 것으로 마치 '콘덴스트 밀크'[66]나 엿을 삼키는 기분이었다. 신사는 양미간에 조그만 내 천(川) 자를 그린 채 그 모양을 한참이나 내려다보고 앉았더니 별안간 쾌활한 어조로 바꾸어 입을 열었다.

"의사가 다리를 앓는 것은 희괴한[67] 일이로군!"

"제 똥 구린 줄 모른다고!"

두 사람은 이전보다도 더 크게 소리쳐 웃었다. 그 웃음은 추위에 원기를 지질린 차 안의 승객들의 멍멍한 귀에 벽력 같은 파동을 주었음인지 그들은 이 웃음소리의 발원지를 향하여 일제히 고개를 돌렸다. 두 사람은 이 모든 시선의 화살에 살이 간지러웠다. 그리하여 고개를 다시 창 쪽을 향하여보았다가 다시 또 숙여도 보았다.

얼마 만에 그가 고개를 돌렸을 때 통로 건너편에 그를 향하여 앉아 있는 젊은 여자 하나는 수건으로 얼굴을 가린 채 고개를 푹 수그리고 있는 것을 그는 발견할 수 있었다.

"우나? 무슨 말 못할 사정이 있는 게지. 누구와 생이별이라도 한 게지!"

그는 이런 유치한 생각도 하여보았다.

"그러면 그 돈을 시방 당신의 몸에 지니고 있겠구려. 그렇지 않으면!"

신사의 이 말소리에 그는 졸도할 듯이 나로 돌아왔다. 그 순간에 그의 머리에는 전광 같은 그 무엇이 떠도는 것이 있었다.

"아니오. 벌써 아우 친구에게 보냈어요. 그런 것을 이렇게 몸에다 지니고 다닐 수가 있나요."

하며 그는 그 수형이 든 위 포켓의 것을 손바닥으로 가만히 어루만져보았다. 한 장의 종이를 싸고 또 싸고 몇 겹이나 쌌던지 그의 손바닥에는 풍부한 질량의 쾌감이 느껴졌다. 그의 입 안에는 만족과 안심의 미소가 맴돌았다.

차 안은 제법 어두워졌다(그것은 더욱이 창밖이었을는지도 모르나 지금에 그의 세계는 이 차안이었으므로이다). 생각 없이 그는 아까 그가 바라보던 젊은 여자의 앉아 있는 곳으로 머리를 돌려 보았다. 그때에 여자는 들었던 얼굴을 놀란 듯이 숙이고는 수건으로 가려버렸다. 더욱 놀란 것은 그였다.

"흥, 원 도무지 별일이로군!"

그는 군입을 다셔보았다. 창밖에는 희미한 가운데에도 수없는 전등이 우는 눈으로 보는 별들과도 같이 이지러져 번쩍이고 있었다.

"서울이 아마 가까운 게로군요."

"가까운 게 아니라 예가 서울이오."

그는 이 빈약한 창밖 풍경에 놀랐다.

"서울! 서울! 기어코, 어디 내 이를 갈고——"

그는 이 '이를 갈고' 소리를 벌써 몇 번이나 하였던지 모른다. 그러나 자기도 또 듣는 사람도 그것이 무슨 뜻인지 어찌하겠다는 소리인지 깨달을 수 없었다. 차 안은 이제 극도로 식어온 것이었다. 그는 별안간 시베리아 철도를 타면 안이 어떠할까 하는 밑도

끝도 없는 생각을 하여보기도 하였다.

사람들은 모두 부스럭부스럭 일어났다. 그도 얼른 변소에를 안전하도록 다녀온 다음 신사의 조력을 얻어 다나 위의 가방을 내렸다. 그리고 그것을 바른손아귀에 꽉 쥐고서 내릴 준비를 하였다. 차는 벌써 역 구내에 들어왔는지 무수한 검고 무거운 화물차 사이를 서서히 걷고 있는 것이었다.

차는 칙 소리를 지르며 졸도할 만치 큰 기적 소리를 한번 울리고는 승강장에 닿았다. 소란한 천지는 시작되었다.

그는 잊어버리지 않고 그 여자가 있던 곳을 또 한 번 돌아다보았다. 그러나 그때에는 그 여자는 반대편 문으로 나갔기 때문에 그는 여자의 등과 머리 뒷모양밖에는 볼 수 없었다.

"에 ― 그러나 도무지 이렇게 기억 안 되는 얼굴은 처음 보겠어. 불완전 불완전!"

그는 밀려 나가며 이런 생각도 하여보았다. 그 여자의 잠깐 본 얼굴을 아무리 다시 그의 머릿속에 나타내어보려 하였으나 종시 정돈되지 않은 채 희미하게 맴돌고 있을 뿐이었다. 아픈 다리, 차 안의 추위에 몹시 식은 다리를 이끌고 사람 틈에 그럭저럭 밀려 나가는 그의 머리는 이러한 쓸데없는 초조로 불끈 화가 나서 어지러운 것이었다.

승강대를 내릴 때에 그는 그 신사 손목을 한번 잡아보았다. 아픈 다리를 가지고 내리는 데 신사의 힘을 빈다는 것처럼. 그러나 그것은 그가 무엇인지 유혹되는 것이 있었기 때문이었다. 쥐고 보았으나 그는 할 아무 말도 생각나지 않았다. 그는 잠깐 머뭇머

못하였다.

"저 오늘이 며칠입니까?"

"12월 12일!"

"12월 12일! 네, 12월 12일!"

신사의 손목을 쥔 채 그는 이렇게 중얼거려보았다. 순식간에 신사의 모양은 잡답한[68] 사람 속으로 사라졌다.

그는 찾고 또 찾았다. 그러나 누구인지 알지 못할 사람이 그의 손목을 달려 잡았을 때까지 그는 아무도 찾지는 못하였다. 희미한 전등 밑에 우쭐대는 사람들의 얼굴은 한결같이 다 똑같은 것만 같았다. 그는 그의 손목을 잡는 사람의 얼굴을 거의 저절로 내려다보았다.

그러나 눈─코─입.

"하…… 두 개의 눈─ 한 개씩의 코와 입!"

소리 안 나는 웃음을 혼자 웃었다. 눈을 뜬 채!

"×군! 나를 못 알아보나 ×군!"

한참 동안이나 두 사람의 시선은 그대로 늘어붙은 채 마주[69] 매어달려 있었다.

"M군! 아! 하! 이거 얼마 만이십니까. 얼마, 에─ 얼마 만인가."

그의 눈에는 그대로 눈물이 고였다.

"M군! 분명히 M군이시지요! 그렇지?"

침묵…… 이 부득이한 침묵이 두 사람 사이를 안 찾아올 수 없었다. 입을 꽉 다문 채 그는 눈물에 흐린 눈으로 M군의 옷으로 신발로 또 옷으로 이렇게 보기를 오르내리었다. 그의 머리(?)에 가까운 곳에는(?) 이상한 생각(같은 것)이 떠올랐다.

"M군— 그 M군은 나의 친구였다. 분명히 역시."

M군보다 키는 차라리 그가 더 컸다. 그러나 그가 군을 바라보는 것은 분명히 '쳐다보는 것'이었다. 그의 이 모순된 눈에서는 눈물이 그대로 쏟아지기만 하였다. 어느 때까지라도.

군중의 잡도한 조음[70]은 하나도 그리 귀에 느껴지지 않았던 것은 물론이다. 그리고 그뿐만 아니라 그의 눈이 초점을 잃어버렸던 것도.

"차라리 아까 그 신사나 따라갈 것을."

전광 같은 생각이 또 떠올랐다. 그때 그는 그의 귀가 '형님' 소리를 몇 번이나 '들었던 기억'까지 쫓아버렸다.

"차라리— 아—"

"이 사람들이 나를 기다렸던가. 아—"

모든 것은 다 간다. 가는 것은 어언간 간 것이다. 그에게 있어도 모든 것은 벌써 다 간 것이었다.

다만 그러고는 오지 않으면 안 될 것이 그 뒤를 이어서 '가기 위하여' 줄대어 오고 있을 뿐이었다.

"아, 갔구나. 간 것은 없는 것만도 못한 '없는 것'이다. 모든……"

그는 M군과 T씨와 그리고 T씨의 아들 업—이 세 사람의 손목을 번갈아 한 번씩 쥐어보았다. 어느 것이나 다 뻣뻣하고 핏기 없이 마른 것이었다.

"아우야— T— 조카 업— 네가 업이지……"

그들도 그의 눈물을 보았다. 그리고 어두운 낯빛에 아무 말들도 없었다. 간단한 해석을 내린 것이었다.

"바깥에는 눈이 오지?"

"떨어지면 녹고 떨어지면 녹고 그러니까 뭐."

떨어지면 녹고—그에게는 오직 눈만이 그런 것도 아닐 것 같았다. 그리고 비유할 곳 없는 자기의 몸을 생각하여도 보았다.

네 사람은 걷기를 시작하였다. 어느 틈엔지 그는 업의 손목을 꽉 잡고 있었다.

"네 얼굴이 그렇게 잘생긴 것은 최상의 행복이요 동시에 최하의 불행이다."

그는 업의 붉게 익은 두 뺨부터 코 밑에 인중을 한참이나 훔쳐 보았다. 그곳은 그를 만든 신이 마지막 새끼손가락을 뗀 자리인 것만 같았다.

도영(倒影)"되는 가로등과 헤드라이트는 눈물에 젖은 그의 눈 속에 이중적으로 재현되어 있는 것 같았다.

*

T씨의 집에서 이것저것 맛있는 음식을 시켜다 먹었다. 그 자리에 M군도 있었던 것은 물론이다. 자리는 어리석기 쉬웠다. 그래 그는 입을 열었다.

"오래간만에 오고 보니, 그것도 그래— 만나고 보면 할 말도 없거든. 사람이란 도모지 이상한 것이거든. 얼싸안고 한 두어 시간 뒹굴 것 같지. 하기야 그렇지만 떡 당하고 보면 그게 한량없이 반갑다 뿐이지. 또 별 무슨——"

자기 말이 자기 눈에 띌 때처럼 싱거운 때는 없다.

그는 이렇게 늘어놓는 동안에 '자기 말이 자기 눈에 띄었'다. 자리는 더 어리석어갔다.

"이 세상에 벙어리나 귀머거리처럼 어쨌든 그런 병신이 차라리 나을 것이야."

이런 말을 하고 나서 보니 너무 지나친 말인 것도 같았던 것이 눈에 띄었다. 그는 멈칫했다.

"×군. 말끝에 말이지. 그래도 눈먼 장님은 아니니까 자네 편지는 자네 보아서 아네. 자네도 인제 고생 끝에 낙이 나느라고—— 하기는 우리 같은 사람도 자네 덕을 입지 않나! 하……"

M군의 이 말끝에 웃음은 너무나 기교적이었다. 차라리 웃을 만하였다.

'웃을 만한 희극!'

그는 누구의 이런 말을 생각하여보았다. 그러고는 M군의 이 웃음이 정히 그것에 해당치 않는 것인가도 생각하여보았다. 그리고 속으로 웃었다.

"형님 언제나 셈평이 펴일까 '펴일까' 했더니…… 인제는 나도 기지개 좀 펴겠소. 허……"

이렇게도 모든 '웃을 만한 희극'은 자꾸만 일어났다.

"하……! 하……"

그는 나가는 데 맡겨서 그대로 막 웃어버렸다. 눈 감고 칼쌈하는 세 사람처럼 관계도 없는 세 가지 웃음이 서로 어우러져서 스치고 부딪고 맞닥치는 꼴은 '웃을 만한' 희극 중에서도 진기한 광경이었다.

11시쯤 하여 M군은 돌아갔다. 그러고 나서 그는 곧 자리에 쓰러졌다. 곧 깊은 꿈속으로 떨어진 그는 여러 날 만에 극도로 피곤한 그의 몸을 처음으로 편안히 쉬게 하였다.

얼마를 잤는지(그것은 하여간 그에게는 며칠 동안만 같았다) 귀가 간지러움을 견디다 못하여 억지로 깨었다. 깨고 난 그는 그의 귀가 그렇게 간지러웠던 까닭이 무엇이었던가를 찾아보았으나 어두컴컴한 방 안에는 아무것도 집어낼 것이 없었다.

"꿈을 꾸었나 그럼——"

꿈이었던가 아니었던가를 생각하여보는 동안에 그의 의식은 일순간에 명료해졌다. 따라서 그의 귀도 그것이 무엇인가를 구분해낼 만치 정확히 간지러움을 가만히 느끼고 있었다.

"시계 소리. 밤(夜) 소리(그런 것이 있다면). 그리고 그리고——"

분명히 퉁소 소리다.

"이럴 내가 아니다."

그러나 그의 마음은 알 수 없이 감상적(感傷的)으로 변하여갔다. 무엇이 이렇게 만들까를 생각하여보았으나 알 수 없었다. 얼마 동안이나 어둠침침한 공간 속에서 초점 잃은 두 눈을 유희시키다가 별안간 그는 '퉁소의 크기는 얼마나 될까'를 생각해보았다. 그의 생각에는 그 퉁소의 크기는 그가 짚고 다니는 스틱 길이만은 할 것 같았다. 그렇지 않으면 저런 굵은 옅은 소리가 날 수가 없을 것 같았다. 이런 생각을 하여보고 나서 그는 혼자 웃었다.

"아까 그 신사나 따라갈 것을! 차라리!"

어찌하여 이런 생각이 들까. 그는 몇 번이나 생각하여보았다. M군과 T는 나를 얼마나 반가워하여주었느냐. 나는 눈물을 흘리기까지 하지 않았느냐. 업의 손목을 잡지 않았느냐. M군과 T는 나에게 얼마나 큰 기대를 가지고 있지 않으냐. 나는 그들을 믿고 오직 이곳에 돌아온 것이 아니냐—

"아— 확실히 그들은 나를 반가워하고 있음에 틀림은 없을까? 나는 지금 어디로 들어가느냐."

그는 지금 그윽한 곳으로 통하여 있는—그 그윽한 곳에는 행복이 있을지 불행이 있을지 모른다—층계를 한단 한단 디디며 올라가고 있는 것만 같았다.

그의 가슴은 알지 못할 것으로 꽉 차 있었다. 그것을 그가 의식할 때에 그는 그것이 무엇인가를 황황히 들여다본다. 그때에 그는 이때까지 무엇에인지 꽉 채워져 있는 것 같던 그의 가슴속은 아무것도 없이 텅 빈 것으로 그의 눈앞에 나타난다.

"아무것도 없었구나, 역시."

그가 다시 고개를 들었을 때에는 빈 것으로만 알았던 그의 가슴속은 역시 무엇으로인지 차 있는 것을 다시 느끼는 것이었다.

모든 것이 모순이다. 그러나 모순된 것이 이 세상에 있는 것만큼 모순이라는 것은 진리이다. 모순은 그것이 모순된 것이 아니다. 다만 모순된 모양으로 되어 있는 진리의 한 형식이다.

"나는 그들을 반가워하여야만 한다. 나는 그들을 믿어오지 않았느냐? 그렇다. 확실히 나는 그들이 반가웠다. 아── 나는 그들을 믿어──야 한다── 아니다. 나는 벌써 그들을 믿어온 지 오래다. 내가 참으로 그들을 반가워하였던가. 그것도 아니다. 반갑지 않으면 안 될 이 경우에는 반가운 모양 외에 아무런 모든 모양도 나에게──이 경우에──나타날 수는 없다. 어쨌든 반가웠다."

시계는 가느다란 소리로 4시를 쳤다. 다음은 다시 끔찍끔찍한 침묵 속에 잠기고 만다. T씨의 코고는 소리와 업의 가냘픈 숨소리가 들려올 뿐이다. 그의 귀를 간지럽히던 퉁소 소리도 어느 사이에인지 없어졌다.

"혹시 내가 속지나 않은 것일까. 사람은 모두 다 서로 속이려고 드는 것이니까. 그러나 설마 그들이── 나는 그들에게 진심을 바치리라."

사람은 속이려 한다. 서로서로. 그러나 속이려는 자기가 어언간 속고 있는 것을 깨닫지 못하는 것이다. 속이는 것은 쉬운 일이다. 그러나 속는 것은 더 쉬운 일이다. 그 점에 있어 속이는 것이란 어려운 것이다. 사람은 반성한다. 그 반성은 이러한 토대 위에 선 것이므로 그들은 그들이 속이는 것이고 속는 것이고 아무것도 반성치는 못한다.

이때에 그도 확실히 반성하여보는 것이었다. 그러나 그는 아무것도 반성할 수 없었다.

"나는 아무도 속이지 않는다. 그 대신에 아무도 나를 속일 사람은 없을 것이다."

그는 '반가워하지 않으면 안 된다 사랑하지 않으면 안 된다 믿지 않으면 안 된다' 등의 '……지 않으면 안 되'는 의무를 늘 생각하고 있다. 그러나 이 '……지 않으면 안 된다'라는 것이 도덕상에 있어 어떠한 좌표 위에 놓여 있는 것인가를 생각해볼 수는 없었다. 따라서 이 그의 소위 '의무'라는 것이 참말 의미의 '죄악'과 얼마만한 거리에 떨어져 있는 것인가를 생각해볼 수 없었는 것도 물론이다.

사람은 도덕의 근본성을 고구하기 전에 우선 자기의 일신을 관념 위에 세워놓고 주위의 사물에 당한다. 그러므로 그들의 최후적 실망과 공허를 어느 때고 반드시 가져온다. 그러나 그것이 왔을 때에 그가 모든 근본 착오를 깨닫는다 하여도 때는 그에게 있어 이미 너무 늦어지고야 마는 것이다.

인류의 역사가 시작될 때부터 사람은 얼마나 오류를 반복하여 왔던가. 이 점에 있어서 인류의 정신적 진보는 실로 가없을 만치 지지(遲遲)할 것이라고 아니할 수 없다.

"주위를 나의 몸으로써 사랑함으로써 나의 일생을 바치자……"

그는 이 '사랑'이라는 것을 아무 비판도 없이 실행을 '결정'하여 버리고 말았다.

"그러나 내가 아까 그 신사를 따라갔던들? 나는 속을는지도 모른다. 그러나 반드시 속을 것을 보증할 사람이 또 누구냐. 그 신사에게 나의 마음과 같은 참마음이 없다는 것을 보증할 사람은 또 누구냐……"

이러한 자기 반역도 그에게 있어서는 관념에 상쇄될 만큼도 없는 극히 소규모의 것이었다. 집을 떠나 천애를 떠다닌 지 십여 년. 그는 한 번도 이만큼이라도 깊이 생각해본 적이 없었다. 그의 머리는 냉수에 담갔다 꺼낸 것같이 맑고 투명하였다. 모든 것은 이상하였다.

"밤이라는 것은 사람이 생각하여야만 할 시간으로 신이 사람에게 준 것이다."

그는 새삼스러이 밤의 신비를 느꼈다.

"그 여자는 누구며 지금쯤은 어디 가서 무엇을 생각하고는 울고 있을까?"

그의 눈앞에는 그 인상 없는 여자의 얼굴이 희미하게 떠올랐다. 얼굴의 평범이라는 것은 특이(못생긴 편으로라도)보다 얼마나 못한 것인가를 그는 그 여자의 경우에서 느꼈다.

"그 여자를 따라갔어도."

이것은 그에게 탈선 같았다. 그리하여 그는 생각하기를 그쳤다. 그는 몸 괴로운 듯이(사실에) 한번 자리 속에서 돌아누웠다. 방안은 여전히 단조로이 시간만 삭이고 있다. 그때 그의 눈은 건너편 벽에 걸린 조그마한 일력 위에 머물렀다.

DECEMBER 12

이 숫자는 확실히 그의 일생에 있어서 기념하여도 좋을 만한 (그 이상의) 것인 것 같았다.

"무엇 하러 내가 여기를 돌아왔나."

그러나 그곳에는 벌써 그러한 '이유'를 캐어보아야 할 아무 이

유도 없었다. 그는 말 안 듣는 몸을 억지로 가만히 일으켰다. 그리하고는 손을 내어밀어 일력의 '12'쪽을 떼어내었다.

"벌써 간 지 오래다."

머리맡에 벗어놓은 웃옷의 포켓 속에서 지갑을 꺼내어서는 그 일력 쪽을 집어넣었다. 마치 그는 정신 잃은 사람이 무의식으로 하는 꼴로 천장을 향하여 눈을 꽉 감고 누웠다. 그의 혈관에는 인제 피가 한 방울씩 두 방울씩 돌기를 시작한 것 같았다. 완전히 편안한 상태였다.

주위는 침묵 속에서 단조로운 음악을 연주하고 있는 것 같았다.

'생명은 의지다.'

무의미한 자연 속에 오직 자기의 생명만이 넘치는 힘을 소유한 것 같은 것이 그에게는 퍽 기뻤다. 그때에 퍽 가까운 곳에서 닭이 홰를 탁탁 몇 번 겹쳐 치더니 청신한 목소리로 이튿날의 첫번 울음을 울었다. 그 소리가 그에게는 얼마나 생명의 기쁨과 의지의 힘을 표상하는 것 같았는지 몰랐다. 그는 소리 안 나게 속으로 마음껏 웃었다.

조금 후에는 아까 그 소리 난 곳보다도 더 가까운 곳에서 더 한 층이나 우렁찬 목소리로의 '꼬끼오'가 들려왔다. 그는 더없이 기뻤다. 어찌할 수도 없이 기뻤다. 그가 만일 춤출 수 있었다 하면 그는 반드시 일어나서 춤추었을 것이다. 그는 견딜 수 없었다.

"T― T― 집에서 닭을 치나?"

"T― 업아― 집에서……"

그러나 아무 대답도 없었다. 다만 T씨의 코고는 소리와 업의 가

낡픈 숨소리가 전과 조금도 다름없이 계속되고 있을 뿐이었다. 그곳에는 다시 아무 일도 일어나지 않은 때와 도로 마찬가지로 변하였다(사실에 아무 일이고 일어나지는 않았으나).

"승리! 승리!"

어언간 그는 또다시 괴로운 꿈속으로 들어가버렸다. 해가 미닫이에 꽤 높았을 때까지.

*

아무리 그는 찾아보았으나 나무도 없는 마른 풀밭에는 천 개나 만 개나 한 모양의 무덤들이 일면으로 널려 있기만 할 뿐이었다. 찾을 수 없으리라는 것을 나서기 전부터도 모르는 것은 아니었다. 그러나 그는 나섰다. 또 찾을 수가 있었대야 아무 소용도 없을 것이었으나 그러나 그의 마음 가운데는 무엇이나 영감이 있을 것만 같았다.

"반가이 맞아주겠지! 적어도 반갑기는 하겠지!"

지팡이를 쥔 손──손등은 바람에 터져 새빨간 피가 흘렀으나 손바닥에는 축축이 식은땀이 배었다. 수건을 꺼내어 손바닥을 닦을 때마다 하염없는 눈물에 젖은 눈가와 뺨을 씻는 것도 잊지는 않았다. 눈물은 뺨에 흘러서 그대로 찬바람에 어는지 싸늘하였다. 두 줄기만이 더욱이나.

"왜 눈물이 흐를까. 무엇이 설울까?"

그에게는 다만 찬바람 때문인 것만 같았다. 바람이 소리지르며 불 때마다 그의 눈은 더한층이나 젖었다. 키 작은 잔디의 벌판은 소리날 것도 없이 다만 바람과 바람이 서로 에어드는 칼날 같은 비명이 있을 뿐이었다.

해가 훨씬 높았을 때까지 그는 그대로 헤매었다. 손바닥의 땀과 눈의 눈물을 한 번씩 더 씻어낸 다음 그는 아무 데고 그럴 법한 자리에 가 앉았다.

그곳에도 한 개의 큰 무덤과 그 옆에 작은 무덤이 어깨를 마주 댄 것처럼 놓여 있었다. 그는 한참 동안이나 물끄러미 그것을 내려다보았다.

"세상에 또 나와 같은 젊은 아내와 어린 자식을 한꺼번에 갖다 파묻은 사람이 또 있는가 보다."

그는 그러한 남과 이러한 자기를 비교하여보았다.

"그러한 사람도 있다면 그 사람도 지금은 나같이 세상을 떠돌아다닐 터이지. 그리고 지금쯤은 벌써 그 사람도 죽어 세상에서 없어져버렸는지도 모르지."

그는 자기가 지금 무엇하러 이곳에 와 있는지 몰랐다. 반가워하여주는 사람이 없는 것은 그래도 고사하고라도 그에게 반가운 것의 아무것을 찾을 수도 없었다. 이렇게 마른 풀밭에 앉아 있는 그의 모양이 그의 눈으로도 '남이 보이듯이' 보이는 것 같았다.

"가자— 가. 이곳에 오래 있을 필요는 없다. 아니 처음부터 올 필요도 없다."

사람은 살아야만 한다. 그러다가 어느 날이고는 반드시 죽고야 말 것이다. 그러나 사람은 어디까지라도 살아야만 할 것이다.

죽는 것은 사람의 사는 것을 없이 하는 것이므로 사람에게는 중대한 일이겠다. 죽는 것. 죽는 것. 과연 죽는 것이란 사람이 사는 가운데에는 가장 두려운 것이다. 그러나——

죽는 것은 사는 것의 크나큰 한 부분이겠으나 죽는 것은 벌써 사는 것과는 아무 관계도 없는 것이다. 사람은 죽는 것에 철저하여야 할 것이다. 그러나 죽는 것에는 벌써 눈이라도 주어볼 아무 값도 없어지는 것이다.

"죽는 것에 대한 미적지근한 미련은 깨끗이 버리자. 그리하여 죽는 것에 철저하도록 힘차게 살아볼 것이다."

인생은 결코 실험이 아니다. 실행이다.

사람은 놀랄 만한 긴장 속에서 일각의 여유조차도 가지지 않았다.

"보아라. 이 언덕에 널려 있는 수도 없는 무덤들을. 그들이 대체 무엇이냐. 그것들은 모든 점에 있어서 무(無) 이하의 것이다."

해는 비출 땅을 가졌으므로 행복이다. 그러나 땅은 해의 비추임을 받는 것만으로는 행복되지 않다. 그곳에 무엇이 있을까.

"보아라. 해의 비추임을 받고 있는 저 무덤들은 무엇이 행복되랴. 해는 무엇이 행복되며!"

그것은 현상이 아니다. 존재도 아니다. 의의 없는 모양(?)이다 (만일 이러한 말이 통할 수 있다면).

"생성하고 자라나고 살고. 아—— 그리하여 해도 땅도 비로소 행복된 것이 아니랴!"

그의 머리 위를 비스듬히 비추고 있는 그가 40년 동안을 낯익히 보아오던 그 해가 오늘에 있어서는 유달리도 숭엄하여 보였고 영광에 빛나는 것만 같았다. 더욱이나 따뜻한 것만 같았고 더욱이나 밝은 것만 같았다.

십여 년 전에 M군과 함께 어린것을 파묻고 힘없는 몸이 다시 집을 향하여 걷던 이 좁고 더러운 길과 그리고 길가의 집들은 오늘 역시 조금도 변한 곳은 없었다.

"사람이란 꽤 우스운 것이야."

그는 의식 없이 발길을 아무 데로나 죽은 것들을 피하여 옮겼다. 어디를 어느 곳으로 헤매었는지 그가 이 촌락(?)을 들어설 수가 있었을 때에는 세상은 벌써 어둠컴컴한 암흑 속에 잠긴 지 오래였다.

집에는 피곤한 사람들의 코 고는 무거운 소리가 흐릿한 등광과 함께 찢어진 들창으로 새어나왔다. 바람은 더한층이나 불고 그대로 찼다[冷]. 다 쓰러져가는 집들이 작은 키로 늘어선 것은 그곳이 빈민굴인 것을 말하는 것이었다. 그러나 그에게는 그래도 이곳이 얼마나 '사람 사는 것' 같고 따스해 보이는지 몰랐다.

*

그는 도무지 그들의 마음을 짐작할 수가 없었다. 어느 때에는 그에게 무한히 호의를 보여주는 것같이 하다가도 또 어느 때에는 쓸쓸하기가 짝이 없었다. 그는 도무지 갈피를 잡을 수조차 없었다. 일로 보아 하여간 그들이 그에게 무엇이나 불평이 있는 것만

은 분명하였다. 어느 날 밤에 그는 그들을 모두 불렀다. 이야기라도 같이 하여보자는 뜻으로,

"T! 의가 좋으니 나쁘니 하여도 지금 우리에게 누가 있나. 다만 우리 두 형제가 있지 않나. 아주머니(T씨의 아내를 그는 이렇게 불렀다) 그렇지 않소. 또 그리고 업아, 너도 그렇지 않으냐. 우리 외에 설령 M군이 있다 하더라도—하기야 M군은 우리 가족과 마찬가지로 친밀한 사이겠지만 그래도 M군은 '남'이 아닌가."

그는 여기에 말을 뚝 끊고 한번 그들의 얼굴들을 번갈아 들여다보았다. 그들의 얼굴에는 기쁜 표정은 없었다. 그러나 적어도 근심스럽거나 어두운 표정은 아니었다. 그리고 그뿐만이 아니라 무엇이나 그들은 그에게 요구하고 있는 듯한 빛도 어렴풋이 볼 수 있었다.

"자! 우리 일을 우리끼리 의논하지 않고 누구하고 의논하나. 나에게는 벌써 먹은 바 생각이 있어! 그것은 내 말하겠으되 또 자네들께도 좋은 생각이 있으면 나에게 말하여주었으면 좋겠어. 하여간 이 돈은 남의 것이 아닌가. 남의 것을 내가 억지로(?) 얻은 것은—죽은 사람의 뜻을 어기듯 하여가며 이렇게 내가 차지한 것은 다 우리도 한번 남부럽지 않게 잘 살아보자는 생각에서 그런 것이 아닌가. 지금 이 돈에 내 것 남의 것이 있을 까닭이 없어. 내 것이라면 제각기 다 내 것이 될 수 있겠고 남의 것이라면 다 각기 누구에게나 남의 것이니깐? 자! 내 눈에 띄지 못한 나에게 대한 불평이 있다든지 또 어떻게 하였으면 좋겠다든가 하는 생각이 있다든지 하거든 우리가 같이 서로 가르쳐주며 의논하여보는 것이

좋지 아니한가?"

그는 또 한 번 고개를 돌려가며 그들의 얼굴빛을 살펴보았다. 그러나 아무 변화도 찾아낼 수는 없었다.

"그러면 내가 생각하고 있다는 것을 이야기하여보지! 내 생각 같아서는——이 돈을 반에 탁 갈라서 자네하고 나하고 반분씩 나눠 갖는 것도 좋을 것 같으나 기실 얼마 되지도 않는 것을 또 반에 나누고 말면 더욱이나 적어지겠고 무슨 일을 해볼 수도 없겠고 그럴 것 같아서! 생각다 생각 끝에 나는 이런 생각을 했어!"

그의 얼굴에는 무슨 이야기(!?) 못할 것을 이야기하는 것 같은 어려운 표정이 보였다.

"즉 반분을 하고 고만두는 것보다는 그것을 그대로 가지고 같이 무슨 일이고 한번 하여보자는 말이야. 그러는 데에는 우리는 M군의 힘도 빌릴 수밖에는 없어. 또 우리 둘의 힘만으로는 된다 하더라도 생각하면 우리는 옛날부터 M군의 신세를 끔찍이 져왔으니까 지금은 거의 가족과 마찬가지로 친밀한 사이가 되어 있지 않은가. 그러한 사람과 함께 협력해보는 것도 좋지 않을까 하는데. 또 M군은 요사이 자네들도 아다시피 매우 곤궁한 속에서 지내고 있지 않은가 말이야. 하면 여지껏 신세진 은혜도 갚아보는 셈으로! M군은 의사이지. 하기는 나도 그 생각으로 그랬다는 것은 아니로되 어쨌든 의학 공부를 약간 해둔 경력도 있고 하니 M군의 명의로 병원을 하나 내는 것이 어떠할까 하는 말이거든!"

그는 이 말을 뚝 떨어뜨린 다음 입 안에 모인 군은 침을 한 모금 꿀떡 삼켰다.

"그야 누구의 이름으로 하든지 상관이야 없겠지만 그래도 M군은 그 방면에 있어서는 상당히 연조[72]도 있고 또 이름도 있지 않은가. 즉 그것은 우리의 편리한 점을 취하는 방침상 그러는 것이고——무슨 그 사람이 반드시 전부 이 주인이라는 것은 아니거든——그래서는 수입이 얼마가 되든지 삼분하여서 논키로! 어떤가? 의향이."

그들의 얼굴에는 여전히 아무 다른 표정도 찾아낼 수는 없었다. 꽉 다물려 있는 그들의 입을 아무리 들여다보아도 열릴 것 같지도 않았다.

"자—— 좋으면 좋겠다고. 또 더 좋은 방책이 있으면 그것을 말하여주게! 불만인가 덜 좋은가."

방 안은 고요하다. 밖에도 아무 소리도 나지 않았다. 버러지 소리의 한결같은 리듬 외에는 방 안은 언제까지라도 침묵이 계속하려고만 들었다.

그날 밤에 그는 밤이 거의 밝도록 잠들지 못하였다. 끝없는 생각의 줄이 뒤를 이어서 새어나오는 것이었다.

"모든 사람의 일들은 불행이다. 그러나 사람은 사람이 그렇게도 불행하므로 행복된 것이다."

그에게는 불행의 최후의 쾌미가 알려진 것도 같았다.

"이대로 가자. 이대로 가는 수밖에는 아무 도리도 없다. 이제부터는 내가 여지껏 찾아오던 '행복'이라는 것을 찾기도 고만두고 다만 '삶'을 값있게 만들기에만 힘쓰자. 행복이라는 것은 없다. 있을 가능성이 없는 것이다. 나는 이 있을 수 없는 것을 여지껏 찾았다. 나는 그릇 '겨냥'대었다. 그러므로 나는 확실히 '완전한 인간의 패배자'였다. 때는 이미 늦은 것 같다. 그러나 또 생각하면 때라는 것이 있을 것 같지도 않다. 나는 다만 삶에 대한 굳은 의지를 가질 따름이어야만 한다. 그 삶이라는 것이 싸움과 슬픔과 피투성이로 된 것이라 할지라도. 그곳에는 불행도 없다. 다만 힘세찬 '삶'의 의지가 그냥 그 힘을 내어 휘두르고 있을 따름이다."

인간은 실로 인간 외에는 아무것도 아니었다. 그들은 얼마나 애를 썼나. 하늘도 쌓아보고 지옥도 파보았다. 그리고 신도 조각하여보았다. 그러나 그들은 땅 이외에 그들의 발 하나를 세울 만한 곳을 찾아내지 못하였고 사람 이외에 그들의 반려도 찾아낼 수 없었다. 그들은 땅 위와 그 위 사람들의 얼굴들을 번갈아 바라다보았다. 그러고는 결국 길게 한숨 쉬었다.

"벗도 갈 곳도 없다. 이 괴로운 몸은 그래도 이 험악한 싸움터에서 질질 끌고 돌아다녀야 할 것인가. 그밖에 도리가 없다면! 사람아, 힘 풀린 다리라도 최후의 힘을 주어 세워보자. 서로서로 다 같이 또 다 각기 잘 싸우자! 이것이다. 그리고 이것이 있을 따름이고나."

그는 그의 몸이 한층이나 더 피곤한 듯이 자리 속에서 한번 돌쳐누웠다. 피곤함으로부터 오는 옅은 쾌감이 전신에 한꺼번에 스르르 기어올라옴을 그는 느낄 수 있었다.

"하여간에 나는 우선 T의 집에서 떨어지자. 그것은 내가 T의 집에 머물러 있는 것이 피차에 고통을 가져온다는 이유로부터라느니보다도 그까짓 일로 마음을 귀찮게 굴어 진지한 인간 투쟁을 방해시킬 수는 없다."

밤이 거의 밝게쯤 되어서야 겨우 최후의 결정을 얻었다. 설령 그가 T씨의 집을 떠난다 하여도 그는 지금의 형편으로 도저히 혼자 살아갈 수는 없었다. 그리하여 그는 M군과 함께 있기로 결정하였다. 그리고 T씨가 좋아하든지 그의 방침대로 병원을 낸 다음 수입은 삼분할 것도 결정하였다.

지금 M군의 집은 전일의 대가를 대신하여 눈에 띄지도 않을 만한 오막살이였다. 모든 것이 결정되는 대로 병원 가까이 좀 큰 집을 하나 산 다음 M군의 명의로 자기도 M군의 한 가족이 될 것도 결정하였다. 또 병원을 신축하기에 넉넉하다면 아주 그 건물 한 모퉁이에다 주택까지 겸할 수 있도록 하여볼까도 생각하였다. 그러나 그것은 그에게는 될 것 같지도 않게 생각되었다.

*

햇해[73]는 왔다. 그의 생활도 한층 새로운 활기를 띠는 것 같았다. 즐겁지도 슬프지도 않은 새해였으나 그에게는 다시 몹시 의미 깊은 새해였던 것만은 사실이었다.

       1930. 5. 의주통공사장에서(於義州通工事場)

생물은 다 즐거웠다. 적어도 즐거운 것같이 보였다. 그가 봄을 만났을 때 봄을 보았을 때에 죽을 힘을 다 기울여가며 긍정하였던 '생'이라는 것에 대한 새로운 회의와 그에 좇는 실망이 그를 찾왔다. 진행하며 있는 온갖 물상 가운데에서 그 하나만이 뒤에 떨어져 남아 있는 것만 같았다. '벌써 도태되었을' 그를 생각하고 법칙이라는 것의 때로 기발한 예외를 자신에서 느꼈다. 그러나 그에게는 아직도 여력이 있었다. 긍정에서 부정에 항거하는 투쟁 —최후의 피투성이의 일전(一戰)이 남아 있었다. 그것은 '용납되지 않는 애(愛)' '눈먼 애' 그것을 조건 없이 세상에 현상하는[74] 그것이었다.

인간 낙선자의 힘은 오히려 클 때도 있다. 봄을 보았을 때 지상에 엉키는 생을 보았을 때, 증대되는 자아 이외의 열락을 보았을 때 찾아오는 자살적 절망에 충돌당하였을 때 그래도 그는 의연히 차라리 더한층 생에 대한 살인적 집착과 살신성인적 애(愛)를 지불키 용감하였다. 봄을 볼 수밖에 없었을 때 그는 자신을 혜성이라 생각하여도 보았다. 그러나 그가 혜성이기에는 너무나 광채가 없었고 너무나 무능하였다. 다시 한 번 자신을 일평범 이하의 인간에 내려뜨려보았을 때 그가 그렇기에는 너무나 열락과 안전이 없었다. 이 중간적(실로 아무것도 아닌) 불만은 더욱이나 그를 광란에 가깝게 심술내도록 하는 것이었다.

*

T씨에 관한 그의 근심은 그가 그의 생에 대한 신조의 안으로 깊이 들어가면 들어갈수록 커가기만 하는 것이었다. 그 원인이 어느 곳에 있든지는 하여간 그가 T씨의 집을 나온 것은 한낱 도의적

으로만 생각할 때에는 한 '잘못'이라고도 할 수 있겠으나 그의 그러한 결정적 일이 동인에 있어서는 추호의 '잘못'도 섞이지 않았다는 것은 그가 변명할 수 있을 뿐만 아니라 나아가 역설할 수까지 있는 것이었다. 그의 인상이 몹시 나빠서 그랬던지 M군의 가족으로부터도 그는 환영받지 못하였을 뿐만 아니라 M군의 어린 아이들까지도 따르지는 않았다. 그러나 그는 그 때문에 자신의 불복을 느끼거나 혹은 M군의 집을 떠날 생각이나 다시 T씨의 집으로 들어갈 생각 같은 것은 하지도 않았다. 그까짓 것들은 그에게 있어 별로 문제 안 되는 자기는 그 이상 더 크나큰 문제에 조우하여 있는 것으로만 여겼다. 밤이면 밤마다 자신의 실추된 인생을 명상하고 멀지 않은 병원을 아침마다 또 저녁마다 오고 가는 것이 어찌 그다지 단조할 것 같았으나 그에게 있어서는 실로 긴장 그것이었다. 언제나 저는 다리를 이끌고서 홀로 그 길과 그 길을 오르내리는 것은 부근 사람들에게 한 철학적 인상까지 주는 것 같았다. 그러나 누구 하나 그에게 말 한마디나 한 번의 주의를 베풀어보려는 사람은 없었다.

그는 그러한 똑같은 모양으로 가끔 T씨의 집을 방문한다. 그것은 대개는 밤이었다. 그가 넉 달 동안 T씨의 문지방을 넘어 다녔으나 그가 T씨를 설복할 수는 없었다.

"오너라 같이 가자!"

"형님에게 신세 끼치고 싶지 않소."

그들의 회화는 일상에 이렇게 간단하였다. 그리고는 그 뒤에 반드시 기다란 침묵이 끝까지 끼기우고 말고는 하였다. 때로는 그가 눈물까지 흘려가며 T씨의 소매에 매달려보았으나 T씨의 따뜻한 대답을 얻어들을 수는 없었다.

*

늦은 봄의 저녁은 어지러웠다. 인간과 온갖 물상과 그리고 그런 것들 사이에 낑기어 있는 공기까지도 느른한 난무(亂舞)를 하고 싶은 대로 하고 있는 것만 같았다. 젖빛 하늘은 달을 중심으로 하여 타기만만(墮氣滿滿)[75]한 폭죽을 계속하여 방사하고 있으며 마비된 것 같은 별들은 조잡한 회화를 계속하고 있는 것 같았다. 온갖 것들은 한참 동안 만의 광란에 지쳐서 고요하다. 그러나 대지는 넘치는 자기 열락을 이기지 못하여 몸 비트는 것같이 저음의 아우성 소리를 그대로 단조로이 헤뜨리고만 있는 것도 같았다. 그 속에 지팡이를 의지하여 T씨의 집으로 걸어가는 그의 모양은 전연히 세계에 존재할 만한 것이 아닌 만치 타계에서 꾸어온 괴존재라도 같았다. 물론 그 자신은 그런 것을 인식할 수 없었으나 (또 없었어야 할 것이다. 만일 그가 그런 것을 인식할 수 있었던들 그가 첫째 그대로 살아 있을 수가 없는 것이니까) 때로 맹렬한 기세로 그의 가슴을 습격하는 치명적 적요는 반드시 그것을 상증한 것이거나 적어도 그런 것에 원인 되는 것이었다. 보는 것과 듣는 것과 그리고 생각하는 것에 피곤한 그의 이마 위에는 그의 마음과 살을 한데 쥐어짜내어놓은 것과도 같은 무색 투명의 땀이 몇 방울인가 엉키었다. 그는 보기 싫게 절며 움직이는 다리를 잠시 동안 멈추고 그 땀을 씻어가면서 '후——' 한숨을 쉬었다.

"아—— 인생은 극도로 피로하였다."

T씨의 문지방을 그는 그날 밤에 또한 넘어섰다. 그러고는 세상의 모든 것을 다 사양하는 듯한 옅은 목소리로

"업이야—— 업이야."

를 불렀다.

T씨는 아직 일터에서 돌아오지 않았다. 업이도 어디를 나갔는지 보이지 않았다. T씨의 아내만이 희미한 불밑에서 헐어빠진 옷자락을 주무르고 앉아 있었다. 편리하지 아니한 침묵이 어디까지라도 두 사람의 사이에 심연을 지었다. 그는 생각과 생각 끝에 준비하였던 주머니의 돈을 꺼내어 T씨의 아내의 앞에 놓았다.

"자 그만하면, 그만큼이나 하였으면 나의 정성을 생각해주실게요. 자——"

몇 번이었던가 이러한 그의 피와 정성을 한데 뭉치어(그 정성은 오로지 T씨 한 사람에게 향하여 바치는 정성이었다느니보다도 그가 인간 전체에게 눈물로 헌상하는 과연 살신적 정성이었다) T씨들의 앞에 드린 이 돈이 그의 손으로 다시금 쫓기어 돌아온 것이 헤아려서 몇 번이었던가. 그 여러 번 가운데 T씨들이 그것을 받기만이라도 한 일이 단 한 번이라도 있었던가. 그러나 참으로 개와 같이 충실한 그는 이것을 바치기를 잊어버리지 않았다. 일어나는 반감의 힘보다도 자기의 마음이 부족하였음과 수만[數萬]의 무능하였음을 회오하는 힘이 도리어 컸던 것이다.

T씨의 아내는 주무르던 옷자락을 한편에 놓고 핏기 없는 두 팔

을 아래로 축 처뜨리었다. 그러나 입은 열릴 것 같기도 하면서 한 마디의 말은 없었다.

"자, 그만하였으면, 자——"

두 사람의 고개는 말없는 사이에 수그러졌다. 그의 눈에서 굵다란 눈물이 일어 뚝뚝 떨어졌을 때에 T씨의 아내의 눈에서도 그만 못지않은 눈물이 흘렀다. 대기는 여전히 단조로이 울었다.

"자, 그만하면——"

"네."

그대로 계속되는 침묵이 그들의 주위의 모든 것을 점령하였다.

*

그가 일어서자 T씨가 들어왔다. 그는 나가려던 발길을 멈칫하였다. 형제의 시선은 마주친 채 잠시 동안 계속하였다. 그 사이에 그는 T씨의 안면 전체에서부터 퍼져 나오는 강한 술의 취기를 인식할 수 있었다.

"T! 내 마음이 그르지 않은 것을 알아다고!"

"하…… 하……"

T씨는 그대로 얼마든지 웃고만 서 있었다. 몸의 땀내와 입의 술내를 맡을 수 없이 퍼뜨리면서!

"T야…… 네가 내 말을 이렇게나 안 들은 것은 무엇이냐? T! 나의……"

"자 이것을 좀 보시오! 형님! 이 팔뚝을!"

"본다면!"

"아직도 내 팔로 내가…… 하…… 굶어 죽을까 봐 그리 근심이시오? 하……"

T씨가 팔뚝을 걷어든 채 그의 얼굴을 뚫어질 듯이 들여다볼 때 그의 고개는 수그러지지 않을 수 없었다.

"T! 나는 지금 집으로 도로 가는 길이다. 어쨌든 오늘 저녁에라도 좀더 깊이 생각하여보아라."

아직도 초저녁 거리로 그가 나섰을 때에 그는 T씨의 아직도 선 웃음 소리를 그의 뒤에서 들을 수 있었다. 걷는 사이에 그는 무엇인가 여지껏 걸어오던 길에서 어떤 다른 터진 길로 나올 수 있었던 것과 같은 감을 느꼈다. 그러나 또한 생각하여보면 그가 새로 나온 그 터진 길이라는 것도 종래의 길과는 그다지 다름없는 협착하고 괴벽한 길이라는 것 같은 느낌도 느껴졌다.

*

C라는 간호부에게 대하여 그는 처음부터 적지 않게 마음을 이끌려왔다. 그가 C간호부에게 대하여 소위 호기심이라는 것은 결코 이성적 그 어떤 것이 아닐 것은 말할 것도 없다. 그가 C간호부의 얼굴을 마주할 때마다 그는 이상한 기분이 날 적도 있었다.

"도무지 어디서 본 듯해."

C는 일상 그와 가까이 있었다. 일상에 말이 없이 침울한 기분의 여자였다. 언제나 축축이 젖은 것 같은 눈이 아래로 깔리어서는

무엇인가 깊은 명상에 잠기어 있었다. 그리다가는 묵묵히 잡고만 있던 일거리도 한데로 제쳐놓고는 곱게 살 속으로 분이 스며들어 간 얼굴을 두 손으로 가리고는 그대로 고개를 숙여버리고는 하는 것이다. 더욱 그 두 손으로 얼굴을 가릴 때,

"어디서 본 듯해── 도무지."

생각날 듯 날 듯하면서도 종시 그에게는 생각나지 않았다. 다른 사람에게 생소한 C가 그에게 많은 친밀의 뜻을 보여주고 있는 것도 같았으나 각별히 간절한 회화 한번이라도 바꾸어본 일은 없었다. 늘 그의 앞에서 가장 종순하고[76] 머리 숙이고 일하고 있었다.

첫여름의 낮은 땅 위의 초목들까지도 피곤의 빛을 보이고 있었다. 창밖으로 내려다보이는 종횡으로 불규칙하게 얽힌 길들은 축축한 생기라고는 조금도 찾아볼 수는 없고 메마른 먼지가 포플러 머리가 흔들릴 적마다 일고 일고 하는 것이 마치 극도로 쇠약한 병자가 병상 위에서 가끔 토하는 습기 없는 입김과도 같이 보였다. 고색창연한 늙은 도시의 부정연한 건축물 사이에 소밀도로 끼기어 있는 공기까지도 졸음 졸고 있는 것같이 벙하니 보였다. C는 건너편 책상에 의지하여 무슨 책인지 열심히 읽고 있었다. 그는 신문 조각을 뒤적거리다가 급기 졸고 앉아 있었다. 피곤해 빠진 인생을 생각할 때 그의 졸음 조는 것도 당연한 일이었다.

"선생님! 좋으십니까? 아── 저도!"

그 목소리도 역시 피곤한 한 인생의 졸음 조는 목소리에 지나지 않았다.

"선생님! 선생님! 선생님! 선생님."

최면술사가 어슴푸레한 푸른 전등 밑에서 한 사람에게 무슨 한 마디이고를 무한히 시진하도록[77] 리피트시키고 있는 것과도 같이 꿈속같이 고요하고 어슴푸레하였다.

"선생님! 선생님! 저도 한때는 신이라는 것을 믿었던 일이 있답니다!"

"……"

"선생님! 신은 있는 것입니까? 있을 수 있는 것입니까? 있어도 관계치 않는 것입니까?"

"……흥……C씨! …… 소설에 그런 말이 있습니까?"

"여기서도! 그들은 신을 믿으려고 애를 쓰고 있습니다그려! 한때의 저와 같이!"

"……"

또한 졸음 조는 것 같은 침묵이 그 사이에 한참이나 놓여 있었다.

"앵도 저리── 뻐찌──"

어린 장사의 목소리가 자꾸만 그들의 쉬려는 귀를 귀찮게 굴고 있었다.

"선생님! 저를 선생님의 곁에다 제가 있고 싶어하는 때까지 두어주시지요."

"그것은? 그러면? 그렇다면?"

"선생님! 선생님은 저를 전혀 모르셔도 저는 선생님을 잘 알고 있습니다."

그의 들려는 잠은 일시에 냉수 끼얹은 것같이 깨어져버리고 말았다.

"즉! 안다면!"

"선생님! 8년! 어쨌든 그전 명고옥의 생활을 기억하십니까?"

"명고옥? 하— 명고옥?"

"선생님! 제가 죽은 ××의 아우올습니다."

"응! ××? 그— 아!"

고향을 떠나 두 형매(兄妹)는 오랫동안 유랑의 생활을 계속하였다. 죽음으로만 다가가는 그들을 찾아오는 극도의 곤궁은 과연 그들에게는 차라리 죽음만 같지 못한 바른(正) 삶이었다. 차차 움돋기 시작하는 세상에 대한 조소와 증오는 드디어 그들의 인간성까지도 변형시켜놓지 않고는 마지않았다. ××는 그의 본명은 아니었다. 그가 이십이 조금 넘었을 때 그는 극도의 주림을 이기지 못하여 남의 대야 한 개를 훔친 일이 있었다. 물론 일순간 후에는 무한히 참회의 눈물을 흘렸으나 한번 엎질러놓은 물은 다시 어찌할 수도 없었다. 첫째로 법의 눈을 피한다느니보다도 여지껏의 자기를 깨끗이 장사 지낸다는 의미 아래에서 자기의 본명을 버린 다음 지금의 ××라는 이름을 가지게 된 것이다. 청정된 새로운 생활을 영위하여 나아가기 위하여 어린 누이의 C를 이끌고 그의 발길이 돌아 들어선다는 곳이 곧 명고옥. ×—그 양삼년[78] 외국 생활을 겪어보던 그 식당이었다. 우연한 인연으로 만난 이 두 신생에 발길 들여놓은 인간들은 곧 가장 친밀한 우인이 되었다.

"참회!"[79] 자기가 자기의 과거의 죄악에 대하여 참으로 참회의 눈물을 흘렸다 하면 그는 그의 지은 죄에 대하여 속죄[80]받을 수 있을까?"

그는 ××로부터 일상에 이러한 말을 침울한 얼굴로 하고는 하는 것을 들었다.

"만인의 신은 없다. 그러나 자기의 신은 있다."

그는 늘 이러한 대답을 하여왔었다.

"지금이라도 내가 그 대야를 가지고 그 주인 앞에 엎드리어 울며 사죄한다면 그 주인은 나를 용서할 것인가? 신까지도 나를 용서할 것인가."

어느 밤에 ××는 자기가 도적하였다는 것과 같은 모양이라는 대야를 한 개 사가지고 돌아온 일까지도 있었다. ××의 얼굴에는 취소할 수 없는 어둔 구름이 가득히 끼어 있는 것을 그는 볼 수 있었다.

"아무리 생각하여도 이 상처를 두고두고 앓는 것보다는 ××! 내일은 내가 그 주인을 찾아가겠소. 그리고는 그 앞에서 울어보겠소?"

그는 죽을 힘을 다하여 ××를 말리었다.

"이왕 이처럼 새로운 생활을 하기 시작하여놓은 이상 이렇게 하는 것은 자기를 옛날 그 죄악의 속으로 다시 돌려보내는 것이 되지 않을까! 참회가 있는 사람에게는 그 순간에 벌써 모든 것으로부터 용서받았어! 지난날을 추억하느니보다는 새 생활을 근심할 것이야!"

××의 친구 중에 A라는 대학생이 있었다. C는 A에게 부탁되어

있었다. A는 아직도 나어린 C였으나 은근히 장래의 자기의 아내
만들 것까지도 생각하고 있었다. C도 A를 극히 따르고 존경하여
인류의 깊은 정의를 맺고 있었다.

늦은 가을 하늘이 맑게 갠 어느 날 ××와 A는 엽총을 어깨에
──즐거운 수렵의 하루를 어느 깊은 산중에서 같이 보내게 되었
다. 운명은 악희라고만은 보아버릴 수 없는 악희를 감히 시작하
였으니 A의 겨냥대인 탄환은 ××의 급처에 명중하고 말았다. 모
든 일은 꿈이 아니었다. 기막힌 현실일 뿐이랴! 어떻게 할 수도
없는 엄연한 과거였다. A는 며칠의 유치장 생활을 한 다음 머리
깎은 채 어디로인지 종적을 감춘 후 이 세상에서 그의 소식을 아
는 사람은 한 사람도 없게 그의 자취는 이 세상에서 사라져버리
고 말았다. 일시에 두 사람을 잃어버린 C는 A가 우편으로 보내
준 얼마의 돈을 수중에 한 다음 그대로 넓은 벌판에 발길을 들여
놓았다.

"그동안 7년──8년의 저의 삶에 대하여서 어떤 국어로 이야기
할 수 있겠습니까."

이곳까지 이야기한 C의 눈에는 몇 방울의 눈물이 분 먹은 뺨에
가느다란 두 줄의 길을 내어놓고까지 있었다.

"제가 선생님을 뵈옵기는 오라버님을 뵈오려 갔을 때 몇 번밖
에는 없었습니다. 그러나 제가 생각해도 이상히 선생님의 얼굴만
은 저의 기억에 가장 인상 깊은 그이였나 보아요!"

이곳까지 들은 그는 여지껏 꿈쩍할 수도 없이 막혔던 그의 호흡
을 비로소 회복한 듯이 기다란 심호흡을 한 번 쉬었다.

"C씨. 그래 그 A씨는 그 후 한 번도 만나지 못하셨소?"

"선생님! 제가 누가 있겠습니까! 이렇게 천하를 헤매는 것도 A씨를 찾아보겠다는 일념입니다. A씨는 벌써 죽었는지도 모릅니다. 다행히 오늘 돌아가신 오라버님의 기념처럼 ×선생님을 이렇게 만나 모시게 되니, 선생님 아무쪼록 죽은 오라버님을 생각하시고 저는 선생님 곁에 제가 싫증나는 날까지 두어주세요. 제가 싫증이 났을 때에는 또── 선생님, 가엾은 이 새를 저 가고 싶은 데로 가게 내버려두어두세요. 저는……"

수그러지는 고개에 두 손이 올라가 가려질 때에

"도무지 어디서 본 듯해!"

그 기억은 아무리 생각하여도 명고옥에서의 기억은 아니었고 분명히 다른 어느 곳에서의 기억에 틀림없는 것이었다. 그러나 종시 그의 기억에 떠올라오지는 않았다.

"선생님! A씨나 오라버님이나 그들을 위하여서라도 저는 죽을 힘을 다하여 신을 믿어보려고 하였습니다. 그러나 지금은 신의 존재는커녕 신의 존재의 가능성까지도 의심합니다."

"만인을 위한 신은 없습니다. 그러나 자기 한 사람의 신은 누구나 있습니다."

창밖의 길 먼지 속에서는 구세군 행려도의 복음과 찬미가 소리가 가장 저음으로 들려왔다.

*

　사람들은 놀라 T씨를 둘러쌌다. 그리고 떠들었다. 인사불성된 T씨의 어깨와 팔 사이로는 붉은 선혈이 옷 바깥으로 배어 흘러 떨어지고 있었다.

　"이 사람 형님이 병원을 한답디다."

　"어딘고? 누구 아는 사람 있나."

　"내 알아── 어쨌든 메고들 갑시다."

　폭양은 대지를 그대로 불살라버릴 듯이 내리쬐고 있었다. 목쉰 지경 노래[81]와 목도 소리[82]가 무르녹은 크나큰 공사장 한 귀퉁이에서는 자그마한 소동이 일어났다. 그러나 잠시 후에는 '그까짓 것이 다 무엇이냐'는 듯이 도로 전 모양으로 돌아가버렸다.

*

　T씨는 거의 일주야 만에야 의식이 회복되었다. 상처는 그다지 큰 것이 아니었으나 높은 곳에서 떨어지느라고 몹시 놀란 것인 듯하였다. T씨의 아내는 곧 달려와서 마음껏 간호하였다. 그러나 업의 자태는 나타나지 않았다. 그가 T씨의 병실 문을 열었을 때 T씨 부부의 무슨 이야기 소리를 들었다. 그러나 그의 얼굴을 보자마자 곧 그쳐버린 듯한 표정을 그는 읽을 수 있었다. T씨의 아내의 아래로 숙인 근심스러운 얼굴에는 '적빈' 두 글자가 새긴 듯이

114

뚜렷이 나타나 있었다.

"T야! 상처는 대단치 않으니 편안히 누워 있어라. 다 염려는 말고——"

"……"

그는 자기 방에서 또 무엇인가 깊이 깊은 것을 생각하고 있었다. 그 생각하고 있는 자기조차 무엇을 생각하고 있는지 모를 만큼 그의 두뇌는 혼란——쇠약하였다.

"아—— 극도로 피곤한 인생이여!"

세상에 바치려는 자기의 '목'의 가는 곳. 혹 이제는 이 목을 비록 세상이 받아라도 하여주는 때가 돌아왔나 보다 하는 생각도 떠올랐다. 험상스러운 손가락 사이에 끼기어 단조로운 곡선으로 피어 올라가고 있는 담배 연기와도 같이 그의 피곤에 빠진 뇌수에서도 피비린내나는 흑색의 연기가 엉기어 올라오는 것 같았다.

"오냐, 만인을 위한 신이야 없을망정 자기 하나를 위한 신이 왜 없겠느냐?"

그의 손은 책상 위의 신문을 집었다. 그리고 그의 눈은 무의식적으로 지면 위의 활자를 읽어 내려가고 있는 것이었다.

"교회당에 방화! 범인은 진실한 신자!"

그의 가슴에서는 맺혔던 화산이 소리 없이 분화하기 시작하였다. 그러나 그는 아무 뜨거운 느낌도 느낄 수는 없었다. 다만 무엇인가 변형된(혹은 사각형의) 태양 적갈색의 광선을 방사하며 붕괴되어가는 역사의 때 아닌 여명을 고하는 것을 그는 볼 수 있는 것도 같았다.

*

T씨는 저녁때 드디어 병원을 나서서 그의 집으로 돌아갔다. T씨의 아내만이 변명 못할 신세의 눈초리를 그에게 보여주며 쓸쓸히 T씨의 인력거 뒤를 따라갔다. 그는 모든 것을 이해하여버렸다.

"T야— T야—"

그는 그 뒤의 말을 이을 수 있는 단어를 찾아낼 수 없었다. T씨의 얼굴에는 전연 표정이 없었다. 그저 의식이 회복되자 형의 병원인 줄을 안 다음에 있을 곳이 아니니까 병원을 나간다는 그것이었다. 세상 사람들은 그를 비웃기도 하였고 욕하는 이까지도 있었다.

"그 형인지 무엇인지 전 구두쉰가 봅니다."

"이 염천에 먹고 사는 것은 고사하고 하도 집에서 아무리 한대야 상처가 낫기는 좀 어려울걸!"

그의 귀는 이러한 말들에 귀머거리였다.

"그래 그렇게 내보내면 어떻게 사노? 굶어 죽지."

그 뒤로도 그의 발길이 T씨의 집 문지방을 안 넘어선 날은 없었다. 또 수입의 삼분의 일을 여전히 T씨의 아내에게 전하는 것도 게을리 하지는 않았다. 뿐만 아니라 다른 의사를 대게 하여(그와 M군은 T씨로부터 거절하였으므로) 치료는 나날이 쾌유의 쪽으로 진척[83]되어가고 있었다.

수입의 삼분의 일이 무조건으로 T씨의 손으로 돌아가는 데 대하

116

여 M군은 적지 않게 불평을 가졌다. 그러나 물론 M군이 그러한 불평을 입 밖에 낼 리는 없었다. 그가 또한 이러한 것을 눈치 못 챌 리는 없었다. 그러나 그 역시 어쩌할 수도 없는 일이었다. 어떤 때에는 이러한 것을 터놓고 M군의 앞에 하소연하여볼까도 한 적까지 있었으나 그러지 못한 채로 세월에 질질 끌려가고 있었다.

"다달이 나는 분명히 T의 아내에게 그것을 전하여주었거늘! 그것이 다시 돌아오지 않기 시작한 지가 이미 오래거든. 그러면 분명히 T는 그것을 자기 손에 다달이 넣고 써왔을 것을. T의 태도는 너무 과하다. 극하다——"

그는 더 참을 수 없는 것을 느꼈다. 그러나 더 참을 수 없는 것을 참아 넘기는 것이 그가 세상에 바치고자 하는 그의 참마음이라는 것을 깊이 자신하고 모든 유지되어오던 현상을 게을리 아니할 뿐이랴, 한층 더 부지런히 하였다.

*

오늘도 또한 그의 절름발의 발길은 T씨의 집 문지방을 넘어섰다. T씨의 아내만이 만면한 수색으로 그를 대하여주었다. 물론 이야기 있을 까닭이 없었다. 비스듬히 열린 어둠컴컴한 방문 속에서는 T씨의 앓는 소리 섞인 코고는 소리가 들렸다.

"좀 어떤가요!"

"차차 나아가는 것 같습니다."

"의사는?"

"다녀갔습니다."

"무어라고 그럽니까요?"

"염려할 것 없다고."

그만하여도 그의 마음은 기뻤다. 마루 끝에 걸터앉아 이마에 맺힌 땀을 씻으려 할 때 그의 머리 위 하늘은 시커멓게 흐리어 들어오고 있었다. 그런가 보다 하는 사이에 주먹 같은 빗방울이 마당의 마른 먼지를 폭발시키기 시작하였다. 서늘한 바람이 한번 획불어 스치더니 지구를 싸고 있는 대기는 별안간 완연 전쟁을 일으킨 것 같았다. T씨의 초가지붕에서는 물이라고 생각할 수도 없는 더러운 액체가 줄줄 쏟아지기 시작하였다. 그는 고개를 들어 하늘을 쳐다보았다. 그저 무한히 검기만 하였다. 다만 가끔 번쩍거리는 번개가 푸른 빛의 절선을 큰 소리와 함께 그리고 있을 뿐이었다. 세상 사람들에게 이 기다리고 기다리던 비가 얼마나 새롭고 감사의 것일 것이었으랴마는 그에게는 다만 그의 눈과 귀에 감각되는 한 현상에 지나지 않는 것이었다. 새로울 것도 감사할 것도 아무것도 없었다. 피곤한 인생. 그는 얼마 동안이나 멀거니 앉아 있다가 정말 인간들이 내어다버린 것 모양으로 앉아 있는 T씨의 앞에 예의 것을 내어밀었다. T씨의 아내는 그저 고개를 숙이었을 뿐이었고 여전히 아무 말도 없었다. 그는 또 거북한 기분 속에서 벗어나려고,

"업이는 어딜 갔나요. 요새는 도무지 볼 수가 없으니 더러 들어앉아서 T 간병도 좀 하고 하지."

"벌써 나간 지가 닷새, 도무지 말을 할 수도 없고."

"왜 말을 못하시나요."

"……"

우연한 회화의 한 토막이 그에게 적지않은 의아의 파문을 일으켰다(속으로는 분하였다).

"에 —— 못된 자식. 애비가 죽어 드러누웠는데."

그는 비 오는 속으로 그대로 나섰다. 머리 위에서는 우뢰와 번개가 여전히 끊이지 않고 일었다.

"신은 이제 나를 징벌하려 드는 것인가."

"나는 죄가 없다. 자 내가 무슨 죄가 있는가 좀 보아라. 나는 죄가 없다!"

그는 자기의 선인임을 나아가 역설하기에는 너무 나약한 인간이었다. 자기의 오직 죄 없음을 죽어가며 변명하는 데 그칠 줄밖에 몰랐다.

"만인의 신! 나의 신! 아! 무죄!"

모든 것은 걷어잡을 수 없이 뒤죽박죽이었다. 자동차의 헤드라이트가 빗속에서 번개와 어우러져서 번쩍였다.

의주통공사장에서(於義州通工事場)

그것이 벌써 찌는 듯한 여름 어느 날의 일이었었다면 세월은 과연 빠른 것이다. 축 늘어진 나뭇잎에는 윤택이랄 것이 없었다. 영원히 윤택이 나지 못할 투명한 수증기가 세계에 차 있는 것 같았다.

꼬박꼬박 오는 졸음을 참을 수 없어 그는 창밖을 바라보았다.

사람들은 여전히 무거운 발길을 옮기어놓으며 있었다. 서로 만나는 사람은 담화를 하는 것도 같았다. 장사도 지나갔다. 무엇이라고 소리 높이 외쳤을 것이다. 그러나 모든 사람들은 입만 뻥긋거리는 데에 그치는 것같이 소리나지 않았다. '고요한 담화인가' 그에게는 그렇게 생각이 되었다. 벽돌집의 한 덩어리는 구름이 해를 가렸다 터놓을 때마다 흐렸다 개었다 하였다. 그러나 그것도 지극히 고요한 이동이었다. 그의 윗눈썹은 차차 무게를 늘리는 것 같았다. 얼마 가지 않아서는 아랫눈썹 위에 가만히 얹혔다. 공기가 겨우 통할 만한 작은 그 틈에서는 참을 수 없는 졸음이—그것도 소리없이—새어나왔다.

병원은 호흡을—불규칙한 호흡을 무겁게 계속하고 있었다. 그 불규칙한 호흡은 그의 졸음에 혼화되어 적이 얼마간 규칙적인 것같이 보였다.

어린아이 울음소리가 아래층에서 들렸다. 그러나 그것도 그의 엿가락처럼 늘어진 졸음의 줄을 건드려볼 수도 없었다. 한번 지나가는 바람과 같았다. 그 뒤에는 또 피곤한 그의 졸음이 그대로 계속되어갔을 뿐이다.

그가 있는 방 도어(문)가 이상한 음향을 내며 가만히 열렸다. 둔한 슬리퍼 소리가 둘, 셋, 넷 하고 하나가 끝나기 전에 또 하나가 났다. 저절로 돌아가는 도어의 장식은 도어를 도어 틀 틈 사이에 무거운 짐을 내려놓는 모양으로 갖다 끼웠다. 그러고는 가느다란 숨소리—혹 전연 침묵이었는지도 모를—나마 날 듯한 비중 는 공기가 실내에 속도 더딘 파도를 장난하고 있었다.

1분— 2분— 3분……

"선생님! 선생님! 주무세요? 선생님."

C간호부는 몇 번이나 그의 어깨를 흔들어보았다. 그의 어깨에 닿은 C간호부의 손은 젊디젊은 것이었다. 그는 쾌감 있는 탄력을 느꼈는지도 모른다. 그러나 그것은 그 때문에 더욱이나 졸음은 두께 두꺼운 것이 되어갔다.

"선생님! 잠에 취하셨세요? 선생님!"

구루마 바퀴 도는 소리— 매미 잡으러 몰려다니는 아이들의 소리— 이런 것들은 아직도 그대로 그의 귓바퀴에 붙어 남아 있어서 손으로 몰래 훑으면 우수수 떨어질 것도 같았다. 그렇게 그의 잠! 졸음!은 졸음 그것만으로 단순한 것이었다.

장주의 꿈[84]과 같이 눈을 부비어보았을 때 머리는 무겁고 무엇인가 어둡기 짝이 없는 것이었다. 그 짧은 동안에 지나간 그의 반생의 축도를 그는 졸음 속에서도 피곤한 날개로 한번 휘거쳐 날아보았는지도 몰랐다. 꿈을 기억할 수는 없었으나 꿈을 꾸었는지도 혹은 안 꾸었는지도 그것까지도 알 수는 없었다. 그는 어디인가 풍경 없는 세계에 가서 실컷 울다 그 울음이 다하기 전에 깨워진 것만 같은 모든 그의 사고의 상태는 무겁고 어두운 것이었다.

"선생님! 잠에 취하셨세요? 퍽 곤하시지요. 깨워드려서— 곤하신데 주무시게 둘걸!"

그는 하품을 한번 큼직하게 하여보았다. 머리와 그리고 머리에 딸리지 않으면 안 될 모든 것은 한번에 번쩍 가벼워졌다. 동시에 짧은 동안의 기다란 꿈도 한번에 다 날아간 것과 같았다. 그러고는 그의 몸은 또다시 어찌할 수도 없는 현실의 한 모퉁이로 다시금 돌아온 것같았다.

"선생님! 그리기에 저는 선생님께 아무런 짓을 하여도 관계치 않지요! 다 용서해 주세요."

"그야!"

"선생님 졸리셔서 단잠이 폭 드신 걸 깨워놓아서 그래도 선생님은 저를 용서해주시지요."

"글쎄!"

"용서하여주시고 싶지 않으세요? 선생님."

"혹시!"

"선생님 오늘 일은 용서하여주시지 않으셔도 좋습니다. 그렇지마는 한 가지 청이 있습니다. 더위에 괴로우신 선생님을 잠깐만 버려도 그것은 정말 선생님 용서해 주실는지요."

"즉 그렇다면!"

"며칠 동안만 선생님 곁을 떠나 더위의 선생님을 내어버리고 저만 선선한 데를 찾아서 정말 잠깐 며칠 동안만——선생님 혹시 용서해 주실 수가 있을는지요? 정말 며칠 동안만!"

"신선한 데가 있거든 가오. 며칠 동안만이랄 것이 아니라 선선한 것이 싫어질 때까지 있다 오오. 제 발로 걷겠다 용서 여부가 붙겠소? 하하."

그의 얼굴에서는 웃을 때에 움직이는 근육이 확실히 움직이고는 있었다. 그러나 평상시에 안 보이던 몇 줄기의 혈관이 뚜렷이 새로 보였다.

"선생님 그렇게 하시는 것은 싫습니다. 선생님 저를 미워하십니까? 저를 미워하시지는 않으시지요. 절더러 어디로 가라고 그러시는 것입니까? 그러시는 것은 아니겠지요?"

"그 회화에는 나는 관계가 없는 것 같소 하하. 그러나 다 천만에 말씀이오."

"그러시면 못 가게 하시는 걸 제가 조르다 조르다 겨우 허락— 용서를 받게—이렇게 하셔야 저도 가는 보람도 있고 또 가도 얼른 오고, 선생님도 보내시는——용서하시는 보람이 있으시지 않습니까?"

"허락할 것은 얼른 허락하는 것이 질질 끄는 것보다 좋지."

"그것은 그렇지만 재미가 없습니다."

"나는 늙어서 아마 그런 재미를 모르는 모양이오."

"선생님은!"

"늙어서! 하하……"

돌아앉는 C간호부는 품속에서 손바닥보다도 작은 원형의 거울을 끄집어내어 또 무엇으로인지 뺨, 이마를 싹싹 문지르고 있었다. 있지[85] 않은 동안 같이 있던 그들 사이였건마는 그로서는 실로 처음 보는 일이요, 그의 눈에는 한 이상한 광경으로 비쳤다.

*

미목수려한 한 청소년이 이리로 걸어오는 것이 보였다. 양편 손에는 여러 개의 물건 상자가 매어달려 있었다. 흑과 백으로만 장속[86]한 그 청소년의 몸은 거의 광채를 발하다시피 눈부셨다. 들창에 매어달려 바깥만을 내어다보고 있던 C간호부는 그때에 그의 방에서 나갔다. 거의 의식을 잃은 그는 C간호부의 풍부한 발이 층계를 내려가는 여러 음절의 소리 가운데의 몇 토막을 들었을 뿐이었다. 아래층에서는 가벼운 그러나 퍽 명랑한 웃음소리가 알아듣지 못할 만한 정도로 흐려진 유쾌한 그러나 퍽 짤막한 담화 소리에 섞여 들려왔다. 쿵— 쿵— 쿵쿵 분명히 네 개의 발이 층계를 올라오고 있었다.

"큰아버지!"

"선생님!"

고개를 숙인 채 그의 앞에 나란히 서 있는 이 두 청춘을 바라볼 때에 그의 눈에서는 번개가 났다. 혹은 어린 양들에게 백년의 가약을 손수 맺게 하여주는 거룩한 목사와도 같았다. 그의 가슴에서는 형상 없는 물질이 흔들렸다. 그 위에 뜬 조그만 사색의 배를 파선시키려는 듯이

"업아, 내가 너를 본 지 몇 달이 되는지?"

고개를 숙인 업의 입술은 떨어질 것 같지도 않았다.

"업아, 네가 입은 옷은 감도 좋거니와 꼭 맞는다."

그의 시선은 푸른 빛을 내며 업의 입상(立像)을 오르내렸다.

"업아, 네가 가지고 온 이 상자 속에 든 것은 무슨 좋은 물건이냐. 혹시 그 가운데에는 나에게 줄 선물도 섞여 있는지? 하나, 둘, 셋, 넷, 다섯."

그의 시선은 다시금 판자 위에 나란히 놓여 있는 여러 개의 상

자 위를 하나 둘 거쳐가며 산보하였다.

"업아. 아버지의 상처는 좀 나은가? 아니 너 최근에 너의 집을 들른 일이 혹 있는가?"

"……"

"내가 보는 대로 말하고 보면 아마 지금 여행의 길을 떠나는 모양이지 아마."

"……"

방 안에는 찬바람이 돌았다. 들창을 새어 들어오는 훈훈한 바람도 다 이 방 안에 들어오자마자 바깥 온도를 잃어버리는 것과 같았다.

"C씨! C씨는 언제부터 나의 업이와 친하였는지 모르겠으나 자 —— 두 사람에게 내가 물을 말은 이렇게 두 사람이 내 앞에 함께 나타난 뜻은 무슨 뜻인지? 이야기할 것이 있는지 청할 것이 있는지 혹 나에게 무엇을 줄 것이 있는지."

C간호부는 고개를 숙인 채 좌우를 두어 번 둘러보더니 무슨 생각이 급히 떠올랐는지 황황히 그 방을 나갔다. 남아 있는 업 한 사람만이 교의에 걸터앉은 그 앞에 깎아 세운 장승[87]과 같이 부동자세로 서 있었다. 그는 교의에서 몸을 일으키며 담배를 한 개 피워 물었다. 연기의 빛은 신선한 청색이었다.

"업아. 이리 와서 앉아라. 큰아버지는 결코 너에게 악의를 가지지 않았다. 나의 묻는 말을 속이지 말고 대답하여라. 네가 돈이 어디서 생기니? 네가 버는 것은 아니겠지."

"어머님이 주십니다."

"아범에게서는 얻어본 일이 없니?"

"없습니다."

"그만하면 알았다."

업은 처음으로 그의 얼굴을 한번 쳐다보았다.

"C양은 어떻게 언제부터 알았니?"

"우연히 알았습니다. 사귄 지는 아직 한 달도 못 됩니다."

"저것들은 다 무엇이냐."

"해수욕에 쓰는 것입니다. 옷 그런 것."

"해수욕. 그러면 해수욕을 가는 데 하하…… 작별을 하러 온 것이로군. 물론 C양과 둘이서?"

"네. 제 생각은 큰아버지를 뵈옵고 가지 않으려 하였습니다마는 C간호부의 말이 우리 둘이서 그 앞에 나가 간곡히 용서를 빌면 반드시 용서하여주시리라고— 그 말을 제가 믿은 것은 아닙니다. 그러나 저는 안 올 수 없었습니다. 또 C간호부는 큰아버지께서는 우리 두 사람의 사이도 반드시 이해하여주시리라는 말도 하였습니다마는 물론 그 말도 저는 믿지 않았습니다."

"잘 알았어. 나는— 그러면 나로서는 혹 용서하여줄 점도 있겠고 혹 용서하지 않을 점도 있을 테니까."

"그럼 무엇을 용서하시고 무엇은 용서하지 않으실 터인지요?"

"그것은 보면 알 것이 아닌가."

그의 말끝에는 가벼운 경련이 같이 따랐다. 책상 위에 끄집어내어 쌓아놓은 해수욕 도구는 꽤 많은 것이었다. 그는 그 자그마한 산 위에 알콜의 소낙비를 내렸다. 성냥 끝에서 옮겨 붙은 불은 검붉은 화염을 발하며 그의 방 천장을 금시로 시꺼멓게 그을려놓았다. 소리 없이 타오르는 직물류, 고무류의 그 자그마한 산은 보는 동안에 무너져가고 무너져가고 하였다. 그 광경은 마치 꿈이 아니면 볼 수 없는 동작이 있고 음향이 없는 반환영과 같았다. 벽 위의 시계가 가만히 새로 한시를 쳤다. 업의 얼굴은 초일초 분일분 새파랗게 질려갔다.

입술은 파래지며 심히 떨었다. 동구(瞳球)를 싸고 있는 눈윗두덩도 떨었다. 눈의 흰자위는 빛깔을 잃으며 회갈색으로 변하고 검은자위는 더욱더욱 칠흑으로 변하며 전광 같은 윤택을 방사하였다. 그러나 동상 같은 업의 부동자세는 조금도 변형되려고 하지 않았다.

푸지직 소리를 남기고 불은 꺼졌다. 책상을 덮어 쌌던 클로드[88]도, 책상의 바니스[89]도 나타나고 눌었다. 그 위에 그 해수욕 도구들의 다 타고 남은 몇 줌의 검은 재가 엉기어 있었다. 꼭 닫은 도어가 바깥으로부터 열렸다.

"선생님!"

오직 한마디— 잠시 나붓거리는 그 입술이 달려 있는 C간호부의 얼굴은 심야의 정령의 그것과도 같이 창백하고도 가련하였다. 그뿐만 아니었다. 그러한 C간호부의 서 있는 등 뒤에 부동명왕[90]의 얼굴과 같이 흑연 화염 속에 인쇄되어 있는 듯한 T씨의 그것도 그는 볼 수 있었다. 일순 후에는 그의 얼굴도 창백해지지 않을 수 없었고 그의 입술도 조금씩 조금씩 그리하여 커다랗게 떨리기 시작하였다.

흐르는 세월이 조락의 가을을 이 땅 위에 방문시켰을 때는 그가 나뭇잎 느껴 우는 수림을 산보하고 업의 병세를 T씨의 집 대문간에 물어 버릇하기 시작한 지도 이미 오래인 때였다.

업은 절대로 그를 만나지 않으려는 것이었다. 그는 업의 병세를 부득이 T씨의 집 대문간에서 묻지 않으면 안 되었다. 오직 T씨의 아내가 근심과 친절을 함께 하여 그를 맞아주었다.

"좀 어떻습니까? 그 떠는 증세가 조금도 낫지 않습니까?"

"그거 마찬가지예요. 어떡하면 좋을지요."

"무엇 먹고 싶다는 것 가지고 싶다는 것은 없습니까? 하고 싶다는 것은 또 없습디까?"

"해수욕복을 사주랍니다. 또 무슨 아루꼬(알콜)?"

"네네, 알았습니다."

천 가지 만 가지 궁리를 가슴 가운데에 왕래시키려 그는 병원으로 돌아왔다. 필요 이외의 회화를 바꾸어본 일이 없는 사이쯤 된 M군에게 그는 간곡한 어조로 말을 붙여보았다.

"M군! 도무지 모를 일이야. 모든 죄가 결국은 내게 있다는 것이 아닐까? M군 자네가 아무쪼록 좀 힘을 써주게."

"힘이야 쓰고 싶지마는 자네도 마찬가지로 나도 만나지 않겠다는 환자의 고집을 어떻게 하느냐는 말일세. 청진기 한번이라도 대어보아야 성의 무성의 여부가 생기지 않겠나."

"내 생각 같아서는 그 업에게는 청진기의 필요도 없을 것 같건만……"

"그것은 자네가 밤낮 하는 소리 마찬가지 소리."

그에게는 이 이상 더 말을 계속시킬 용기조차도 없었다. 책상 위에 놓인 한 장의 편지—발신인 주소도 성명도 그 겉봉에는 씌어 있지마는—가 있었다.

선생님! 가을 바람이 부니 인생이라는 더욱이나 어두운 것이라는 것이 생각됩니다.

표연히 야속한 마음을 가슴에 품은 채 선생님의 곁을 떠난 후 벌써 철 하나가 바뀌었습니다. 이처럼 흐르는 광음 속에서 우리는 무엇을 속절없이 찾고만 있을까요.

그동안 한 장의 글월을 올리지 않다가 이제 새삼스러이 이 펜을 날려보는 저의 심사를 혹은 선생님은 어찌나 생각하실는지는 저도 모르겠습니다. 그렇습니다. 세상은 즉 오해 속에서 오해로만 살아가는 것인가 합니다. 선생님이 우리들을 이해하셨기에 우리들은 선생님의 거룩한 사랑까지도 오해하였습니다. 그리하여 병상에 누워 있는 업씨를 그리고 또 표연히 선생님의 곁을 떠난 저도 선생님께서 오해하셨습니다. 제가 드리고자 하는 이 그다지 짧지 않은 글도 물론 전부가 다 오해투성이겠지요. 그러니 선생님께서 제가 이 글을 드리는 태도나 또는 그 글의 내용을 오해하실 것도 물론이겠지요. 아— 세상은 어디까지나 오해의 갈고리로 연쇄되어 있는 것이겠습니까? 저의 오라버님의 최후도 또 그이(대학생—C간호부의 내면)도 그때의 일도 그 후의 일도 모든 것이 다 오해 때문에가 아니었습니까? 제가 저의 신세를 이 모양으로 만든 것도, 이처

럼 세상을 집 삼아 표랑의 삶을 영위하게 된 것도 전부 다 그 기인
은 오해—우리 어리석은 인간들의 무지로부터 출발한 오해 때문
이 아니었으면 무엇이었던가 합니다(어폐를 관대히 보아주세요).

(중략)

선생님이 저에게 끼쳐 주신 하해 같은 은혜에 치하의 말씀이 어
찌 이에서 다하겠습니까마는 덧없는 붓끝이 오직 선생님의 고명
(高名)과 종이의 백색을 더럽힐 따름입니다.

선생님, 이제 저는 과거에 제가 가졌던 모든 오해를 오해 그대로
적어 올려보겠습니다. 그것은 제가 지금도 그 오해를 그 오해채 그
대로 가지고 있는 까닭이겠습니다.

선생님! 선생님께서는 업씨와 저 두 사람 사이를 과연 어떠한
색채로 관찰하셨는지요(어폐를 아무쪼록 관대히 보아주십시오).
아닌 것이 아니라 저는 업씨를 마음으로 사랑하였습니다. 또 업씨
도 저를 좀더 무겁게 사랑하여주었습니다. 이제 생각하여보면 업
씨의 나이 이제 스물한 살 저 스물여섯— 과연 우리 두 사람의 사
랑이 철저한 사랑이었다 할지라도 이와 같은 연령의 상태의 아래
에서는 그 사랑이란 그래도 좀더 좀더 빛다른 그 무엇이 있지 않으
면 안 되지 않겠습니까?

두 사람의 만남—무엇이라 할까—하여간 우연 중에도 너무
우연이겠습니다. 그것은 말씀 올리기 꺼립니다. 혹시 병상에 누워
계신 업씨의 신상에 어떠한 이상이라도 있지나 않을까 하여 다만
저희들 두 사람의 사랑의 내용을 불구자적 병적이면 불구자적 병
적 그대로라도 사뢰어볼까 합니다.

(아── 끝없는 오해는 아직도── 아직도)선생님! 제가 엄씨를 사랑한 이유는 엄씨의 얼굴──면영(面影)이 세상에서 자취를 감추고 만 그이의 면영과 흡사하였다는──다만 그 한 가지에 지나지 않습니다. 그이는 지금쯤은 퍽 늙었겠지요! 혹 벌써 이 세상 사람이 아닌지도 모릅니다. 그러나 저의 기억에 남아 있는 그이의 면영은 그이와 제가 갈리지 않으면 안 되었던 그 순간의 그것 채로 신선하게 남아 있습니다.

남의 사랑을 받는 것은 행복입니다. 남을 사랑하는 것은 적어도 기쁨입니다. 남을 사랑하는 것이나 남의 사랑을 받는 것이나 인간의 아름다움의 극치이겠습니다.

저는 생각하였습니다. 저의 엄씨에게 대한 사랑도 과연 인간의 아름다움의 하나로 칠 수 있을까를. 그러나 저는 저로도 과연 저의 엄씨에게 대한 사랑에는 너무나 많은 아욕(我慾)이 품겨 있는 것을 발견하였습니다. 그리하여 곧 저는 저의 엄씨에게 대한 사랑을 주저하였습니다.

그러나 또 한 가지 아뢰올 것은 엄씨의 저에게 대한 사랑입니다. 경조부박⁹⁾한 생활 부피 없는 생활을 하여오던 엄씨는 저에게서 비로소 처음으로 인간의 냄새 나는 역량 있는 사랑을 느낄 수 있었다 합니다. 엄씨의 말을 들으면 엄씨의 저에게 대한 사랑은 적극적으로 엄씨가 저에게 제공하는 그러한 사랑이라느니보다도 저의 사랑이 깃이 있다면 엄씨는 엄씨 자신의 저에게 대한 사랑을 신선한 대로 그대로 소지한 채 그 깃 밑으로 기어들고 싶은 그러한 사랑이었다고 합니다.

하여간 엄씨의 저에게 대한 사랑도 우리가 항상 볼 수 있는 시정 간의 사랑보다는 무엇인가 좀더 깊이가 있었던 듯하며 성스러운 것이었던가 합니다. 여러 가지 점으로 주저하던 저는 엄씨의 저에게 대한 사랑의 피로 말미암아 무던한 용기를 얻을 수 있었습니다. 선생님. 저희들은 어쨌든 이제는 원인을 고구(考究)할 것 없이 서로 사랑하여 자유로 사랑하여가기로 하였습니다. 이만큼 저희들은 삽시간 동안에 눈멀어버리고 말았습니다. 선생님. 저희들의 사랑 꼴은 생리적으로도 한 불구자적 현상에 속하겠지요. 더욱, 사회적으로는 한 가련한 탈선이겠지요. 저희들도 이것만은 어렴풋이나마 느꼈습니다. 그러나 사람이 자기의 심각한 추억의 인간과 면영이 같은 사람에게 적어도 호의를 갖는 것은 사람의 본능의 하나가 아닐까요. 생리학에나 혹은 심리학에나 그런 것이 어디 없습니까. 또 사회적으로도 영과 영끼리만이 충돌하여 발생되는 신성한 사랑의 결합체가 존재할 수 있다는 것이 그다지 해괴한 사건에 속할까요![92]

(중략)

선생님! 해수욕 행도 저의 제의였습니다. 해수욕 도구도 제 돈으로 산 것입니다. 엄씨는 헤엄도 칠 줄 모른다 합니다. 또 물을 그다지 즐기는 것도 아니었습니다. 그러나 저의 말이면 어디라도 가고 싶다 하였습니다. 그것을 한 계집의 간사한 유혹이라느니보다도 모성의 갸륵한 애무와도 같은 느낌이었다 합니다.

선생님! 너무나 가혹하시지나 않으셨던가요. 그것을 왜 살라버리셨습니까? 엄씨에게도 기쁨이 있었습니다. 저도 모성애와 같은 사랑을 업씨에게 베푸는 것이 또 사랑을 달게 받아주는 것이 무한한 기쁨이었습니다.

그 기쁨을 선생님은 검붉은 화염 속에 불살라버리셨습니다. 그 이상한 악취를 발하며 타오르는 불길은 오직 그 책상 위에 목면과 고무만을 태운 데 그친 줄 아십니까? 도어 뒤에서 있던 저의 심장도(확실히) 또 그리고 업씨의 그것도, 업씨의 아버님의 그것도 다 살라버린 것이었을 것입니다.

저의 등 뒤에 사람이 있는지 알 길이 있었겠습니까. 얼마 후에 참으로 긴 동안의 얼마 후에 그이가 업씨 아버님인 것을 알 수 있었습니다(저는 업씨의 아버님을 모릅니다. 그러나 그때에 처음으로 알았습니다). 선생님께서도 의외이셨겠지요. 업씨의 아버님이 그곳에 와 계셨다는 데 대하여는…… 그러나 저는 업씨의 아버님이 그곳에 와 계신데 대하여는 업씨의 아버님 자신으로부터 그 전말을 자세히 들었습니다. 그것은 이곳에서 아뢸 만한 것은 못 됩니다.

(중략)

병석에서도 늘 해수욕복을 원한다는 소식을 저는 업씨의 친구 되는 이들께서 얻어들을 수 있었습니다. 선생님도 물론 잘 아시겠지요. 선생님! 감상이 어떠십니까? 무엇을 의미함이었든지 저는 업씨의 원을 풀어드리고자 합니다.

선생님! 나머지 저의 월급이 몇 푼 있을 줄 생각합니다. 좌기 주소로 송부하여 주십시오.

오해 속에서 나온 오해의 글인 만큼 저는 당당히 닥쳐오는 오해를 인수할 만한 준비를 갖추어 가지고 있습니다. 너무 기다란 글이 혹시 선생님께 폐를 끼치지나 않았나 합니다. 관대하신 용서와 선생님의 건강을 빌며

×× 통 × 정목 ○○ C변명 △△올림

그는 어디까지라도 자신을 비판하여보았고 반성하여보았다.

그는 다달이 잊지 않고 적지 않은 돈을 T씨의 아내 손에 쥐여주었다. T씨의 아내는 그것을 차마 T씨의 앞에 내놓지 못하였으리라. T씨의 아내는 그것을 업에게 그대로 내어주었으리라. 업은 그것을 가지고 경조부박한 도락(道樂)에 탐하였으리라. 우연히 간호부를 만나 해수욕행까지 결정하였으리라. 아비(T씨)가 다쳐서 드러누웠건마는 집에는 한 번도 들르지 않는 자식, 그 돈을──그 피가 나는 돈을 그대로 철없고 방탕한 자식에게 내어주는 어머니──그는 이런 것들이 미웠다. C간호부만 하더라도 반드시 유혹의 팔길을 업의 위에 내리밀었을 것이다. 그는 이것이 괘씸하였다.

그러나 한 장 C간호부의 그 편지는 모든 그의 추측과 단안을 전복시키고도 오히려 남음이 있었다.

"역시 모든 죄는 나에게 있다."

그의 속주머니에는 적지 않은 돈이 들어 있었다. C간호부는 3층 한 귀퉁이 조그만 다다미[93] 방에 누워 있었다. 그 품에 전에 볼 수 없던 젖먹이 갓난아이가 들어 있었다.

"C양! 과거는 어찌 되었든 지금에 이것은 도무지 어찌 된 일이오?"

"선생님! 아무것도 저는 말하고 싶지는 않습니다. 사람의 일생은 이렇게 죄악만으로 얽어서 놓지 않으면 유지가 안 되는 것입니까?"

"C양! 나는 그 말에 대답할 아무 말도 가지지 못하오. 오해와 용서! 그리기에 인류사회는 그다지 큰 풍파가 없이 지지되어가지 않소?"

"선생님! 저는 지금 아무것도 후회치 않습니다. 모든 것을 다 후회하지 아니하면 안 될 것이니까요. 선생님! 이것을 부탁합니다."

C간호부의 눈에서는 맑은 눈물방울이 흘렀다. 그는 C간호부의 내어미는 젖먹이를 의식없이 두 손으로 받아 들었다. 따뜻한 온기가 얼고 식어빠진 그의 손에 전하여왔다. 그때에 그는 누워 있는 C간호부의 초췌한 얼굴에서 십여 년 전에 저 세상으로 간 아내의 면영을 발견하였다. 그는 기쁨, 슬픔 교착된 무한한 애착을 느꼈다. 그리고 C간호부의 그 편지 가운데의 어느 구절을 생각해 내어보기도 하였다. 그리고는 모든 C간호부의 일들에 조건 없는 용서—라느니보다도 호의를 붙였다.

"선생님! 오늘 이곳을 떠나가시거든 다시는 저를 찾지는 말아 주셔요. 이것은 제가 낳은 것이라 생각하셔도 좋고, 안 낳은 것이라 생각하셔도 좋고, 아무쪼록 선생님 이것을 부탁합니다."

하려던 말도 시키려던 계획도 모두 허사로 다만 그는 그의 포켓 속에 들었던 돈을 C간호부 머리 밑에 놓고는 뜻하지도 않은 선물을 품에 안은 채 첫눈 부슬거리는 거리를 나섰다.

'사람이란 그 추억의 사람과 같은 면영의 사람에게서 어떤 연연한 정서를 느끼는 것인가.'

이런 것을 생각하여도 보았다.

*

업의 병세는 겨울에 들어서 오히려 점점 더하여가는 것이었다. 전신은 거의 뼈만 남고 살아 있다고 볼 수 있는 것은 눈과 입 이 둘뿐이었다. 그 방 윗목에는 철 아닌 해수욕 도구로 차 있었다. 업은 앉아서나 누워서나 종일토록 눈이 빠지게 그것만 바라보고 앉아 있었다.

"아버지. 말쑥한 새 기와집 안방에 가 누워서 앓았으면 병이 나을 것 같애── 아버지 기와집 하나 삽시다. 말쑥하고 정결한……"

업의 말이었다는 이 말이 그의 귀에 들자 어찌 며칠이라는 날짜가 갈 수 있으랴. 즉시 업의 유원은 풀릴 수 있었다. 새 집에 간지 이틀, 업은 못 먹던 밥도 먹었다. 집안 사람들과 그는 기뻐하였다. 그저 한없이──

그러나 이미 때는 돌아왔다. 사흘 되던 날 아침(그 아침은 몹시 추운 아침이었다) 업은 해수욕을 가겠다는 출발이었다. 새 옷을 갈아입고 방문을 죄다 열어놓고 방 윗목에 쌓여 있는 해수욕 도구를 모두 다 마당으로 끄집어내게 하였다. 그러고는 그 위에 적지 않은 해수욕 도구의 산에 알콜을 들이부으라는 업의 명령이었다.

"큰아버지께 작별의 인사를 드리겠으니 좀 오시라고 그래주시오. 어서어서 곧— 지금 곧."

그와 업의 시선이 오래 참으로 오래간만에 서로 마주쳤을 때 쌍방에서 다 창백색의 인광을 발사하는 것 같았다.

"불! 인제 게다가 불을 지르시오."

몽몽한 흑연이 둔한 음향을 반주시키며 차고 건조한 천공을 향하여 올라갔다. 그것은 한 괴기를 띤 그다지 성스럽지 않은 광경이었다.

가련한 백부의 그를 입회시킨 다음 업은 골수에 사무친 복수를 수행하였다(이것은 과연 인세의 일이 아닐까? 작자의 한 상상의 유희에서만 나올 수 있는 것일까?). 뜰 가운데에 타고 남아 있는 재 부스러기와 조금도 못함이 없을 때까지 그의 주름살 잡힌 심장도 아주 새까맣도록 다 탔다.

그날 저녁때 업은 드디어 운명하였다. 동시에 그의 신경의 전부도 다 죽었다. 지금의 그에게는 아무것도 없었다. 다만 아득하고 캄캄한 무한대의 태허(太虛)가 있을 뿐이었다.

"여—요 에헤—요."

그리고 종소리 상두군의 입 고운 소리가 차고 높은 하늘에 울렸다.

그의 발은 마치 공중에 떠서 옮겨지는 것만 같았다. 심장이 타고 전신의 신경이 운전을 정지하고 그의 그 힘없는 발은 아름다운 생기에 충만한 지구 표면에 부착될 만한 자격도 없는 것 같았다.

그의 눈앞에서는 그 몽몽한 흑연—업의 새 집 마당에서 피어

오르던 그 몽몽한 흑연의 일상이 언제까지라도 아른거려 사라지려고는 하지 않았다.

뼈만 남은 가로수도 넘어가고 나머지 빈약한 석양에 비추어가며 기운 시진해하는 건축물들도 공중을 횡단하는 헐벗은 참새의 떼들도——아니 가장 창창(蒼蒼)하여야만 할 대공(大空) 그것까지도 다 한가지 흑색으로밖에는 그의 눈에 보이지 않았다. 그의 호흡하고 있는 산소와 탄산와사의 몇 리터[*]도 그의 모세관을 흐르는 가느다란 핏줄의 그 어느 한 방울까지라도 다 흑색——그 몽몽한 흑연과 조금도 다름이 없는——이 아니라고는 그에게 느끼지 않았다.

"나는 지금 어디를 향하여 가고 있는 것일까."

"아니 아니——이것이 나일까—— 이것이 무엇일까. 나일까, 나일 수가 있을까."

가로등 건축물 자동차 피곤한 마차와 짐구루마——하나도 그의 눈에 이상치 아니한 것은 없었다.

"저것들은 다 무슨 맛에 저 짓들이람!"

그러나 그의 본기를 상실치는 않은 일신의 제 기관들은 그로 하여금 다시 그의 집으로 돌아가게 하지 않고는 두지 않았다.

손을 들어 그의 집 문을 밀어 열려 하여보았으나 팔뚝의 관절은 굳었는지 조금도 들리지는 않았다. 소리를 질러 집안 사람들을 불러보려 하였으나 성대는 진동 관성을 망각하였는지 음성은 나오지 않았다.

"창조의 신은 나로부터 그 조종의 실줄을 이미 거두었는가?"

눈썹 밑에는 굵다란 눈물방울이 맺혀 있었다. 그러나 그 자신도 그것을 감각할 수 없었다. 그의 등 뒤에서 웬 사람인지 외투에 내려앉은 눈을 터느라고 옷자락을 흔들고 있었다.

"무엇을 그렇게 생각하고 있나?"

"응? 누구 — 누구요."

"왜 그렇게 놀라나? 날세, 나야."

M군이었다. 병원에서 이제 돌아오는 길이었다.

"업이가 갔어."

"응? 기어코?"

두 사람은 이 이상 더 이야기하지 않았다. 어둠침침한 그의 방 안에는 몇 권의 책이 시체와 같이 이곳저곳에 조리 없이 산재하여 있을 뿐이었다.

위풍이 반자[95]를 울리며 휙 스쳤다.

"으아 —"

"하하 잠이 깨었구나. 잘 잤느냐, 아아 울지 마라. 울 까닭은 없지 않느냐. 젖 달라고, 아이 고무 젖꼭지가 어디 갔을까. 우유를 데워놓았는지 웬 — 아아아 울지 마라, 울지 말아야 착한 아이지. 아 — 이런 이런!"

가슴에 끓어오르는 무량한 감개를 그는 억제할 수 없었다. 그저 쏟아져 흐르기만 하는 그 뜨거운 눈물을 그 어린것의 뺨에 부비며 씻었다. 그리고 힘껏 힘껏 그것을 껴안았다. 어린 것은 젖을 얻어먹을 수 있을 때까지는 염치 없는 울음을 그치지는 않았다.

*

T씨는 그대로 그 옆에 쓰러졌다. 구덩이는 벌써 반이나 팠다. 그때 T씨는 그 옆에 쓰러졌다.

언 땅을 깨쳐가며 파는 곡괭이 소리——이리 뒤치적 저리 뒤치적 나가떨어지는 얼어 굳은 흙덩어리 다시는 모두어질 길 없는 만가(輓歌)의 토막과도 같이 처량한 것이었다.

사람들은 달려들어 T씨를 일으켰다. T씨의 콧구멍과 입으로는 속도 빠른 허연 입김이 드나들었다. 그 옆에 서 있는 그의 서 있는 그의 모양——그 부동자세는 이 북망산 넓은 언덕에 헤어져 있는 수많은 묘표나 그렇지 않으면 까막까치 앉아 날개 쉬는 헐벗은 마른 나무의 그 모양과도 같았다.

관은 내려갔다. T씨와 그 아내와 그리고 그의 울음은 이때 일시에 폭발하였다. 북망산 석양천에는 곡직착종(曲直錯綜)된 곡성이 처량히 떠올랐다. 업의 시체를 이 모양으로 갖다 파묻고 터덜터덜 가던 그 길을 돌아 들어오는 그들의 모양은 창조주에게 가장 저주받은 것과도 같았고 도주하던 카인[96]의 일행들의 모양과도 같았다.

*

그는 잊지 않고 T씨의 집을 찾았다. 그러나 업이 죽은 뒤의 T씨의 집에는 바람이 하나 불고 있었다. 또 그러나 그가 T씨의 집을 찾기는 결코 잊지는 않았다.

T씨는 무엇인가 깊은 명상에 빠져서는 누워 있었다. T씨는 일터에도 나가지 않았다. 다만 누워서 무엇을 생각하고 있을 뿐이었다.

"T!……"

"……"

그는 T씨를 불러보았다. 그러나 T씨는 대답이 없었다. 또 그러나 그에게도 무슨 할 말이 있어서 부른 것은 아니었다. 그는 쓸쓸히 그대로 돌아오기는 하였다. 그러나 이러한 방문이나마 그는 결코 게을리 하지 않았다.

*

북부에는 하룻밤에 두 곳—거의 동시에 큰 화재가 있었다. 북풍은 집집의 풍령을 못 견디게 흔드는 어느 날 밤은 이 뜻하지 않은 두 곳의 화재로 말미암아 일면의 불바다로 화하고 말았다. 바람 차게 불고 추운 밤임에도 불구하고 사람들은 원근에서 몰려들어와서 북부 시가의 모든 길들은 송곳 한 개를 들어 세울 틈도 없을 만치 악마구리⁹⁷ 끓듯 야단이었다. 경성의 소방대는 비상의 경적을 난타하며 총동원으로 두 곳에 나누어 모여들었다. 그러나 충천의 화세는 밤이 깊어갈수록 점점 더하여가기만 하는 것이었다. 소방수들은 필사의 용기를 다하여 진화에 노력하였으나 연소의 구역은 각각으로 넓어만 가고 있을 뿐이었다. 기와와 벽돌은 튀고 무너지고 나무는 뜬숯이 되고 우지직 소리는 끊일 사이 없이 나고 기둥과 들보를 잃은 집들은 착착으로 무너지고 한 채의 집이 무너질 적마다 불똥은 천길 만길 튀어 오르고 완연히 인간 세계에 현출된 활화지옥이었다. 잎도 붙지 않은 수목들은 헐벗은 채로 그대로 다 타 죽었다.

불길이 삽시간에 자기 집으로 옮겨 붙자 세간기명은 꺼낼 사이도 없이 행길로 뛰어나온 주민들은 어디로 갈 곳을 알지 못하고 갈팡질팡 방황하였다.

"수길아!"

"복동아!"

"금순아!"

다 각기 자기 자식을 찾았다. 그 무리들 가운데에는

"업아! 업아!"

이렇게 소리 높이 외치며 쏘다니는 한 사람도 있었다. 그러나 정신의 조리를 상실한 그들 무리는 그 소리 하나쯤은 귓등에 담을 여지조차도 없었다. 두 구역을 전멸시킨 다음 이튿날 새벽에 맹렬하던 그 불도 진화되었다. 게다가 고닭이 울던 이 두 동리는 검은 재의 벌판으로 변하고 말았다.

이같이 큰 일에 이르기까지 한 그 불의 출화 원인에 대하여는 아무도 아는 사람이 없었다. 다만 그날 밤에는 북풍이 심하였던 것, 수 개의 소화전은 얼어붙어서 물이 나오지 않았던 까닭에 많은 소방수의 필사적 노력도 허사로 수수방관하지 않으면 안 되었던 곳이 있었던 것 등을 말할 수 있을 뿐이었다.

*

M군과 그 가족은 인명이야 무사하였지마는 M군은 세간기명을 구하러 드나들다가 다리를 다쳤다.

이재민들은 가까운 곳 어느 학교 교사에 수용되었다. M군과 그 가족도 그곳에 수용되었다.

M군이 병들어 누운 옆에는 거의 전신이 허물이 벗다시피 된 그가 말뚝 모양으로 서 있었다. 초췌한 그들의 안모[98]에는 인세의 괴로운 물질이 주름살져 있었다.

그가 그 맹화 가운데에서 이리저리 날뛰었을 때,

"무엇을 찾으러— 무슨 목적으로 내가 이러나."

물론 자기도 그것을 알 수는 없었다. 첨편에 불이 붙어도 오히려 부동자세로 저립하고 있는 전신주와 같이 그는 멍멍히 서 있었다. 그때에 그의 머리에 벽력같이 떠오르는 그 무엇이 있었다. 얼마 전에 그간 간호부를 마지막 찾았을 때 C간호부의

"이것을 잘 부탁합니다."

하던 그것이었다. 그는 그대로 멱진적으로[99] 맹렬히 붙어오르는 화염 속을 헤치고 뛰어들어갔다. 그리하여 그 젖먹이를 가슴에 꽉 안은 채 나왔다. 어린 것은 아직 젖이 먹고 싶지는 않았던지 잠은 깨어 있었으나 울지는 않았다. 도리어 그의 가슴에 이상히[100] 힘차게 안기었을 때 놀라서 울었다.

"그렇지. 네 눈에는 이 불길이 이상히 보이겠지."

그러나 그의 옷은 눌었다. 그의 얼굴과 팔뚝 손은 더웠다. 그러나 그는 뜨거운 것을 느낄 사이도 없었고 신경도 없었다. 타오르는 M군과 그의 집, 병원 그것들에 대하여는 조그만 애착도 없었다. 차라리 그에게는

"벌써 타버렸어야 옳을 것이 여지껏 남아 있었지."

이렇게 그의 가슴은 오래오래 묵은 병을 떠나버리는 것과 같이 그 불길이 시원하게 느껴졌다. 다만 한 가지 생명과도 바꿀 수 없는 보배를 건진 것과 같은 쾌감을 그 젖먹이에게서 맛볼 수 있었다.

*

한 사람 중년 노동자가 자수하였다. 대화재에 싸여 있던 중첩한 의문은 일시에 소멸되었다.

"희유(希有)의 방화범!"

신문의 이 기사를 읽고 앉아 있는 그의 가슴 가운데에는 그 대화에 못지않은 불길이 별안간 타오르고 있었다.

"T야! T야!"

T씨는 그날 밤 M군과 그의 집, 병원 두 곳에 그길로 불을 놓았다. 타오르지 않을까를 염려하여 병원에서 많은 알콜을 훔쳐내어 부었다. 불을 그어 댄 다음 그길로 자수하려 했으나 타오르는 불길이 너무도 재미있는 데 취하였고 또 분주 수선한 그때에 경찰

에 자수를 한대야 신통할 것이 조금도 없을 것 같아서 그 이튿날 하기로 하였다.

날이 새자 T씨는 곧 그 불터를 보러 갔다. 그것은 T씨 마음 가운데 상상한 이상 넓고 큰 것이었다. T씨는 놀라지 않을 수 없었다. 하루 이틀——T씨는 차츰차츰 평범한 인간의 궤도로 복구하지 않으면 안 되게 되었다. 그러나 이대로 언제까지라도 끌고 갈 수는 없었다.

"희유의 방화범!"

경찰에 나타난 T씨에게 세상은 의외에도 이러한 대명찰을 수여하였다.

*

(모든 사건이라는 이름 붙을 만한 것들은 다 끝났다. 오직 이제 남은 것은 '그'라는 인간의 갈 길을 그리하여 갈 곳을 선택하며 지정하여주는 일뿐이다. '그'라는 한 인간은 이제 인간의 인간에서 넘어야만 할 고개의 최후의 첨편에 저립하고 있다. 이제 그는 그자신을 완성하기 위하여 그리하여 인간의 한 단편으로서의 종식을 위하여 어느 길이고 걷지 않으면 안 될 단말마다.

작자는 '그'로 하여금 인간 세계에서 구원받게 하여보기 위하여 있는 대로 기회와 사건을 주었다. 그러나 그는 구조되지 않았다. 작자는[101] 영혼을 인정한다는 것이 아니다. 작자는 아마 누구보다도 영혼을 믿지 않는 자에 속하는지도 모른다. 그러나 그에게 영

혼이라는 것을 부여치 아니하고는——즉 다시 하면 그를 구하는
최후에 남은 한 방책은 오직 그에게 영혼이라는 것을 부여하는
것 하나가 남았다.)

황막한 벌판에는 흰눈이 일면으로 덮여 있었다. 곳곳에 떨면서
있는 왜소한 마른 나무는 대지의 동면을 수호하는 가련한 패잔병
과도 같았다. 그 위를 하늘은 쉴 사이도 없이 함박눈을 떨구고 있
었다. 소와 말은 오직 외양간에서 울었다. 사람은 방 안으로 방
안으로. 이렇게 세계를 축소시키고 있었다.

길을 걷는 사람이 있다. 다른 사람들이 걷기를 그친 황막한 이
벌판 길을 걷는 사람이 있다.

그는 지금 어디로 가는지, 어디로부터 왔는지 알 길이 없었다.
벌판 가운데 어디로부터 어디까지나 늘어서 있는지 전신주의 전
신은 찬바람에 못 견디겠다는 듯이 '윙' 소리를 지르며 이 나라의
이 끝에서 이 나라의 저 끝까지라도 방 안에 들어앉아 있는 사람
과 사람의 음신[102]을 전하고 있다.

"기쁜 일도 있겠지. 그러나 또 생각하여보면 몹시 급한 일도 있
으렷다. 아무런 기쁜 일도 아무런 쓰라린 일도 다——통과시켜 전
할 수 있는 전신주에 늘어져 있는 전신이야말로 나의 혈관이나
모세관과도 같다고나 할까?"

까마귀는 날았다. 두어 조각 남아 있는 마른 잎은 두서너 번 조
그만 재주를 넘으며 떨어졌다.

"깍! 깍!"

"왜 우느냐?"

그는 가슴을 내려다보았다. 어린 것은 어느 사이엔지 그 품 안에서 잠이 들었다.

"배가 고프지나 않은지 웬!"

도홍색 그 조고마한 일면 피부에는 두어 송이 눈이 떨어져서는 하잘것없이 녹아버렸다. 그러나 어린 것은 잠을 깨려고도 차갑다고도 않는 채 숱한 눈썹은 아래로 덮여 추잡한 안계(眼界)를 폐쇄시켰고 두 조그만 콧구멍으로는 찬 공기가 녹아서 드나들고 있었다.

선로가 나타났다. 잠든 대지의 무장과도 같았다. 희푸르게 번쩍이는 그 쌍줄의 선로는 대지가 소유한 예리한 칼이 아니라고는 볼 수 없었다. 그는 선로를 건너서서 단조로이 뻗쳐 있는 그 칼날을 쫓아서 한없이 걸었다.

"꽝! 꽝!"

수많은 곡괭이가 언 땅을 내리찍는 소리였다. 신작로 한편에는 모닥불이 피어서 있었다. 푸른 연기는 건조 투명한 하늘로 뭉겨올랐다. 추위는 별안간 몸을 엄습하는 것 같았다.

"꽝! 꽝!"

청등[103]한 금속의 음향은 아직도 계속되었다. 그 소리는 이쪽으로 점점 가까이 들려온다. 그리고 그는 그 소리 나는 곳을 향하여 걷고 있었다. 그는 모닥불가에 가 섰다. 확 끼치는 온기가 죽은 사람을 살릴 것같이 훈훈하였다.

"우선 살 것 같다."

오므라들었던 전신의 근육이 조금씩 조금씩 풀어지는 것 같았다.

"불! 홍! 불──내 심장을 태우고 내 전신의 혈관과 신경을 불사르고 내 집 내 세간 내 재산을 불살라버린 불! 이 불이 지금 나의 몸을 이 얼어죽게 된 나의 몸을 데워주다니! 장작을 하나씩 하나씩 뜬숯을 만들고 있는 조그만 화염들! 장래에는 또 무엇 무엇을 살라 뜬숯을 만들려는지! 그것은 한 물체가 탄소로 변하는 현상에만 그칠까── 산화 작용? 아하 좀더 의미가 있지나 않을까? 그렇게 단순한 것인가?"

그의 눈앞에는 이제 한 새로운 우주가 전개되고 있었다. 그곳은 여지껏 그가 싸여 있던 그 검은 빛의 분위기를 대신하여 밝은 빛의 정화된 공기가 있었다. 차디찬 무관심을 대신하여 동정이 있었고 사랑이 있었다. 그는 지금 일보 일보 그 세계를 향하여 전진을 계속하고 있는 것이었다.

"이리 오너라. 그대 배고픈 자여!"

이러한 소리가 들려왔다.

"이리 오너라, 그대 심혈의 노력에 보수받지 못하는 자여!"

이러한 소리도 들렸다.

"그대는 노력을 버리지 말 것이야. 보수가 있을 것이니!"

이러한 소리가 또 들려오기도 하였다.

꽝! 꽝!

그때 이 소리는 귀밑까지 와서 뚝 그쳤다. 그리하고는 왁자지껄 하는 소리와 함께 많은 사람들이 그의 서 있는 모닥불가에 모여

들었다.

"불이 다 꺼졌네!"

"장작을 좀더 가져오지!"

굵은 장작이 징겨졌다.[104] 마른 장작은 푸지직 소리를 지르며 타올랐다. 그리하여 검푸른 연기가 부근을 흐려놓았다.

"에 — 추워. 에 — 뜨시다."

모든 사람들의 고운 입술에서는 이런 소리가 흘러나왔다.

연기는 검고 불길은 붉었다. 푸지직 소리는 여전히 났다. 이제 그의 눈앞에 나타났던 새로운 우주는 어느 사이에인지 소멸되고 해수욕 도구를 불사르던 어느 장면이 환기되었다.

"불이냐! 불이냐!"

그의 심장은 높이 뛰었다. 그 고동은 가슴에 안기어 있는 어린 것을 눌러 죽일 것 같았다. 그는 품 안의 것을 끌러서는 모닥불 곁에 내려놓았다. 그러고는 가슴을 확 풀어헤치고 마음껏 그 불에 안기어보았다. 새로이 끼쳐오는 불기운은 그의 뛰는 가슴을 한층이나 더 건드려놓는 것 같았다.

무슨 동기로인지 그의 머리에는 '알콜'이라는 것이 연상되었다.

"에 —? 불? 불이냐?"

어린것을 모닥불 곁에 놓은 채 그는 일직선으로 그 선로를 밟아 뛰어 달아나기를 시작하였다. 그의 시야를 속속으로 스쳐 지나가는 선로 침목(枕木)이 끝없이 늘어놓여 섰을 뿐이었다. 그의 전신의 혈관은 이제 순환을 시작한 것 같았다.

"누구야, 누구야."

"앗!"

"누구야, 어디 가는 거야."

"아— 저 불! 불!"

"하……!"

그의 전신은 사시나무 떨리듯 떨렸다.

"아— 인제 죽을 때가 돌아왔나 보다! 아니 참으로 살아야 할 날이 돌아왔나 보다!"

그는 이렇게 생각하였다. 그 사람은 그의 그 모양을 조소와 경멸의 표정으로만 내려다보고 있었다. 그러나 이제야 최후로 새 우주가 그의 앞에는 전개되었던 것이다.

"여보십시오!"

그는 수작하기 곤란한 이 자리에서 이렇듯 입을 열어보았으나 별로 그 사람에게 대하여 할 말은 없었다. 그는 몹시 머뭇머뭇하였다.

"왜 그리오?"

"저 오늘이 며칠입니까?"

"오늘? 12월 12일?"

"네!"

기적 일성과 아울러 부근의 시그널[105]은 내려졌다. 동시에 남행열차의 기다란 장사(長蛇)가 그들의 섰는 곳으로 향하여 달려왔다.

"여보 여보 기차! 기차!"

"……"

"여보 여보 저거! 이리 비켜!"

"……"

"앗!"

그는 지금 모든 세상에 끼치는 많은 노력에도 불구하고 보수받지 못하였던 모든 거룩한 성도(聖徒)들과 함께 보조를 맞추어 새로운 우주의 명랑한 가로를 걸어가고 있는 것이었다.

그의 눈에는 일상에 볼 수 없었던 밝고 신선한 자연과 상록수가 보였고 그의 귀에는 일상에 들을 수 없었던 유량 우아한 음악이 들려왔다. 그리고 그가 호흡하는 공기는 맑고 따스하고 투명하였고 그가 마시는 물은 영겁을 상징하는 영험의 생명수였다. 그는 지금 논공행상에 선택되어 심판의 궁정을 향하여 걷고 있는 것이었다.

순간 후에 그의 머리에 얹혀질 월계수의 황금관을 생각할 때에 피투성이 된 그의 일신은 기쁨에 미쳐 뛰었다. 대 자유를 찾아서 우주애(宇宙愛)를 찾아서 그는 이미 선택된 길을 걷고 있는 데 다름없었다.

그러나 또한 생각하여보면 불을 피하여 선로 위에 떨고 섰던 그는 과연 어디로 갔던가.

그는 확실히 새로운 우주의 가로를 보행하였을 것이다. 그러나 또 그의 영락한 육체 위로는 무서운 에너지의 기관차의 차륜이 굴러 넘어갔는지도 모른다. 그리하여 그의 피곤한 뼈를 분쇄시키고 타고 남은 근육을 산산히 저며놓았는지도 모른다. 그리하여 기관차의 피스톤은 그의 해골을 이끌고 그의 심장을 이끌고 검붉은 핏방울을 칼날로 희푸르러 있는 선로 위에 뿌리며 십 리나 이십 리 밖에 있는 어느 촌락의 정거장까지라도 갔는지도 모른다. 모닥불을 쬐던 철로 공사의 인부들도, 부근 민가의 사람들도 황황히 그곳으로 달려들었다. 그러나 아까에 불을 피하여 달아나던 그의 면영은 찾을 수도 없었다. 떨어진 팔과 다리, 동구(瞳球), 간장(肝臟), 이것들을 차마 볼 수 없다는 가애로운 표정으로 내려다보며 새로운 우주의 가로를 걸어가는 그에게 전별의 마지막 만가를 쓸쓸히 들려주었다.

그 사람은 그가 십유여 년 방랑 생활 끝에 고국의 첫발길을 실었던 그 기관차 속에서 만났던 그 철도국에 다닌다던 사람인지도 모른다. 사람은 이 너무나 우연한 인과를 인식치 못하는지도 모른다. 그러나 사람이 알거나 모르거나 인과는 그 인과는 법칙에만 충실스러이 하나에서 둘로, 그리하여 셋째로 수행되어가고만 있는 것이었다.

"오늘이 며칠입니까?"

이 말을 그는 그 같은 사람에게 우연히 두 번이나 물었는지도 모른다. 따라서

"12월 12일!"

이 대답을 그는 같은 사람에게서 두 번이나 들었는지도 모른다. 그러나 모든 것은 다 그들에게 다만 모를 것으로만 나타나기도 하였다.

인과에 우연이 되는 것이 있을 수 있을까? 만일 인과의 법칙 가운데에서 우연이라는 것을 찾을 수 없다 하면 그 바퀴가 그의 허

152

리를 넘어간 그 기관차 가운데에는 C간호부가 타 있었다는 것을 어떻게나 사람은 설명하려 하는가? 또 그 C간호부가 왁자지껄한 차창 밖을 내어다보고 그리고 그 분골쇄신된 검붉은 피의 지도를 발견하였을 때 끔찍하다 하여 고개를 돌렸던 것은 어떻게나 설명하려는가? 그리고 C간호부가 닫힌 차창에는 허연 성에가 슬어 있었다는 것은 어찌나 설명하려는가? 이뿐일까. 우리는 더욱이나 근본적 의아에 봉착할 수도 있다는 것이다.

만일 지금 이 C간호부가 타고 있는 객차의 고간이 그저께 그가 타고 오던 그 고간뿐만 아니라 그 자리까지도 역시 그 같은 자리였다 하면 그것은 또한 어찌나 설명하려느냐?

북풍은 마른 나무를 흔들며 불어왔다. 먹을 것을 찾지 못한 참새들은 전선 위에서 배고픔으로 추운 날개를 떨며 쉬고 있었다.

그가 피를 남기고 간 세상에는 이다지나 깊은 쇠락의 겨울이었으나, 그러나 그가 논공행상을 받으려 행진하고 있는 새로운 우주는 사시장춘이었다.

한 영혼이 심판의 궁정을 향하여 걸어가기를 이미 출발한 지 오래니 인생의 어느 한 구절이 끝난 것인지도 모른다. 그러나 사람들 다 몰켜가고 난 아무도 없는 모닥불 가에는 그가 불을 피하여 달아날 때 놓고 간 그 어린 젖먹이가 그대로 놓여 있었다.

끼쳐오는 온기가 퍽 그 어린것의 피부에 쾌감을 주었던지 구름 한점 없이 맑게 개어 있는 깊이 모를 창공을 그 조고마한 눈으로 뜻있는 듯이 처다보며 소리 없이 누워 있었다. 강보 틈으로 새어나와 흔들리는 세상에도 조고맣고 귀여운 손은 1만 년의 인류 역사가 일찍이 풀지 못하고 고만둔 채의 대우주의 철리를 설명하고 있는 것인지도 모른다.

그러나 그 부근에는 그것을 알아들을 수 있는 파우스트[106]의 노철학자도 없었거니와 이것을 조소할 범인(凡人)들도 없었다.

어린것은 별안간 사람이 그리웠던지 혹은 배가 고팠던지 '으아' 울기를 시작하였다. 그것은 동시에 시작되는 인간의 백팔번뇌를 상징하는 것인지도 몰랐다.

"으아!"

과연 인간세계에 무엇이 끝났는가. 기막힌 한 비극이 그 종막을 내리기도 전에 또 한 개의 비극은 다른 한 쪽에서 벌써 그 막을 열고 있지 않은가?

그들은 단조로운 이 비극에 피곤하였을 것이나 그러나 그들은 그것을 연출하기도 결코 잊지는 아니하여 또 그것을 구경하기에도 결코 배부르지는 않는다.

"으아!"

어떤 사람은 이 소리를 생기에 충만하였다 일컬을는지도 모른다. 또한 그러할는지도 모른다. 그러나 이것이 확실히 인생극의 첫 막을 여는 사이렌인 것에도 틀림은 없다.

"으아!"

한 인간은 또 한 인간의 뒤를 이어 또 무슨 단조로운 비극의 각본을 연출하려 하는고.

그 소리는 오늘에만 '단조'라는 일컬음을 받을 것인가.

"으아!"

여전히 그 소리는 그치지 아니하려는가.

"으아!"

너는 또 어느 암로(闇路)[107]를 한번 걸어보려느냐. 그러지 않으면 일찍이 이곳을 떠나려는가. 그렇다. 그 모닥불이 다 꺼지고 그리고 맹렬한 추위가 너를 엄습할 때에는 너는 아마 일찌감치 행복의 세계를 향하여 떠날 수 있을는지도 모른다.

"으아!"

"으아!"

이 소리가 약하게 그리하여 점점 강하게 들려오고 있을 뿐이었다.

지도의 암실

기인 동안 잠자고 짧은 동안 누웠던 것이 짧은 동안 잠자고 기인 동안 누웠던 그이다. 네 시에 누우면 다섯 여섯 일곱 여덟 아홉 그리고 아홉시에서 열 시까지 이상──나는 이상한 우스운 사람을 안다. 물론 나는 그에 대하여 한쪽 보려 하는 것이거니와── 은 그에서 그의 하는 일을 떼어 던지는 것이다. 태양이 양지짝처럼 내려쪼이는 밤에 비를 퍼붓게 하여 그는 레인코트가 없으면 그것은 어쩌나 하여 방을 나선다.

離三芽閣路到北停車場 坐黃布車去[1]

어떤 방에서 그는 손가락 끝을 걸린다. 손가락 끝은 질풍과 같이 지도 위를 거얼는데 그는 마않은 은광을 보았건만 의지는 걷는 것을 엄격케 한다. 왜 그는 평화를 발견하였는지 그에게 묻지 않고 의례한 K의 바이블[2] 얼굴에 그의 눈에서 나온 한 조각만의 보자기를 조각만 덮고 가버렸다.

옷도 그는 아니고 그의 하는 일이라곤 그는 옷에 대한 귀찮은 감정의 버릇을 늘 하루에 한 번씩 벗는 것으로 이렇지 아니하냐 누구에게도 없이 반문도 하며 위로도 하여가는 것으로도 보아 안 버린다.

친구를 편애하는 야속한 고집이 그의 발간 몸덩이를 친구에게 그는 그렇게도 쉽사리 내어맡기면서 어디 친구가 무슨 짓을 하기도 하나 보자는 생각도 않는 못난이라고도 하기는 하지만 사실에 그에게는 그가 그의 발간 몸덩이를 가지고 다니는 무거운 노역에서 벗어나고 싶어하는 갈망이다. 시계도 치려거든 칠 것이다 하는 마음보로는 한 시간 만에 세 번을 치고 삼 분이 남은 후에 육십삼 분 만에 쳐도 너 할대로 내버려두어버리는 마음을 먹어버리는 관대한 세월은 그에게 이때에 시작된다.

앙뿌르[3]에 봉투를 씌워서 그 감소된 빛은 어디로 갔는가에 대하여도 그는 한 번도 생각하여본 일은 없이 그는 이러한 준비와 장소에 대하여 관대하니라 생각하여본 일도 없다면 그는 속히 잠들지 아니할까. 누구라도 생각지는 아마 않는다. 인류가 아직 만들지 않은 글자가 그 자리에서 이랬다 저랬다 하니 무슨 암시이냐가 무슨 까닭에 한번 읽어 지나가면 도 무소용인인[4] 글자의 고정된 기술 방법을 채용하는 흡족치 않은 버릇을 쓰기를 버리지 않을까를 그는 생각한다. 글자를 저것처럼 가지고 그 하나만이 이랬다 저랬다 하면 또 생각하는 것은 사람 하나 생각 둘 말글자 셋 넷 다섯 또 다섯 또또 다섯 또또또 다섯 그는 결국에 시간이라는 것의 무서운 힘을 믿지 않을 수는 없다. 한번 지나간 것이 하나도 쓸데없는 것을 알면서도 하나를 버리는 묵은 짓을 그도 역시 거절치 않는지 그는 그에게 물어보고 싶지 않다. 지금 생각나는 것이나 지금 가지는 글자가 이따가 가질 것 하나 하나 하나 하나에서 모두씩 못쓸 것인 줄 알았는데 왜 지금 가지느냐 안 가지면 고만이지 하여도 벌써 가져버렸구나 벌써 가져버렸구나 벌써 가졌구나 버렸구나 또 가졌구나. 그는 아파오는 시간을 입은 사람이든지 길이든지 걸어버리고 걷어차고 싸워대고 싶었다. 벗겨도 옷 벗겨도 옷 벗겨도 옷 벗겨도 옷인 다음에야 걸어도 길 걸어도 길인 다음에야 한 군데 버티고 서서 물러나지만 않고 싸워대기만이라도 하고 싶었다.

앙뿌르에 불이 확 켜지는 것은 그가 깨는 것과 같다 하면 이렇다. 즉 밝은 동안에 불인지 마안지 하는 얼마쯤이 그의 다섯 시간 뒤에 흐리멍덩히 달라붙은 한 시간과 같다 하면 이렇다. 즉 그는 봉투에 싸여 없어진 지도 모르는 앙뿌르를 보고 침구 속에 반쯤 강삶아진 그의 몸덩이를 보고 봉투는 침구다 생각한다. 봉투는 옷이다. 침구와 봉투와 그는 무엇을 배웠느냐. 몸을 내어다버리는 법과 몸을 주워 들이는 법과 미닫이에 광선 잉크가 암시적으로 쓰는 의미가 그는 그의 몸덩이에 불이 확 켜진 것을 알라는 것이니까. 그는 봉투를 입는다. 침구를 입는 것과 침구를 벗는 것이다. 봉투는 옷이고 침구 다음에 그의 몸덩이가 뒤집어쓰는 것으로 닳는다. 발갛게 앙뿌르에 습기 제하고 젖는다. 받아서는 내어던지고 집어서는 내어버리는 하루가 불이 들어왔다 불이 꺼지자 시작된다. 역시 그렇구나. 오늘은 캘린더의 붉은 빛이 내어 배었다고 그렇게 캘린더를 만든 사람이나 떼고 간 사람이나가 마련하여놓은 것을 그는 위반할 수가 없다. K는 그의 방의 캘린더의 빛이 K의 방의 캘린더의 빛과 일치하는 것을 좋아하는 선량한 사람이니까 붉은 빛에 대하여 겸하여 그에게 경고하였느냐, 그는 몹시 생각한다. 일요일의 붉은 빛은 월요일의 흰 빛이 있을 때에 못쓰게 된 것이지만 지금은 가장 쓰이는 것이로구나. 확실치 않은 두 자리의 숫자가 서로 맞붙들고 그가 웃는 것을 보고 웃는 것을 흉내내어 웃는다. 그는 캘린더에게 지지는 않는다. 그는 대단히 넓은 웃음과 대단히 좁은 웃음을 운반에 요하는 시간을 초인적으로 가장 짧게 하여 웃어버려 보여줄 수 있었다.

인사는 유쾌한 것이라고 하여 그는 게으르지 않다. 늘. 투스브러시는 그의 이 사이로 와보고 물이 얼굴 그중에도 뺨을 건드려본다. 그는 변소에서 가장 먼 나라의 호외를 가장 가깝게 보며 그는 그 동안에 편안히 서술한다. 지난 것은 버려야 한다고 거울에 열린 들창에서 그는 리상——이상히 이 이름은 그의 그것과 똑같거니와——을 만난다. 리상은 그와 똑같이 운동복의 준비를 차렸는데 다만 리상은 그와 달라서 아무것도 하지 않는다 하면 리상은 어디 가서 하루 종일 있단 말이오 하고 싶어한다.

그는 그 책임 의무 체육 선생 리상을 만나면 곧 경의를 표하여 그의 얼굴을 리상의 얼굴에다 문질러주느라고 그는 수건을 쓴다. 그는 리상의 가는 곳에서 하는 일까지를 묻지는 않았다. 섭섭한 글자가 하나씩 하나씩 섰다가 쓰러지기 위하여 나앉는다.

你上那兒去 而且 做甚麼[5]

슬픈 먼지가 옷에 옷을 입혀가는 것을 못하여나가게 그는 얼른 얼른 쫓아버려서 퍽 다행하였다.

그는 에로시엥코[6]를 읽어도 좋다. 그러나 그는 본다. 왜 나를 못 보는 눈을 가졌느냐. 차라리 본다. 먹은 조반은 그의 식도를 거쳐서 바로 에로시엥코의 뇌수로 들어서서 소화가 되든지 안 되든지 밀려 나가던 버릇으로 가만가만히 시간 관념을 그래도 아니 어기면서 앞선다. 그는 그의 조반을 남의 뇌에 떠맡기는 것은 견딜 수 없다고 견디지 않아버리기로 한 다음 곧 견디지 않는다. 그는 찾을 것을 곧 찾고도 무엇을 찾았는지 알지 않는다.

태양은 제 온도에 조을릴 것이다. 쏟아뜨릴 것이다. 사람은 딱 정버러지처럼 뜰 것이다. 따뜻할 것이다. 넘어질 것이다. 새까만 펫조각이 뗑그렁 소리를 내며 떨어져 깨어질 것이다. 땅 위에 늘어붙을 것이다. 내음새가 날 것이다. 굳을 것이다. 사람은 피부에 검은 빛으로도 금을 올릴 것이다. 사람은 부딪칠 것이다. 소리가 날 것이다.

사원에서 종소리가 걸어올 것이다. 오다가 여기서 놀고 갈 것이다. 놀다가 가지 아니할 것이다.

그는 여러가지 줄을 잡아 당기라고. 그래서 성났을 때 내어거는 표정을 장만하라고. 그래서 그는 그렇게 해받았다. 몸덩이는 성나지 아니하고 얼굴만 성나 자기는 얼굴도 성나지 아니하고 살껍데기만 성나 자기는 남의 모가지를 얻어다 붙인 것 같아 꽤 제 멋쩍었으나 그는 그래도 그것을 앞세워 내세우기로 하였다. 그렇게 하지 않으면 안 되게 다른 것들, 즉 나무 사람 옷 심지어 K까지도 그를 놀리려 드는 것이니까 그는 그와 관계없는 나무 사람 옷 심지어 K를 찾으려 나가는 것이다. 사실 바나나의 나무와 스케이팅 여자와 스커트와 교회에 가고 마안 K는 그에게 관계없었기 때문에 그렇게 되는 자리로 그는 그를 옮겨놓아보고 싶은 마음이다. 그는 K에게 외투를 얻어 그대로 돌아서서 입었다. 뿌듯이 쾌감이 어깨에서 잔등으로 걸쳐 있어서 비잇키지 않는다. 이상하구나 한다.

그의 뒤는 그의 천문학이다. 이렇게 작정되어버린 채 그는 별에 가까운 산 위에서 태양이 보내는 몇 줄의 별을 압정으로 꼭 꽂아놓고 그 앞에 앉아 그는 놀고 있었다. 모래가 많다. 그것은 모두 풀이었다. 그의 산은 평지보다 낮은 곳에 처어져서 그뿐만이 아니라 움푹 오므라들어 있었다. 그가 요술가라고 하자, 별들이 구경을 온다고 하자, 오리온의 좌석은 조기라고 하자, 두고 보자. 사실 그의 생활이 그로 하여금 움직이게 하는 짓들의 여러 가지라도는 무슨 모옵쓸 흉내이거나 별들에게나 구경시킬 요술이거나이지 이쪽으로 오지 않는다.

너무나 의미를 잃어버린 그와 그의 하는 일들을 사람들 사는 사람들 틈에서 공개하기는 끔찍끔찍한 일이니까 그는 피난 왔다. 이곳에 있다. 그는 고독하였다. 세상 어느 틈바구니에서라도 그와 관계없이나마 세상에 관계없는 짓을 하는 이가 있어서 자꾸만 자꾸만 의미 없는 일을 하고 있어주었으면 그는 생각 안 할 수는 없었다.

JARDIN ZOOLOGIQUE[7]

CETTE DAME EST-ELLE LA FEMME DE MONSIEUR LICHAN?[8]

앵무새 당신은 이렇게 지껄이면 좋을 것을 그때에 나는

OUI![9]

라고 그러면 좋지 않겠습니까. 그렇게 그는 생각한다.

원숭이와 절교한다. 원숭이는 그를 흉내내고 그는 원숭이를 흉
내내고 흉내가 흉내를 흉내내는 것을 흉내내는 것을 흉내내는 것
을 흉내내는 것을 흉내낸다. 견디지 못한 바쁨이 있어서 그는 원
숭이를 보지 않았으나 이리로 와버렸으나 원숭이도 그를 안 보며
저기 있어버렸을 것을 생각하면 가슴이 터지는 것과 같았다. 원
숭이 자네는 사람을 흉내내는 버릇을 타고난 것을 자꾸 사람에게
도 그 모양대로 되라고 하는가 참지 못하여 그렇게 하면 자네는
또 하라고 참지 못해서 그대로 하면 자네는 또 하라고 그대로 하
면 또 하라고 그대로 하면 또 하라고 그대로 하여도 그대로 하여
도 하여도 또 하라고 하라고, 그는 원숭이가 나에게 무엇이고 시
키고 흉내내고 간에 이것이 고만이다. 딱 마음을 굳게 먹었다. 그
는 원숭이가 진화하여 사람이 되었다는 데 대하여 결코 믿고 싶
지 않았을 뿐만 아니라 같은 에호바[10]의 손에 된 것이라고도 믿고
싶지 않았으나 그의?

그의 의미는 대체 어디서 나오는가 머언 것 같아서 불러오기 어
려울 것 같다. 혼자 사아는 것이 가장 혼자 사아는 것이 되리라
하는 마음은 낙타를 타고 싶어하게 하면 사막 너머를 생각하면
그곳에 좋은 곳이 친구처럼 있으리라 생각하게 한다. 낙타를 타
면 그는 간다 그는 낙타를 죽이리라 시간은 그것에 아니 오리라

162

왔다가도 도로 가리라 그는 생각한다. 그는 트렁크[11]와 같은 낙타를 좋아하였다. 백지를 먹는다. 지폐를 먹는다. 무엇이라고 적어서 무엇을 주문하는지 어떤 여자에게의 답장이 여자의 손이 포스트[12] 앞에서 한 듯이 봉투째 먹힌다. 낙타는 그런 음란한 편지를 먹지 말았으면 먹으면 괴로움이 몸의 살을 마르게 하리라는 것을 낙타는 모르니 하는 수 없다는 것을 생각한 그는 연필로 백지에 그것을 얼른 배알아놓으라는 편지를 써서 먹이고 싶었으나 낙타는 괴로움을 모른다.

정오의 사이렌이 호스와 같이 뻗쳐 뻗으면 그런 고집을 사원의 종이 땅땅 때린다. 그는 튀어오르는 고무 뿔과 같은 종소리가 아무 데나 함부로 헤어져 떨어지는 것을 보아갔다. 마지막에는 어떤 언덕에서 종소리와 사이렌이 한데 젖어서 미끄러져 내려 떨어져 한데 쏟아져 쌓였다가 확 헤어졌다. 그는 시골 사람처럼 서서 끝난 뒤를까지 구경하고 있다. 그때 그는.

풀엄[13] 위에 누워서 봄 내음새 나는 졸음을 주판에다 놓고 앉아 있었다. 하나 둘 셋 넷 다섯 여섯 일곱 여덟 일곱 여섯 일곱 여섯 다섯 넷 다섯 여섯 일곱 여덟 아홉 여덟 아홉 여덟 아홉. 잠은 턱 밑에서 눈으로 들어가지 않는 것은 그는 그의 눈으로 물끄러미 바라다보면 졸음은 벌써 그의 눈알맹이에 회색 그림자를 던지고 있으나 등에서 비치는 햇볕이 너무 따뜻하여 그런지 잠은 번쩍번쩍한다. 왜 잠이 아니 오느냐. 자나 안 자나 마찬가지인 바에야 안 자도 좋지만 안 자도 좋지만 그래도 자는 것이 나았다고 하여도 생각하는 것이 있으니 있다면 그는 왜 이런 앵무새의 외국어

를 듣느냐. 원숭이를 가게 하느냐. 낙타를 오라고 하느냐. 받으면
내어버려야 할 것들을 받아 가지느라고 머리를 괴롭혀서는 안 되
겠다. 마음을 몹시 상케 하느냐 이런 것인데 이것이나마 생각 아
니하였으면 그나마 올 것을 구태여 생각하여본댔자 이따가는 소
용없을 것을 왜 씨근씨근 몸을 달리느라고 얼굴과 수족을 달려가
면서 생각하느니 잠을 자지. 잔댔자 아니다 잠은 자야 하느니라
생각까지 하여놓았는데도 잠은 죽어라 이쪽으로 자그만큼만 더
왔으면 되겠다는데도 더 아니 와서 아니 자기만 하려 들어 아니
잔다. 아니 잔다면.

차라리 길을 걸어서 살 내어보이는 스커트를 보아서 의미를 찾
지 못하여놓고 아무것도 안 느끼는 것을 하는 것이 차라리 나으
니라. 그렇지만 어디 그렇게 번번히 있나 그는 생각한다. 버스는
여섯 자에서 조금 위를 떠서 다니면 좋다. 많은 사람이 탄 버스가
많은 이 걸어가는 많은 사람의 머리 위를 지나가면 퍽 관계가 없
어서 편하리라 생각하여도 편하다. 잔등이 무거워 들어온다. 죽
음이 그에게 왔다고 그는 놀라지 않아본다. 죽음이 묵직한 것이라
면 나머지 얼마 안 되는 시간은 죽음이 하자는 대로 하게 내어버
려두어 일생에 없던 가장 위생적인 시간을 향락하여보는 편이 그
를 위생적이게 하여주겠다고 그는 생각하다가 그러면 그는 죽음
에 견디는 셈이냐 못 그러는 셈인 것을 자세히 알아내기 어려워
괴로워한다. 죽음은 평행사변형의 법칙으로 보일 샤를의 법칙[14]으
로 그는 앞으로 앞으로 걸어나가는데도 왔다. 떼밀어준다.

活胡同是死胡同 死胡同是活胡同[15]

그때에 그의 잔등 외투 속에서.

양복저고리가 하나 떨어졌다. 동시에 그의 눈도 그의 입도 그의 염통도 그의 뇌수도 그의 손가락도 외투도 자암뱅이[16]도 모두 어얼려 떨어졌다. 남은 것이라고는 단추 넥타이 한 리터의 탄산와사 부스러기였다. 그러면 그곳에서 있는 것은 무엇이었더냐 하여도 위치뿐인 폐허에 지나지 않는다. 그는 그런다. 이곳에서 흩어진 채 모든 것을 다 끝을 내어버려버릴까. 이런 충동이 땅 위에 떨어진 팔에 어떤 경향과 방향을 지시하고 그러기 시작하여버리는 것이다. 그는 무서움이 일시에 치밀어서 성낸 얼굴의 성낸 성낸 것들을 헤치고 홱 앞으로 나선다. 무서운 간판 저어 뒤에서 기우웃이 이쪽을 내어다보는 틈틈이 들여다보이는 성내었던 것들의 싹뚝싹뚝된 모양이 그에게는 한없이 가엾어 보여서 이번에는 그러면 가엾다는 데 대하여 가장 적당하다고 생각하는 것은 무엇이니 무엇을 내어거얼까. 그는 생각하여보고 그렇게 한참 보다가 웃음으로 하기로 작정한 그는 그도 모르게 얼른 그만 웃어버려서 그는 다시 걷어들이기 어려웠다. 앞으로 나선 웃음은 화석과 같이 화려하였다.

笑怕怒[17]

시가지 한복판에 이번에 새로 생긴 무덤 위로 딱정버러지에 묻은 각국 웃음이 헤뜨려 떨어뜨려져 모여들었다. 그는 무덤 속에서 다시 한 번 죽어버리려고 죽으면 그래도 또 한 번은 더 죽어야 하게 되고 하여서 또 죽으면 또 죽어야 되고 또 죽어도 또 죽어야 되고 하여서 그는 힘들여 한 번 몹시 죽어보아도 마찬가지지만 그래도 그는 여러 번 여러 번 죽어보았으나 결국 마찬가지에서 끝나는 끝나지 않는 것이었다. 하느님은 그를 내어버려두십니까. 그래 하느님은 죽고 나서 또 죽게 내어버려두십니까. 그래 그는 그의 무덤을 어떻게 치울까 생각하던 끄트머리에 그는 그의 잔등 속에서 떨어져 나온 근거 없는 저고리에 그의 무덤 파편을 주섬주섬 싸 끌어모아가지고 터벅터벅 걸어가보기로 작정하여놓고 그렇게 하여도 하느님은 가만히 있나를 또 그 다음에는 가만히 있다면 어떻게 되고 가만히 있지 않는다면 어떻게 할 작정인가. 그것을 차례차례로 보아 내려가기로 하였다.

K는 그에게 빌려주었던 저고리를 입은 다음 서양 시가레트[18]처럼 극장으로 몰려갔다고 그는 본다. K의 저고리는 풍기[19] 취체[20] 탐정처럼.

그에게 무덤을 경험케 하였을 뿐인 가장 간단한 불변색이다. 그것은 어디를 가더라도 까마귀처럼 트릭[21]을 웃을 것을 생각하는 그는 그의 모자를 벗어 땅 위에 놓고 그 가만히 있는 모자가 가만히 있는 틈을 타서 그의 구둣바닥으로 힘껏 내려 밟아보아버리고 싶은 마음이 종아리 살구뼈까지 내려갔건만 그곳에서 장엄히도 승천하여버렸다.

남아 있는 박명의 영혼, 고독한 저고리의 폐허를 위한 완전한 보상, 그의 영적 산술, 그는 저고리를 입고 길을 길로 나섰다. 그것은 마치 저고리를 안 입은 것과 같은 조건의 특별한 사건이다. 그는 비장한 마음을 가지기로 하고 길을 그 길대로 생각 끝에 생각을 겨우 이어가면서 걸었다. 밤이 그에게 그가 갈 만한 길을 잘 내어주지 않는 협착한 속을——그는 밤은 낮보다 빽빽하거나 밤은 낮보다 되애달았거나[22] 밤은 낮보다 좁거나 하다고 늘 생각하여왔지만, 그래도 그에게는 별일 별로 없이 좋았거니와——그는 엄격히 걸으며도 유기된 그의 기억을 안고 초초히 그의 뒤를 따르는 저고리의 영혼의 소박한 자태에 그는 그의 옷깃을 여기저기 적시어 건설되지도 항해되지도 않는 한 성질 없는 지도를 그려서 가지고 다니는 줄 그도 모르는 채 밤은 밤을 밀고 밤은 밤에게 밀리고 하여 그는 밤의 밀짚 부대의 속으로 속으로 점점 깊이 들어가는 모험을 모험인 줄도 모르고 모험하고 있는 것 같은 것은 그에게 있어 아무것도 아닌 그의 방정식 행동은 그로 말미암아 집행되어나가고 있었다. 그렇지만.

그는 왜 버려야 할 것을 버리는 것을 버리지 않고서 버리지 못하느냐. 어디까지라도 괴로움이었음에 변동은 없었구나. 그는 그의 행렬의 마지막의 한 사람의 위치가 끝난 다음에 지긋지긋이 생각하여보는 것을 할 줄 모르는 그는 그가 아닌 그이지 그는 생각한다. 그는 피곤한 다리를 이끌어 불이 던지는 불을 밟아가며 불로 가까이 가보려고 불을 자꾸만 밟았다.

我是二 雖說沒 給得三也我是三[23]

그런 바에야 그는 가자 그래서 스커트 밑에 번쩍이는 조그만 메달[24]에 의미없는 베에제[25]를 붙인 다음 그 자리에서 있음직이 있으려 하던 의미까지도 잊어버려보자는 것이 그가 그의 의미를 잊어버리는 경과까지도 잘 잊어버리는 것이 되고 마는 것이라고 생각하게 되는 그는 그렇게 생각하게 되자 그렇게 하여지게 그를 그

런대로 내어던져버렸다. 심상치 않은 음향이 우뚝 섰던 공기를
몇 개 넘어뜨렸는데도 불구하고 심상치는 않은 길이어야만 할 것
이 급기해하에는 심상하고 만 것은 심상치 않은 일이지만 그 일
에 이르러서는 심상해도 좋다고 그래도 좋으니까, 아무래도 조오
케 되니까, 그는 생각하여버리고 말았다.

LOVE PARRADE[26]

그는 답보를 계속하였는데 페이브먼트[27]는 후울훌 날으는 초콜
릿처럼 홀홀 날아서 그의 구두 바닥 밑을 미끄러이 쏙쏙 빠져나
가고 있는 것이 그로 하여금 더욱더욱 답보를 시키게 한 원인이
라면 그것도 원인의 하나가 될 수도 있겠지만, 그 원인의 대부분
은 음악적 효과에 있다고 아니 볼 수 없다고 단정하여버릴 만치
이날 밤의 그는 음악에 적지 아니한 편애를 가지고 있지 않을 수
없을 만치 안개 속에서 라이트는 스포츠를 하고 스포츠는 그에게
있어서는 마술에 가까운 기술로밖에는 안 보이는 것이었다.

도어가 그를 무서워하며 뒤로 물러서는 거의 동시에 무거운 저
기압으로 흐르는 고기압의 기류를 이용하여 그는 그 레스토랑으
로 넘겨졌다 하여도 좋고 그의 몸을 게다가 내어버렸다 틀어박았
다 하여도 좋을 만치 그는 그의 몸덩이의 향방에 대하여 아무러
한 설계도 하여놓지는 아니한 행동을 직접 행동과 행동이 가지는
결정되어 있는 운명에 내어맡겨버리고 말았다. 그는 너무나 돌연
적인 탓에 그에게서 빠아져 벗어져서 엎질러졌다. 그는 이것은
이 결과는 그가 받아서는 내어던지는 그의 하는 일의 무의미에서
도 제외되는 것으로 사사오입 이하에 쓸어내었다.

그의 사고력을 그는 도막도막내어놓고 난 다음에는 그 사고력은 그가 도막도막낸 것은 아니게 되어버린 다음에 그는 슬그머니 없어지고 단편들이 춤을 한 개씩만 추고 그가 물러가 있음직이 생각되는 대로 차례로 차례 아니로 물러버리니까, 그의 지껄이는 것은 점점 깊이를 잃어버려지게 되니 무미건조한 그의 한 가지씩의 곡예에 경청하는 하나도 물론 없을 것이었지만 있었으나, 그러나 K는 그의 새빨갛게 찢어진 얼굴을 보고 곧 나가버렸으니까, 다른 사람 하나가 있다. 그가 늘 산보를 가면 그곳에는 커다란 바윗돌이 돌연히 있으면 그는 늘 그곳에 기이대는 버릇인 것처럼 그는 한 여자를 늘 찾는데 그 여자는 참으로 위치를 변하지 아니하고 있으니까, 그는 곧 기이댄다. 오늘은 나도 화아나는 일이 썩 많은데 그도 화가 났습니까 하고 물으면, 그는 그렇다고 대답하기 전에 그러냐고 한번 물어보는 듯이 눈을 여자에게로 흘깃 떠보았다가 고개를 끄덕끄덕하면 여자도 곧 또 고개를 끄떡끄떡하지만, 그 의미는 퍽 다른 줄을 알아도 좋고 몰라도 좋지만 그는 아알지 않는다. 오늘 모두 놀러 갔다가 오는 사람들뿐이 퍽 마않은데 그도 노올러 갔었더랍니까 하고 여자는 그의 쏙 들어간 뺨을 쏙 씻겨 쓰다듬어주면서 물어보면, 그래도 그는 그렇다고 그래버린다. 술을 먹는 것은 그의 눈에는 수은을 먹는 것과 같이밖에는 안 보이게 아파 보이기 시작한 지는 퍽 오래되었는데, 물론 그러니까 그렇지만 그는 술을 먹지 않으며 커피를 마신다. 여자는 싫다는 소리를 한 번도 하지 않고 술을 마시면 얼굴에 있는 눈가앗이 대단히 벌게지면 여자의 눈은 대단히 성질이 달라지면 마음은 사자와 같이 사나워져가는 것을 그가 가만히 지키고 앉아 있노라면 여자는 그에게 별짓을 다하여도 그는 변하려는 얼굴의 표정의 멱살을 꽉 붙들고 다시는 놓지 않으니까, 여자는 성이 나서 이빨로 입술을 꽉 깨물어서 피를 내고 축음기와 같은 국어로 그에게 향하여 가느다랗고 길게 막 퍼부어도 그에게는 아무렇지도 않다. 여자는 우순다. 누가 그 여자에게 그렇게 하는 버릇이 여자에게 붙어 있는 줄 여자는 모르는지 그가 여자의 검은 꽃 꽂힌 머리를 가만히 쓰다듬어주면 너는 고생이 자심하냐는 말을 으레 하는 것이라 그렇게 그도 한 줄 알고 여자는 그렇다고 고개를 테이블 위에 엎드려 올려놓은 채 좌우로 조금 흔드는 것은 그렇지 않다는 말은 아니고 상하로 흔들 수 없는 까닭인 증거는 여자는 곧 눈물이 글썽글썽한 얼굴을 들어 그에게로 주면서 팔뚝을 훌훌 걷으면서 자아 보십시오, 이렇게 마르지 않았습니까 하고 암만 내어밀어도 그에게는 얼마만큼에서 얼마큼이나 말랐는지 도무지 알 수가 없어서 그렇겠다고 그저 간단히 건드려만 두면 부운한 듯이 여자는 막 우순다.

아까까지도 그는 저고리를 이상히 입었었지만 지금은 벌써 그는 저고리를 입은 평상시를 걷는 그이고 말아버리게 되어서 길을 걷는다. 무시무시한 하루의 하루가 차츰차츰 끝나 들어가는구나 하는 어둡고도 가벼운 생각이 그의 머리에 씌운 모자를 쓰면 벗기고 쓰면 벗기고 하는 것과 같이 간질간질 상쾌한 것이었다. 조금 가만히 있으라고 앙뿌르의 씌워진 채로 있는 봉투를 벗겨놓은 다음 책상 위에 있는 여러 가지 책을 하나씩 둘씩 셋씩 넷씩 트럼

프를 섞을 때와 같이 섞기 시작하는 것은 무엇을 찾기 위한 섞은 것을 차곡차곡 추리는 것이 그렇게 보이는 것이지만 얼른 나오지 않는다. 시계는 8시, 불빛이 방 안에 화안하여도 시계는 친다든가 간다든가 하는 버릇을 조금도 변하지는 않으니까 이때부터쯤 그의 하는 일을 시작하면 저녁밥의 소화에는 그다지 큰 지장이 없으리라 생각하는 까닭은 그는 결코 음식물의 완전한 소화를 바라는 것은 아니고 대개 우엔만하면 그저 그대로 잊어버리고 내어버려두리라 하는 그의 음식물에 대한 관념이다.

백지와 색연필을 들고 덧문을 열고 문 하나를 여언 다음 또 문 하나를 여언 다음 또 열고 또 열고 또 열고 또 열고 인제는 어지간히 들어왔구나 생각되는 때쯤 하여서 그는 백지 위에다 색연필을 세워놓고 무인지경에서 그만이 하다가 고만두는 아름다운 복잡한 기술을 시작하니 그에게는 가장 넓은 이 벌판이 밝은 밤이어서 가장 좁고 갑갑한 것인 것 같은 것은 완전히 잊어버릴 수 있는 것이다. 나날이 이렇게 들어갈 수 있는 데까지 들어갈 수 있는 한도는 점점 늘어가니 그가 들어갔다가는 언제든지 처음 있던 자리로 도로 나올 수는 염려 없이 있다고 믿고 있지만 차츰차츰 그렇지도 않은 것은 그가 알면서도는 그러지는 않을 것이니까 그는 확실히 모르는 것이다.

이런 때에 여자가 와도 좋은 때는 그의 손에서 피곤한 연기가 무럭무럭 기어오르는 때이다. 그 여자는 그 고생이 자심하여서 말랐다는 넓적한 손바닥으로 그를 뚜덕뚜덕 두드려주어서 잠자라고 하지만 그는 여자는 가도 좋다 오지 않아도 좋다고 생각하는 것이지만 이렇게 가끔 정말 좀 와주었으면 생각도 한다. 그가 만일 여자의 뒤로 가서 바지를 걷고 서면 그는 있는지 없는지 모르게 되어버릴 만큼 화가 나서 말랐다는 여자는 넓적한 체격을 그는 여자뿐 아니라 아무에게서도 싫어하는 것이다. 넷—하나 둘 셋 넷 이렇게 그 거추장스러이 굴지 말고 산뜻이 넷만 쳤으면 여북 좋을까 생각하여도 시계는 그러지 않으니 아무리 하여도 하나 둘 셋은 내어버릴 것이니까. 인생도 이럭저럭하다가 그만일 것인데 낯모를 여인에게 웃음까지 산 저고리의 지저분한 경력도 흐지부지 다 스러질 것을 이렇게 마음 졸일 것이 아니라 앙뿌르에 봉투 씌우고 옷 벗고 몸뚱이는 침구에 떠내어 맡기면 얼마나 모든 것을 다 잊을 수 있어 편할까 하고 그는 잔다.

지팡이 역사[1] 轢死

아침에 깨기는 일찍 깨었다는 증거로 닭 우는 소리를 들었는데 또 생각하면 여관으로 돌아오기를 닭이 울기 시작한 후에 — 참 또 생각하면 그 밤중에 달도 없고 한 시골길을 닷 마장[2]이나 되는 읍내에서 어떻게 걸어서 돌아왔는지 술을 먹어서 하나도 생각이 안 나지만, 둘이 걸어오면서 S가 코를 곤 것은 기억합니다. 여관 주인아주머니가 아주 듣기 싫은 여자 목소리로

"김상! 오정이 지났는데 무슨 잠이오, 어서 일어나요."

그러는 바람에 일어나 보니까 잠은 한잠도 못 잔 것 같은데 시계를 보니까 9시 반이니까 오정이란 말은 여관 주인아주머니 에누리가 틀림없습니다. 곁에서 자던 S는 벌써 담배로 꽁다리 네 개를 만들어놓고 어디로 나갔는지 없고, 내가 늘 흉보는 S의 인생관을 꾸려 넣어가지고 다니는 것 같은 참 궁상스러운 가방이 쭈글쭈글하게 놓여 있고, 그 속에는 S의 저서가 들어 있을 것이 분명

합니다. 양말을 신지 않은 채로 구두를 신었더니 좀 못 박힌 모서리가 아파서 안되었길래 다시 양말을 신고 구두를 신고 툇마루에 걸터앉아서 S가 어데로 갔나 하고 생각하고 있으려니까, 건너편 방에서 묵고 있는 참 뚱뚱한 사람이 나를 자꾸 보길래 좀 겸연쩍어서 문밖으로 나갔더니 문 앞에 늑대같이 생긴 시골뜨기 개가 두 마리가 나를 번갈아 흘낏흘낏 쳐다보길래 그것도 싫어서 도로 툇마루로 오니까 그 뚱뚱한 사람은 부처님처럼 아까 앉았던 고대로 앉은 채 또 나를 보길래 참 별 사람도 다 많군 왜 내 얼굴에 무에 묻었나 그런 생각에 또 대문간으로 나가니까 그때야 S가 어슬렁어슬렁 이리로 오면서 내 얼굴을 보더니 공연히 싱글벙글 웃길래 나는 또 나대로 공연히 한번 싱글벙글 웃었습니다. 대체 어디를 갔다왔느냐고 그랬더니 참 새벽에 일어나서 수십 리 길을 걸었는데 그것도 모르고 여태 잤느냐고 나더러 게으른 사람이라고 그러길래 대체 어디어디를 갔다왔는지 일러바쳐보라고 그랬더니 문무정에 가서 영감님하고 기생이 활 쏘는 것을 맨 처음에 보고 ──그래서 나는 무슨 기생이 새벽부터 활을 쏘느냐고 그랬더니 그 대답은 아니하고 또 문회서원[3]에 가서 팔 선생의 사당을 보고 기운정[4]에 가서 약물을 먹고 오는 길이라고 그러길래 내가 가만히 쳐다보니까 참 수십 리 길에 틀림은 없지만 그게 원 정말인지 곧이 들리지는 않는다고 그랬더니 에하가키[5]를 내어놓으면서 저 건너 천일각 식당에 가서 커피를 한잔 먹고 왔으니까 탐승[6] 비용은 10전이라고 그러길래 나는 내가 이렇게 싱겁게 S에게 속은 것은 잠이 덜 깨었거나 잠이 모자라는 까닭이라고 그랬더니 참 그렇다고 나도 잠이 모자라서 죽겠다고 S는 그랬습니다.

　밥상이 들어왔습니다. 반찬이 열 가지나 되는데 풋고추로 만든 것이 다섯 가지——내 마음에 꼭 들었습니다. 여관 주인아주머니가 오더니 찬은 없지만 많이 먹으라고 그러길래 구첩반상이 찬이 없으면 찬 있는 밥상은 그럼 찬을 몇 가지나 놓아야 되느냐고 그랬더니 가짓수는 많지만 입에 맞지 않을 것이라고 그러면서 그래도 여전히 많이 먹으라고 그러길래 아주머니는 공연히 천만에 말씀이라고 그랬더니 그렇지만 쇠고기만은 서울서 얻어먹기 어려운 것이라고 그러길래 서울서도 쇠고기는 팔아도 경찰서에서 꾸지람하지 않는다고 그랬더니 그런 게 아니라 송아지 고기가 어디 있겠느냐고 그럽니다. 나는 상에 놓인 송아지 고기를 다 먹은 뒤에 냉수를 청하였더니 아주머니가 손수 가져오는지라 죄송스럽다고 그러니까 이 냉수 한 지게에 5전 하는 줄은 김상이 서울 살아도——서울 사니까 모르리라고 그러길래 그것은 또 어째서 그렇게 냉수가 값이 비싸냐고 그랬더니 이 온천 일대가 어디를 파든지 펄펄 끓는 물밖에는 안 솟는 하느님한테 죄받은 땅이 되어서 냉수가 먹고 싶으면 보통 같으면 거저 주는 온천물을 듬뿍 길어다가 잘 식혀서 냉수를 만들어서 먹을 것이로되 유황 냄새가 몹시 나는 고로 서울서 수돗물만 홀짝홀짝 마시고 살아오던 손님들이 딱 질색들을 하는 고로 부득이 지게를 지고 한 마장이나 넘는 정거장까지 냉수를 한 지게에 5전씩을 주고 사서 길어다 먹는데 너무 거리가 멀어서 물통이 좀 새든지 하면 5전어치를 사도 2전어치밖에 못 얻어먹으니 셈을 따지고 보면 이 냉수는 한 대접에 1전씩은 받아야 경우가 옳은 것이 아니냐고 아주머니는 그러는지라 그것 참 수고가 많으시다고 그럼 이 냉수는 특별히 조심조심하여서 마시겠다고 그랬더니 그렇지만 냉수는 얼마든지 거저 드릴 것이니 염려 말고 꿀떡꿀떡 먹으라고 그러는 말을 듣고서야 S와 둘이 비로소 마음놓고 벌덕벌덕 먹었습니다.

발동기 소리가 왼종일 밤새도록 탕탕탕탕 나는 것이 헐 일 없이 항구에 온 것 같은 기분이 난다고 S가 그러는데 알고 보니까 그게 바로 한 지게에 5전씩 하는 질기고 튼튼한 냉수를 길어올리는 펌프 모터 소리인 줄 누가 알았겠습니까.

밥값을 치르려고 얼마냐고 그러니까 엊저녁을 안 먹었으니까 70전씩 1원 40전만 내라고 그러는지라 1원짜리 두 장을 주니까 거스를 돈이 없는데 나가서 다른 집에 가서 바꾸어가지고 오겠다고 그러는 것을 말리면서 그만두라고 그만두고 나머지는 아주머니 왜떡[7]을 사먹으라고 그러고 나서 생각을 하니까 아주머니더러 왜떡을 사먹으라는 것도 좀 우습기도 하고 하지만, 또 돈 60전을 가지고 파라솔을 사 가지라고 그럴 수도 없고, 말인즉 잘한 말이라고 생각하고 나니까 생각나는 것이 주인아주머니에게는 슬하에 일점 혈육으로 귀여운 따님이 한 분 계신데 나이는 세 살입니다. 깜박 잊어버리고 따님 왜떡을 사주라고 그렇게 가르쳐주지 못한 것은 퍽 유감입니다. 주인 영감을 못 보고 가는 것 같은데 섭섭하다고 그러면서 주인 영감은 어디를 이렇게 볼일을 보러 갔느냐고 그러니까 세루[8] 양복을 입고 넥타이를 매고 읍내에 들어갔다고 아주머니는 그러길래 나는 안녕히 계시라고 인사를 하고 곧 두 사람은 정거장으로 나갔습니다.

　대체로 이 황해선⁹이라는 철도의 레일 폭은 너무 좁아서 똑 토롯코 레일¹⁰ 폭만 한 것이 참 앙증스럽습니다. 그리로 굴러다니는 기차 그 기차를 끌고 달리는 기관차야말로 가엾어 눈물이 날 지경입니다. 그야말로 사람이 치이면 사람이 다칠는지 기관차가 다칠는지 참 알 수 없을 만치 귀엽고도 갸륵한 데다가 그래도 크로싱¹¹에 오면 말뚝에다가 간판을 써서 가로되 '기차에 조심' 그것을 읽은 다음에 나는 S더러 농담으로 그 간판을 사람에게 보이는 쪽에는 '기차에 조심' 그렇게 쓰고 기차에서 보이는 쪽에는 '사람에 조심' 그렇게 따로따로 썼으면 여러 가지 의미로 보아 좋겠다고 그래보았더니 뜻밖에 S도 찬성하였습니다. S의 그 인생관을 집어넣어가지고 다니는 가방은 캡을 쓴 여관 심부름꾼 녀석이 들고 벌써 플랫폼에 들어서서 저쪽 기차가 올 쪽을 열심히 바라보고 섰는지라 시간은 좀 남았는데 혹 그 갸쿠비키¹² 녀석이 그 가방 속에 든 인생관을 건드리지나 않을까 겁이 나서 얼른 그 가방을 이리 빼앗으려고 얼른 우리도 개찰을 통과하여서 플랫폼으로 가는데 여관 보이가 갸쿠비키나 호텔 자동차 운전수들은 1년간 입장권을 한꺼번에 샀는지는 모르지만 함부로 드나드는데 다른 사람은 전송을 하려 플랫폼에 들어가자면 입장권을 사야 된다고 역부가 강경하게 막은지라 그럼 입장권은 값이 얼마냐고 그랬더니 10전이라고 그것 참 비싸다고 그랬더니 역부가 힐끗 10전이 무엇이 호되어서 그러느냐는 눈으로 그 사람을 보니까 그 사람은 그만 10전이 아까워서 그 사람의 친한 사람의 전송을 플랫폼에서 하는 것만은 중지하는 모양입니다. 장난감 같은 시그널이 떨어지더니 갸륵한 기관차가 연기를 제법 펄석펄석 뿜으면서 기적도 쓱 한번 울려보면서 들어옵니다. 금테를 둘이나 두른 월급을 많이 타는 높은 역장과 금테를 하나밖에 안 두른 월급을 좀 적게 타는 조역이 나와 섰다가 그 으레 주고받고 하는 굴렁쇠를 이 얌전하게 생긴 기차도 역시 주고받는지라 하도 어줍지 않아서 S와 나와는 그래도 이 기차를 타기는 타야 하겠지만도 원체 겁도 나고 가엾기도 하여서 몸뚱이가 조그마해지는 것 같아서 간질이는 것처럼 남 보기에는 좀 쳐다보일 만치 웃었습니다. 종이 울리고 호루라기가 불리고 하는 체는 다 하느라고 기적이 쓱 한번 울리고 기관차에서 픽 소리가 났습니다. 기차가 떠납니다. 10전이 아까워서 플랫폼에 들어오지 않은 맥고자를 쓴 사람이 누구를 향하여 그러는지 쭈글쭈글한 정하지도 못한 손수건을 흔드는 것이 보였습니다. 칙칙 푹팍 칙칙푹팍 그러면서 징검다리로도 넉넉한 개천에 놓인 철교를 건너갈 때 같은 데는 제법 흡사하게 기차는 소리를 낼 줄 아는 것이 아닙니까.

그 불쌍한 기차가 객차를 세 채나 끌고 왔습니다. S와의 우리 두 사람이 탄 객차는 맨 꼴찌 객차인데 그 객차의 안에 멤버는 다음과 같습니다. 물론 정말 기차처럼 박스[13]가 있을 수 없는 것이니까 똑 전차처럼 가로 기이다랗게 나란히 앉는 것입니다. 우선 내외가 두 쌍인데 썩 젊은 사람이 썩 젊은 부인을 거느리고 부인은 새빨간 핸드백을 들었는데 바깥양반은 구두가 좀 해어졌습니다. 또 하나는 꽤 늙수구레한 사람이 썩 젊은 부인을 데리고 부인은 뿔로 만든 값이 많아 보이는 부채 하나를 들었을 뿐인데 바깥어른은 뚱뚱한 트렁크를 하나 낑낑 매어가면서 들고 들어왔습니다. 그 바깥어른은 실례지만 좀 미련하게 생겼는 데다가 무테안경을 넓적한 코에 걸쳐놓고 신문을 참 재미있게 보고 있는 곁에 부인은 깨끗하고 살갗[14]은 희고 또 눈썹은 검고 많고 머리 밑으로 솜털이 퍽 많고 까만 솜털이 나시르르하고 입술은 얇고 푸르고 눈에는 쌍꺼풀이 지고 머리에서는 전나무 냄새가 나고 옷에서는 우유 냄새가 나는 미인입니다. 눈알은 사금파리로 만든 것처럼 번쩍하고 차디찬 것 같고 아무 말도 없이 부채도 곁에 놓고 이 거러지 같은 기차 들창 바깥 경치 어디를 그렇게 보는지 눈이 깜작이는 일이 없습니다. 또 다른 한 쌍의 비둘기로 말하면 바깥양반은 앉았는데 부인은 섰습니다. 부인 저고리는 알따란 항라[15] 홑껍데기[16]가 되어서 대패질한 소나무에 니스 칠한 것 같은 조발적인[17] 살갗이 환하게 들여다보이고 내어다보이는데 구두는 여러 조각을 누덕누덕 찍어맨 크림 빛깔 나는 복스 새 구두[18]에 마점산(馬占山)[19]씨 수염 같은 구두끈이 늘어져 있고 바깥양반은 별안간 양복 윗옷을 활활 벗길래 더워서 그러나 보다 그랬더니 꾸깃꾸깃 뭉쳐서 조그맣게 만들더니 다리를 쭉 뻗고 저고리를 베개 삼아 기다랗게 드러누우니까 부인이 한참 바깥양반을 내려다보더니 드러누웠다는 것을 확실히 인정한 다음에 부인은 그 머리맡으로 앉아서 손수건을 먼지 터는 것처럼 흔들흔들하면서 바깥양반 얼굴에다 대고 부채질을 하여주니까 바깥양반은 바람은 안 나고 코로 먼지가 들어간다는 의미의 표정을 부인에게 한번 하여 보이니까 부인은 그만둡니다.

그외에는 조끼에 금시곗줄을 늘어뜨린 특색밖에는 아무런 특색도 없는 젊은 신사 한 사람 또 진흙투성이가 된 흰 구두를 신은 신사 한 사람, 단것[20] 장사 같은 늙수구레한 마나님이 하나 가방을 잔뜩 끼고 앉아서 신문을 보고 있는 S. 구르몽[21]의 시몬[22] 같은 부인의 프로필[23]만 구경하고 앉아 있는 말라빠진 나, 이상과 같습니다.

마루창 한복판[24] 꽤 큰 구멍이 하나 뚫려서 기차가 달아나는 대로 철로 바탕이 들여다보이는 것이 이상스러워서 S더러 이것이 무슨 구멍이겠느냐고 의논하여보았더니 S는 그게 무슨 구멍일까 그러기만 하길래 나는 이것이 아마 이렇게 철로 바탕을 내려다보라고 만든 구멍인 것 같기는 같은데 그런 장난 구멍을 만들어놓을 리는 없으니까 내 생각 같아서는 기차 바퀴에 기름 넣는 구멍일 것에 틀림없다 그랬더니 S는 아아 이것을 참 깜빡 잊어버렸었구나 이것은 침을 뱉으라는 구멍이라고 그러면서 침을 한번 뱉아 보이더니 나더러도 정말인가 거짓말인가 어디 침을 한번 뱉아보라고 그러길래 나는 그 모나리자[25] 앞에서 침을 뱉기는 좀 마음에 꺼림칙하여서 나는 그만두겠다고 그리면서 참 아가리가 여실히 타구[26]같이 생겼구나 그랬습니다. 상자깨비로 만든 것 같은 정거장에서 고무장화를 신은 역장이 굴렁쇠를 들고 나오더니 기차가 정거를 하고 기관수와 역장이 무엇이라고 커다란 목소리로 서너 마디 이야기를 하더니 기적이 울리고 동리 어린 아이들이 대여섯 기차 떠나는 것을 보고 박수갈채를 하는 소리가 성대하게 들리고 나면 또 위험한 전진입니다. 어느 틈에 내 곁에는 갓 쓴 해태[27]처럼 생긴 영감님 하나가 내 즐거운 백통색[28] 시야를 가려놓고 앉았습니다.

　내가 너무 모나리자만을 바라다보니까 맞은편에 앉았는 항라적삼을 입은 비둘기가 참 못난 사람도 다 많다는 듯이 내 얼굴을 보고 나는 그까짓 일에 부끄러워할 일은 아니니까 막 모나리자를 보고 싶은 대로 보고 모나리자는 내 얼굴을 보는 비둘기 부인을 또 좀 조소하는 듯이 바라보고 드러누워 있는 바깥 비둘기가 가만히 보니까 건너편에 앉아 있는 모나리자가 자기 아내를 그렇게 업신여겨 보는 것이 마음에 좀 흡족하지 못하여서 화를 내는 기미로 벌떡 일어나 앉는 바람에 드러눕느라고 벗어놓은 구두에 발이 잘 들어맞지 않아서 그만 양말로 담배꽁다리를 밟은 것을 S가 보고 싱그레 웃으니까 나도 그 눈치를 채고 S를 향하여 마주 싱그레 웃었더니 그것이 대단히 실례 행동 같고 또 한편으로 무슨 음모나 아닌가 퍽 수상스러워서 저편에 앉아 있는 금시곗줄과 진흙 묻은 흰 구두가 눈을 뚱그렇게 뜨고 이쪽을 노려보니까 단것 장수 할머니는 또 이쪽에 무슨 괴변이나 나지 않았나 해서 역시 눈을 두리번두리번하다가 아무 일도 없으니까 싱거워서 눈을 도로 그 맞은편의 금시곗줄로 옮겨놓을 적에 S는 보던 신문을 척척 접어 인생관 가방 속에다가 집어넣더니 정식으로 모나리자와 비둘기는 어느 편이 더 어여쁜가를 판단할 작정인 모양으로 안경을 바로잡더니 참 세계에 이런 기차는 다시 없으리라고 한마디 하니까 비둘기와 모나리자가 S쪽을 일시에 보는지라 나는 또 창 바깥 논 속에 허수아비 같은 황새가 한 마리 나려앉았으니 저것 좀 보라고 소리를 질렀더니 두 미인은 또 일시에 시선을 나 있는 창 바깥으로 옮겨보았는데 결국 아무것도 보이지 않으니까 싱그레 웃으면서 내 얼굴을 한 번씩 보더니 모나리자는 생각난 듯이 곁에 비프스테이크 같은 바깥어른의 기름기 흐르는 콧잔등이 근처를 한번 들여다보는 것을 본 나는 속마음으로 참 아깝도다 그렇게 생각하고 있는데 S는 무슨 생각으로 그랬는지[29] 개 발에 편자라는 말이 있지 않느냐고 그러면서 나에게 해태 한 개를 주는지라 성냥을 그어서 불을 붙이려니까 내 곁에 앉았는 갓 쓴 해태가 성냥을 좀 달라고 그러길래 주었더니 서울서 주머니에 넣어가지고 간 카페 성냥이 되어서 이상스럽다는 듯이 두어 번 뒤집어 보더니 짚고 들어온 길고도 굵은 얼른 보면 몽둥이 같은 지팡이를 방해 안 되도록 한쪽으로 치워놓으려고 놓자마자 꽤 크게 와지끈 하는 소리가 나면서 그 기다란 지팡이가 간데온데가 없습니다. 영감님은 그것도 모르고 담뱃불을 붙이고 성냥을 나에게 돌려보내더니 건너편 부인도 웃고 곁에 앉아 있는 부인도 수건으로 입을 가리고 웃고, S도 깔깔 웃고, 젊은 사람도 웃고, 나만이 웃지 않고 앉았는지라 좀 이상스러워서 영감은 내 어깨를 꾹 찌르더니 요다음 정거장은 어디냐고 은근히 묻는지라, 요다음 정거장은 요다음 정거장이고 영감님 무어 잃어버린 거 없느냐고 그랬더니 또 여러 사람이 웃고 영감님은 우선 쌈지 괴불주머니[30] 등속을 만져보고 보따리 한 귀퉁이를 어루만져보고 또 잠깐 내 얼굴을 쳐다보더니 참 내 지팡이를 못 보았느냐고 그럽니다. 또 여러 사람은 웃는데 나만이 웃지 않고 그 지팡이는 이 구멍으로 빠져 달아났으니 요

다음 정거장에서는 꼭 내려서 그 지팡이를 찾으러 가라고 이 철둑으로 쭉 따라가면 될 것이니까 길은 아주 찾기 쉽지 않으냐고 그러니까 그 지팡이는 돈 주고 산 것은 아니니까 잃어버려도 좋다고 그러면서 태연자약하게 담배를 뻑뻑 빨고 앉았다가 담배를 다 먹은 다음 담뱃대를 그 지팡이 집어먹은 구멍에다 대고 딱딱 떠는 바람에 나는 그만 전신에 소름이 쫙 끼쳤습니다. 다른 사람들도 물론 이때만은 웃을 수도 없는, 업신여길 수도 없는 참 아기자기한 마음에서 역시 소름이 끼쳤으리라고 나는 생각합니다.

황소와 도깨비

어떤 산골에 돌쇠라는 나무장사가 살고 있었습니다. 나이 삼십
이 넘도록 장가도 안 가고 또 부모도 일가 친척도 없는 혈혈 단신
이라 먹을 것이나 있는 동안은 핀둥핀둥 놀고 그러다가 정 궁하
면 나무를 팔러 나갑니다.

어디서 해오는지 아름드리 장작이나 소나무를 황소 등에다 듬
뿍 싣고 장터나 읍으로 팔러 갑니다. 아침 일찍 해도 뜨기 전에
방울 달린 소를 끌고 이랴이랴…… 딸랑딸랑…… 이랴이랴—
이렇게 몇십 리씩 되는 장터로 읍으로 팔릴 때까지 끌고 다니다
가 해 저물녘이라야 겨우 다시 집으로 돌아옵니다.

그 방울 단 황소가 또 돌쇠의 큰 자랑거리였습니다. 돌쇠에게는
그 황소가 무엇보다도 소중한 재산이었습니다. 자기 앞으로 있던
몇 마지기 토지를 팔아서 돌쇠는 그 황소를 산 것입니다. 그 황소
는 아직 나이는 어렸으나 키가 훨씬 크고 골격도 튼튼하고 털이

또 유난스럽게 고왔습니다. 긴 꼬리를 좌로 흔들며 나뭇짐을 잔뜩 지고 텁석텁석 걸어가는 양은 보기에도 훌륭했습니다. 그 동리에서 으뜸가는 이 황소를 돌쇠는 퍽 귀애하고[1] 위했습니다.

어느 해 겨울 맑게 갠 날 돌쇠는 전과 같이 장작을 한 바리[2] 잔뜩 싣고 읍을 향해서 길을 떠났습니다. 읍에 도착한 것이 오정때쯤이었습니다. 그날은 운수가 좋았던지 살 사람이 얼른 나서서 돌쇠는 그리 애쓰지 않고 장작을 팔 수 있었습니다. 돌쇠는 마음에 대단히 흡족해서 자기는 맛있는 점심을 사 먹고 소에게도 배불리 죽을 먹였습니다. 그러고 나서 잠깐 쉬고 그날은 일찍 돌아올 작정이었습니다.

얼마쯤 돌아오려니까 별안간 하늘이 흐리기 시작하고 북풍이 내리 불더니 히뜩히뜩 진눈깨비까지 뿌리기 시작합니다. 돌쇠는 소중한 황소가 눈을 맞을까 겁이 나서 길가에 있는 주막에 들어가서 두어 시간 쉬었습니다. 그랬더니 다행히 눈은 얼마 안 오고 그치고 말았습니다.

아직 저물지는 않았는 고로 돌쇠는 황소를 끌고 급히 길을 떠났습니다. 빨리 가면 어둡기 전에 집에 돌아올 수 있을 것 같았기 때문입니다. 그러나 짧은 겨울 해는 반도 못 와서 어느덧 저물기 시작했습니다. 날이 흐렸기 때문에 더 일찍 어두웠는지도 모릅니다.

"야단났구나."

하고 돌쇠는 야속한 하늘을 쳐다보며 혼자 중얼거리고 가만히 소등을 쓰다듬었습니다.

"날은 춥구 길은 어둡구 그렇지만 헐 수 있나, 자 어서 가자."

돌쇠가 혼잣말같이 중얼거리는 말을 소도 알아들었는지 딸랑딸
랑 뚜벅뚜벅 걸음을 빨리 합니다.

이렇게 얼마를 오다가 어느 산허리를 돌아서려니까 별안간 길
옆 숲속에서 고양이만 한 새카만 놈이 깡창 뛰어나오며 눈 위에
가 엎디어 무릎을 꿇고 자꾸 절을 합니다.

"돌쇠아저씨, 제발 살려주십시오."

처음에는 깜짝 놀란 돌쇠도 이렇게 말을 붙이는 고로 발을 멈추
고 자세히 바라보니까 사람인지 원숭인지 분간할 수 없는 얼굴에
몸에 비해서는 좀 기름한 팔다리 살결은 까뭇까뭇하고 귀가 우뚝
솟고 작은 꼬리까지 달려서 원숭이 같기도 하고, 고양이 같기도
하고, 또 어떻게 보면 개 같기도 했습니다.

"얘 요게 뭐냐."

돌쇠는 약간 놀라면서 소리쳤습니다.

"대체 너는 누구냐."

"제 이름은 산오뚝이예요."

"뭐? 산오뚝이?"

그때 돌쇠는 얼른 어떤 책 속에서 본 그림을 하나 생각해냈습니
다. 그 책 속에는 얼굴은 사람과 원숭이의 중간이요, 꼬리가 달리
고 팔다리가 길고 귀가 오뚝 일어선 것을 그려놓고 그 옆에다 도
깨비라고 씌어 있었던 것입니다.

"거짓말 말어, 요놈아."

하고 돌쇠는 소리를 버럭 질렀습니다.

"너 요놈, 도깨비 새끼지."

"네 정말은 그렇습니다. 그렇지만 산오뚝이라구두 합니다."

"하하하하, 역시 도깨비 새끼였구나."

돌쇠는 껄껄 웃으면서 허리를 굽히고 물었습니다.

"그래, 대체 도깨비가 초저녁에 왜 나왔으며 또 살려달라는 건 무슨 소리냐?"

도깨비 새끼의 이야기는 이러했습니다.

지금부터 한 일주일 전에 날이 따뜻하길래 도깨비 새끼들은 5, 6마리가 떼를 지어 인가 근처로 놀러 나왔더랍니다. 하루 온종일 재미있게 놀고 막 돌아가려 할 때에 마침 동리의 사냥개한테 붙들려 꼬리를 물리고 말았습니다. 겨우 몸은 빠져나왔으나 개한테 물린 꼬리가 반동강으로 툭 잘렸기 때문에 여러 가지 재조를 못 피우게 되고 말았습니다. 그뿐 아니라 동무들도 다 잃어버리고 혼자 떨어져서 할 수 없이 입때껏 그 산허리 숲 속에 숨어 있었던 것입니다.

도깨비에겐 꼬리가 아주 소중한 물건입니다. 꼬리가 없으면 첫째 재조를 피울 수 없는 고로 먼 산속에 있는 집에도 갈 수 없고, 배가 고파서 먹을 것을 찾으러 나가려니 사냥개가 무섭습니다. 날이 추우면 꼬리의 상처가 쑤시고 아프고 그래서 꼼짝 못하고 일주일 동안이나 숲 속에 갇혀 있다가 마침 돌쇠가 지나가는 것을 보고 살려달라고 뛰어나온 것입니다.

"제발 이번만 살려주십시오. 은혜는 평생 잊지 않겠습니다."

이야기를 마치고 나서 도깨비 새끼는 머리를 땅속에 틀어박고 두 손으로 싹싹 빕니다. 이야기를 듣고 자세히 보니까. 과연 살이 바싹 빠지고 꼬리에는 아직도 상처가 생생하고 추위를 견디지 못해서 온몸을 바들바들 떨고 있습니다. 돌쇠는 그 정경을 보고 아무리 도깨비 새끼로서니……하는 측은한 생각이 나서

"살려주기야 어렵지 않다마는 대체 어떻게 해달라는 말이냐."

하고 물었습니다.

"돌쇠아저씨의 황소는 참 훌륭한 소입니다. 그 황소 뱃속을 꼭 두 달 동안만 저에게 빌려주십시오. 더두 싫습니다. 꼭 두 달입니다. 두 달만 지나면 날두 따뜻해지구 또 상처두 나을 테구 하니깐 그때는 제 맘대로 돌아다닐 수 있습니다. 그동안만 이 황소 뱃속에서 살도록 해주십시오. 절대루 거짓말 아닙니다. 거짓말을 해서 아저씨를 속이기는커녕 제가 이 소 뱃속에 들어가 있는 동안은 이 소를 지금보다 열 갑절이나 기운이 세어지게 해 드리겠습니다. 그러니 제발 이번 한 번만 살려주십시오."

이 말을 듣고 돌쇠는 말문이 막히고 말았습니다. 귀엽고 소중한 황소 뱃속에다 도깨비 새끼를 넣고 다닐 수는 없는 일입니다. 그렇다고 그것을 거절하면 도깨비 새끼는 필경 얼어 죽거나 굶어 죽고 말 것입니다. 아무리 도깨비라기로 그렇게 되는 것을 그대로 둘 수도 없고 또 소의 힘을 지금보다 열 배나 강하게 해준다니 그리 해로운 일은 아닙니다.

생각다 못해서 돌쇠는 소의 등을 두드리며 '어떡하면 좋겠니' 하고 물어보니까 소는 그 말귀를 알아들었는지 고개를 끄덕끄덕합니다.

"그럼 너 허구 싶은 대루 해라. 그러면 꼭 두 달 동안만이다."

돌쇠는 도깨비 새끼를 보고 이렇게 다짐했습니다.

도깨비 새끼는 좋아라고 펄펄 뛰면서 백 번 치사하고 깡창 뛰어서 황소 뱃속으로 들어가고 말았습니다.

돌쇠는 껄껄 웃고 다시 소를 몰기 시작했습니다. 그랬더니 참 놀라운 일입니다. 아까보다 열 배나 소는 걸음이 빨라져서 도저히 따라갈 수가 없었습니다. 할 수 없이 소 등에 올라탔더니 소는 연방 딸랑딸랑 방울 소리를 내며 순식간에 마을까지 뛰어 돌아왔습니다.

과연 도깨비 새끼가 말한 대로 돌쇠의 황소는 전보다 열 배나 힘이 세어졌던 것입니다. 그 이튿날부터는 장작을 산더미같이 실은 구루마라도 끄는지 마는지 줄곧 줄달음질을 쳐서 내뺍니다. 그전에는 하루 종일 걸리던 장터를 이튿날부터는 아무리 장작을 많이 실었어도 하루 세 번씩을 왕래했습니다.

돌쇠는 걸어서는 도저히 따라갈 수가 없어서 새로 구루마를 하나 사서 밤낮 그 위에 올라타고 다녔습니다. 얘—이건 참 굉장하다…… 하고 돌쇠는 하늘에나 오른 듯이 기뻐했습니다. 따라서 전보다도 훨씬 더 소를 귀애하고 소중히 여기게 되었습니다.

자, 이러고 보니 동리에서나 읍에서나 큰 야단입니다. 돌쇠의 황소가 산더미같이 장작을 싣고 하루에 장터를 세 번씩 왕래하는 것을 보고 모두 눈이 뚱그렜습니다. 그중에는 어떻게 해서 그렇게 황소의 힘이 세어졌는지 부득부득 알려는 사람도 있고, 또 달라는 대로 돈을 줄 터이니 제발 팔아달라고 청하는 사람도 있었으나 돌쇠는 빙그레 웃기만 하고 대답도 하지 않았습니다.

"어쩐 말이냐, 우리 소가 제일이다."

그럴 적마다 돌쇠는 이렇게 생각하고 더욱 맛있는 죽을 먹이고 딸랑딸랑 이랴 이랴— 신이 나서 소를 몰았습니다.

원래 게으름뱅이 돌쇠입니다마는 이튿날부터는 소 모는 데 고만 재미가 나서 장작을 팔러 다녀서 돈도 많이 모았습니다. 눈이 오거나 아주 추운 날은 좀 편히 쉬어보려도 소가 말을 안 들었습니다. 첫새벽부터 외양간 속에서 발을 구르고 구슬을 내흔들고 넘쳐흐르는 기운을 참지 못해 껑정껑정 뜁니다. 그러면 돌쇠는 할 수 없이 또 황소를 끌어내고 맙니다.

이러는 사이에 어느덧 두 달이 거의 다 지나가고 3월 그믐께가 다가왔습니다. 그때부터 웬일인지 자꾸 소의 배가 부르기 시작했습니다. 돌쇠는 깜짝 놀라 틈 있는 대로 커다란 배를 문질러주기도 하고 또 약도 써보고 했으나 도무지 효력이 없습니다. 노인네들에게 보여도 무슨 때문인지 아는 사람이 없었습니다.

돌쇠는 매일을 걱정과 근심으로 지냈습니다. 아마 이것이 필경 뱃속에 있는 도깨비 장난인가 보다 하는 것은 어슴푸레 짐작할 수 있었으나 처음에 꼭 두 달 동안이라고 약속한 일이니 어찌할 수 없는 일입니다. 그뿐 아니라 소는 다만 배가 불러올 뿐이지 별로 기운도 줄지 않고 앓지도 않는 고로,

"제기 그냥 두어라. 며칠 더 기다리면 결말이 나겠지. 죽을 것 살려주었는데 설마 나쁜 짓이야 하겠니."

이렇게 생각하고 4월이 되기만 고대했습니다.

소는 여전히 기운차게 이 구루마를 끌고 산이든 언덕이든 평지

같이 달렸습니다.

그예 3월 그믐이 다가왔습니다.

돌쇠는 겨우 후 하고 한숨을 내쉬고 그날 하루만은 황소를 편히 쉬게 했습니다. 그리고 이왕이니 오늘 하루만 더 도깨비를 두어 두기로 결심하고 소를 외양간에다 맨 후 맛있는 죽을 먹이고 자 기는 일찍부터 자고 말았습니다.

이튿날 4월 초하룻날 첫새벽입니다. 문득 돌쇠가 잠을 깨니까 외양간에서 쿵쾅쿵쾅 하고 야단스런 소리가 났습니다. 돌쇠는 깜 짝 놀라 금방 잠이 깨어서 뛰쳐 일어났습니다.

소를 누가 훔쳐가지나 않나 하는 근심에 돌쇠는 옷도 못 갈아 입고 맨발로 마당에 뛰어내려 단숨에 외양간 앞까지 달음질쳤습 니다. 그랬더니 웬일인지 돌쇠의 황소는 외양간 속에서 이를 악 물고 괴로워 못 견디겠다는 듯이 미친 것 모양으로 경중경중 뜁 니다. 가엾게도 황소는 진땀을 잔뜩 흘리고 고개를 내저으며 기 진역진[3]한 모양입니다.

돌쇠는 깜짝 놀라 미친 듯이 날뛰는 황소 고삐를 붙잡고 늘어졌 습니다. 그러나 황소는 좀체로 진정치를 않고 더욱 힘을 내어 괴 로운 듯이 날뜁니다.

"대체 이게 웬 영문야?"

할 수 없이 돌쇠는 소의 고삐를 놓고 한숨을 내쉬며 얼빠진 사 람같이 그 자리에 우뚝 서고 말았습니다.

"돌쇠아저씨, 돌쇠아저씨."

그때입니다. 어디서인지 자기를 부르는 소리를 돌쇠는 확실히 들었습니다. 돌쇠는 그 소리를 듣고 정신이 버쩍[4] 나서 주위를 돌아보았습니다. 그러나 아무도 보이지는 않습니다. 그때 또 어디서인지 나지막한 목소리가 들려왔습니다.

"돌쇠아저씨, 돌쇠아저씨."

암만해도 그 소리는 황소 입 속에서 나오는 것 같았습니다. 그래서 돌쇠는 자세히 들으려고 소 입에다 귀를 갖다 대었습니다.

"돌쇠아저씨, 저예요, 저예요. 저를 모르세요?"

그때에야 겨우 돌쇠는 그 목소리를 생각해내었습니다.

"오—— 너는 도깨비 새끼로구나. 날이 다 새었는데 왜 남의 소 뱃속에 입때 들어 있니. 약속한 날짜가 지났으니 얼른 나와야 하지 않겠니."

그랬더니 황소 속에서 도깨비 새끼는 이렇게 대답했습니다.

"나가야 할 텐데 큰일 났습니다. 돌쇠아저씨 덕택으로 두 달 동안 편히 쉰 건 참 고맙습니다마는 매일 드러누워 아저씨가 주시는 맛있는 음식을 먹고 있다가 기한이 됐길래 나가려니까 그동안에 굉장히 살이 쪘나 봐요. 소 모가지가 좁아서 빠져나갈 수가 없게 됐단 말예요. 억지루 나가려면 나갈 수는 있지만 소가 아픈지 막 뛰고 발광을 하는구먼요. 야단났습니다."

돌쇠는 그 말을 듣고 기가 탁 막히고 말았습니다.

"그럼 어떡하면 좋단 말이냐, 그거 참 야단이로구나."

돌쇠는 팔짱을 끼고 생각에 잠기고 말았습니다. 도깨비 새끼에게 황소 뱃속을 빌려준 것을 크게 후회했지만 인제 와서 무슨 소용이 있겠습니까. 무엇보다도 소가 불쌍해서 돌쇠는 고만 눈물이

글썽글썽하고 금방 울음이 터질 것 같았습니다.

그때 또 도깨비 새끼 목소리가 들려 나왔습니다.

"아, 돌쇠아저씨 좋은 수가 있습니다. 어떻게든지 해서 이 소가 하품을 하도록 해 주십시오. 입을 딱 벌리고 하품을 할 때에 제가 얼른 뛰어나갈 텝니다. 그렇지 않으면 한평생 이 뱃속에서 살거나 또는 뱃가죽을 뚫고 나가는 수밖에 없습니다. 그 대신 하품만 하게 해주시면 이 소의 힘을 지금보다 백 갑절이나 더 세어지게 해드리겠습니다."

"옳다. 참 그렇고나. 그럼 내 하품을 하게 할 테니 가만히 기다려라."

소가 살아날 수 있다는 생각에 돌쇠는 얼른 이렇게 대답은 했으나 가만히 생각해보니 일은 딱합니다.

대체 어떻게 해야 소가 하품을 하는지 도무지 알 수가 없습니다. 그뿐 아니라 소가 하품하는 것을 돌쇠는 입때껏 한 번도 본 일이 없습니다. 그래서 함부로 옆구리도 찔러보고 콧구멍에다 막대기도 꽂아보고 간질여도 보고 콧등을 쓰다듬어보기도 하고— 별별 꾀를 다 내나 소는 하품은커녕 귀찮은 듯이 몸을 피하고 도리질을 하고 한 두어 번 연거푸 재채기를 했을 뿐입니다. 도무지 하품을 할 기색은 보이지 않습니다.

그렇다고 이대로 내버려두었다가는 도깨비 새끼가 뱃속에서 자꾸 자라서 저절로 배가 터지거나 그렇지 않으면 물어뜯기어 아까운 황소가 죽고 말 것입니다. 땅을 팔아서 산 황소요 세상에 다시 없이 애지중지하는 귀여운 황소가 그 꼴을 당한다면 그게 무슨 짝입니까. 돌쇠는 답답하고 분하고 슬퍼서 어쩔 줄을 모를 지경입니다.

생각다 못해서 돌쇠는 옷을 갈아입고 동네로 뛰어내려왔습니다.

"어떡하면 소가 하품하는지 아시는 분 있으면 제발 좀 가르쳐주십시오."

동네로 내려온 돌쇠는 만나는 사람마다 붙잡고 이렇게 외치며 물었습니다마는 아무도 아는 사람은 없었습니다. 동네에서 제일 나이 많고 무엇이든지 안다는 노인조차 고개를 기울이고 대답을 하지 못했습니다.

그렇게 얼마를 묻고 다니다가 결국 다시 빈손으로 돌쇠는 집으로 돌아오고 말았습니다. 인제는 모든 일이 다 틀렸구나 생각하니 앞이 캄캄하고 기가 탁탁 막힙니다. 고개를 푹 숙이고 풀이 죽어 길게 몇 번씩 한숨을 내쉬며 돌쇠는 외양간 앞으로 돌아와서 얼빠진 사람같이 황소의 얼굴을 쳐다보았습니다.

자기를 위해서 몇 해 동안 힘도 많이 돕고 애도 많이 쓴 귀여운 황소!

며칠 안 되어 뱃속에 있는 도깨비 새끼 때문에 뱃가죽이 터져서 죽고 말 귀여운 황소!

그것을 생각하니 사람이 죽는 것보다 지지 않게 불쌍하고 슬프고 원통합니다.

공연히 그놈에게 속아서 황소 뱃속을 빌려주었구나 하고 후회도 하여보고 또 그렇게 미련한 자기 자신을 스스로 매질도 해보고—그러나 그것이 인제 와서 무슨 소용입니까. 얼마 안 있어 돌쇠의 둘도 없는 보배이던 황소는 죽고 말 것이요, 돌쇠 자신은 다시 외롭고 쓸쓸한 몸이 되리라는 그것만이 사실입니다.

참다 못해서 돌쇠는 눈물을 흘리고 소리내어 울며 간신히 고개를 쳐들고 다시 한 번 황소의 얼굴을 바라보았습니다. 황소도 자기의 신세를 깨달았는지 또는 돌쇠의 마음 속을 짐작했는지 무겁고 육중한 몸을 뒤흔들며 역시 슬픈 듯이 돌쇠의 얼굴을 바라보고 있습니다.

얼마 동안 그렇게 꼼짝 않고 돌쇠는 외양간 앞에 꼬부리고 앉아서 황소의 얼굴만 쳐다보고 있었습니다. 밥 먹을 생각도 없습니다. 배도 고프지 않았습니다. 다만 귀여운 황소와 이별하는 것이 슬펐습니다. 오정때 가까이 되도록 돌쇠는 이렇게 황소의 얼굴만 쳐다보고 있었습니다. 그랬더니 차차 몸이 피곤해서 눈이 아프고 머리가 혼몽하고 졸려졌습니다. 그래서 고만 저도 모르는 사이에 입을 딱 벌리고 기다랗게 하품을 하고 말았습니다.

그때입니다. 돌쇠가 하품을 하는 것을 본 황소도 따라서 기다란 하품을 하기 시작했습니다.

"옳다 됐다."

그것을 본 돌쇠가 껑충 뛰어 일어나며 좋아라고 손뼉을 칠 때입니다. 벌린 황소 입으로 살이 통통히 찐 도깨비 새끼가 깡창 뛰어나왔습니다.

"돌쇠아저씨, 참 오랫동안 고맙습니다. 아저씨 덕택에 이렇게 살까지 쪘으니 아저씨 은혜가 참 백골난망입니다. 그 대신 아저씨 소가 지금보다 백 갑절이나 기운이 세어지게 해드리겠습니다."

　도깨비 새끼는 돌쇠 앞에 엎디어 이렇게 말하고 나서 넙죽 절을 하더니 상처가 나은 꼬리를 저으며 두어 번 재주를 넘었습니다. 그러고 나서 어디로인지 없어지고 말았습니다.

　그때에야 돌쇠는 겨우 정신을 차렸습니다. 입때껏 일이 꿈인지 정말인지 잠깐 동안은 분간할 수 없었습니다. 그러다가 고개를 들어 홀쭉해진 황소의 배를 바라보고 처음으로 모든 것을 깨닫고 하하하하 큰 소리를 내어 웃었습니다. 그리고 귀여워 죽겠다는 듯이 황소의 등을 쓰다듬었습니다.

　죽게 되었던 황소가 다시 살아났을 뿐 아니라 이튿날부터는 입때보다 백 갑절이나 힘이 세어져서 세상 사람들은 놀랐습니다. 돌쇠는 더욱 부지런해져서 이른 아침부터 백 마력(百馬力)의 소를 몰며 '도깨비 아니라 귀신이라두 불쌍하거든 살려주어야 하는 법이야' 이렇게 속으로 중얼거리고 콧노래를 불렀습니다.

공포의 기록

서장

생활, 내가 이미 오래 전부터 생활을 갖지 못한 것을 나는 잘 안다. 단편적으로 나를 찾아오는 '생활 비슷한 것'도 오직 '고통'이란 요괴뿐이다. 아무리 찾아도 이것을 알아줄 사람은 한 사람도 없다.

무슨 방법으로든지 생활력을 회복하려 꿈꾸는 때도 없지는 않다. 그것 때문에 나는 입때 자살을 안 하고 대기(待期)의 자세를 취하고 있는 것이다──이렇게 나는 말하고 싶다만.

제2차의 객혈이 있은 후 나는 어슴푸레하게나마 내 수명에 대한 개념을 파악하였다고 스스로 믿고 있다.

그러나 그 이튿날 나는 작은어머니와 말다툼을 하고 맥박 125의 팔을 안은 채, 나의 물욕을 부끄럽다 하였다. 나는 목을 놓고 울었다. 어린애같이 울었다.

남 보기에 퍽이나 추악했을 것이다. 그러다 나는 내가 왜 우는 가를 깨닫고 곧 울음을 그쳤다.

나는 근래의 내 심경을 정직하게 말하려 하지 않는다. 말할 수 없다. 만신창이의 나이건만 약간의 귀족 취미가 남아 있기 때문이다. 그러나 만약 남 듣기 좋게 말하자면 나는 절대로 내 자신을 경멸하지 않고 그 대신 부끄럽게 생각하리라는 그러한 심리로 이동하였다고 할 수는 있다. 적어도 그것에 가까운 것만은 사실이다.

불행한 계승

4월로 들어서면서는 나는 얼마간 기동할 정신이 났다. 객혈하는 도수도 훨씬 뜨고 또 분량도 훨씬 줄었다. 그러나 침침한 방 안으로 훗훗한 공기가 들어와서 미적지근하게 미적지근한 체온과 어울릴 적에 피로는 겨울 동안보다 훨씬 더한 것 같음은 제 팔뚝을 들 힘조차 제게 없는 것이다. 하도 답답하면 나는 툇마루에 볕이 드는 데로¹ 나와 앉아서 반쯤 보이는 닭의 장 쪽을 보려고 그래서가 아니라 보이니까 멀거니 보고 있자면 으레 작은어머니가 그 닭의 장을 얼싸안고 얼미적얼미적하는 것이다. 저것은 즉 고 덜 여물어서 알을 안 까는 암탉들을 내려다보면서 언제나 요것들을 길러서 누이를 보나 하는 고약한 어머니들의 제 딸 노리는 그게 아닌가 내 눈에 비치는 것이다.

나는 물론 이래서는 안된다고 생각한다. 작은어머니 얼굴을 암만 봐도 미워할 데가 어디 있느냐. 넓은 이마, 고른 치아의 열, 알맞은 코, 그리고 작은아버지만 살아 계시면 아직도 얼마든지 변변한 애정의 색을 띨 수 있는 총기 있는 눈 하며 다 내가 좋아하는 부분부분인데 어째 그런지 그런 좋은 부분들이 종합된 '작은어머니'라는 인상이 나로 하여금 증오의 염을 일으키게 한다.

물론 이래서는 못 쓴다. 이것은 분명히 내 병이다. 오래오래 사람을 싫어하는 버릇이 살피고 살펴서 급기야에 이 모양이 되고만 것에 틀림없다. 그렇다고 내 육친까지를 미워하기 시작하다가는 나는 참 이 세상에 의지할 곳이 도무지 없어지는 것이 아니냐. 참 안됐다.

이런 공연한 망상들이 벌써 나을 수도 있었을 내 병을 자꾸 덧들이게 하는 것일 것이다. 나는 마음을 조용히 또 순하게 먹어야 할 것이라고 여러 번 괴로워하는데 그렇게 괴로워하는 것은 도리어 또 겹겹이 짐 되는 것도 같아서 나는 차라리 방심 상태를 꾸미고 방 안에서는 천장만 쳐다보거나 나오면 허공만 쳐다보거나 하재도 역시 나를 싸고도는 온갖 것에 대한 증오의 염이 무럭무럭 구름 일듯 하는 것을 영 막을 길이 없다.

비가 두어 번 왔다. 싹이 트려나 보다. 내려다보는 지면이 갈수록 심상치 않다. 바람이 없이 조용한 날은 툇마루에 드는 볕을 가만히 잡기만 하면 퍽 따뜻하다. 이렇게 따뜻한 볕을 쪼이면서 이렇게 혼곤한데 하필 사람만을 미워해야 되는 까닭이 무엇이냐.

사람이 나를 싫어할 성싶은데 나도 사실 내가 싫다. 이렇게 저를 사랑할 줄도 모르는 인간이 남을 위할 줄 알 수 있으랴. 없다. 그러면 나는 참 불행하구나.

이런 망상을 시작하면 정말이지 한이 없다. 그러니까 나는 힘이 들고 힘이 드는 것이 싫어도 움직여야 한다. 나는 헌 구두짝을 끌고 마당으로 나가서 담 한 모퉁이를 의지해서 꾸며놓은 닭의 집 가까이 가 본다.

혹 나는 마음으로 작은어머니에게 사과하려던 것인지도 모른다. 그런데 또 이것은 왜 그러나——작은어머니는 나를 보더니 얼른 안으로 들어가버린다. 저러기 때문에 안 된다는 것이다. 닭의 집 높이가 내 턱 좀 못 미치기 때문에 나는 거기 가로질린 나무에 턱을 받치고 닭의 집 속을 내려다보고 있자니까 냄새도 어지간한데 제일 그 수탉이 딱해 죽겠다. 공연히 성이 대밑둥까지 나서 모가지 털을 벌컥 일으켜 세워가지고는 숨이 헐레벌떡 헐레벌떡 야단법석이다. 제 딴은 그 가운데 막힌 철망을 뚫고 이쪽 암탉들 있는 데로 가고 싶어서 그러는 모양인데 사람 같으면 그만하면 못 넘어갈 줄 알고 그만둠 직하건만 이놈은 참 성벽이 대단하다.

가끔 철망 무너진 구멍에 무작정하고 목을 틀어박았다가 잘 나오지 않아서 눈을 감고 끽끽 소리를 지르다가 가까스로 빠져나가는 걸 보고 저놈이 그만하면 단념하였다 하고 있으면 그래도 여전히 야단이다. 나는 그만 그놈의 끈기에 진력이 나서 못생긴 놈, 미련한 놈, 못생긴 놈, 미련한 놈 하고 혼자서 화를 벌컥 내어보다가도 또 그놈의 그런 미칠 것 같은 정열이 다시없이 부럽기도 하고 존경해야 할 것같이 생각되기도 해서 자세히 본다.

그런데 암탉들은 어떠냐 하면 영 본숭만숭이다. 모른 체하고 그저 모이 주워 먹기에만 열중이다. 아하 저러니까 수탉이란 놈이 화가 더 날 밖에 하고 나는 그 새침데기 암탉들을 안타깝게 생각한 것이다. 좀 가끔 수탉 쪽을 한두 번쯤 건너다가도 보아주지 원 ── 하고 나도 실없이 화가 난다. 수탉은 여전히 모이 주워먹을 생각도 하지 않고 뒤법석을 치는데 좀처럼 허기도 지지 않는다.

이러다가 나는 저 수탉이 대체 요 세 마리 암탉 중의 어떤 놈을 노리는 것인가 좀 살펴보기로 하였다. 물론 수탉이란 놈의 변두²가 하도 두리번거리니까 그놈의 시선만 가지고는 알아차리기가 어렵다. 그래서 나는 보통 사람 남자가 여자 보는 그런 눈으로 한 번 보아야겠다.

얼른 보기에 사람의 눈으로는 짐승의 얼굴을 사람이 아무개 아무개 하듯 구별하기는 어려운 것 같이 보이는데 또 그렇지도 않다. 자세히 보면 저마다 특징다운 특징이 있고 성미도 제각기 다르다. 요 암탉 세 마리도 비슷하여서³ 얼른 보기에는 고놈이 고놈 같고 하더니 얼마큼이나 들여다보니까 모두 참 다르다.

키가 작달막하고, 눈앞이 검고, 털이 군데군데 빠지고 흙투성이의 그중 더러운 암탉 한 마리가 내 눈에 띄었다. 새침한 중에도 새침한 품이 풋고추같이 맵겠다. 그렇게 보니 그럴 성도 싶은 게 모이를 먹다가는 때때로 흘깃흘깃 음분(淫奔)한 계집같이 곁눈질을 곧잘 한다. 금방 달려들어 모래라도 한 줌 껴얹어주었으면 하는 공연한 충동을 느끼나 그러나 허리를 굽히기가 싫다. 속모르는 수탉은 수선도 피우는구나.

아무것도 생각 않는 게 상수다. 닭들의 생활에도 그런 갸륵한 분쟁이 있으니 하물며 사람의 탈을 쓴 나에게 수없는 번거로움이 어찌 없으랴. 가엾은 수탉에 내 자신을 비겨보고 나는 다시 헌 구두짝을 질질 끈다. 바람이 없어서 퍽 따뜻하다. 싹이 트려나 보다.

얼굴이 이렇게까지 창백한 것이 웬일일까 하고 내가 번민해서—

내 황막한 의학 지식이 그예 진단하였다. 회충—

그렇지만 이 진단에는 심원한 유서가 있다. 회충이 아니면 십이지장충—십이지장충이 아니면 조충—이러리라는 것이다.

회충약을 써서 안 들으면, 십이지장충약을 쓰고, 십이지장충약을 써서 안 들으면 조충약을 쓰고, 조충약을 써서 안 들으면 그 다음은 아직 연구해보지 않았다.

어떤 몹시 불쾌한 하루를 선택하여 우선 회충산을 돈복⁴하였다.

안다. 두 끼를 절식해야 한다는 것도, 복약 후에 반드시 혼도한다는 것도.

대낮이다. 이부자리를 펴고 그 속으로 움푹 들어가서 너부죽이 누워서, 이래도? 하고 그 혼도라는 것이 오기를 기다렸다.

기다리는 마음이 늘 초조한 법, 귀로 위 속이 버글버글하는 소리를 알아듣고 눈으로 방 네 귀가 정말 뒤틍그러지려나 보고, 옆구리만 좀 근질근질해도 요게 혼도하는 놈인가 보다 하고 긴장한다.

그랬건만 딱한 일은 끝끝내 내가 혼도 않고 그만두었다는 것이다.

3시를 쳐도 역시 그턱이다. 나는 그만 흥분했다. 혼도커녕은 정신이 말똥말똥하단 말이다. 이럴 리가 없는데.

그렇다고 금방 십이지장충약을 써보기도 싫다. 내 진단이 너무나 허황한 데 스스로 놀라고 또 약을 구해야 할 노력이 아깝고 귀찮다.

구름 피듯 뭉게뭉게 불쾌한 감정이 솟아오른다. 이러다가는 저녁 지으시는 작은어머니와 또 싸우겠군. 얼마 후에 나는 히죽히죽 모자도 안 쓰고 거리로 나섰다.

막 다방에 들어서니까 수군(壽君)[5]이 마침 문간을 나서면서 손바닥을 보인다.

"쉬— 자네 마누라가 와 있네."

나는 정신이 번쩍 났다.

"에, 요것 봐라."

하고 무작정 그리 들어서려는 것을 수군이 아예 말리는 것이다.

"만좌지중에서 망신 톡톡이 당할 테니 염체 어델."

"그런가—"

입맛을 쩍쩍 다시면서 발길을 돌리기는 돌렸으나 먼발치서라도 어디 좀 보고 싶었다.

솜옷을 입고 아내가 나갔거늘 이제 철은 홑것[6]을 입어야 하니 넉 달지간이나 되나 보다.

나를 배반한 계집이다. 3년 동안 끔찍이도 사랑하였던 끝장이다. 따귀도 한 개 갈겨주고 싶다. 호령도 좀 하여주고 싶다. 그러나 여기는 몰려드는 사람이 하나도 내 얼굴을 모르는 사람이 없는 다방이다. 장히 모양도 사나우리라.

"자네 만나면 헐 말이 꼭 한마디 있다네."

"어쩌라누."

"사생결단을 허겠대데."

"어이쿠."

나는 몹시 놀라 보이고 레이몬드 하튼같이 빙글빙글 웃었다. '아내—마누라'라는 말이 낮잠과도 같이 옆구리를 간질인다. 그 이미지는 벌써 먼 바다를 건너간다. 이미 파도 소리까지 들리지 않느냐. 이러한 환상 속에 떠오르는 내 자신은 언제든지 광채 나는 루파슈카⁷를 입었고 퇴폐적으로 보인다. 소년과 같이 창백하고도 무시무시한 풍모이다. 어떤 때는 울기도 했다. 어떤 때는 어딘지 모르는 먼 나라의 십자로를 걸었다.

수군에게 끌려 한강으로 나갔다. 목선을 하나 빌어 맥주도 싣고 상류로 거슬러 동작리 갯가에다 대어놓고 목노⁸ 찾아 취토록 먹었다. 황혼에 수평은 시야와 어우러져서 아물아물 허공에 놓인 비조(飛鳥)처럼 이 허망한 슬픔을 참 어디다 의지해야 옳을지 비칠거리지 않을 수 없었다.

"응— 넉 달이 지나서 인제? 네가 내게 헐 말은 뭐냐? 에, 더리고 더리다."[9]

"이건 왜 벤벤치 못하게 이러는 거야."

"아—니, 아—니, 일테면 그렇다 그말이지, 고론 앙큼스런 놈의 계집이 또 있을 수가 있나."

"글쎄, 관둬 관둬."

"관두긴 허겠지만 어채피 말을 허자구 자연 말이 이렇게쯤 나가지 않겠느냐 그런 말이야."

"이렇게 못생긴 건 내 보길 처음 보겠네 원!"

"기집이란 놈의 물건이 아무리 독헌 물건이기루 고렇게 싹 칼루 에인 듯이 돌아설 수가 있냐고."

우리들은 술이 살렸다. 나야말로 술 없이 사는 도리가 없었다.

노들[10]서 또 먹었다. 전후불각(前後不覺)[11]으로 취하여 의식을 완전히 잃어버려야겠어서 그랬다.

넉 달—— 장부답지 못하게 뒤끓던 마음이 그만하고 차츰차츰 가라앉기 시작하려는 이 철에 뭐냐. 부전(附箋) 붙은 편지 모양으로 때와 손자국이 잔뜩 묻은 채 돌아오다니.

"요 얌체두 없는 것아 요 요 요."

나는 힘껏 고성질타(高聲叱咤)로 자신을 조소하건만도 이와 따로 밑둥 치운 대목(大木) 기울듯 자분참[12] 기우는 이 어리석지 않고 들을 소리도 없는 마음을 주체하는 방법이 없는 것이었다.

넉 달—— 이 동안이 결코 짧지가 않다. 한 사람의 아내가 남편을 배반하고 집을 나가 넉 달을 잠잠하였다면 아내는 그예 용서받을 자격이 없는 것이요, 남편은 꿀꺽 참아서라도 용서하여서는 안 된다.

"이 천하의 공규(公規)를 너는 어쩌려느냐."

와서 그야말로 단죄를 달게 받아보려는 것일까.

어떤 점을 붙잡아 한 여인을 믿어야 옳을 것인가. 나는 대체 종
잡을 수가 없어졌다.

하나같이 내 눈에 비치는 여인이라는 것이 그저 끝없이 경조부
박한 음란한 요물에 지나지 않는 것이 없다.

생물의 이렇다는 의의를 홀떡 잃어버린 나는 환신(宦臣)[13]이나
무엇이 다르랴. 산다는 것은 내게 딴은 필요 이상의 '야유'에 지나
지 않는다.

그것은 무슨 한 여인에게 배반당하였다는 고만 이유로 해서 그
렇다는 것 아니라 사물의 어떤 포인트로 이 믿음이라는 역학의
지점을 삼아야겠느냐는 것이 전혀 캄캄하여졌다는 것이다.

"믿다니 어떻게 믿으라는 것인구."

함부로 예제 침을 퉤퉤 뱉으면서 보조는 자못 어지럽고 비창
(悲愴)한 것이었다. 술을 한 모금이라도 마시고 나면 약삭빨리
내 심경에 아첨하는 이 전신의 신경은 번번이 대담하게도 천변지
이(天變地異)가 이 일신에 벼락치기를 바라고 바라고 하는 것이
었다.

"경칠[14] 화물자동차에나 질컥 치여 죽어버리지. 그랬으면 이렇
게 후덥지근헌 생활을 면허기라두 허지."

하고 주책없이 중얼거려본다. 그러나 짜장 화물자동차가 탁 앞으
로 닥칠 적이면 덴겁을 해서[15] 피하는 재주가 세상의 어떤 사람보

206

다도 능히 빠르다고는 못해도 비슷했다. 그럴 적이면 혀를 쑥 내밀어 제 자신을 조롱하였습네 하고 제 자신을 속여 버릇하였다.

이런 넉 달——

이런 넉 달이 지나고 어리석은 꿈을 그럭저럭 어리석은 꿈으로 돌릴 줄 알 만한 시기에 아내는 꿈을 거친 걸음걸이로 역행하여 여기 폭군의 인상으로 나타난 것이다.

나는 어떻게 해야 하나? 거암(巨岩)과 같은 불안이 공기와 호흡의 중압이 되어 덤벼든다. 나는 야행열차와 같이 자야 옳을는지도 모른다.

추악한 화물

그예 찾아내고 말았다.

나는 안을 들여다보았다. 풀칠한 현관 유리창에 거무튀튀한 내 얼굴의 하이라이트가 비칠 뿐이다. 물론 아무것도 보이지는 않았다.

나는 그 자리에 주저앉고 만다. 내 바로 옆에서 한 마리의 개가 흙을 파고 있다. 드러누웠다. 혀를 내민다. 혀가 깃발같이 굽이치는 게 퍽 고단해 보였다.

온돌방 한 칸과 '이첩간(二疊間)'

이렇단다. 굳게 못질을 하여놓았다. 분주하게 드나드는 쥐새끼들은 이 집에 관해서 아무것도 나에게 전하지 않는다.

안면 근육이 별안간 바작바작 오그라드는 것 같다. 살이 내리나 보다. 사람은 이렇게 하루에도 몇 번씩 살이 내리고 오르고 하나 보다.

날아와야겠다. 그 오물투성이의 대화물(大貨物)을!

절이나 하는 듯이 '화가(貨家)'16라 써 붙인 목패 옆에 조그마한 명함 한 장이 꽂혀 있다. 한(韓)××, 전등료는 ××정(町) ×× 번지로 받으러 오시오(거짓말 말아라) 이 한××란 사나이도 오물 투성이의 대화물을 질질 끌고 이리저리 방황했을 것이거늘— × ×정이 어디쯤인가!

(거짓말 말아라)

왜 사람들은 이삿짐이란 대화물을 운반해야 할 구차 기구한 책임을 가졌나.

나는 집 뒤로 돌아가보려 했다. 그러나 길은 곧장 온돌방까지 뚫린 모양이다. 반 간도 못 되는 컴컴한 부엌이 변소와 마주 붙었다. 나는 기가 막혔다. 거기도 못이 굳게 박혀 있다. 나는 기가 막혔다.

성격 파산 무엇 때문에? 나의 교양은 나의 생애와 다름없이 되었다. 헌 누더기 수염도 길렀다. 거리. 땅.

한 번도 아내가 나를 사랑 않는 줄 생각해본 일조차 없다. 나는 어느 틈에 고상한 국화 모양으로 금시에 수세미가 되고 말았다. 아내는 나를 버렸다. 아내를 찾을 길이 없다.

나는 아내의 구두 속을 들여다본다. 공복——절망적 공허가 나를 조롱하는 것 같다. 숨이 가빴다.

그다음에 무엇이 왔나.

적빈——중요한 오물들은 집안 사람들이 하나, 둘 집어내었다. 특히 더러운 상품 가치 없는 오물만이 병균같이 남아 있었다.

하룻날, 탕아는 이 처참한 현상을 내 집이라 생각하고 돌아와보았다. 뜰 앞에 화초만이 향기롭게 피어 있다. 붉은 열매가 열린 것도 있었다. 그러나 가족들은 여지없이 변형되고 말았고, 기성(奇聲)을 발하여 욕지거리다.

종시 나는 암말 없었다.

이미 만사가 끝났기 때문이다. 나는 혼자서 손바닥만 한 마당에 내려서서 주위를 둘러본다. 내 손때가 안 묻은 물건은 하나도 없다.

나는 책을 태워버렸다. 산적했던 서신을 태워버렸다. 그리고 나머지 나의 기념을 태워버렸다.

가족들은 나의 아내에 관해서 나에게 질문하거나 하지는 않는다. 나도 말하지 않는다.

밤이면 나는 유령과 같이 흥분하여 거리를 뚫었다. 나는 목표를 갖지 않았다. 공복만이 나를 지휘할 수 있었다. 성격의 파편—— 그런 것을 나는 꿈에도 돌아보려 않는다. 공허에서 공허로 말과 같이 나는 광분하였다. 술이 시작되었다. 술은 내 몸속에서 향수같이 빛났다.

바른팔이 왼팔을, 왼팔이 바른팔을 가혹하게 매질했다. 날개가 부러지고 파랗게 멍든 흔적이 남았다.

몹시 피곤하다. 아방궁[17]을 준대도 움직이기 싫다. 이 집으로 정해버려야겠다.

빨리 운반해야 한다. 그 악취가 가득한 육신들을 피를 토하는 내가 헌 구루마 위에 걸레짝같이 실어가지고 운반해야 한다.

노동이다. 나에게는 생각할 여유조차 없다.

불행의 실천

나는 닭도 보았다. 또 개도 보았다. 또 소 이야기도 들었다. 또 외국서 섬 그림도 보았다. 그러나 나는 너희들에게 이 행운의 열쇠를 빌려주려고는 않는다. 내가 아니면——보아라 좀 오래 걸렸느냐——이런 것을 만들어놓을 수는 없다.

책상 다리를 하고 앉은 채 그냥 앉아 있기만 하는 것으로 어떻게 이렇게 힘이 드는지 모른다. 벽은 육중한데 외풍은 되이고[18] 천장은 여름 모자처럼 이 방의 감춘 것을 뚜껑 젖히고 고자질하겠다는 듯이 선뜻하다. 장판은 뼈가 저리게 하지 않으면 안절부절을 못하게 닳는다. 반닫이에 바른 색종이는 눈으로 보는 폭탄이다.

그저께는 그끄저께보다 여위고 어저께는 그저께보다 여위고 오늘은 어저께보다 여위고 내일은 오늘보다 여윌 터이고——나는 그럼 마지막에는 보숭보숭한 해골이 되고 말 것이다.

이 불쌍한 동물들에게 무슨 방법으로 죽을 먹이나. 나는 방탕한 장판 위에 넘어져서 한없는 '죄'를 섬겼다. '죄'——나는 시냇물 소리에서 가을을 들었다. 마개 뽑힌 가슴에 담을 무엇을 나는 찾았다. 그리고 스스로 달래었다. 가만 있으라고, 가만 있으라고——

그러나 드디어 참다 못하여 가을비가 소조(蕭條)하게 내리는 어느 날 나는 화덕을 팔아서 냄비를 사고, 냄비를 팔아서 풍로를 사고, 냉장고를 팔아서 식칼을 사고, 유리그릇을 팔아서 사기그릇을 샀다.

처음으로 먹는 따뜻한 저녁밥상을 낯선 네 조각의 벽이 에워쌌다. 6월——6월어치를 완전히 다 살기 위하여 나는 방바닥에서 선불리 일어서거나 하지는 않았다. 언제든지 가구와 같이 주저앉았거나 서까래처럼 드러누웠거나 하였다. 식을까 봐 연거푸 군불을 때었고, 구들을 어디 흠씬 얼려보려고 중양¹⁹이 지난 철에 사날씩 검부러기 하나 아궁이에 안 넣었다.

나는 나의 친구들의 머리에서 나의 번지수를 지워버렸다. 아니 나의 복장까지도 말갛게 지워버렸다. 은근히 먹는 나의 조석이 게으르게 낳은 육신에 만연하였다. 나의 영양의 찌꺼기가 나의 피부에 지저분한 수염을 낳았다. 나는 나의 독서를 뾰족하게 접어서 종이비행기를 만든 다음 어린아이와 같이 나의 자기(自棄)²⁰를 태워서 죄다 날려버렸다.

아무도 오지 말아, 안 들일²¹ 터이다. 내 이름을 부르지 말라. 칠면조처럼 심술을 내기 쉽다. 나는 이 속에서 전부를 살라버릴 작정이다. 이 속에서는 아픈 것도 거북한 것도 동에 닿지 않는 것도 아무것도 없다. 그냥 쏟아지는 것 같은 기쁨이 즐거워할 뿐이다. 내 맨발이 값비싼 향수에 질컥질컥 젖었다.

한 달—맹렬한 절뚝발이의 세월—그동안에 나는 나의 성격의 서막을 닫아버렸다.

두 달—발이 마저 들어왔다.

호흡은 깨끼저고리[22]처럼 찰싹 안팎이 달라붙었다. 탄도(彈道)[23]를 잃지 않은 질풍이 가리키는 대로 곧잘 가는 황금과 같은 절정의 세월이었다. 그동안에 나는 나의 성격을 서랍 같은 그릇에다 담아버렸다. 성격은 간데온데가 없어졌다.

석 달—그러나 겨울이 왔다. 그러나 장판이 카스텔라 빛으로 타들어왔다. 얄팍한 요 한 겹을 통해서 올라오는 온기는 가히 비밀을 그슬을 만하다. 나는 마지막으로 나의 특징까지 내어놓았다. 그리고 단 한 가지 재조를 샀다. 송곳과 같은—송곳 노릇밖에 못하는—송곳만도 못한 재조를—과연 나는 녹슨 송곳 모양으로 멋도 없고 말라버리기도 하였다.

혼자서 나쁜 짓을 해보고 싶다. 이렇게 어둠컴컴한 방 안에 표본과 같이 혼자 단좌(端坐)하여 창백한 얼굴로 나는 후회를 기다리고 있다.

지주회시

1

그날 밤에 그의 아내가 층계에서 굴러 떨어지고——공연히 내일 일을 글탄¹ 말라고 어느 눈치 빠른 어른이 타일러놓으셨다. 옳고 말고다. 그는 하루치씩만 잔뜩 산(生)다. 이런 복음에 곱신히 그는 벙어리²(속지 말라)처럼 말이 없다. 잔뜩 산다. 아내에게 무엇을 물어보리요? 그러니까 아내는 대답할 일이 생기지 않고 따라서 부부는 식물처럼 조용하다. 그러나 식물은 아니다. 아닐 뿐 아니라 여간 동물이 아니다. 그래서 그런지 그는 이 굴 궤짝만 한 방안에 무슨 연줄로 언제부터 이렇게 있게 되었는지 도무지 기억에 없다. 오늘 다음에 오늘이 있는 것. 내일 조금 전에 오늘이 있는 것. 이런 것은 영 따지지 않기로 하고 그저 얼마든지 오늘 오늘 오늘 오늘 하릴없이 눈 가린 마차 말의 동강난 시야다. 눈을 뜬다. 이번에는 생시가 보인다. 꿈에는 생시를 꿈꾸고 생시에는 꿈을 꿈꾸고 어느 것이나 재미있다. 오후 4시. 옮겨 앉은 아침—여기가 아침이냐. 날마다. 그러나 물론 그는 한 번씩 한 번씩이다(어떤 거대한 모체가 나를 여기다 갖다 버렸나). 그저 한없이 게으른 것—사람 노릇을 하는 체 대체 어디 얼마나 기껏 게으를 수 있나 좀 해보자—게으르자—그저 한없이 게으르자—시끄러워도 그저 모른 체하고 게으르기만 하면 다 된다. 살고 게으르고 죽고—가로되 사는 것이라면 떡 먹기다. 오후 4시. 다른 시간은 다 어디 갔나. 대수냐. 하루가 한 시간도 없는 것이라기로서니 무슨 성화가 생기나.

또 거미. 아내는 꼭 거미. 라고 그는 믿는다. 저것이 어서 도로 환토³를 하여서 거미 형상을 나타내었으면—그러나 거미를 총으로 쏘아 죽였다는 이야기는 들은 일이 없다. 보통 발로 밟아 죽이는데 신발 신기커녕 일어나기도 싫다. 그러니까 마찬가지다. 이 방에 그외에 또 생각하여보면—맥이 뼈를 디디는 것이 빤히 보이고, 요 밖으로 내어놓는 팔뚝이 뱀댕이⁴처럼 꼬스르하다—이 방이 그냥 거민 게다. 그는 거미 속에 가 넓적하게 드러누워 있는 게다. 거미 내음새다. 이 후덥지근한 내음새는 아하 거미 내음새다. 이 방 안이 거미 노릇을 하느라고 풍기는 흉악한 내음새에 틀림없다. 그래도 그는 아내가 거미인 것을 잘 알고 있다. 가만 둔다. 그리고 기껏 게을러서 아내—인(人)거미—로 하여금 육체의 자리—(혹, 틈)를 주지 않게 한다.

방 밖에서 아내는 부스럭거린다. 내일 아침보다는 너무 이르고 그렇다고 오늘 아침보다는 너무 늦은 아침밥을 짓는다. 예이 덧문을 닫는다(민활하게). 방 안에 색종이로 바른 반닫이가 없어진다. 반닫이는 참 보기 싫다. 대체 세간이 싫다. 세간은 어떻게 하라는 것인가. 왜 오늘은 있나. 오늘이 있어서 반닫이를 보아야 되느냐. 어두워졌다. 계속하여 게으르다. 오늘과 반닫이가 없어져라고. 그러나 아내는 깜짝 놀란다. 덧문을 닫는——남편——잠이나 자는 남편이 덧문을 닫았더니 생각이 많다. 오줌 마려운가——가려운가——아니 저 인물이 왜 잠을 깨었나. 참 신통한 일은——어쩌다가 저렇게 사(生)는지——사는 것이 신통한 일이라면 또 생각하여보면 자는 것은 더 신통한 일이다. 어떻게 저렇게 자나? 저렇게도 많이 자나? 모든 일이 희한한 일이었다. 남편. 어디서부터 어디까지가 부부람——남편——아내가 아니라도 그만 아내이고 마는고야. 그러나 남편은 아내에게 무엇을 하였느냐. 담벼락이라고 외풍이나 가려주었더냐. 아내는 생각하다 보니까 참 무섭다는 듯이——또 정말이지 무서웠겠지만——이 닫은 덧문을 얼른 열고, 늘 들어도 처음 듣는 것 같은 목소리로 어디 말을 건네본다. 여보——오늘은 크리스마스요——봄날같이 따뜻(이것이 원체 틀린 화근이다)하니 수염 좀 깎소.

도무지 그의 머리에서 그 거미의 어렵디어려운 발들이 사라지지 않는데 들은 크리스마스라는 한마디 말은 참 서늘하다. 그가 어쩌다가 그의 아내와 부부가 되어버렸나. 아내가 그를 따라온 것은 사실이지만 왜 따라왔나? 아니다. 와서 왜 가지 않았나——그것은 분명하다. 왜 가지 않았나 이것이 분명하였을 때——그들이 부부 노릇을 한 지 1년 반쯤 된 때——아내는 갔다. 그는 아내가 왜 갔나를 알 수 없었다. 그 까닭에 도저히 아내를 찾을 길이 없었다. 그런데 아내는 왔다. 그는 왜 왔는지 알았다. 지금 그는 아내가 왜 안 가는지를 알고 있다. 이것은 분명히 왜 갔는지 모르게 아내가 가버릴 징조에 틀림없다. 즉 경험에 의하면 그렇다. 그는 그렇다고 왜 안 가는지를 일부러 몰라버릴 수도 없다. 그냥 아내가 설사 또 간다고 하더라도 왜 안 오는지를 잘 알고 있는 그에게로 불쑥 돌아와주었으면 하고 바라기나 한다.

수염을 깎고 첩첩이 닫아버린 번지에서 나섰다. 딴은⁵ 크리스마스가 봄날같이 따뜻하였다. 태양이 든 동안에 퍽 자랐는가도 싶었다. 눈이 부시고 또 몸이 까칫까칫 조하고⁶——땅은 힘이 들고 두꺼운 벽이 더덕더덕 붙은 빌딩들을 쳐다보는 것은 보는 것만으로도 넉넉히 숨이 차다. 아내 흰 양말이 고동색 털양말로 변한 것——기절은 방속에서 묵는 그에게 겨우 제목만을 전하였다. 겨울——가을이 가기도 전에 내닥친 겨울에서 처음으로 인사 비슷이 기침을 하였다. 봄날같이 따뜻한 겨울날. 필시 이런 날이 이 세상에 흔히 있는 공일이나 아닌지——그러나 바람은 뺨에도 콧방울에도 차다. 저렇게 바쁘게 씨근거리는 사람 무거운 통 짐 구두 사냥개 야단치는 소리 안 열린 들창 모든 것이 견딜 수 없이 답답하다. 숨이 막힌다. 어디로 가볼까. (A취인점)⁷(생각나는 명함)(오군)(자랑 마라)(24일날 월급이던가) 동행이라도 있는 듯이 그는 팔짱을 내저으며 싹둑싹둑 썰어 붙인 것같이 얄팍한 A취인점 담벼락을 뺑뺑 싸고 돌다가 이 속에는 무엇이 있나. 공기? 사나운 공기리라. 살을 저미는──과연 보통 공기가 아니었다. 눈에 핏줄──새빨갛게 단 전화──그의 허섭수룩한 몸은 금시에 타 죽을 것 같았다. 오(吳)는 어느 회전의자에 병마개 모양으로 멍쳐 있었다. 꿈과 같은 일이다. 오는 장부를 뒤져 주소 씨명을 차곡차곡 써 내려가면서 미남자인 채로 생동생동 (살고) 있었다. 조사부라는 패가 붙은 방 하나를 독차지하고 방 사벽에다가는 빈틈없이 방안지에 그린 그림 아닌 그림을 발라놓았다.

"저런 걸 많이 연구하면 대강은 짐작이 나서렷다."

"도통하면 돈이 돈 같지 않아지느니."

"돈 같지 않으면 그럼 방안지 같은가."

"방안지?"

"그래 도통은?"

"흐흠── 나는 도로 그림이 그리고 싶어지는데."

그러나 오는 야위지 않고는 배기기 어려웠던가 싶다. 술──그럼 색? 오는 완전히 오 자신을 활활 열어젖혀놓은 모양이었다. 흡사 그가 오 앞에서나 세상 앞에서나 그 자신을 첩첩이 닫고 있듯이. 오냐 왜 그러니 나는 거미다. 연필처럼 야위어가는 것──피가 지나가지 않는 혈관──생각하지 않고도 없어지지 않는 머리──칵 막힌 머리──코 없는 생각──거미 거미 속에서 안 나오는 것──내다보지 않는 것──취하는 것──정신없는 것──방──버섯처럼 생긴 방이었다. 아내였다. 거미라는 탓이었다.

오는 주소 씨명을 멈추고 그에게 담배를 내밀었다. 그러자 연기를 가르면서 문이 열렸다(퇴사 시간). 뚱뚱한 사람이 말처럼 달려

들었다. 뚱뚱한 신사는 오와 깨끗하게 인사를 한다. 가느다란 몸집을 한 오는 굵은 목소리를 굵은 몸집을 한 신사와 가느다란 목소리로 주고받고 하는 신선한 회화다.

"사장께서는 나가셨나요?"

"네—참 2백 명이 좀 넘는데요."

"넉넉합니다. 먼저 오시겠지요."

"한 시간쯤 미리 가지요."

"에—또, 에—또, 에또, 에또, 그럼 그렇게 알고."

"가시겠습니까?"

툭탁하고 나더니 뚱뚱한 신사는 곁에 앉은 그를 흘깃 보고 고개를 돌리고 그저 나갈 듯하다가 다시 흘깃 본다. 그는—내 인사를 하면 어떻게 되더라? 하고 망싯망싯하다가[8] 그만 얼떨결에 꾸뻑 인사를 하여버렸다. 이 무슨 염치없는 짓인가. 뚱뚱 신사는 인사를 받더니 받아가지고는 그냥 싱긋 웃듯이 나가버렸다. 이 무슨 모욕인가. 그의 귀에는 뚱뚱한 신사가 대체 누군가를 생각해보는 동안에도 '어떠십니까'는 그 뚱뚱한 신사의 손가락질 같은 말 한마디가 남아서 윙윙한다. 어떠냐니 무엇이 어떠냐누—아니 그게 누군가—오라 오라. 뚱뚱 신사는 바로 그의 아내가 다니고 있는 카페 R회관 주인이었다. 아내가 또 온 것 서너 달 전이다. 와서 그를 먹여 살리겠다는 것이었다. 빚 '백 원'을 얻어 쓸 때 그는 아내를 앞세우고 이 뚱뚱이 보는 데 타원형 도장을 찍었다. 그때 유카타[9]를 입고 내려다보던 눈에서 느낀 굴욕을 오늘이라고 잊었을까. 그러나 그는 이게 누군지도 채 생각나기 전에 어언간 이 뚱뚱이에게 고개를 수그리지 않았나. 지금. 지금. 골수에 스미고 말았나 보다. 칙칙한 근성이——모르고 그랬다고 하면 말이 될까? 더럽구나. 무슨 구실로 변명하여야 되나. 에잇! 에잇——아무것도 차라리 억울해하지 말자——이렇게 맹서하자. 그러나 그의 뺨이 화끈화끈 달았다. 눈물이 새금새금 맺혀 들어왔다. 거미——분명히 그 자신이 거미였다. 물뿌리처럼 야위어 들어가는 아내를 빨아먹는 거미가 너 자신인 것을 깨달아라. 내가 거미다. 비린내 나는 입이다. 아니 아내는 그럼 그에게서 아무것도 안 빨아먹느냐. 보렴——이 파랗게 질린 수염 자국——퀭한 눈——늘씬하게 만연되나마나하는 형영[10] 없는 영양을——보아라. 아내가 거미다. 거미 아닐 수 있으랴. 거미와 거미 거미와 거미냐. 서로 빨아먹느냐. 어디로 가나. 마주 야위는 까닭은 무엇인가. 어느 날 아침에나 뼈가 가죽을 찢고 내밀려는지——그 손바닥만 한 아내의 이마에는 땀이 흐른다. 아내의 이마에 손을 얹고 그래도 여전히 그는 잔인하게 아내를 밟았다. 밟히는 아내는 삼경(三更)이면 쥐소리를 지르며 찌그러지곤 한다. 내일 아침에 퍼지는 염낭처럼. 그러나 아주까리 같은 사치한 꽃이 핀다. 방은 밤마다 홍수가 나고 이튿날이면 쓰레기가 한 삼태기씩이나 났고——아내는 이 묵직한 쓰레기를 담아가지고 늦은 아침——오후 4시——뜰로 내려가서 그도 대리하여 두 사람치의 해를 보고 들어온다. 금 긋듯이 아내는 작아 들어갔다. 쇠와 같이 독한 꽃——독한 거미——문을 닫자. 생명에 뚜껑을 덮었고 사람과 사람이 사귀는 버릇을 닫았고 그 자신을 닫았다. 온갖 벗에서—— 온갖 관계에서——온갖 희망에서——온갖 욕(慾)에서——그리고 온

갓 욕에서──다만 방 안에서만 그는 활발하게 발광할 수 있었다. 미역 핥듯 핥을 수도 있었다. 전등은 그런 숨결 때문에 곧잘 꺼졌다. 밤마다 이 방은 고달팠고 뒤집어엎었고 방 안은 기어 병들어가면서도 빠득빠득 버티고 있다. 방 안은 쓰러진다. 밖에 와 있는 세상──암만 기다려도 그는 나가지 않는다. 손바닥만 한 유리를 통하여 꿋꿋이 걸어가는 세월을 볼 수 있을 따름이었다. 그러나 밤이 그 유리 조각마저도 얼른얼른 닫아주었다. 안 된다고.

그러자 오는 그의 무색해하는 것을 볼 수 없다는 듯이 들창 셔터를 내렸다. 자 나가세. 그는 여기서 나가지 않고 그냥 그의 방으로 돌아가고 싶었다. (6원짜리 셋방) (방밖에 없는 방) (편한 방) 그럴 수는 없다.

"그 뚱뚱이 어떻게 아나?"

"그저 알지."

"그저라니."

"그저."

"친헌가."

"천만에──대체 그게 누군가."

"그거──그건 가부꾼이지──우리 취인점허구는 돈 만 원 거래나 있지."

"흠."

"개천에서 용이 나려니까."

"흠."

R카페는 뚱뚱이의 부업인 모양이었다. 내일 밤은 A취인점이 고

객을 초대하는 망년회가 R카페 3층 홀에서 열릴 터이고, 오는 그 준비를 맡았단다. 이따가 느지막해서 오는 R회관에 좀 들른단다. 그들은 차점에서 우선 홍차를 마셨다. 크리스마스 트리 곁에서 축음기가 깨끗이 울렸다. 두루마기처럼 기다란 털외투——기름 바른 머리——금시계——보석 박힌 넥타이핀——이런 모든 오의 차림이 한없이 그의 눈에 거슬렸다. 어쩌다가 저 지경이 되었을까. 아니. 내야말로 어쩌다가 이 모양이 되었을까. (돈이었다)사람을 속였단다. 다 털어먹은 후에는 볼품좋게 여비를 주어서 쫓는 것이었다. 삼십까지 백만 원. 주체할 수 없이 달라붙는 계집. 자네도 공연히 꾸물꾸물하지 말고 청춘을 이렇게 대우하라는 것이었다(거침없는 오 이야기). 어쩌다가 아니——어쩌다가 나는 이렇게 훨씬 물러앉고 말았나를 알 수가 없었다. 다만 모든 이런 오의 저속한 큰소리가 맹탕 거짓말 같기도 하였으나 또 안 부러워하려야 안 부러워할 수 없는 형언 안 되는 것이 확실히 있는 것도 같았다.

지난 봄에 오는 인천에 있었다. 10년——그들의 깨끗한 우정이 꿈과 같은 그들의 소년 시대를 그냥 아름다운 것으로 남게 하였다. 아직 싹트지 않은 이른 봄, 건강이 없는 그는 오와 사직 공원 산기슭을 같이 걸으며 오가 긴히 이야기해야겠다는 이야기를 듣고 있었다. 너무나 뜻밖의 일은——오의 아버지는 백만의 가산을 날리고 마지막 경매가 완전히 끝난 것이 바로 엊그제라는——여러 형제 가운데 이 오에게만 단 한 줄기 촉망을 두는 늙은 기미(期米)[1] 호걸의 애끊는 글을 오는 속주머니에서 꺼내 보이고——저 버릴 수 없는 마음이——오는 운다——우리 일생의 일로 정하고 있던 화필을 요만 일에 버리지 않으면 안 되겠느냐는——전에도 후에도 한 번밖에 없는 오의 종종(淙淙)한 고백이었다. 그때 그는 봄과 함께 건강이 오기만 눈이 빠지게 고대하던 차——그도 속으로 화필을 던진 지 오래였고——묵묵히 머지않아 쪼개질 축축한 지면을 굽어보았을 뿐이었다. 그리고 뒤미처 태풍이 왔다. 오너라——와서 내 생활을 좀 보아라——이런 오의 부름을 빙그레 웃으며 그는 인천에 오를 들렀다. 사사(四四)——벅적대는 해안통—— K취인점 사무실——어디로 갔는지 모르는 오의 형영 깎은 듯한 오의 집무 태도를 그는 여전히 건강이 없는 눈으로 어이없이 들여다보고 오는 날을 오는 날을 탄식하였다. 방은 전화 자리 하나를 남기고 빽빽이 방안지로 메꿔져 있었다. 낡기도 전에 갈리는 방안지 위에 붉은 선 푸른 선의 높고 낮은 것——오의 얼굴은 일시 일각이 한결같지 않았다. 밤이면 오를 따라 양철 조각 같은 바[12]로 얼마든지 쏘다닌 다음——(시끼시마)——나날이 축가는 몸을 다스릴 수 없었건만 이상스럽게 오는 6시면 깼었고 깨어서는 화등잔 같은 눈알을 이리 굴리고 저리 굴리고 빨간 뺨이 까딱하지 않고 9시까지는 해안통 사무실에 영락없이 있었다. 피곤하지 않는 오의 몸이 아마 금강력(金剛力)[13]과 함께——필연——무슨 도, 고도[14]를 통하였나 보다. 낮이면 오의 아버지는 울적한 심사를 하나 남은 가야금에 붙이고, 이따금 자그마한 수첩에 믿는 아들에게서 걸리는 전화를 만족한 듯이 적는다. 미닫이를 열면 경인 열차가 가끔 보인다. 그는 오의 털외투를 걸치고 월미도 뒤를 돌아 드문드문 아직도 덜 진 꽃나무 사이 잔디 위에 자리를 잡고 반듯이 누워서 봄이 오고 건강이 아니 온 것을 글탄하였다. 내다보이는 바다──개흙밭 위로 바다가 한 벌 드나들더니 날이 저물고 저물고 하였다. 오후 4시 오는 휘파람을 불며 이 날마다 같은 잔디로 그를 찾아온다. 천막 친 데서 흔들리는 포터블[15]을 들으며 차를 마시고 사슴을 보고 너무 긴 방축 중간에서 좀 선선한 아이스크림을 사 먹고 굴 캐는 것 좀 보고 오 방에서 신문과 저녁이 정답게 끝난다. 이런 한 달──5월──그는 바로 그 잔디 위에서 어느덧 배따라기를 배웠다. 흉중에 획책하던 일이 날마다 한 켜씩 바다로 흩어졌다. 인생에 대한 끝없는 주저를 잔뜩 지니고 인천서 돌아온 그의 방에서는 아내의 자취를 찾을 길이 없었다. 부모를 배역한 이런 아들을 아내는 기어이 이렇게 잘 똥겨주는구나──(문학) (시) 영구히 인생을 망설거리기 위하여 길 아닌 길을 내디뎠다 그러나 또 튀려는 마음──비뚤어진 젊음(정치) 가끔 그는 투어리스트 뷰로[16]에 전화를 걸었다. 원양 항해의 배는 늘 방 안에서만 기적도 불고 입항도 하였다. 여름이 그가 땀 흘리는 동안에 가고──그러나 그의 등의 땀이 걷히기 전에 왕복 엽서 모양으로 아내가 초조히 돌아왔다. 낡은 잡지 속에 섞여서 배고파하는 그를 먹여 살리겠다는 것이다. 왕복 엽서──없어진 반──눈을 감고 아내의 살에서 허다한 지문 내음새를 맡았다. 그는 그의 생활의 서술에 귀찮은 공을 쳤다. 끝났다. 먹여라 먹으마──머리도 잘라라──머리 지지는 10전짜리 인두──속옷밖에 필요치 않은 하루──R카페──뚱뚱한 유카타 앞에서 얻은 백 원──그러나 그 백원을 그냥 쥐고 인천 오에게로 달려가는 그의 귀에는 지난 5월 오가——백 원을 가져오너라 우선 석 달 만에 백 원 내놓고 5백 원을 주마——는 분간할 수 없지만 너무 든든한 한마디 말이 쟁쟁하였던 까닭이다. 그리고 도전(盜電)하는 그에게 아내는 제 발이 저려 그랬겠지만 잠자코 있었다. 당하였다. 신문에서 배 시간표를 더러 보기도 하였다. 오는 두서너 번 편지로 그의 그런 생활 태도를 여간 칭찬한 것이 아니다. 오가 경성으로 왔다. 석 달은 한 달 전에 끝이 났는데——오는 인천서 오에게 버는 족족 털어바치던 아내(라고 오는 결코 부르지 않았지만)를 벗어버리고——그까짓 것은 하여간에 오의 측량할 수 없는 깊은 우정은 그 넉 달 전의 일도 또한 한 달 전에 으레 있었어야 할 일도 광풍제월[17]같이 잊어버린——참 반가운 편지가 요 며칠 전에 그의 닫은 생활을 뚫고 들어왔다. 그는 가을과 겨울을 잤다. 계속하여 자는 중이었다. ——에이 그래 이 사람아 한번 파치[18]가 된 계집을 또 데리고 살다니 하는 오의 필시 그럴 공연한 쑤석질도 싫었었고——그러나 크리스마스——아니다. 어디 그 꿩 구워 먹은 좋은 얼굴을 좀 보아두자——좋은 얼굴——전날의 오——그런 것이지——주체할 수 없게 되기 전에 여기다가 동그라미를 하나 쳐두자——물론 아내는 아무것도 모른다.

2

　그날 밤에 아내는 멋없이 층계에서 굴러 떨어졌다. 못났다.

도저히 알아볼 수 없는 이 긴가민가한 오와 그는 어디서 술을 먹었다. 분명히 아내가 다니고 있는 R회관은 아닌 그러나 역시 그는 그의 아내와 조금도 틀린 곳을 찾을 수 없는 너무 많은 그의 아내들을 보고 소름이 끼쳤다. 별의별 세상이다. 저렇게 해놓으면 어떤 것이 어떤 것인지——오——가는 것을 보면 알겠군——두 시에는 남편 노릇 하는 사람들이 일일이 영접하려 오는 그들 여급의 신기한 생활을 그는 들어 알고 있다. 아내는 마주 오지 않는 그를 애정을 구실로 몇 번이나 책망하였으나 들키면 어떻게 하려느냐——누구에게——즉——상대는 보기 싫은 넓적하게 생긴 세상이다. 그는 이 왔다 갔다 하는 똑같이 생긴 화장품——사실 화장품의 고하(高下)가 그들을 구별시키는 외에는 표난 데라고는 영 없었다——얼숭덜숭한 아내들을 두리번두리번 돌아보았다. 헤헤——모두 그렇겠지——가서는 방에서——(참 당신은 너무 닮았구려)——그러나 내 아내는 화장품을 잘 사용하지 않으니까——아내의 파리한 바탕——주근깨——코보다 작은 코, 입보다 얇은 입——(화장한 당신이 화장 안 한 아내를 닮았다면?)——'용서하오'——그러나 아내만은 왜 그렇게 야위나. 무엇 때문에 (네 죄) (네가 모르느냐) (알지) 그러나 이 여자를 좀 보아라. 얼마나 이글이글하게 살이 오르냐. 잘 쪘다. 곁에 와 앉기만 하는데도 후끈후끈하구나. 오의 귓속말이다.

"이게 마유미야. 이 뚱뚱보가——하릴없이 양돼진데 좋아, 좋단 말이야——금(金)알 낳는 게사니[19] 이야기 알지(알지). 즉 화수분[20]이야——하루저녁에 3원 4원 5원——잡힐 물건이 없는데 돈 주는 전당국이야(정말?). 아——나의 사랑하는 마유미거든."

　지금쯤은 아내도 저 짓을 하렷다. 아프다. 그의 찌푸린 얼굴을 얼른 오가 껄껄 웃는다. 흥——고약하지——하지만 들어보게——소바[21]에 계집은 절대 금물이다. 그러나 살을 저며 먹이려고 달겨드는 것을 어쩌느냐(옳다 옳다). 계집이란 무엇이냐, 돈 없이 계집은 무의미다——아니 계집 없는 돈이야말로 무의미다(옳다 옳다). 오야, 어서 다음을 계속하여라. 따면 따는 대로 금시계를 산다. 몇 개든지. 또 보석, 털외투를 산다. 얼마든지 비싼 것으로. 잃으면 그놈을 끄린다.[22] 옳다(옳다 옳다). 그러나 이 짓은 좀 안타까운걸. 어떻게 하는고 하니 계집을 하나 찰짜로 골라가지고 쓱, 시계 보석을 사주었다가 도로 빼앗다가 끄리고 또 사주었다가 또 빼앗다가 끄리고——그러니까 사주기는 사주었는데 그놈이 평생 가야 제 것이 아니고 내 것이거든——쓱 얼마를 그런 다음에는——그러니까 꼭 여급이라야만 쓰거든——하루저녁에 아따 얼마를 벌든지 버는 대로 털거든——살을 저며 먹이려 드는데 하루에 아삼사 원 털기쯤——보석은 또 여전히 사주니까 남는 것은 없어도 여러 번 사준 폭 되고 내가 거미지, 거민 줄 알면서도——아니야, 나는 또 제 요구를 안 들어주는 것은 아니니까——그렇지만 셋방 하나 얻어가지고 같이 살자는 데는 학질[23]이야——여보게 거기까지 가면 삼십까지 백만 원 꿈은 세봉[24]이지(옳다? 옳다?). 소바란 놈 이따가 부자 되는 수효보다는 지금 거지 되는 수효가 훨씬 더 많으니까, 다, 저런 것이 하나 있어야 든든하지. 즉 배수진을 쳐놓자는 것이다. 오는 현명하니까 이 금알 낳는 게사니 배를 가를

리는 천무만무다. 저 더덕더덕 붙은 볼따구니 두껍다란 입술이 생각하면 다시없이 귀엽기도 할 밖에.

그의 눈은 주기로 하여 차차 몽롱하여 들어왔다. 개개풀린 시선이 그 마유미라는 고깃덩어리를 부러운 듯이 살피고 있었다. 아내—마유미—아내—자꾸 말라 들어가는 아내—꼬챙이 같은 아내—그만 좀 마르지—마유미를 좀 보려무나—넓적한 잔등이 푼더분한[25] 폭, 폭, 폭을. 세상은 고르지도 못하지—하나는 옥수수 과자 모양으로 무럭무럭 부풀어 오르고 하나는 눈에 보이듯이 오그라들고—보자—어디 좀 보자—인절미 굽듯이 부풀어 올라오는 것이 눈으로 보이렷다. 그러나 그의 눈은 어항에 든 금붕어처럼 눈자위 속에서 그저 오르락내리락 꿈틀거릴 뿐이었다. 화려하게 웃는 마유미의 복스러운 얼굴이 해초처럼 느리게 움직이는 것이 희미하게 보일 뿐이었다. 오는 이런 코를 찌르는 화장품 속에서 웃고 소리지르고 손뼉을 치고 또 웃었다.

왜 오에게만 저런 강력한 것이 있나. 분명히 오는 마유미에게 야위지 못하도록 금하여놓았으리라. 명령하여놓았나 보다. 장하다. 힘. 의지?—그런 강력한 것—그런 것은 어디서 나오나. 내—그런 것만 있다면 이 노릇 안 하지—일하지—하여도 잘하지—들창을 열고 뛰어내리고 싶었다. 아내에게서 그 악착한 끄나풀을 끌러 던지고 훨훨 줄달음박질을 쳐서 달아나버리고 싶었다. 내 의지가 작용하지 않는 온갖 것아, 없어져라. 닫자. 첩첩이 닫자. 그러나 이것도 힘이 아니면 무엇이랴—시뻘겋게 상기한 눈이 살기를 띠고 명멸하는 황홀경 담벼락에 숨쉴 구멍을 찾았다. 그냥 벌벌 떨었다. 텅 빈 골 속에 회오리바람이 일어난 것같이 완전히 전후를 가리지 못하는 일개 그는 추잡한 취한으로 화하고 말았다.

그때 마유미는 그의 귀에다 대고 속삭인다. 그는 목을 움칫하면서 혀를 내밀어 날름날름하여 보였다. 그러나저러나 너무 먹었나 보다——취하기도 취하였거니와 이것은 배가 좀 너무 부르다. 마유미, 무슨 이야기요.

"저이가 거짓말쟁인 줄 제가 모르는 줄 아십니까. 알아요. (그래서) 미술가라지요. 생딴전을 해놓겠지요. 좀 타일러주세요——어림없이 그러지 말라구요——이 마유미는 속는 게 아니라구요——제가 이러는 게 그야 좀 반허긴 반했지만——선생님은 아시지요(알고말고)——어쨌든 그따위 끄나풀이 한 마리 있어야 삽니다(뭐? 뭐?). 생각해보세요——그래 하룻밤에 삼사 원씩 벌어야 뭣에다 쓰느냐 말이에요——화장품을 사나요 옷감을 끊나요? 허긴 한두 번 아니 여남은 번까지는 아주 비싼 놈으로 골라서 그 짓도 허지요——하지만 허구한 날 화장품을 사나요 옷감을 끊나요? 거다 뭐 하나요——얼마 못 가서 싫증이 납니다——그럼 거지를 주나요? 아이구 참——이 세상에서 제일 미운 게 거집니다. 그래두 저런 끄나풀을 한 마리 가지는 게 화장품이나 옷감보다는 훨씬 낫습니다. 좀처럼 싫증 나는 법이 없으니까요——즉 남자가 외도하는——아니——좀 다릅니다. 하여간 싸움을 해가면서 벌어다가 그날 저녁으로 저 끄나풀한테 빼앗기고 나면——아니 송두리째 갖다 바치고 나면 속이 시원합니다. 구수합니다. 그러니까 저를 빨아

먹는 거미를 제 손으로 기르는 셈이지요. 그렇지만 또 이 허전한 것을 저 끄나풀이 다소곳이 채워주거니 하면 아까운 생각은커녕 즈이가 도리어 거민가 싶습니다. 돈을 한 푼도 벌지 말면 그만이겠지만 인제 그만해도 이 생활이 살에 척 배어버려서 얼른 그만두기도 어렵고 허자니 그러기는 싫습니다. 이를 북북 갈아 젖혀가면서 기를 쓰고 빼앗습니다."

양말——그는 아내의 양말을 생각하여보았다. 양말 사이에서는 신기하게도 밤마다 지폐와 은화가 나왔다. 50전짜리가 딸랑하고 방바닥에 굴러 떨어질 때 듣는 그 음향은 이 세상 아무것에도 비길 수 없는 가장 숭엄한 감각에 틀림없었다. 오늘 밤에는 아내는 또 몇 개의 그런 은화를 정강이에서 배앝아놓으려나. 그 북어와 같은 종아리에 난 돈 자국——돈이 살을 파고 들어가서——고놈이 아내의 정기를 속속들이 빨아내나 보다. 아——거미——잊어버렸던 거미——돈도 거미——그러나 눈앞에 놓여 있는 너무나 튼튼한 쌍거미. 너무 튼튼하지 않으냐. 담배를 한 대 피워 물고——참 아내야. 대체 내가 무엇인 줄 알고 죽지 못하게 이렇게 먹여 살리느냐——죽는 것——사는 것——그는 천하다. 그의 존재는 너무나 우스꽝스럽다. 스스로 지나치게 비웃는다.

그러나——2시——그 황홀한 동굴——방——을 향하여 걸음은 빠르다. 여러 골목을 지나——오야 너는 너 갈 데로 가거라——따뜻하고 밝은 들창과 들창을 볼 적마다——닭——개——소는 이야기로만——그리고 그림엽서——이런 펄펄 끓는 심지를 부여잡고 그 화끈화끈 방을 향하여 쏟아지듯이 몰려간다. 전신의 피——무게——

와 있겠지——기다리겠지——오래간만에 취한 실없는 사건——허리가 녹아나도록 이 녀석——이 녀석——이 엉뚱한 발음——숨을 힘껏 들이쉬어두자. 숨을 힘껏 쉬어라. 그리고 참자. 에라. 그만 아주 미쳐버려라.

그러나 웬일일까. 아내는 방에서 기다리고 있지 않았다. 아하——그날이 왔구나. 왜 갔는지 모르는데 가버리는 날—— 하필? 그러나 (왜 왔는지 알기 전에) 왜 갔는지 모르고 지내는 중에 너는 또 오려느냐——내친 걸음이다. 아니——아주 닫아버릴까. 수챗구멍에 빠져서라도 섣불리 세상이 업신여기려도 업신여길 수 없도록——트집거리를 주어서는 안된다. R카페——내일 A취인점이 고객을 초대하는 망년회를 열——아내——뚱뚱 주인이 받아가지고 간 내 인사——이 저주받아야 할 R카페의 뒷문으로 하여 주춤주춤 그는 조바²⁶에 그의 헙수룩한 꼴을 나타내었다. 조바, 내 다 안다——너희들이 얼마에 사다가 얼마에 파나——알면 무엇을 하나——여보 안경 쓴 부인 말 좀 물읍시다(아이구 복작거리기도 한다. 이 속에서 어떻게들 사누). 부인은 통신부같이 생긴 종잇조각에 차례차례 도장을 하나씩만 찍어준다. 아내는 일상 말하였다. 얼마를 벌든지 1원씩만 갚는 법이라고——딴은 무이자다——어째서 무이자냐——(아느냐)——돈이 같지 않더냐——그야말로 도통을 하였느냐. 그래

"나미코가 어디 있습니까."

"댁에서 오셨나요. 지금 경찰서에 가 있습니다."

"뭐 잘못했나요."

"아아니—이거 어째 이렇게 칠칠치가 못할까."

는 듯이 칼을 들고 나온 쿡이 똑똑히 좀 들으라는 이야기다. 아내
는 층계에서 굴러 떨어졌다. 넌 왜 요렇게 빼빼 말랐니—아야
아야 놓으세요. 말 좀 해봐. 아야아야 놓으세요(눈물이 핑 돌면
서). 당신은 왜 그렇게 양돼지 모양으로 살이 쪘소오—뭐이, 양
돼지?—양돼지가 아니고—에이 발칙한 것. 그래서 발길로 채
었고 채어서는 층계에서 굴러 떨어졌고 굴러 떨어졌으니 분하고
—모두 분하다.

"과히 다치지는 않았지만 그런 놈은 버릇을 좀 가르쳐주어야
하느니 그래 경관은 내가 불렀소이다."

말라깽이라고 그런 점잖은 손님의 농담에 어찌 외람히 말대꾸
를 하였으며 말대꾸도 유분수지 양돼지라니. 그래 생각해보아라
네가 말라깽이가 아니고 무엇이냐—암—내라도 양돼지 소리를
듣고는—아니 말라깽이 소리를 듣고는—아니 양돼지 소리를
듣고는—아니다 아니다 말라깽이 소리를 듣고는—나도 사실은
말라깽이지만—그저 있을 수 없다—양돼지라 그래줄 밖에—
아니 그래 양돼지라니 그런 괘씸한 소리를 듣고 내가 손님이라면
—아니 내가 여급이라면—당치 않은 말—내가 손님이라면 그
냥 패주겠다. 그렇지만 아내야 양돼지 소리 한마디만은 잘했다.
그러니까 걸어채었지—아니 나는 대체 누구 편이야, 누구 편을
들고 있는 셈이냐. 그 대그락대그락하는 몸이 은근히 다쳤겠지
—접시 깨지듯 했겠지—아프다. 아프다. 앞이 다 캄캄하여지기
전에 사부로가 씨근씨근 왔다. 남편 되는 이더러 오란단다. 바로

나요——마침 잘 되었습니다. 나쁜 놈입니다 고소하세요. 여급들
과 보이들과 이다바[27]들의 동정은 실로 나미코 일신 위에 집중되
어 형세 자못 온건치 않은 것이었다.

경찰서 숙직실——이상하다——우선 경부보[28]와 순사 그리고 오.
R카페 뚱뚱 주인 그리고 과연 양돼지와 같은 범인(저건 내라도
양돼지라고 자칫 그러기 쉬울걸) 그리고 난로 앞에 새파랗게 질
린 채 쪼그리고 앉아 있는 새앙쥐만 한 아내——그는 얼빠진 사람
모양으로 이 진기한——도저히 있을 법하지 않은 콤비네이션[29]을
몇 번이고 두루 살펴보았다. 그는 비칠비칠 그 양돼지 앞으로 가
서 그 개기름 흐르는 얼굴을 한참이나 들여다보더니 떠억

"당신입디까."

"당신입디까."

아마 안면이 무던히 있었나 보다. 서로 쳐다보며 빙그레 웃는
속이——그러나 아내야 가만있자——제발 울음을 그쳐라——어디
이야기나 좀 해보자꾸나. 후 한——숨을 내쉬고 났더니 멈췄던 취
기가 한꺼번에 치밀어 올라오면서 그는 금시로 그 자리에 쓰러질
것 같았다. 와이셔츠 자락이 바지 밖으로 꿰져나온 이 양돼지에
게 말을 건넨다.

"뵈옵기에 퍽 몸이 약하신데요."

"딴 말씀."

"딴 말씀이라니."

"딴 말씀이지."

"딴 말씀이지라니."

232

"허 딴 말씀이라니까."

"허 딴 말씀이라니까라니."

그때 참다 못하여 경부보가 소리를 질렀다. 그리고 그대가 나미코의 정당한 남편인가 이름은 무엇인가 직업은 무엇인가 하는 질문에는 질문마다 그저 한없이 공손히 고개를 숙여주었을 뿐이었다. 고개만 그렇게 공연히 숙였다 치켰다 할 것이 아니라 그대는 그래 고소할 터인가. 즉 말하자면 이 사람을 어떻게 하였으면 좋겠는가. 그렇습니다(당신들 눈에 내가 구더기만큼이나 보이겠소? 이 사람을 어떻게 하였으면 좋을까는 내가 모르면 경찰이 알겠거니와 그래 내가 하라는 대로 하겠다는 말이오?). 지금 내가 어떻게 하였으면 좋을까는 누구에게 물어보아야 되나요. 거기 섰는 오 그리고 내 아내의 주인 나를 위하여 가르쳐주소, 어떻게 하였으면 좋으리까. 눈물이 어느 사이에 뺨을 흐르고 있었다. 술이 점점 더 취하여 들어온다. 그는 이 자리에서 어떻다고 차마 입을 벌릴 정신도 용기도 없었다. 오와 뚱뚱 주인이 그의 어깨를 건드리며 위로한다.

"다른 사람이 아니라 우리 A취인점 전무야. 술 취한 개라니 그렇게만 알게나그려. 자네도 알다시피 내일 망년회에 전무가 없으면 사장이 없는 것 이상이야. 잘 화해할 수는 없나?"

"화해라니 누구를 위해서."

"친구를 위하여."

"친구라니."

"그럼 우리 점을 위해서."

"자네가 사장인가."

그때 뚱뚱 주인이

"그럼 당신의 아내를 위하여."

백 원씩 두 번 얻어 썼다. 남은 것이 백오십 원——잘 알아들었
다. 나를 위협하는 모양이구나.

"이건 동화지만 세상에는 어쨌든 이런 일도 있소. 즉 백 원이
석 달 만에 꼭 5백 원이 되는 이야긴데 꼭 되었어야 할 5백 원이
그게 넉 달이었기 때문에 감쪽같이 한 푼도 없어져버린 신기한
이야기요(오야 내가 좀 치사스러우냐). 자 이런 일도 있는데 일개
여급 발길로 차는 것쯤이야 팥고물이 아니고 무엇이겠소(그러나
오야 일없다 일없다)? 자 나는 가겠소. 왜들 이렇게 성가시게 구느
냐, 나는 아무것에도 참견하기 싫다. 이 술을 곱게 삭이고 싶다.
나를 보내주시오, 아내를 데리고 가겠소. 그러고는 다 마음대로
하시오."

밤——홍수가 고갈한 최초의 밤——신기하게도 건조한 밤이었
다. 아내야 너는 이 이상 더 야위어서는 안 된다. 절대로 안 된다.
명령해둔다. 그러나 아내는 참새 모양으로 깽깽 신열까지 내어가
면서 날이 새도록 앓았다. 그 곁에서 그는 이것은 너무나 염치없
이 씨근씨근 쓰러지자마자 잠이 들어버렸다. 안 골던 코까지 골
고——아——정말 양돼지는 누구냐. 너무 피곤하였던 것이다. 그냥
기가 막혀버렸던 것이다.

그동안——긴 시간.

아내는 아침에 나갔다. 사부로가 불러왔기 때문이다. 경찰서로

간단다. 그도 오란다. 모든 것이 귀찮았다. 다리 저는 아내를 억지로 내어보내놓고 그는 인간 세상의 하품을 한 번 커다랗게 하였다. 한없이 게으른 것이 역시 제일이구나. 첩첩이 덧문을 닫고 앓는 소리 없는 방 안에서 이번에는 정말——제발 될 수 있는 대로 아내는 오래 걸려서 이따가 저녁때나 되거든 돌아왔으면 그러든지——경우에 따라서는 아내가 아주 가버리기를 바라기조차 하였다. 두 다리를 쭉 뻗고 깊이깊이 잠이 좀 들어보고 싶었다.

오후 2시——10원 지폐가 두 장이었다. 아내는 그 앞에서 연해 해죽거렸다.

"누가 주더냐."

"당신 친구 오씨가 줍디다."

오오, 오 역시 오로구나(그게 네 백 원 꿀떡 삼킨 동화의 주인공이다). 그리운 지난날의 기억들 변한다 모든 것이 변한다. 아무리 그가 이 방 덧문을 첩첩 닫고 1년 열두 달을 수염도 안 깎고 누워 있다 하더라도 세상은 그 잔인한 '관계'를 가지고 담벼락을 뚫고 스며든다. 오래간만에 잠다운 잠을 참 한잠 늘어지게 잤다. 머리가 차츰 맑아 들어온다.

"오가 주더라. 그래 뭐라고 그러면서 주더냐."

"전무가 술이 깨서 참 잘못했다고 사과하더라고."

"너 대체 어디까지 갔다 왔느냐."

"조바까지."

"잘한다. 그래 그걸 넙죽 받았느냐."

"안 받으려다가 정 잘못했다고 그러더라니까."

그럼 오의 돈은 아니다. 전무? 뚱뚱 주인 둘다 있을 법한 일이다. 아니, 10원씩 추렴인가. 이런 때 왜 그의 머리는 맑은가. 그냥 흐려서 아무것도 생각할 수 없이 되어버렸으면 작히 좋겠나. 망년회 오후. 고소. 위자료. 구더기. 구더기만도 못한 인간 아내는. 아프다면서 재재댄다.

"공돈이 생겼으니 써버립시다. 오늘은 안 나갈 테야(멍든 데 고약 사 바를 생각은 꿈에도 하지 않고). 내일 낮에 치마가 한 감 저고리가 한 감(뭣이 하나 뭣이 하나) (그래서 10원은 까불린 다음) 나머지 10원은 당신 구두 한 켤레 맞춰주기로."

마음대로 하려무나. 나는 졸리다. 졸려 죽겠다. 코를 풀어버리더라도 내게 의논 마라. 지금쯤 R회관 3층에 얼마나 장중한 연회가 열렸을 것이며 양돼지 전무는 와이셔츠를 접어 넣고 얼마나 점잖을 것인가. 유치장에서 연회로(공장에서 가정으로) 20원짜리 2백여 명──칠면조──햄──소시지──비계──양돼지──1년 전 2년 전 10년 전──수염──냉회와 같은 것──남은 것──뼈다귀──지저분한 자국──과 무엇이 남았느냐──닫은 1년 동안──산 채 썩어 들어가는 그 앞에 가로놓인 아가리 딱 벌린 1월이었다.

위로가 될 수 있었나 보다. 아내는 혼곤히 잠이 들었다. 전등이 딱들 하다는 듯이 물끄러미 내려다보고 있다. 진종일을 물 한 모금 마시지 않았다. 20원 때문에 그들 부부는 먹어야 산다는 철칙을──그 장중한 법률을 완전히 거역할 수 있었다.

이것이 지금 이 기괴망측한 생리 현상이 즉 배가 고프다는 상태렷다. 배가 고프다. 한심한 일이다. 부끄러운 일이었다. 그러나

오(吳), 네 생활에 내 생활을 비교하여 아니 내 생활에 네 생활을 비교하여 어떤 것이 진정 우수한 것이냐. 아니 어떤 것이 진정 열등한 것이냐. 외투를 걸치고 모자를 얹고——그리고 잊어버리지 않고 그 20원을 주머니에 넣고 집——방을 나섰다. 밤은 안개로 하여 흐릿하다. 공기는 제대로 썩어 들어가는지 쉬적지근하여. 또——과연 거미다(환토)——그는 그의 손가락을 코밑에 가져다가 가만히 맡아보았다. 거미 내음새는——그러나 20원을 요모조모 주무르던 그 새큼한 지폐 냄새가 참 그윽할 뿐이었다. 요 새큼한[30] 냄새——요것 때문에 세상은 가만있지 못하고 생사람을 더러 잡는다. 더러가 뭐냐. 얼마나 많이 축을 내나. 가다듬을 수 없는 어지러운 심정이었다. 거미——그렇지——거미는 나밖에 없다. 보아라. 지금 이 거미의 끈적끈적한 촉수가 어디로 몰려가고 있나——쪽 소름이 끼치고 식은땀이 내솟기 시작이다.

노한 촉수——마유미——오의 자신 있는 계집——끄나풀——허전한 것——수단은 없다. 손에 쥔 20원——마유미——10원은 술 먹고 10원은 팁으로 주고 그래서 마유미가 응하지 않거든 예이 양돼지라고 그래버리지. 그래도 그만이라면 20원은 그냥 날아가——헛되다——그러나 어떠냐. 공돈이 아니냐. 전무는 한 번 더 아내를 층계에서 굴러 떨어뜨려주려므나. 또 20원이다. 10원은 술값 10원은 팁. 그래도 마유미가 응하지 않거든 양돼지라고 그래주고 그래도 그만이면 20원은 그냥 뜨는 것이다. 부탁이다. 아내야. 또 한 번 전무 귀에다 대고 양돼지 그래라. 걷어차거든 두 말 말고 층계에서 내리굴러라.

동해 童骸

촉각

촉각이 이런 정경을 도해한다.

유구한 세월에서 눈 뜨니 보자, 나는 교외 정건(淨乾)한 한 방에 누워 자급자족하고 있다. 눈을 둘러 방을 살피면 방은 추억처럼 착석한다. 또 창이 어둑어둑하다.

불원간 나는 굳이 지킬 한 개 슈트케이스'를 발견하고 놀라야 한다. 계속하여 그 슈트케이스 곁에 화초처럼 놓여 있는 한 젊은 여인도 발견한다.

나는 실없이 의아하기도 해서 좀 쳐다보면 각시가 방긋이 웃는 것이 아니냐. 하하, 이것은 기억에 있다. 내가 열심히 연구한다 누가 저 새악시를 사랑하던가! 연구 중에는

"저게 새벽일까? 그럼 저묾일까?"

부러 이런 소리를 했다. 여인은 고개를 끄덕끄덕한다. 하더니 또 방긋이 웃고 부스스 오월 철에 맞는 치마저고리 소리를 내면서 슈트케이스를 열고 그 속에서 서슬이 퍼런 칼을 한 자루만 꺼낸다.

이런 경우에 내가 놀라는 빛을 보이거나 했다가는 뒷갈망하기가 좀 어렵다. 반사적으로 그냥 손이 목을 눌렀다 놓았다 하면서 제법 천연스럽게

"임재는 자객입니까요?"

서투른 서도 사투리다. 얼굴이 더 깨끗해지면서 가느다랗게 잠시 웃더니, 그것은 또 언제 갖다놓았던 것인지 내 머리맡에서 나쓰미캉[2]을 집어다가 그 칼로 싸각싸각 깎는다.

"요것 봐라!"

내 입 안으로 침이 쫘르르 돌더니 불현듯이 농담이 하고 싶어 죽겠다.

"가시내애요, 날 쫌 보이소, 나캉 결혼할낭기요? 맹서듸나? 듸제?"

또

"융(尹)이 날로 패아주뭉 내사 고마 마자 주울란다. 그람 늬능 우앨랑가? 잉?"

우리 둘이 맛있게 먹었다. 시간은 분명히 밤이 쏟아져 들어온다. 손으로 손을 잡고

"밤이 오지 않고는 결혼할 수 없으니까."

이렇게 탄식한다. 기대하지 않은 간지러운 경험이다.

낄낄낄낄 웃었으면 좋겠는데— 아— 결혼하면 무엇 하나, 나

따위가 생각해서 알 일이 되나? 그러나 재미있는 일이로다.

"밤이지요?"

"아냐."

"왜, 밤인데. 에— 우습다. 밤인데 그러네."

"아냐, 아냐."

"그러지 마세요, 밤이에요."

"그럼 뭐, 결혼해야 허게."

"그럼요."

"히히히히."

결혼하면 나는 임(姙)이를 미워한다. 윤? 임이는 지금 윤한테
서 오는 길이다. 윤이 내어대었단다. 그래보는 거다. 그런데 임이
가 채 오해했다. 정말 그러는 줄 알고 울고 왔다.

(애개 밤일세)

"어떡허구 왔누."

"건 알아 뭐 허세요?"

"그래두."

"제가 버리구 왔세요."

"족히?"

"그럼요."

"히히."

"절 모욕허지 마세요."

"그래라."

일어나더니 — 나는 지금 이러한 임이를 좀 묘사해야겠는데, 최

소한도로 그 차림차림이라도 알아두어야겠는데──임이 슈트케이스를 뒤집어엎는다. 왜 저러누 하면서 보자니까 야단이다. 죄다 파헤치고 무엇인지 찾는 모양인데 무엇을 찾는지 알아야 나도 조력을 하지. 저렇게 방정만 떠니 낸들 손을 댈 수가 있나. 내버려 두었다. 가도 참다 참다 못해서

"거 뭘 찾누?"

"엉엉── 반지── 엉엉──"

"원 세상에, 반진 또 무슨 반진구."

"결혼반지지."

"옳아, 옳아, 옳아, 응, 결혼반지렸다."

"아이구 어딜 갔누, 요게, 어딜 갔을까."

결혼반지를 잊어버리고 온 신부라는 것이 있을까? 가소롭다. 그러나 모르는 말이다──라는 것이 반지는 신랑이 준비하라는 것인데──그래서 아주 아는 척하고,

"그건 내 슈트케이스에 들어 있는 게 원칙적으로 옳지!"

"슈트케이스 어딨에요."

"없지!"

"쯧쯧."

나는 신부 손을 붙잡고

"이리 좀 와봐."

"아야, 아야, 아이, 그러지 마세요, 놓으세요."

하는 것을 달래서 왼손 무명지에다 털붓으로 쌍줄반지를 그려주었다. 좋아한다. 아무것도 끼운 것은 아닌데 제법 간질간질한 게

천연 반지 같단다.

천연 결혼하기 싫다. 트집을 잡아야겠기에.

"몇 번?"

"한 번."

"정말?"

"꼭."

이래도 안 되겠고 간발을 놓지 말고 다른 방법으로 고문을 하는
수밖에 없다.

"그럼 윤 이외에?"

"하나."

"에이!"

"정말 하나예요."

"말 마라."

"둘."

"잘헌다."

"셋."

"잘헌다, 잘헌다."

"넷."

"잘헌다, 잘헌다, 잘헌다."

"다섯."

속았다. 속아 넘어갔다. 밤은 왔다. 촛불을 켰다. 껐다. 즉 이런
가짜 반지는 탄로가 나기 쉬우니까 감춰야 하겠기에 꺼도 얼른
켰다.[3] 밤이 오래 걸려서 밤이었다.

패배 시작

이런 정경은 어떨까? 내가 이발소에서 이발을 하는 중에——

이발사는 낯익은 칼을 들고 내 수염 많이 난 턱을 치켜든다.

"임재는 자객입니까?"

하고 싶지만 이런 소리를 여기 이발사를 보고도 막 한다는 것은 어쩐지 아내라는 존재를 시인하기 시작한 나로서 좀 양심에 안된 일이 아닐까 한다.

싹둑, 싹둑, 싹둑, 싹둑,

나쓰미캉 두 개 외에는 또 무엇이 채용이 되었던가 암만해도 생각이 나지 않는다. 무엇일까.

그러다가 유구한 세월에서 쫓겨나듯이 눈을 뜨면, 거기는 이발소도 아무 데도 아니고 신방이다. 나는 엊저녁에 결혼했단다.

창으로 기웃거리면서 참새가 그렇게 의젓스럽게 싹둑거리는 것이다. 내 수염은 조금도 없어지진 않았고.

그러나 큰일난 것이 하나 있다. 즉 내 곁에 누워서 보통 아침잠을 자고 있어야 할 신부가 온데간데가 없다. 하하, 그럼 아까 내가 이발소 걸상에 누워 있던 것이 그쪽이 아마 생시더구나. 하다가도 또 이렇게까지 역력한 꿈이라는 것도 없을 줄 믿고 싶다.

속았나 보다. 밑진 것은 없다고 하지만 그동안에 원 세월은 얼마나 유구하게 흘렀을까. 그렇게 생각을 하고 보니까 어저께 만난 윤이 만난 지가 바로 몇 해나 되는 것도 같아서 익살맞다. 이것은 한번 윤을 찾아가서 물어보아야 알 일이 아닐까. 즉 내가 자네를 만난 것이 어제 같은데 실로 몇 해나 된 셈인가, 필시 내가 임이와 엊저녁에 결혼한 것 같은 착각이 있는데 그것도 다 허망된 일이렷다. 이렇게——

그러나 다음 순간 일은 더 커졌다. 신부가 홀연히 나타난다. 오월 철로 치면 좀 덥지나 않을까 싶은 양장으로 차렸다. 이런 임이와는 나는 면식이 없는 것이다.

그나 그뿐인가 단발이다. 혹 이이는 딴 아낙네가 아닌지 모르겠다. 단발 양장의 임이란 내 친근⁴에는 없는데, 그럼 이렇게 서슴지 않고 내 방으로 들어올 줄 아는 남이란 나와 어떤 악연일까?

가시내는 손을 톡톡 털더니

"갖다 버렸지."

이렇다면 임이에는 틀림없나 보니 안심하기로 하고

"뭘?"

"입구 옹 거."

"입구 옹 거?"

"입구 옹 게 치마조고리지 뭐예요?"

"건 어째 내다 버렸다능 거야."

"그게 바로 그거예요."

"그게 그거라니?"

"어이 참, 아, 그게 바로 그거라니까 그래."

초가을 옷이 늦은 봄옷과 비슷하였다. 임이 말을 가령 신용하기로 하고 임이가 단 한 번 윤에게——

가만있자. 나는 잠시 내 신세에 대해서 석명(釋明)해야 할 것 같다. 나는 이를테면 적잖이 참혹하다. 나는 아마 이 숙명적 업원을 짊어지고 한평생을 내리 번민해야 하려나 보다. 나는 형상 없는 모던 보이다――라는 것이 누구든지 내 꼴을 보면 돌아서고 싶을 것이다. 내가 이래뵈도 체중이 14관(貫)⁵이나 있다고 일러드리면 귀하는 알아차리시겠소? 즉 이 척신(瘠身)이 총알을 집어먹었기로니 좀처럼 나기 어려운 동굴을 보이는 것은 말하자면 나는 전혀 뇌수에 무게가 있다. 이것이 귀하가 나를 겁낼 중요한 비밀이외다.

그러니까――

어차어피(於此於彼)⁶에 일은 운명에 파문이 없는 듯이 이렇게까지 전개하고 말았으니 내 목적이라는 것을 피력할 필요도 있는 것 같다. 그러면――

윤, 임이, 그리고 나.

누가 제일 미운가, 즉 나는 누구 편이냐는 말이다.

어쩔까. 나는 한 번만 똑똑히 말하고 싶지만 또한 그만두는 것이 옳은가도 싶으니 그럼 내 예의와 풍봉(風丰)⁷을 확립해야겠다.

지난 가을 아니 늦은 여름 어느 날――그 역사적인 날짜는 임이 잘 기억하고 있을 것이다만――나는 윤이 사무실에서 이른 아침부터 와 앉아 있는 임이의 가련한 좌석을 발견한 것이다. 그러나 그것은 온 것이 아니라 가는 길인데 집의 아버지가 나가 잤다고 야단치실까 봐 무서워서 못 가고 그렇게 앉아 있는 것을 나는 일찌감치도 와 앉았구나 하고 문득 오해한 것이다. 그때 그 옷이다.

같은 슈미즈,[8] 같은 드로어즈,[9] 같은 머리쪽, 한 남자 또 한 남자.

이것은 안 된다. 너무나 어색해서 급히 내다 버린 모양인데 나는 좀 엄청나다고 생각한다. 대체 나는 그런 부유한 이데올로기를 마음 놓고 양해하기 어렵다.

그뿐 아니다. 첫째 나의 태도 문제다. 그 시절에 나는 무엇을 하고 세월을 보냈더냐? 내게는 세월조차 없다. 나는 들창이 어둑어둑한 것을 드나드는 안집 어린애에게 1전씩 주어가면서 물었다.

"애, 아침이냐, 저녁이냐."

나는 또 무엇을 먹고 살았는지 생각이 나지 않는다. 이슬을 받아먹었나? 설마.

이런 나에게 임이는 부질없이 체면을 차리려 들 것이다. 가련하다.

그런데 이상한 것은 그 시절에 나는 제가 배가 고픈지 안 고픈지를 모르고 지냈다면 그것이 듣는 사람을 능히 속일 수 있나. 거짓부렁이리라. 나는 걷잡을 수 없이 피부로 거짓부렁이를 해 버릇하느라고 인제는 저도 눈치채지 못하는 틈을 타서 이렇게 허망한 거짓부렁이를 엉덩방아 찧듯이 해 넘기는 모양인데, 만일 그렇다면 나는 큰일났다.

그러기에 사실 오늘 아침에는 배가 고프다. 이것으로 미루면 아까 임이가 스커트, 슬립,[10] 드로어즈 등속을 모조리 내다버리고 들어왔더라는 소개조차가 필연 거짓말일 것이다. 그것은 내 인색한 애정의 타산이 임이더러

"너, 왜 그러지 않았더냐."

246

하고 암암리에 퉁명? 심술을 부려본 것일 줄 나는 믿는다.

그러나 발음 안 되는 글자처럼 생동생동한 임이는 내 손톱을 열심히 깎아주고 있다.

"맹수가 가축이 되려면 이 흉악한 독아(毒牙)를 전단(剪斷)해 버려야 한다."

는 미술적인 권유임에 틀림없다. 이런 일방 나는 못났게도.

"아니 배고파."

하고 여지없이 소박한 얼굴을 임이에게 디밀면서 아침이냐 저녁이냐 과연 이것만은 묻지 않았다.

신부는 어디까지든지 귀엽다. 돋보기를 가지고 보아도 이 가련한 일타화(一朶花)[1]의 나이를 알아내기는 어려우리라. 나는 내 실망에 수비하기 위하여 열일곱이라고 넉넉잡아준다. 그러나 내 귀에다 속삭이기를

"스물두 살이라나요. 어림없이 그러지 마세요. 그만하면 알 텐데 부러 그러시지요?"

이 가련한 신부가 지금 적수공권(赤手空拳)으로 나갔다. 내 짐작에 쌀과 나무와 숯과 반찬거리를 장만하러 나간 것일 것이다. 그동안 나는 심심하다. 안집 어린애기 불러서 같이 놀까 하고 전에 없이 불렀더니 얼른 나와서 내 방 미닫이를 열고,

"아침이에요."

그런다. 오늘부터 1전 안 준다. 나는 다시는 이 어린애와는 놀수 없게 되었구나 하고 나는 할 수 없어서 덮어놓고 성이 잔뜩 난얼굴을 해 보이고는 뺨 치듯이 방 미닫이를 딱 닫아버렸다. 눈을

감고 가슴이 두근두근하자니까 으아 하고 그 어린애 우는 소리가 안마당으로 멀어가면서 들려왔다. 나는 오랫동안 혼자서 덜덜 떨었다. 임이가 돌아오니까 몸에서 우유내가 난다. 나는 서서히 내 활력을 정리하여가면서 임이에게 주의한다. 똑 갓난애기 같아서 썩 좋다.

"목장까지 갔다 왔지요."

"그래서?"

카스텔라와 산양유(山羊乳)를 책보에 싸가지고 왔다. 집시족 아침 같다.

그러고 나서도 나는 내 본능 이외의 것을 지껄이지 않았나 보다.

"어이, 목말라 죽겠네."

대개 이렇다.

이 목장이 가까운 교외에는 전등도 수도도 없다. 수도 대신에 펌프.

물을 길러 갔다 오더니 운다. 우는 줄만 알았더니 웃는다. 조런— 하고 보면 눈에 눈물이 글썽글썽하다. 그러고도 웃고 있다.

"고게 누 집 아일까. 아, 쪼꾸망 게 나더러 너 담발했구나, 핵교 가니? 그러겠지, 고개 나알 제 동무루 아아나 봐, 참 내 어이가 없어서, 그래, 난 안 간단다, 그랬드니, 요게 또 헌다는 소리가 나발 씻게 물 좀 끼얹어주려무나 애, 아주 이리겠지, 그래 내 물을 한 통 그냥 막 쫙쫙 끼얹어주었지, 그랬드니 너두 발 씻으래. 난 있다가 씻는단다 그리구 왔어, 글쎄, 내 기가 맥혀."

누구나 속아서는 안 된다. 햇수로 여섯 해 전에 이 여인은 정말이지 처녀대로 있기는 성가셔서 말하자면 헐값에 즉 아무렇게나 내어주신 분이시다. 그동안 만 5개년 이 분은 휴게라는 것을 모른다. 그런 줄 알아야 하고 또 알고 있어도 나는 때마침 변덕이 나서

"가만 있자. 거 얼마 들었드라?"

나쓰미캉이 두 개에 제 아무리 비싸야 20전. 옳지 깜빡 잊어버렸다. 초 한 가락에 3전. 카스텔라 20전. 산양유는 어떻게 해서 그런지 거저.

"43전인데."

"어이쿠."

"어이쿠는 뭐이 어이쿠예요."

"고놈이 아무 수루두 제해지질 않는군그래."

"소수(素數)?"

옳다.

신통하다.

"신통해라!"

걸인 반대

이런 정경마저 불쑥 내어놓는 날이면 이번 복수 행위는 완벽으로 흐지부지하리라. 적어도 완벽에 가깝기는 하리라.

한 사람의 여인이 내게 그 숙명을 공개해주었다면 그렇게 쉽사

리 공개를 받은——참회를 듣는 신부 같은 지위에 있어서 보았다고 자랑해도 좋은——나는 비교적 행복스러웠을는지도 모른다. 그러나 나는 어디까지든지 약다. 약으니까 그렇게 거저먹게 내 행복을 얼굴에 나타내거나 하지는 않는다는 것이다.

이와 같은 근로직[12]을 불언실행(不言實行)[13]하기 위하여서만으로도 내가 그 구중중한 수염을 깎지 않은 것은 지당한 중에도 지당한 맵시일 것이다.

그래도 이 우둔한 여인은 내 얼굴에 더덕더덕 붙은 바 추(醜)를 지적하지 않는다. 그것은 두말할 것도 없이 그 숙명을 공개하던 구실도 헛되거니와 그 여인의 애정이 부족한 탓이리라. 아니 전혀 없다.

나는 바른대로 말하면 애정 같은 것은 희망하지도 않는다. 그러니까 내가 결혼한 이튿날 신부를 데리고 외출했다가 다행히 길에서 그 신부를 잃어버렸다고 하자. 내가 그럼 밤잠을 못 자고 찾을까.

그때 가령 이런 엄청난 글발이 날아 들어왔다고 내가 은근히 희망한다.

"소생이 모월 모일 길에서 주운 바 소녀는 귀하의 신부임이 확실한 듯하기에 통지하오니 찾아가시오."

그래도 나는 고집을 부리고 안 간다. 발이 있으면 오겠지, 하고 나의 염두에는 그저 왕양(汪洋)[14]한 자유가 있을 뿐이다.

돈지갑을 어느 포켓에다 넣었는지 모르는 사람만이 용이하게 돈지갑을 잃어버릴 수 있듯이, 나는 길을 걸으면서도 결코 신부

임이에 대하여 주의를 하지 않기로 주의한다. 또 사실 나는 좀 편두통이다. 5월의 교외 길은 좀 눈이 부셔서 실없이 어찔어찔하다.

——주마가편——

이런 느낌이다.

임이 결코 결혼 이튿날 걷는 길을 앞서지 않으니 임이로 치면 이날 사실 가볼 만한 데가 없다는 것일까. 임이는 그럼 뜻밖에도 고독하던가.

달리는 말에 한층 채쩍을 내리는 형상, 임이의 적은 보폭이 어디 어느 지점에서 졸도를 하나 보고 싶기도 해서 좀 심청[17]맞으나 자분참 걸었던 것인데——

아니나 다를까? 끄떡 없다.

내 상식으로 하면 귀한 사람이 가축을 끌고 소요하려 할 때 으레 가축이 앞선다는 것이다.

앞서 가는 내가 놀라야 하나. 이 경우에 그러면 그렇지 하고 까딱도 하지 않아야 더 점잖은가.

아직은? 했건만도 어언간 없어졌다.

나는 내 고독과 내 노년을 생각하고 거기는 은행 벽 모퉁이인 것도 채 인식하지도 못하는 중 서서 그래도 서너 번은 뒤 혹은 양 곁을 둘러보았다. 단발 양장의 소녀는 마침 드물다.

"이만하면 유실(遺失)인구?"

닥쳐와야 할 일이 척 닥쳐왔을 때 나는 내 갈팡질팡하는 육신을 수습해야 한다. 그러나 임이는 은행 정문으로부터 마술처럼 나온다. 하이힐이 아까보다는 사뭇 무거워 보이기도 하는데, 이상스럽지는 않다.

"10원짜리를 죄다 10전짜리루 바꿨지. 이거 좀 봐, 이망큼이야, 주머니에다 느세요."

주마가편이라는 상쾌한 내 어휘에 드디어 슬럼프[16]가 왔다는 것이다.

나는 기뻐하지 않는다. 그렇다고 대담하게 그럴 성싶은 표정을 이 소녀 앞에서 하는 수는 없다. 그래서 얼른

SEUVENIR[17]!

균형된 보조가 똑같은 목적을 향하여 걸었다면 겉으로 보기에 친화하기도 하련만, 나는 내 마음에 인내를 명령하여놓고 파라독스에 의한 복수에 착수한다. 얼마나 요런 암상[18]은 참 나? 계산은 말잔다.

애정은 애초부터 없었다는 증거!

그러나 내 입에서 복수라는 말이 떨어진 이상 나만은 내 임이에게 대한 애정이 있다고 우길 수 있는 것이다.

보자! 얼마간 피곤한 내 두 발과 임이의 한 켤레 하이힐이 윤의 집 문간에 가 서게 되었는데도 깜쪽스럽게 임이가 성을 안 낸다. 안차고 겸하여 다라지기도 하다.[19]

윤은 부재요, 그러면 내가 뜻하지 않고 임이의 안색을 살필 기회가 온 것이기에

"PM 5시까지 따이먼드로 오기를."

이렇게 적어서 안짬재기[20]에게 전하고 흘깃 임이를 노려보았더니—

얼떨결에 색소가 없는 혈액이라는 설명할 수사학을 나는 내가 마치 임이의 편인 것처럼 민첩하게 찾아놓았다.

폭풍이 눈앞에 온 경우에도 얼굴빛이 변하지 않는 그런 얼굴이야말로 인간고의 근원이리라. 실로 나는 울창한 삼림 속을 진종일 헤매고 끝끝내 한 나무의 인상을 훔쳐 오지 못한 환각의 인(人)이다. 무수한 표정의 말뚝이 공동묘지처럼 내게는 똑같아 보이기만 하니 멀리 이 분주한 초조를 어떻게 점잔을 빼어서 구하느냐.

따이먼드 다방 문앞에서 너무 머뭇머뭇하느라고 들어가지 못하고 말기는 처음이다. 윤이 오면—따이먼드 보이 녀석은 윤과 임이 여기서 그늘을 사랑하는 부부인 것까지도 알고, 하니까 나는 다시 내 필적을

"PM 6시까지 집으로 저녁을 토식(討食)[21]하러 가리로다. 물경(勿驚)[22] 부처(夫妻)."

주고 나왔다. 나온 것은 나왔다 뿐이지

DOUGHTY[23] DOG

이라는 가증한 장난감을 살 의사는 없다. 그것은 다만 10원짜리 체인지[24]와 아울러 임이의 분간 못할 천후(天候)에서 나온 경증(輕症)의 도박이리라.

6시에 일어난 사건에서 나는 완전히 실각했다.

가령—(내가 윤더러)

"아아 있군그래, 따이먼드에 갔던가, 게다 6시에 오게 밥 달라구 적어놨는데 밥이라면 술이 붙으렸다."

"갔지, 가구말구, 밥은 예펜네가 어딜 가서 아직 안 됐구 술은 내 미리 먹구 왔구."

첫째 윤은 따이먼드까지 안 갔다. 고 안짬재기 말이 아이구 댕겨가신 지 5분두 못 돼서 드로서 여태 기대리셨는데요——PM 5시는 즉 말하자면 나를 힘써 만날 것이 없다는 태도다.

"대단히 교만하다."

이러려다 그만두어야 했다. 나는 그 대신 배를 좀 불쑥 앞으로 내어밀고

"내 아내를 소개허지, 이름은 임이."

"아내? 허——착각을 일으켰군그래, 내 짐작 같애서는 그게 내 아내 비슷두 헌데!"

"내가 더 미안헌 말 한마디만 허까, 이따위 서푼짜리 소설을 쓰느라고 내가 만년필을 쥐지 않았겠나, 추억이라는 건 요컨대 이 만년필망큼두 손에 직접 잽히능 게 아니란 내 학설이지, 어때?"

"먹다 냉깅 걸 모르구 집어먹었네그려, 자넨 자고로 귀족 취미는 아니라니까. 아따 자네 위생이 부족헌 체허구 그저 그대루 견디게 그려. 내게 암만 퉁명을 부려야 낸들 또 한 번 쵯다²⁵ 버린 만년필을 인제 와서 어쩌겠나."

내 얼굴은 담박 잠잠하다. 할 말이 없다. 핑계 삼아 내 포켓에서

DOUGHTY DOG

을 꺼내놓고 스프링을 감아준다. 한 마리의 그레이하운드²⁶가 제

몸집만이나 한 구두 한 짝을 물고 늘어져서 흔든다. 죽도록 흔들
어도 구두대로 개는 개대로 강철의 위치를 변경하는 수가 없는
것이 딱하기가 짝이 없고 또 내가 더럽다.

DOUGHTY

는 더럽다는 말인가. 초조하다는 말인가. 이 글자의 위압에 참 나
는 견딜 수 없다.

"아닝 게 아니라 나두 깜짝 놀랐네, 놀란 것이, 지애가(안짬재기
가) 내 댕겨두로니까 헌다는 소리가, 한 마흔댓 되는 이가 열칠팔
되는 색시를 데리구 날 찾어왔드라구, 딸 걸기두 헌데 또 첩 걸기
두 허드라구, 종잇조각을 봐두 자네 이름을 안 썼으니 누군지 알
수 없구, 덮어놓구 따이먼드루 찾어갔다가 또 혹시 실수허지나
않을까 봐, 예끼 그만 내버려둬라, 제눔이 누구등 간에 날 보구
싶으면 찾어오겠지 허구 기대리든 차에, 하하 이건 좀 일이 제대
루 되질 않은 것 겉기두 허예 어째."

나는 좋은 기회에 임이를 한번 어디 돌아다보았다.

어족(魚族)이나 다름없이 뭉툭한 채 그 이 두 남자를 건드렸다
말았다. 한 손은 솜씨있게 놀려

DOUGHTY DOG

스프링을 감아주고 있다. 이것이 나로서 성화가 날 일이 아니면
죄(罪) 씌인 이다. 아—— 아——

나는 아—— 아—— 하기를 면하고 싶어도 다음에 내 무너져 들
어가는 육체를 지지할 수 있는 말을 할 수 있도록 공부하지 않고
는 이 구중중한 아—— 아——를 모른 체할 수는 없다.

명시(明示)

여자란 과연 천혜처럼 남자를 철두철미 쳐다보라는 의무를 사상의 선결 조건으로 하는 탄성체던가.

다음 순간 내 최후의 취미가

"가축은 인제는 싫다."

이렇게 쾌히 부르짖은 것이다. 나는 모든 것을 망각의 벌판에다 내다던지고 얄따란 취미 한 풀만을 질질 끌고 다니는 자기 자신 문지방을 이제는 넘어 나오고 싶어졌다.

우환!

유리 속에서 웃는 그런 불길한 유령의 웃음은 싫다. 인제는 소리를 가장 쾌활하게 질러서 손으로 만지려면 만져지는 그런 웃음을 웃고 싶은 것이다. 우환이 있는 것도 아니요 우환이 없는 것도 아니요 나는 심야의 차도에 내려선 초연한 성격으로 이런 속된 혼탁에서 돌아서보았으면——

그러기에는 이번에 적잖이 기술을 요했다. 칼로 물을 베듯이

"아차! 나는 T가 월급이군그래, 잊어버렸구나(하건만 나는 덜 배알아놓은 것이 혀에 미꾸라지처럼 걸려서 근질근질한다. 윤은 혹은 식물과 같이 인문을 떠난 방탄 조끼를 입었나)! 그러나 윤! 들어보게, 자네가 모조리 핥았다는 임이의 나체는 그건 임이가 목욕할 때 입는 비누 드레스나 마창가질세! 지금 아니! 전무후무하게 임이 벌거숭이는 내게 독점된 걸세, 그리게 자넨 그만큼 해 두구

256

그 병정구두 겉은 교만을 좀 버리란 말일세, 알아듣겠나."

윤은 낙조(落照)를 받은 것처럼 얼굴이 불콰하다. 거기 조소가 지방처럼 윤이 나서 만연하는 것이 내 전투력을 재채기시킨다.

윤은 내가 불쌍하다는 듯이

"내가 이만큼꺼지 사양허는데 자네가 공연히 자꾸 그러면 또 모르네, 내가 성가셔서 자네 따귀 한 대쯤 갈길는지두."

이런 어리석어빠진 논쟁을 왜 내게 재판을 청하지 않느냐는 듯이 그레이하운드가 구두를 기껏 흔들다가 그치는 것을 보아 임이는 무용의 어떤 포즈 같은 손짓으로

"저이가 조스²⁷의 여신입니다. 둘이 어디 모가질 한번 바꿔 붙여 보시지요. 안 되지요? 그러니 그만들 두시란 말입니다. 윤헌테 내 준 육체는 거기 해당한 정조가 법률처럼 붙어 갔던 거구요, 또 지이가 어저께 결혼했다구 여기두 여기 해당한 정조가 따라왔으니까 뽐낼 것두 없는 거구 질투헐 것두 없능 거구, 그러지 말구 겉은 선수끼리 악수나 허시지요, 네?"

윤과 나는 악수하지 않았다. 악수 이상의 통봉(痛棒)²⁸이 윤은 몰라도 적어도 내 위에는 내려앉았던 것이니까. 이것은 여기 앉았다가 밴댕이처럼 납작해질 징조가 아닌가 겁이 차츰차츰 나서 나는 벌떡 일어나면서 들창 밖으로 침을 탁 뱉을까 하다가 자분참

"그렇지만 자네는 만금을 기울여두 이젠 임이 나체 스냅²⁹ 하나 보기두 어려울 줄 알게. 조꿈두 사양헐 게 없이 구구루 나허구 병행해서 온전한 정의를 유지허능 게 어떵가?"

하니까,

"이착(二着) 열 번 헌 눔이 아무래도 일착(一着)[30] 단 한 번 헌 눔 앞에서 고갤 못 드는 법일세, 자네두 그만헌 예의쯤 분간이 슬 듯헌데 왜 그리 바들짝바들짝허나 응? 그러구 그 만금이니 만만 금이니 허능 건 또 다 뭔가? 나라는 사람은 말일세, 자세 듣게, 여자가 날 싫여허면 헐수록 좋아허는 체허구 쫓아댕기다가두 그 여자가 섣불리 그럼 허구 좋아허는 낯을 단 한 번 허는 나달에는 즉 말허자면 마주막 물건을 단 한 번 건드리구 난 다음엔 당장 눈앞에서 그 여자가 싫여지는 성질일세. 그건 자네가 아주 바루 정의가 어쩌니 허지만 이거야말루 내 정의에서 우러나오는 걸세, 대체 난 나버덤 낮은 인간이 싫으예. 여자가 한번 제 마주막 것을 구경시킨 다암엔 열이면 열, 백이면 백, 밑으로 내려가서 그 남자를 쳐다보기 시작이거든, 난 이게 견딜 수 없게 싫단 그 말일세."

나는 그제는 사뭇 돌아섰다. 그만치 정밀한 모욕에는 더 견디기 어려워서.

윤은 새로 담배에 불을 붙여 물더니 주머니를 뒤적뒤적한다. 나를 살해하기 위한 흉기를 찾는 것일까. 담뱃불은 이미 붙었는데—

"여기 10원 있네, 가서 가난헌 T군 졸르지 말구 자네가 T군헌테 한잔 사주게나, 자넨 오늘 그 자네 서푼짜리 체면 때문에 꽤 우울해진 모양이니 자네 소위 신부허구 같이 있다가는 좀 위험헐걸, 그러니까 말일세 그 신부는 내 오늘 같이 키네마[31]루 모시구 갈 테니 안 헐 말루 잠시 빌리게, 응? 왜 맘에 꺼림칙헝가?"

"너무 세밀허게 내 행동을 지정허지 말게, 하여간 난 혼자 좀 나가겠으니 임이, 윤군허구 키네마 가지. 응? 키네마 좋아허지 왜."

하고 말끝을 채 마치기 전에 임이 뾰루퉁하면서

"임이 남편을 그렇게 맘대루 동정허거나 자선허거나 헐 권리는 남에겐 더군다나 없습니다. 자— 그거 받어서는 안 됩니다. 여깃세요."

하고 내어놓은 무수한 10전짜리.

"하하, 야 이겁 봐라."

윤은 담뱃불을 재떨이에다 벌레 죽이듯이 꼭꼭 이기면서 좀처럼 웃음을 얼굴에서 걷지 않는다. 나도 사실 속으로

"하하 야 요겁 봐라."

안 한 것이 아니다. 그러나 나도 웃어 보였다. 그러고는 임이 등을 어루만져주고 그 백동화를 한 움큼 주머니에 넣고 그리고 과연 윤이 집을 나서는 길이다.

"이따 파헐 임시 해서 키네마 문 밖에서 기대리지, 어디지?"

"단성사, 헌데 말이 났으니 말이지 난 오늘 친구헌테 술값 꿰주는 권리를 완전히 구속당했능걸! 어— 쯧쯧."

적어도 백 보 가량은 앞이 맴을 돌았다. 무던히 어지러워서 비척비척하기까지 한 것을 나는 아무에게도 자랑할 수는 없다.

텍스트(TEXT)

"불장난——정조 책임이 없는 불장난이면? 저는 즐겨 합니다. 저를 믿어주시나요? 정조 책임이 생기는 나절에 벌써 이 불장난의 기억을 저의 양심의 힘이 말살하는 것입니다. 믿으세요."

평——이것은 분명히 다음에 서술되는 같은 임이의 서술 때문에 임이의 영리한 거짓부렁이가 되고 마는 일이다. 즉

"정조 책임이 있을 때에도 다음 같은 방법에 의하여 불장난은 ——주관적으로만이지만——용서될 줄 압니다. 즉 아내면 남편에게, 남편이면 아내에게, 무슨 특수한 전술로든지 감쪽같이 모르게 그렇게 스무스하게 불장난을 하는데 하고 나도 이렇달 형적(形蹟)을 꼭 남기지 말아야 한다는 것입니다. 네? 그러나 주관적으로 이것이 용납되지 않는 경우에 하였다면 그것은 죄요 고통일 줄 압니다. 저는 죄도 알고 고통도 알기 때문에 저로서는 어려울까 합니다. 믿으시나요? 믿어주세요."

평——여기에서도 끝으로 어렵다는 대문 부근이 분명히 거짓부렁이라는 것이다. 그것은 역시 같은 임이의 필적, 이런 잠재의식 탄로 현상에 의하여 확실하다.

"불장난을 못하는 것과 안 하는 것과는 성질이 아주 다릅니다. 그것은 컨디션 여하에 좌우되지는 않겠지요. 그러니 어떻다는 말이냐고 그러십니까. 일러드리지요. 기뻐해주세요. 저는 못하는 것이 아니라 안 하는 것입니다. 자각된 연애니까요. 안 하는 경우

에 못하는 것을 관망하고 있노라면 좋은 어휘가 생각납니다. 구토. 저는 이것은 견딜 수 없는 육체적 형벌이라고 생각합니다. 온갖 자연발생적 자태가 저에게는 어째 유취만년(乳臭萬年)의 넝마조각 같습니다. 기뻐해주세요. 저를 이런 원근법에 좇아서 사랑해주시기 바랍니다."

평——나는 싫어도 요만큼 다가선 위치에서 임이를 설유하려 드는 대사[32]의 자세를 취소해야 하겠다. 안 하는 것은 못하는 것보다 교양 지식 이런 척도로 따져서 높다. 그러나 안 한다는 것은 내가 빚어내는 기후 여하에 빙자해서 언제든지 아무 겸손이라든가 주저 없이 불장난을 할 수 있다는 조건부 계약을 차도 복판에 안전지대 설치하듯이 강요하고 있는 징조에 틀림은 없다.

나 스스로도 불쾌할 에필로그[33]로 귀하들을 인도하기 위하여 다음과 같은 박빙을 밟는 듯한 회화를 조직하마.

"너는 네 말마따나 두 사람의 남자 혹은 사실에 있어서는 그 이상 훨씬 더 많은 남자에게 내주었던 육체를 걸머지고 그렇게도 호기있게 또 정정당당하게 내 성문을 틈입할 수가 있는 것이 그래 철면피가 아니란 말이냐?"

"당신은 무수한 매춘부에게 당신의 그 당신 말마따나 고귀한 육체를 염가로 구경시키셨습니다. 마찬가지지요."

"하하! 너는 이런 사회 조직을 깜빡 잊어버렸구나. 여기를 너는 서장(西藏)[34]으로 아느냐, 그러지 않으면 남자도 포유 행위를 하던 피테칸트로푸스[35] 시대로 아느냐. 가소롭구나. 미안하오나 남자에게는 육체라는 관념이 없다. 알아듣느냐?"

"미안하오나 당신이야말로 이런 사회 조직을 어째 급속도로 역행하시는 것 같습니다. 정조라는 것은 일대일의 확립에 있습니다. 약탈 결혼이 지금도 있는 줄 아십니까?"

"육체에 대한 남자의 권한에서의 질투는 무슨 걸레쪼각 같은 교양 나부랭이가 아니다. 본능이다. 너는 이 본능을 무시하거나 그 치기만만한 교양의 장악으로 정리하거나 하는 재주가 통용될 줄 아느냐?"

"그럼 저도 평등하고 온순하게 당신이 정의하시는 '본능'에 의해서 당신의 과거를 질투하겠습니다. 자──우리 숫자로 따져보실까요?"

평──여기서부터는 내 교재에는 없다.

신선한 도덕을 기대하면서 내 구태의연하다고 할 만도 한 관록을 버리겠노라.

다만 내가 이제부터 내 부족하나마 노력에 의하여 획득해야 할 것은 내가 탈피할 수 있을 만한 지식의 구매다.

나는 내가 환갑을 지난 몇 해 후 내 무릎이 일어서는 날까지는 내 오크[36]재로 만든 포도송이 같은 손자들을 거느리고 끽다점[37]에 가고 싶다. 내 알라모드[38]는 손자들의 그것과 태연히 맞서고 싶은 현재의 내 비애다.

전질(顚跌)[39]

이러다가는 내 중립 지대로만 알고 있던 건강술이 자칫하면 붕괴할 것 같은 위구(危懼)가 적지 않다. 나는 조심조심 내 앉은 자리에 혹 유해한 곤충이나 서식하지 않는가 보살펴야 한다.

T군과 마주 앉아 싱거운 술을 마시고 있는 동안 내 눈이 여간 축축하지 않았단다. 그도 그럴 밖에. 나는 시시각각으로 자살할 것을, 그것도 제 형편에 꼭 맞춰서 생각하고 있었으니——

내가 받은 자결(自決)의 판결문 제목은

"피고는 일조(一朝)에 인생을 낭비하였느니라. 하루 피고의 생명이 연장되는 것은 이 건곤의 경상비[40]를 구태여 등귀(騰貴)시키는 것이어늘 피고가 들어가고자 하는 쥐구멍이 거기 있으니 피고는 모름지기 그리 가서 꽁무니 쪽을 돌아다보지는 말지어다."

이렇다. 나는 내 언어가 이미 이 황막한 지상에서 탕진된 것을 느끼지 않을 수 없을 만치 정신은 공동이요, 사상은 당장 빈곤하였다. 그러나 나는 이 유구한 세월을 무사히 수면하기 위하여, 내가 몽상하는 정경을 합리화하기 위하여, 입을 다물고 꿀 항아리처럼 잠자코 있을 수는 없는 일이다.

"몽골피에[41] 형제가 발명한 경기구가 결과로 보아 공기보다 무거운 비행기의 발달을 훼방놓을 것이다. 그와 같이 또 공기보다 무거운 비행기 발명의 힌트의 출발점인 날개가 도리어 현재의 형태를 갖춘 비행기의 발달을 훼방놓았다고 할 수도 있다. 즉 날개를 펄럭거려서 비행기를 날게 하려는 노력이야말로 차륜을 발명하는 대신에 말의 보행을 본떠서 자동차를 만들 궁리로 바퀴 대신 기계 장치의 네 발이 달린 자동차를 발명했다는 것이나 다름 없다."

억양도 아무것도 없는 사어(死語)다. 그럴 밖에. 이것은 장 콕토[42]의 말인 것도.

나는 그러나 내 말로는 그래도 내가 죽을 때까지의 단 하나의 절망 아니 희망을 아마 텐스[43]를 고쳐서 지껄여버린 기색이 있다.

"나는 어떤 규수 작가[44]를 비밀히 사랑하고 있소이다그려!"

그 규수 작가는 원고 한 줄에 반드시 한 자씩의 오자를 삽입하는 쾌활한 태만성을 가진 사람이다. 나는 이 여인 앞에서는 내 추한 짓밖에는 할 수 있는 거동의 심리적 여유가 없다. 이 여인은 다행히 경산부(經産婦)다.

그러나 곧이듣지 마라. 이것은 다음과 같은 내 면목을 유지하기 위해 발굴한 연장에 지나지 않는다.

"내가 결혼하고 싶어하는 여인과 결혼하지 못하는 것이 결이 나서 결혼하고 싶지도 저쪽에서 결혼하고 싶어하지도 않는 여인과 결혼해버린 탓으로 뜻밖에 나와 결혼하고 싶어하던 다른 여인이 그 또 결이 나서 다른 남자와 결혼해버렸으니 그야말로 나는 지금 일조에 파멸하는 결혼 위에 저립(佇立)[45]하고 있으니 일거에 삼첨(三尖)[46]일세그려."

즉 이것이다.

T군은 암만해도 내가 불쌍해 죽겠다는 듯이 나를 물끄러미 바

라다보더니

"자네, 그중 어려운 외국으로 가게. 가서 비로소 말두 배우구, 또 사람두 처음으로 사귀구 그리구 다시 채국채국 살기 시작허 게. 그럭허능 게 자네 자살을 구할 수 있는 유일의 방도가 아닌 가. 그렇게 생각하는 내가 그럼 박정한가?"

자살? 그럼 T군이 눈치를 채었던가.

"이상스러워할 것도 없는 게 자네가 주머니에 칼을 넣고 댕기 지 않는 것으로 보아 자네에게 자살하려는 의사가 있다는 걸 알 수 있지 않겠나. 물론 이것두 내게 아니구 남한테서 꿔온 에피그 람⁴⁷이지만."

여기 더 앉았다가는 복어처럼 탁 터질 것 같다. 아슬아슬한 때 나는 T군과 함께 바를 나와 알마치⁴⁸ 단성사 문 앞으로 가서 3분 쯤 기다렸다.

윤과 임이가 일 조(一條) 이 조(二條)하는 문장처럼 나란히 나 온다. 나는 T군과 같이 「만춘(晩春)」 시사를 보겠다. 윤은 우물쭈 물하는 것도 같더니

"바통⁴⁹ 가져가게."

한다. 나는 일없다. 나는 절을 하면서

"일착 선수여! 나를 열차가 연선(沿線)⁵⁰의 소역(小驛)을 잘디 잔 바둑돌 묵살하고 통과하듯이 무시하고 통과하여주시기(를) 바 라옵나이다."

순간 임이 얼굴에 독화(毒花)가 핀다. 응당 그러리로다. 나는 이착(二着)의 명예 같은 것은 요새쯤 내다버리는 것이 좋았다. 그

래 얼른 릴레이를 기권했다. 이 경우에도 어휘를 탕진한 유랑자의 자격에서 공구(恐懼) 횡광이일(橫光利一)[51] 씨의 출세를 사글세 내어온 것이다.

임이와 윤은 인파 속으로 숨어버렸다.

갤러리 어둠 속에 T군과 어깨를 나란히 앉아서 신발 바꿔 신은 인간 코미디를 내려다보고 있었다. 아랫배가 몹시 아프다. 손바닥으로 꽉 누르면 밀려 나가는 김이 입에서 홍소(哄笑)로 화해 터지려 든다. 나는 아편이 좀 생각났다. 나는 조심도 할 줄 모르는 야인이니까 반쯤 죽어야 껍죽대지 않는다.

스크린에서는 죽어야 할 사람들은 안 죽으려 들고 죽지 않아도 좋은 사람들이 죽으려 야단인데 수염 난 사람이 수염을 혀로 핥듯이 만지적만지적하면서 이쪽을 향하더니 하는 소리다.

"우리 의사는 죽으려 드는 사람을 부득부득 살려가면서도 살기 어려운 세상을 부득부득 살아가니 거 익살맞지 않소?"

말하자면 굽 달린 자동차를 연구하는 사람들이 거기서 이리 뛰고 저리 뛰고 하고들 있다.

나는 차츰차츰 이 객(客) 다 빠진 텅 빈 공기 속에 침몰하는 과실 씨가 내 허리띠에 달린 것 같은 공포에 지질리면서 정신이 점점 몽롱해 들어가는 벽두에 T군은 은근히 내 손에 한 자루 서슬 퍼런 칼을 쥐여준다.

(복수하라는 말이렷다)

(윤을 찔러야 하나? 내 결정적 패배가 아닐까? 윤은 찌르기 싫다)

(임이를 찔러야 하지? 나는 그 독화 핀 눈초리를 망막에 영상한 채

왕생하다니)

　내 심장이 꽁꽁 얼어 들어온다. 빼드득빼드득 이가 갈린다.

　(아하 그럼 자살을 권한 모양이로군, 어려운데―어려워, 어려워, 어려워)

　내 비겁을 조소하듯이 다음 순간 내 손에 무엇인가 뭉클 뜨듯한 덩어리가 쥐어졌다. 그것은 서먹서먹한 표정의 나쓰미캉, 어느 틈에 T군은 이것을 제 주머니에다 넣고 왔던구.

　입에 침이 쫘르르 돌기 전에 내 눈에는 식은 컵에 어리는 이슬처럼 방울지지 않는 눈물이 핑 돌기 시작하였다.

날개

'박제가 되어버린 천재'를 아시오? 나는 유쾌하오. 이런 때 연애
까지가 유쾌하오.

육신이 흐느적흐느적하도록 피로했을 때만 정신이 은화처럼 맑
소. 니코틴이 내 횟배 앓는 뱃속으로 스미면 머릿속에 으레 백지가
준비되는 법이오. 그 위에다 나는 위트와 패러독스를 바둑 포석처
럼 늘어놓소. 가증할 상식의 병이오.

나는 또 여인과 생활을 설계하오. 연애 기법에마저 서먹서먹해
진, 지성의 극치를 흘깃 좀 들여다본 일이 있는 말하자면 일종의
정신분일자' 말이오. 이런 여인의 반——그것은 온갖 것의 반이오
——만을 영수(領受)하는 생활을 설계한다는 말이오. 그런 생활 속
에 한 발만 들여놓고 흡사 두 개의 태양처럼 마주 쳐다보면서 낄낄
거리는 것이오. 나는 아마 어지간히 인생의 제행(諸行)이 싱거워

서 견딜 수가 없게쯤 되고 그만둔 모양이오. 꼰빠이.

꼰빠이. 그대는 이따금 그대가 제일 싫어하는 음식을 탐식하는 아이러니를 실천해보는 것도 좋을 것 같소. 위트와 패러독스와……

그대 자신을 위조하는 것도 할 만한 일이오. 그대의 작품은 한 번도 본 일이 없는 기성품에 의하여 차라리 경편(輕便)하고 고매하리다.

19세기는 될 수 있거든 봉쇄하여버리오. 도스토예프스키² 정신이란 자칫하면 낭비인 것 같소. 위고³를 불란서의 빵 한 조각이라고는 누가 그랬는지 지언⁴인 듯싶소. 그러나 인생 혹은 그 모형에 있어서 디테일⁵ 때문에 속는다거나 해서야 되겠소? 화를 보지 마오. 부디 그대께 고하는 것이니……

테이프가 끊어지면 피가 나오(생채기도 머지않아 완치될 줄 믿소. 꼰빠이).

감정은 어떤 포즈(그 포즈의 소⁶만을 지적하는 것이 아닌지나 모르겠소). 그 포즈가 부동자세에까지 고도화할 때 감정은 딱 공급을 정지합네다.

나는 내 비범한 발육을 회고하여 세상을 보는 안목을 규정하였소.

여왕벌과 미망인 —— 세상의 하고많은 여인이 본질적으로 이미 미망인 아닌 이가 있으리까? 아니! 여인의 전부가 그 일상에 있어서 개개 '미망인'이라는 내 논리가 뜻밖에도 여성에 대한·모독이 되오? 꼳빠이.

그 삼십삼(三十三) 번지라는 것이 구조가 흡사 유곽[7]이라는 느낌이 없지 않다.

한 번지에 십팔(十八) 가구가 죽 어깨를 맞대고 늘어서서 창호가 똑같고 아궁이 모양이 똑같다. 게다가 각 가구에 사는 사람들이 송이송이 꽃과 같이 젊다. 해가 들지 않는다. 해가 드는 것을 그들이 모른 체하는 까닭이다. 턱살 밑에다 철줄을 매고 얼룩진 이부자리를 널어 말린다는 핑계로 미닫이에 해가 드는 것을 막아 버린다. 침침한 방 안에서 낮잠들을 잔다. 그들은 밤에는 잠을 자지 않나? 알 수 없다. 나는 밤이나 낮이나 잠만 자느라고 그런 것은 알 길이 없다. 삼십삼 번지 십팔 가구의 낮은 참 조용하다.

조용한 것은 낮뿐이다. 어둑어둑하면 그들은 이부자리를 걷어 들인다. 전등불이 켜진 뒤의 십팔 가구는 낮보다 훨씬 화려하다. 저무도록 미닫이 여닫는 소리가 잦다. 바빠진다. 여러 가지 냄새가 나기 시작한다. 비웃[8] 굽는 내 탕고도란[9] 내 뜨물내 비눗내……

그러나 이런 것들보다도 그들의 문패가 제일로 고개를 끄덕이게 하는 것이다. 이 십팔 가구를 대표하는 대문이라는 것이 일각이 져서 외따로 떨어지기는 했으나 있다. 그러나 그것은 한 번도

닫힌 일이 없는 행길이나 마찬가지 대문인 것이다. 온갖 장사치
들은 하루 가운데 어느 시간에라도 이 대문을 통하여 드나들 수
가 있는 것이다. 이네들은 문간에서 두부를 사는 것이 아니라 미
닫이만 열고 방에서 두부를 사는 것이다. 이렇게 생긴 삼십삼 번
지 대문에 그들 십팔 가구의 문패를 몰아다 붙이는 것은 의미가
없다. 그들은 어느 사이엔가 각 미닫이 위 백인당(百忍堂)이니 길
상당(吉祥堂)이니 써붙인 한곁에다 문패를 붙이는 풍속을 가져버
렸다.

　내 방 미닫이 위 한곁에 칼표딱지[10]를 넷에다 낸 것만 한 내—
아니! 내 아내의 명함이 붙어 있는 것도 이 풍속을 좇은 것이 아
닐 수 없다.

　나는 그러나 그들의 아무와도 놀지 않는다. 놀지 않을 뿐만 아
니라 인사도 않는다. 나는 내 아내와 인사하는 외에 누구와도 인
사하고 싶지 않았다.

　내 아내 외의 다른 사람과 인사를 하거나 놀거나 하는 것은 내
아내 낯을 보아 좋지 않은 일인 것만 같이 생각이 들었기 때문이
다. 나는 이만큼까지 내 아내를 소중히 생각한 것이다.

　내가 이렇게까지 내 아내를 소중히 생각한 까닭은 이 삼십삼 번
지 십팔 가구 가운데서 내 아내가 내 아내의 명함처럼 제일 작고
제일 아름다운 것을 안 까닭이다. 십팔 가구에 각기 별러 든 송이
송이 꽃들 가운데서도 내 아내는 특히 아름다운 한 떨기의 꽃으
로 이 함석지붕 밑 볕 안 드는 지역에서 어디까지든지 찬란하였

다. 따라서 그런 한 떨기 꽃을 지키고——아니 그 꽃에 매어달려 사는 나라는 존재가 도무지 형언할 수 없는 거북살스러운 존재가 아닐 수 없었던 것은 물론이다.

나는 어디까지든지 내 방이——집이 아니다. 집은 없다——마음에 들었다. 방 안의 기온은 내 체온을 위하여 쾌적하였고 방 안의 침침한 정도가 또한 내 안력을 위하여 쾌적하였다. 나는 내 방 이상의 서늘한 방도 또 따뜻한 방도 희망하지는 않았다. 이 이상으로 밝거나 이 이상으로 아늑한 방을 원하지 않았다. 내 방은 나 하나를 위하여 요만한 정도를 꾸준히 지키는 것 같아 늘 내 방이 감사하였고 나는 또 이런 방을 위하여 이 세상에 태어난 것만 같아서 즐거웠다.

그러나 이것은 행복이라든가 불행이라든가 하는 것을 계산하는 것은 아니었다. 말하자면 나는 내가 행복되다고도 생각할 필요가 없었고 그렇다고 불행하다고도 생각할 필요가 없었다. 그냥 그날 그날을 그저 까닭 없이 펀둥펀둥 게으르고만 있으면 만사는 그만 이었던 것이다.

내 몸과 마음에 옷처럼 잘 맞는 방 속에서 뒹굴면서 축 처져 있는 것은 행복이니 불행이니 하는 그런 세속적인 계산을 떠난 가장 편리하고 안일한 말하자면 절대적인 상태인 것이다. 나는 이런 상태가 좋았다.

이 절대적인 내 방은 대문간에서 세어서 똑——일곱째 칸이다. 럭키 세븐의 뜻이 없지 않다. 나는 이 일곱이라는 숫자를 훈장처럼 사랑하였다. 이런 이 방이 가운데 장지로 말미암아 두 칸으로 나뉘어 있었다는 그것이 내 운명의 상징이었던 것을 누가 알랴?

아랫방은 그래도 해가 든다. 아침결에 책보만 한 해가 들었다가 오후에 손수건만 해지면서 나가버린다. 해가 영영 들지 않는 윗방이 즉 내 방인 것은 말할 것도 없다. 이렇게 볕 드는 방이 아내 해이오 볕 안 드는 방이 내 해이오 하고 아내와 나 둘 중에 누가 정했는지 나는 기억하지 못한다. 그러나 나에게는 불평이 없다.

아내가 외출만 하면 나는 얼른 아랫방으로 와서 그 동쪽으로 난 들창을 열어놓고 열어놓으면 들이비치는 볕살이 아내의 화장대를 비쳐 가지각색 병들이 아롱지면서 찬란하게 빛나고 이렇게 빛나는 것을 보는 것은 다시없는 내 오락이다. 나는 조그만 '돋보기'를 꺼내가지고 아내만이 사용하는 지리가미"를 그슬어가면서 불장난을 하고 논다. 평행광선을 굴절시켜서 한 초점에 모아가지고 고 초점이 따끈따끈해지다가 마지막에는 종이를 그슬기 시작하고 가느다란 연기를 내면서 드디어 구멍을 뚫어놓는 데까지에 이르는 고 얼마 안 되는 동안의 초조한 맛이 죽고 싶을 만치 내게는 재미있었다.

이 장난이 싫증이 나면 나는 또 아내의 손잡이 거울을 가지고 여러 가지로 논다. 거울이란 제 얼굴을 비칠 때만 실용품이다. 그 외의 경우에는 도무지 장난감인 것이다.

이 장난도 곧 싫증이 난다. 나의 유희심은 육체적인 데서 정신적인 대로 비약한다. 나는 거울을 내던지고 아내의 화장대 앞으로 가까이 가서 나란히 늘어놓인 고 가지각색의 화장품 병들을 들여다본다. 고것들은 세상의 무엇보다도 매력적이다. 나는 그중의 하나만을 골라서 가만히 마개를 빼고 병 구멍을 내 코에 가져다 대고 숨죽이듯이 가벼운 호흡을 하여본다. 이국적인 센슈얼[12]한 향기가 폐로 스며들면 나는 저절로 스르르 감기는 내 눈을 느낀다. 확실히 아내의 체취의 파편이다. 나는 도로 병마개를 막고 생각해본다. 아내의 어느 부분에서 요 냄새가 났던가를…… 그러나 그것은 분명치 않다. 왜? 아내의 체취는 요기 늘어섰는 가지각색 향기의 합계일 것이니까.

아내의 방은 늘 화려하였다. 내 방이 벽에 못 한 개 꽂히지 않은 소박한 것인 반대로 아내 방에는 천장 밑으로 쫙 돌려 못이 박히고 못마다 화려한 아내의 치마와 저고리가 걸렸다. 여러 가지 무늬가 보기 좋다. 나는 그 여러 조각의 치마에서 늘 아내의 동체(胴體)와 그 동체가 될 수 있는 여러 가지 포즈를 연상하고 연상하면서 내 마음은 늘 점잖지 못하다.

그렇건만 나에게는 옷이 없었다. 아내는 내게는 옷을 주지 않았다. 입고 있는 코르덴 양복 한 벌이 내 자리옷이었고 통상복과 나들이옷을 겸한 것이었다. 그리고 하이넥[13]의 스웨터가 한 조각 사철을 통한 내 내의다. 그것들은 하나같이 다 빛이 검다. 그것은 내 짐작 같아서는 즉 빨래를 될 수 있는 데까지 하지 않아도 보기 싫지 않도록 하기 위한 것이 아닌가 한다. 나는 허리와 두 가랑이 세 군데 다 고무 밴드가 끼여 있는 부드러운 사루마다[14]를 입고 그리고 아무 소리 없이 잘 놀았다.

어느덧 손수건만 해졌던 볕이 나갔는데 아내는 외출에서 돌아오지 않는다. 나는 요만 일에도 좀 피곤하였고 또 아내가 돌아오기 전에 내 방으로 가 있어야 될 것을 생각하고 그만 내 방으로 건너간다. 내 방은 침침하다. 나는 이불을 뒤집어쓰고 낮잠을 잔다. 한 번도 걷은 일이 없는 내 이부자리는 내 몸뚱이의 일부분처럼 내게는 참 반갑다. 잠은 잘 오는 적도 있다. 그러나 또 전신이 까칫까칫하면서 영 잠이 오지 않는 적도 있다. 그런 때는 아무 제목으로나 제목을 하나 골라서 연구하였다. 나는 내 좀 축축한 이불 속에서 참 여러 가지 발명도 하였고 논문도 많이 썼다. 시도 많이 지었다. 그러나 그것들은 내가 잠이 드는 것과 동시에 내 방에 담겨서 철철 넘치는 그 흐늑흐늑한 공기에 다 비누처럼 풀어져서 온데간데가 없고 한잠 자고 깬 나는 속이 무명 헝겊이나 메밀껍질로 뗑뗑 찬 한 덩어리 베개와도 같은 한 벌 신경이었을 뿐이고 뿐이고 하였다.

그러기에 나는 빈대가 무엇보다도 싫었다. 그러나 내 방에서는 겨울에도 몇 마리씩의 빈대가 끊이지 않고 나왔다. 내게 근심이 있었다면 오직 이 빈대를 미워하는 근심일 것이다. 나는 빈대에게 물려서 가려운 자리를 피가 나도록 긁었다. 쓰라리다. 그것은 그윽한 쾌감에 틀림없었다. 나는 혼곤히 잠이 든다.

나는 그러나 그런 이불 속의 사색 생활에서도 적극적인 것을 궁리하는 법이 없다. 내게는 그럴 필요가 대체 없었다. 만일 내가 그런 좀 적극적인 것을 궁리해내었을 경우에 나는 반드시 내 아내와 의논하여야 할 것이고 그러면 반드시 나는 아내에게 꾸지람을 들을 것이고——나는 꾸지람이 무서웠다느니보다도 성가셨다. 내가 제법 한 사람의 사회인의 자격으로 일을 해보는 것도, 아내에게 사설 듣는 것도. 나는 가장 게으른 동물처럼 게으른 것이 좋았다. 될 수만 있으면 이 무의미한 인간의 탈을 벗어버리고도 싶었다.

나에게는 인간 사회가 스스로웠다.[15] 생활이 스스로웠다. 모두가 서먹서먹할 뿐이었다.

아내는 하루에 두 번 세수를 한다. 나는 하루 한 번도 세수를 하지 않는다. 나는 밤중 3시나 4시 해서 변소에 갔다. 달이 밝은 밤에는 한참씩 마당에 우두커니 섰다가 들어오곤 한다. 그러니까 나는 이 십팔 가구의 아무와도 얼굴이 마주치는 일이 거의 없다. 그러면서도 나는 이 십팔 가구의 젊은 여인네 얼굴들을 거반 다 기억하고 있었다. 그들은 하나같이 내 아내만 못하였다.

11시쯤 해서 하는 아내의 첫번 세수는 좀 간단하다. 그러나 저녁 7시쯤 해서 하는 두번째 세수는 손이 많이 간다. 아내는 낮에보다도 밤에 더 좋고 깨끗한 옷을 입는다. 그리고 낮에도 외출하고 밤에도 외출하였다.

아내에게 직업이 있었던가? 나는 아내의 직업이 무엇인지 알 수 없다. 만일 아내에게 직업이 없었다면, 같이 직업이 없는 나처럼 외출할 필요가 생기지 않을 것인데——아내는 외출한다. 외출

할 뿐만 아니라 내객이 많다. 아내에게 내객이 많은 날은 나는 온
종일 내 방에서 이불을 쓰고 누워 있어야만 된다. 불장난도 못한
다. 화장품 냄새도 못 맡는다. 그런 날은 나는 의식적으로 우울해
하였다. 그러면 아내는 나에게 돈을 준다. 50전짜리 은화다. 나는
그것이 좋았다. 그러나 그것을 무엇에 써야 옳을지 몰라서 늘 머
리맡에 던져두고 두고 한 것이 어느 결에 모여서 꽤 많아졌다. 어
느 날 이것을 본 아내는 금고처럼 생긴 벙어리를 사다 준다. 나는
한 푼씩 한 푼씩 고 속에 넣고 열쇠는 아내가 가져갔다. 그 후에
도 나는 더러 은화를 그 벙어리에 넣은 것을 기억한다. 그리고 나
는 게을렀다. 얼마 후 아내의 머리 쪽에 보지 못하던 누깔잠[16]이
하나 여드름처럼 돋았던 것은 바로 그 금고형 벙어리의 무게가
가벼워졌다는 증거일까. 그러나 나는 드디어 머리맡에 놓였던 그
벙어리에 손을 대지 않고 말았다. 내 게으름은 그런 것에 내 주의
를 환기시키기도 싫었다.

　아내에게 내객이 있는 날은 이불 속으로 암만 깊이 들어가도 비
오는 날만큼 잠이 잘 오지는 않았다. 나는 그런 때 아내에게는 왜
늘 돈이 있나 왜 돈이 많은가를 연구했다.

　내객들은 장지 저쪽에 내가 있는 것은 모르나 보다. 내 아내와
나도 좀 하기 어려운 농을 아주 서슴지 않고 쉽게 해 내던지는 것
이다. 그러나 내 아내를 가운데 서너 사람의 내객들은 늘 비교적
점잖았다고 볼 수 있는 것이 자정이 좀 지나면 으레 돌아들 갔다.
그들 가운데는 퍽 교양이 옅은 자도 있는 듯싶었는데 그런 자는

보통 음식을 사다 먹고 논다. 그래서 보충을 하고 대체로 무사하였다.

나는 우선 내 아내의 직업이 무엇인가를 연구하기에 착수하였으나 좁은 시야와 부족한 지식으로는 이것을 알아내기 힘이 든다. 나는 끝끝내 내 아내의 직업이 무엇인가를 모르고 말려나 보다.

아내는 늘 진솔버선만 신었다. 아내는 밥도 지었다. 아내가 밥 짓는 것을 나는 한 번도 구경한 일은 없으나 언제든지 끼니때면 내 방으로 내 조석을 날라다주는 것이다. 우리 집에는 나와 내 아내 외의 다른 사람은 아무도 없다. 이 밥은 분명히 아내가 손수 지었음에 틀림없다.

그러나 아내는 한 번도 나를 자기 방으로 부른 일이 없다.

나는 늘 윗방에서 나 혼자서 밥을 먹고 잠을 잤다. 밥은 너무 맛이 없었다. 반찬이 너무 엉성하였다. 나는 닭이나 강아지처럼 말없이 주는 모이를 넙죽넙죽 받아먹기는 했으나 내심 야속하게 생각한 적도 더러 없지 않다. 나는 안색이 여지없이 창백해가면서 말라 들어갔다. 나날이 눈에 보이듯이 기운이 줄어들었다. 영양부족으로 하여 몸뚱이 곳곳이 뼈가 불쑥불쑥 내어밀었다. 하룻밤 사이에도 수십차를 돌쳐눕지 않고는 여기저기가 배겨서 나는 배겨낼 수가 없었다.

그렇기 때문에 나는 내 이불 속에서 아내가 늘 흔히 쓸 수 있는 저 돈의 출처를 탐색해보는 일변 장지 틈으로 새어나오는 아랫방의 음식은 무엇일까를 간단히 연구하였다. 나는 잠이 잘 안 왔다.

깨달았다. 아내가 쓰는 돈은 그 내게는 다만 실없는 사람들로밖에 보이지 않는 까닭 모를 내객들이 놓고 가는 것에 틀림없으리라는 것을 나는 깨달았다. 그러나 왜 그들 내객은 돈을 놓고 가나. 왜 내 아내는 그 돈을 받아야 되나 하는 예의 관념이 내게는 도무지 알 수 없는 것이었다.

그것은 그저 예의에 지나지 않는 것일까. 그렇지 않으면 혹 무슨 대가일까 보수일까. 내 아내가 그들의 눈에는 동정을 받아야만 할 한 가없은 인물로 보였던가?

이런 것들을 생각하노라면 으레 내 머리는 그냥 혼란하여버리고 버리고 하였다. 잠들기 전에 획득했다는 결론이 오직 불쾌하다는 것뿐이었으면서도 나는 그런 것을 아내에게 물어보거나 할 일이 참 한 번도 없다. 그것은 대체 귀찮기도 하려니와 한잠 자고 일어나는 나는 사뭇 딴사람처럼 이것도 저것도 다 깨끗이 잊어버리고 그만두는 까닭이다.

내객들이 돌아가고, 혹 밤 외출에서 돌아오고 하면 아내는 경편한 것으로 옷을 바꾸어 입고 내 방으로 나를 찾아온다. 그리고 이불을 들추고 내 귀에는 영 생동생동한 몇 마디 말로 나를 위로하려 든다. 나는 조소도 고소도 홍소도 아닌 웃음을 얼굴에 띠고 아내의 아름다운 얼굴을 쳐다본다. 아내는 방그레 웃는다. 그러나 그 얼굴에 떠도는 일말의 애수를 나는 놓치지 않는다.

아내는 능히 내가 배고파하는 것을 눈치챌 것이다. 그러나 아랫방에서 먹고 남은 음식을 나에게 주려 들지는 않는다. 그것은 어디까지든지 나를 존경하는 마음일 것임에 틀림없다. 나는 배가 고프면서도 적이 마음이 든든한 것을 좋아했다. 아내가 무엇이라고 지껄이고 갔는지 귀에 남아 있을 리가 없다. 다만 내 머리맡에 아내 놓고 간 은화가 전등불에 흐릿하게 빛나고 있을 뿐이다.

고 금고형[17] 벙어리 속에 고 은화가 얼마큼이나 모였을까. 나는 그러나 그것을 쳐들어보지 않았다. 그저 아무런 의욕도 기원도 없이 그 단춧구멍처럼 생긴 틈바구니로 은화를 들이뜨려둘 뿐이었다.

왜 아내의 내객들이 아내에게 돈을 놓고 가나 하는 것이 풀 수 없는 의문인 것같이 왜 아내는 나에게 돈을 놓고 가나 하는 것도 역시 나에게는 똑같이 풀 수 없는 의문이었다. 내 비록 아내가 내게 돈을 놓고 가는 것이 싫지 않았다 하더라도 그것은 다만 고것이 내 손가락에 닿는 순간에서부터 고 벙어리 주둥이에서 자취를 감추기까지의 하잘것없는 짧은 촉각이 좋았달 뿐이지 그 이상 아무 기쁨도 없다.

어느 날 나는 고 벙어리를 변소에 갖다 넣어버렸다. 그때 벙어리 속에는 몇 푼이나 되는지는 모르겠으나 고 은화들이 꽤 들어 있었다.

나는 내가 지구 위에 살며 내가 이렇게 살고 있는 지구가 질풍신뢰의 속력으로 광대무변의 공간을 달리고 있다는 것을 생각했을 때 참 허망하였다. 나는 이렇게 부지런한 지구 위에서는 현기증도 날 것 같고 해서 한시바삐 내려버리고 싶었다.

이불 속에서 이런 생각을 하고 난 뒤에는 나는 고 은화를 고 벙어리에 넣고 넣고 하는 것조차가 귀찮아졌다. 나는 아내가 손수 벙어리를 사용하였으면 하고 희망하였다. 벙어리도 돈도 사실에는 아내에게만 필요한 것이지 내게는 애초부터 의미가 전연 없는 것이었으니까 될 수만 있으면 그 벙어리를 아내는 아내 방으로 가져갔으면 하고 기다렸다. 그러나 아내는 가져가지 않는다. 나는 내 아내 방으로 가져다둘까 하고 생각하여보았으나 그 즈음에는 아내의 내객이 원체 많아서 내가 아내 방에 가볼 기회가 도무지 없었다. 그래서 나는 하는 수 없이 변소에 갖다 집어넣어버리고 만 것이다.

나는 서글픈 마음으로 아내의 꾸지람을 기다렸다. 그러나 아내는 끝내 아무 말도 나에게 묻지도 하지도 않았다. 않았을 뿐 아니라 여전히 돈은 돈대로 내 머리맡에 놓고 가지 않나? 내 머리맡에는 어느덧 은화가 꽤 많이 모였다.

내객이 아내에게 돈을 놓고 가는 것이나 아내가 내게 돈을 놓고 가는 것이나 일종의 쾌감—그외의 다른 아무런 이유도 없는 것이 아닐까 하는 것을 나는 또 이불 속에서 연구하기 시작하였다. 쾌감이라면 어떤 종류의 쾌감일까를 계속하여 연구하였다. 그러나 그것은 이불 속의 연구로는 알길이 없었다. 쾌감 쾌감, 하고 나는 뜻밖에도 이 문제에 대해서만 흥미를 느꼈다.

아내는 물론 나를 늘 감금하여두다시피 하여왔다. 내게 불평이 있을 리 없다. 그런 중에도 나는 그 쾌감이라는 것의 유무를 체험하고 싶었다.

나는 아내의 밤 외출 틈을 타서 밖으로 나왔다. 나는 거리에서
잊어버리지 않고 가지고 나온 은화를 지폐로 바꾼다. 5원이나 된
다. 그것을 주머니에 넣고 나는 목적을 잃어버리기 위하여 얼마
든지 거리를 쏘다녔다. 오래간만에 보는 거리는 거의 경이에 가
까울 만치 내 신경을 흥분시키지 않고는 마지않았다. 나는 금시
에 피곤하여버렸다. 그러나 나는 참았다. 그리고 밤이 이슥하도
록 까닭을 잊어버린 채 이 거리 저 거리로 지향 없이 헤매었다.
돈은 물론 한 푼도 쓰지 않았다. 돈을 쓸 아무 엄두도 나서지 않
았다. 나는 벌써 돈을 쓰는 기능을 완전히 상실한 것 같았다.

나는 과연 피로를 이 이상 견디기가 어려웠다. 나는 가까스로
내 집을 찾았다. 나는 내 방으로 가려면 아내 방을 통과하지 않으
면 안 될 것을 알고 아내에게 내객이 있나 없나를 걱정하면서 미
닫이 앞에서 좀 거북살스럽게 기침을 한 번 했더니 이것은 참 또
너무 암상스럽게 미닫이가 열리면서 아내의 얼굴과 그 등 뒤에
낯선 남자의 얼굴이 이 쪽을 내다보는 것이다. 나는 별안간 내어
쏟아지는 불빛에 눈이 부셔서 좀 머뭇머뭇했다.

나는 아내의 눈초리를 못 본 것은 아니다. 그러나 나는 모른 체
하는 수밖에 없었다. 왜? 나는 어쨌든 아내의 방을 통과하지 않으
면 안 되니까……

나는 이불을 뒤집어썼다. 무엇보다도 다리가 아파서 견딜 수가
없었다. 이불 속에서는 가슴이 울렁거리면서 암만해도 까무러칠

것만 같았다. 걸을 때는 몰랐더니 숨이 차다. 등에 식은땀이 쭉 내배인다. 나는 외출한 것을 후회하였다. 이런 피로를 잊고 어서 잠이 들었으면 좋았다. 한잠 잘 자고 싶었다.

얼마 동안이나 비스듬히 엎드려 있었더니 차츰차츰 뚝딱거리는 가슴 동기가 가라앉는다. 그만해도 우선 살 것 같았다. 나는 몸을 돌쳐 반듯이 천정을 향하여 눕고 쭉 다리를 뻗었다.

그러나 나는 또다시 가슴의 동기를 피할 수 없게 되었다. 아랫방에서 아내와 그 남자의 내 귀에도 들리지 않을 만치 옅은 목소리로 소곤거리는 기척이 장지 틈으로 전하여 왔던 것이다. 청각을 더 예민하게 하기 위하여 나는 눈을 떴다. 그리고 숨을 죽였다. 그러나 그때는 벌써 아내와 남자는 앉았던 자리를 툭툭 털며 일어섰고 일어서면서 옷과 모자 쓰는 기척이 나는 듯하더니 이어 미닫이가 열리고 구두 뒤축 소리가 나고 그리고 뜰에 내려서는 소리가 쿵 하고 나면서 뒤를 따르는 아내의 고무신 소리가 두어 발자국 찍찍 나고 사뿐사뿐 나나 하는 사이에 두 사람의 발소리가 대문간 쪽으로 사라졌다.

나는 아내의 이런 태도를 본 일이 없다. 아내는 어떤 사람과도 결코 소곤거리는 법이 없다. 나는 윗방에서 이불을 쓰고 누웠는 동안에도 혹 술이 취해서 혀가 잘 돌아가지 않는 내객들의 담화는 더러 놓치는 수가 있어도 아내의 높지도 얕지도 않은 말소리는 일찍이 한 마디도 놓쳐본 일이 없다. 더러 내 귀에 거슬리는 소리가 있어도 나는 그것이 태연한 목소리로 내 귀에 들렸다는 이유로 충분히 안심이 되었다. 그렇던 아내의 이런 태도는 필시 그 속에 여간하지 않은 사정이 있는 듯싶이 생각이 되고 내 마음은 좀 서운했으나 그러나 그보다도 나는 좀 너무 피곤해서 오늘만은 이불 속에서 아무것도 연구치 않기로 굳게 결심하고 잠을 기다렸다. 잠은 좀처럼 오지 않았다. 대문간에 나간 아내도 좀처럼 들어오지 않았다. 그러는 동안에 흐지부지 나는 잠이 들어버렸다. 꿈이 얼쑹덜쑹 종을 잡을 수 없는 거리의 풍경을 여전히 헤맸다.

나는 몹시 흔들렸다. 내객을 보내고 들어온 아내가 잠든 나를 잡아 흔드는 것이다. 나는 눈을 번쩍 뜨고 아내의 얼굴을 쳐다보았다. 아내의 얼굴에는 웃음이 없다. 나는 좀 눈을 비비고 아내의 얼굴을 자세히 보았다. 노기가 눈초리에 떠서 얇은 입술이 바르르 떨린다. 좀처럼 이 노기가 풀리기는 어려울 것 같았다. 나는 그대로 눈을 감아버렸다. 벼락이 내리기를 기다린 것이다. 그러나 쌔근 하는 숨소리가 나면서 푸스스 아내의 치맛자락 소리가 나고 장지가 여닫히며 아내는 아내 방으로 돌아갔다. 나는 다시 몸을 돌쳐 이불을 뒤집어쓰고는 개구리처럼 엎드리고, 엎드려서 배가 고픈 가운데에도 오늘 밤의 외출을 또 한 번 후회하였다.

나는 이불 속에서 아내에게 사죄하였다. 그것은 네 오해라고……

나는 사실 밤이 퍽이나 이슥한 줄만 알았던 것이다. 그것이 네 말마따나 자정 전인 줄은 나는 정말이지 꿈에도 몰랐다. 나는 너무 피곤하였다. 오래간만에 나는 너무 많이 걸은 것이 잘못이다. 내 잘못이라면 잘못은 그것밖에는 없다. 외출은 왜 하였더냐고?

나는 그 머리맡에 저절로 모인 5원 돈을 아무에게라도 좋으니 주어보고 싶었던 것이다. 그뿐이다. 그러나 그것도 내 잘못이라면 나는 그렇게 알겠다. 나는 후회하고 있지 않나?

내가 그 5원 돈을 써버릴 수가 있었던들 나는 자정 안에 집에 돌아올 수 없었을 것이다. 그러나 거리는 너무 복잡하였고 사람은 너무도 들끓었다. 나는 어느 사람을 붙들고 그 5원 돈을 내어 주어야 할지 갈피를 잡을 수가 없었다. 그러는 동안에 나는 여지 없이 피곤해버리고 말았던 것이다.

나는 무엇보다도 좀 쉬고 싶었다. 그래서 나는 하는 수 없이 집으로 돌아온 것이다. 내 짐작 같아서는 밤이 어지간히 늦은 줄만 알았는데 그것이 불행히도 자정 전이었다는 것은 참 안된 일이다. 미안한 일이다. 나는 얼마든지 사죄하여도 좋다. 그러나 종시 아내의 오해를 풀지 못하였다 하면 내가 이렇게까지 사죄하는 보람은 그럼 어디 있나? 한심하였다.

한 시간 동안을 나는 이렇게 초조하게 굴지 않으면 안 되었다. 나는 이불을 홱 젖혀버리고 일어나서 장지를 열고 아내 방으로 비칠비칠 달려갔던 것이다. 내게는 거의 의식이라는 것이 없었다. 나는 아내 이불 위에 엎드러지면서 바지 포켓 속에서 그 돈 5원을 꺼내 아내 손에 쥐여준 것을 간신히 기억할 뿐이다.

이튿날 잠이 깨었을 때 나는 내 아내 방 아내 이불 속에 있었다. 이것이 이 삼십삼 번지에서 살기 시작한 이래 내가 아내 방에서 잔 맨 처음이었다.

해가 들창에 훨씬 높았는데 아내는 이미 외출하고 벌써 내 곁에 있지는 않다. 아니! 아내는 엊저녁 내가 의식을 잃은 동안에 외출한 것인지도 모른다. 그러나 나는 그런 것을 조사하고 싶지 않았다. 다만 전신이 찌뿌드드한 것이 손가락 하나 꼼짝할 힘조차 없었다. 책보보다 좀 작은 면적의 볕이 눈이 부시다. 그 속에서 수없는 먼지가 흡사 미생물처럼 난무한다. 코가 콱 막히는 것 같다. 나는 다시 눈을 감고 이불을 푹 뒤집어쓰고 낮잠을 자기에 착수하였다. 그러나 코를 스치는 아내의 체취는 꽤 도발적이었다. 나는 몸을 여러 번 여러 번 비비 꼬면서 아내의 화장대에 늘어선 고가지각색 화장품 병들과 고 병들이 마개를 뽑았을 때 풍기던 냄새를 더듬느라고 좀처럼 잠은 들지 않은 것을 어찌하는 수도 없었다.

견디다 못하여 나는 그만 이불을 걷어차고 벌떡 일어나서 내 방으로 갔다. 내 방에는 다 식어빠진 내 끼니가 가지런히 놓여 있는 것이다. 아내는 내 모이를 여기다 주고 나간 것이다. 나는 우선 배가 고팠다. 한 숟갈을 입에 떠 넣을 때 그 촉감은 너무도 냉회와 같이 써늘하였다. 나는 숟갈을 놓고 내 이불 속으로 들어갔다. 하룻밤을 비워 때린[18] 내 이부자리는 여전히 반갑게 나를 맞아준다. 나는 내 이불을 뒤집어쓰고 이번에는 참 늘어지게 한잠 잤다. 잘——

내가 잠을 깬 것은 전등이 켜진 뒤다. 그러나 아내는 아직도 돌아오지 않았나 보다. 아니! 들어왔다 또 나갔는지도 알 수 없다. 그러나 그런 것을 삼고하여 무엇 하나?

정신이 한결 난다. 나는 지난 밤 일을 생각해보았다. 그 돈 5원을 아내 손에 쥐여주고 넘어졌을 때에 느낄 수 있었던 쾌감을 나는 무엇이라고 설명할 수가 없었다. 그러나 내객들이 내 아내에게 돈 놓고 가는 심리며 내 아내가 내게 돈 놓고 가는 심리의 비밀을 나는 알아낸 것 같아서 여간 즐거운 것이 아니다. 나는 속으로 빙그레 웃어보았다. 이런 것을 모르고 오늘까지 지내온 내 자신이 어떻게 우스꽝스러워 보이는지 몰랐다. 나는 어깨춤이 났다.

따라서 나는 또 오늘 밤에도 외출하고 싶었다. 그러나 돈이 없다. 나는 엊저녁에 그 돈 5원을 한꺼번에 아내에게 주어버린 것을 후회하였다. 또 고 벙어리를 변소에 갖다 처넣어버린 것도 후회하였다. 나는 실없이 실망하면서 습관처럼 그 돈 5원이 들어 있던 내 바지 포켓에 손을 넣어 한번 휘둘러보았다. 뜻밖에도 내 손에 쥐어지는 것이 있었다. 2원밖에 없다. 그러나 많아야 맛은 아니다. 얼마간이고 있으면 된다. 나는 그만한 것이 여간 고마운 것이 아니었다.

나는 기운을 얻었다. 나는 그 단벌 다 떨어진 코르덴 양복을 걸치고 배고픈 것도 주제 사나운 것도 다 잊어버리고 활갯짓을 하면서 또 거리로 나섰다. 나서면서 나는 제발 시간이 화살 닫듯 해서 자정이 어서 홱 지나버렸으면 하고 조바심을 태웠다. 아내에게 돈을 주고 아내 방에서 자보는 것은 어디까지든지 좋았지만 만일 잘못해서 자정 전에 집에 들어갔다가 아내의 눈총을 맞는 것은 그것은 여간 무서운 일이 아니었다. 나는 저물도록 길가 시계를 들여다보고 들여다보고 하면서 또 지향 없이 거리를 방황하였다. 그러나 이날은 좀처럼 피곤하지는 않았다. 다만 시간이 좀 너무 더디게 가는 것만 같아서 안타까웠다.

경성역 시계가 확실히 자정이 지난 것을 본 뒤에 나는 집을 향하였다. 그날은 그 일각 대문에서 아내와 아내의 남자가 이야기하고 섰는 것을 만났다. 나는 모른 체하고 두 사람 곁을 지나서 내 방으로 들어갔다. 뒤이어 아내도 들어왔다. 와서는 이 밤중에 평생 안하던 쓰게질[19]을 하는 것이다. 조금 있다가 아내가 눕는 기척을 엿듣자마자 나는 또 장지를 열고 아내 방으로 가서 그 돈 2원을 아내 손에 덥석 쥐여주고 그리고——하여간 그 2원을 오늘 밤에도 쓰지 않고 도로 가져온 것이 참 이상하다는 듯이 아내는 내 얼굴을 몇 번이고 엿보고——아내는 드디어 아무 말도 없이 나를 자기 방에 재워주었다. 나는 이 기쁨을 세상의 무엇과도 바꾸고 싶지는 않았다. 나는 편히 잘 잤다.

이튿날도 내가 잠이 깨었을 때는 아내는 보이지 않았다. 나는 또 내 방으로 가서 피곤한 몸이 낮잠을 잤다.

내가 아내에게 흔들려 깨었을 때는 역시 불이 들어온 뒤였다. 아내는 자기 방으로 나를 오라는 것이다. 이런 일은 또 처음이다. 아내는 끊임없이 얼굴에 미소를 띠고 내 팔을 이끄는 것이다. 나는 이런 아내의 태도 이면에 엔간치 않은 음모가 숨어 있지나 않은가 하고 적이 불안을 느끼지 않을 수 없었다.

나는 아내의 하자는 대로 아내 방으로 끌려갔다. 아내 방에는 저녁 밥상이 조촐하게 차려져 있는 것이다. 생각하여보면 나는 이틀을 굶었다. 나는 지금 배고픈 것까지도 긴가민가 잊어버리고 어름어름하던 차다.

나는 생각하였다. 이 최후의 만찬을 먹고 나자마자 벼락이 내려도 나는 차라리 후회하지 않을 것을. 사실 나는 인간 세상이 너무나 심심해서 못 견디겠던 차다. 모든 일이 성가시고 귀찮았으나 그러나 불의의 재난이라는 것은 즐겁다. 나는 마음을 턱 놓고 조용히 아내와 마주 이 해괴한 저녁밥을 먹었다. 우리 부부는 이야기하는 법이 없었다. 밥을 먹은 뒤에도 나는 말이 없이 그냥 부스스 일어나서 내 방으로 건너가버렸다. 아내는 나를 붙잡지 않았다. 나는 벽에 기대어 앉아서 담배를 한 대 피워 물고 그리고 벼락이 떨어질 테거든 어서 떨어져라 하고 기다렸다.

5분! 10분!

그러나 벼락은 내리지 않았다. 긴장이 차츰 늘어지기 시작한다. 나는 어느덧 오늘 밤에도 외출할 것을 생각하고 있었다. 돈이 있었으면 하고 생각하고 있었다.

그러나 돈은 확실히 없다. 오늘은 외출하여도 나중에 올 무슨 기쁨이 있나. 나는 앞이 그냥 아뜩하였다. 나는 화가 나서 이불을 뒤집어쓰고 이리 뒹굴 저리 뒹굴 굴렀다. 금시 먹은 밥이 목으로 자꾸 치밀어 올라온다. 메스꺼웠다.

하늘에서 얼마라도 좋으니 왜 지폐가 소낙비처럼 퍼붓지 않나,

그것이 그저 한없이 야속하고 슬펐다. 나는 이렇게밖에 돈을 구하는 아무런 방법도 알지는 못했다. 나는 이불 속에서 좀 울었나보다. 돈이 왜 없냐면서……

그랬더니 아내가 또 내 방에를 왔다. 나는 깜짝 놀라 아마 인제서야 벼락이 내리려나 보다 하고 숨을 죽이고 두꺼비 모양으로 엎디어 있었다. 그러나 떨어진 입으로 새어나오는 아내의 말소리는 참 부드러웠다. 정다웠다. 아내는 내가 왜 우는지를 안다는 것이다. 돈이 없어서 그러는 게 아니냔다. 나는 실없이 깜짝 놀랐다. 어떻게 저렇게 사람의 속을 환하게 들여다보는구 해서 나는 한편으로 슬그머니 겁도 안 나는 것은 아니었으나 저렇게 말하는 것을 보면 아마 내게 돈을 줄 생각이 있나 보다. 만일 그렇다면 오죽이나 좋은 일일까. 나는 이불 속에 뚤뚤 말린 채 고개도 들지 않고 아내의 다음 거동을 기다리고 있으니까, 엣소 하고 내 머리맡에 내려뜨리는 것은 그 가뿐한 음향으로 보아 지폐에 틀림없었다. 그리고 내 귀에다 대고 오늘일랑 어제보다도 좀더 늦게 들어와도 좋다고 속삭이는 것이다. 그것은 어렵지 않다. 우선 그 돈이 무엇보다도 고맙고 반가웠다.

어쨌든 나섰다. 나는 좀 야맹증이다. 그래서 될 수 있는 대로 밝은 거리로 골라서 돌아다니기로 했다. 그러고는 경성역 일이등 대합실 한곁 티룸에를 들렀다. 그것은 내게는 큰 발견이었다. 거기는 우선 아무도 아는 사람이 안 온다. 설사 왔다가도 곧들 가니까 좋다. 나는 날마다 여기 와서 시간을 보내리라 속으로 생각하여두었다.

제일 여기 시계가 어느 시계보다도 정확하리라는 것이 좋았다. 섣불리 서투른 시계를 보고 그것을 믿고 시간 전에 집에 돌아갔다가 큰코를 다쳐서는 안 된다.

나는 한 복스[20]에 아무것도 없는 것과 마주 앉아서 잘 끓은 커피를 마셨다. 총총한 가운데 여객들은 그래도 한잔 커피가 즐거운가 보다. 얼른얼른 마시고 무얼 좀 생각하는 것같이 담벼락도 좀 쳐다보고 하다가 곧 나가버린다. 서글프다. 그러나 내게는 이 서글픈 분위기가 거리의 티룸들의 거추장스러운 분위기보다는 절실하고 마음에 들었다. 이따금 들리는 날카로운 혹은 우렁찬 기적소리가 모차르트보다도 더 가깝다. 나는 메뉴에 적힌 몇 가지 안 되는 음식 이름을 치읽고 내리읽고 여러 번 읽었다. 그것들은 아물아물한 것이 어딘가 내 어렸을 때 동무들 이름과 비슷한 데가 있었다.

거기서 얼마나 내가 오래 앉았는지 정신이 오락가락하는 중에 객이 슬며시 뜸해지면서 이 구석 저 구석 걷어치우기 시작하는 것을 보면 아마 닫을 시간이 된 모양이다. 11시가 좀 지났구나, 여기도 결코 내 안주의 곳은 아니구나, 어디 가서 자정을 넘길까, 두루 걱정을 하면서 나는 밖으로 나섰다. 비가 온다. 빗발이 제법 굵은 것이 우비도 우산도 없는 나 고생을 시킬 작정이다. 그렇다고 이런 괴이한 풍모를 차리고 이 홀에서 어물어물하는 수는 없고 예이 비를 맞으면 맞았지 하고 나는 그냥 나서버렸다.

대단히 선선해서 견딜 수가 없다. 코르덴 옷이 젖기 시작하더니 나중에는 속속들이 스며들면서 처근거린다. 비를 맞아가면서라도 견딜 수 있는 데까지 거리를 돌아다녀서 시간을 보내려 하였으나 인제는 선선해서 이 이상은 더 견딜 수가 없다. 오한이 자꾸 일어나면서 이가 딱딱 맞부딪는다.

나는 걸음을 재우치면서 생각하였다. 오늘 같은 궂은 날도 아내에게 내객이 있을라구. 없겠지 하는 생각이 드는 것이다. 집으로 가야겠다. 아내에게 불행히 내객이 있거든 내 사정을 하리라. 사정을 하면 이렇게 비가 오는 것을 눈으로 보고 알아주겠지.

부리나케 와 보니까 그러나 아내에게는 내객이 있었다. 나는 그만 너무 춥고 척척해서 얼떨김에 노크하는 것을 잊었다. 그래서 나는 보면 아내가 좀 덜 좋아할 것을 그만 보았다. 나는 갑발²¹자국 같은 발자국을 내면서 덤벙덤벙 아내 방을 디디고 그리고 내 방으로 가서 쭉 빠진 옷을 활활 벗어버리고 이불을 뒤썼다. 덜덜 덜덜 떨린다. 오한이 점점 더 심해 들어온다. 여전 땅이 꺼져 들어가는 것만 같았다. 나는 그만 의식을 잃어버리고 말았다.

이튿날 내가 눈을 떴을 때 아내는 내 머리맡에 앉아서 제법 근심스러운 얼굴이다. 나는 감기가 들었다. 여전히 으스스 춥고 또 골치가 아프고 입에 군침이 도는 것이 씁쓸하면서 다리 팔이 척 늘어져서 노곤하다.

아내는 내 머리를 쓱 짚어보더니 약을 먹어야지 한다. 아내 손이 이마에 선뜩한 것을 보면 신열이 어지간한 모양인데 약을 먹는다면 해열제를 먹어야지 하고 속생각을 하자니까 아내는 따뜻한 물에 하얀 정제약 네 개를 준다. 이것을 먹고 한잠 푹 자고 나면 괜찮다는 것이다. 나는 널름 받아먹었다. 쌉싸름한 것이 짐작 같아서는 아마 아스피린인가 싶다. 나는 다시 이불을 쓰고 단번에 그냥 죽은 것처럼 잠이 들어버렸다.

나는 콧물을 훌쩍훌쩍하면서 여러 날을 앓았다. 앓는 동안에 끊이지 않고 그 정제약을 먹었다. 그러는 동안에 감기도 나았다. 그러나 입맛은 여전히 소태처럼 썼다.

나는 차츰 또 외출하고 싶은 생각이 났다. 그러나 아내는 나더러 외출하지 말라고 이르는 것이다. 이 약을 날마다 먹고 그리고 가만히 누워 있으라는 것이다. 공연히 외출을 하다가 이렇게 감기가 들어서 저를 고생을 시키는 게 아니냐다. 그도 그렇다. 그럼 외출을 하지 않겠다고 맹서하고 그 약을 연복하여 몸을 좀 보해 보리라고 나는 생각하였다.

나는 날마다 이불을 뒤집어쓰고 밤이나 낮이나 잤다. 유난스럽게 밤이나 낮이나 졸려서 견딜 수가 없는 것이다. 나는 이렇게 잠이 자꾸만 오는 것은 내가 몸이 훨씬 튼튼해진 증거라고 굳게 믿었다.

나는 아마 한 달이나 이렇게 지냈나 보다. 내 머리와 수염이 좀 너무 자라서 훗훗해서 견딜 수가 없어서 내 거울을 좀 보리라고 아내가 외출한 틈을 타서 나는 아내 방으로 가서 아내의 화장대 앞에 앉아보았다. 상당하다. 수염과 머리가 참 산란하였다. 오늘은 이발을 좀 하리라 생각하고 겸사겸사 고 화장품 병들 마개를 뽑고 이것저것 맡아보았다. 한동안 잊어버렸던 향기 가운데서는 몸이 배배 꼬일 것 같은 체취가 전해 나왔다. 나는 아내의 이름을 속으로만 한번 불러보았다.

"연심(蓮心)이!"[22]

하고……

오래간만에 돋보기 장난도 하였다. 거울 장난도 하였다. 창에
든 볕이 여간 따뜻한 것이 아니었다. 생각하면 5월이 아니냐.

나는 커다랗게 기지개를 한번 펴보고 아내 베개를 내려 베고
벌떡 자빠져서는 이렇게도 편안하고 즐거운 세월을 하느님께 흠
씬 자랑하여주고 싶었다. 나는 참 세상의 아무것과도 교섭을 가
지지 않는다. 하느님도 아마 나를 칭찬할 수도 처벌할 수도 없는
것 같다.

그러나 다음 순간 실로 세상에도 이상스러운 것이 눈에 띄었다.
그것은 최면약 아달린[23] 갑이었다. 나는 그것을 아내의 화장대 밑
에서 발견하고 그것이 흡사 아스피린처럼 생겼다고 느꼈다. 나는
그것을 열어보았다. 똑 네 개가 비었다.

나는 오늘 아침에 네 개의 아스피린을 먹은 것을 기억하고 있었
다. 나는 잤다. 어제도 그제도 그끄제도—나는 졸려서 견딜 수
가 없었다. 나는 감기가 다 나았는데도 아내는 내게 아스피린을
주었다. 내가 잠이 든 동안에 이웃에 불이 난 일이 있다. 그때에
도 나는 자느라고 몰랐다. 이렇게 나는 잤다. 나는 아스피린으로
알고 그럼 한 달 동안을 두고 아달린을 먹어온 것이다. 이것은 좀
너무 심하다.

별안간 아뜩하더니 하마터면 나는 까무러칠 뻔하였다. 나는 그
아달린을 주머니에 넣고 집을 나섰다. 그리고 산을 찾아 올라갔

다. 인간 세상의 아무것도 보기가 싫었던 것이다. 걸으면서 나는 아무쪼록 아내에 관계되는 일은 일체 생각하지 않도록 노력하였다. 길에서 까무러치기 쉬우니까다. 나는 어디라도 양지가 바른 자리를 하나 골라서 자리를 잡아가지고 서서히 아내에 관하여서 연구할 작정이었다. 나는 길가에 도랑창, 핀 구경도 못한 진 개나리꽃, 종달새, 돌멩이도 새끼를 까는 이야기, 이런 것만 생각하였다. 다행히 길가에서 나는 졸도하지 않았다.

거기는 벤치가 있었다. 나는 거기 정좌하고 그리고 그 아스피린과 아달린에 관하여 연구하였다. 그러나 머리가 도무지 혼란하여 생각이 체계를 이루지 않는다. 단 5분이 못 가서 나는 그만 귀찮은 생각이 버쩍 들면서 심술이 났다. 나는 주머니에서 가지고 온 아달린을 꺼내 남은 여섯 개를 한꺼번에 질겅질겅 씹어 먹어버렸다. 맛이 익살맞다. 그러고 나서 나는 그 벤치 위에 가로 기다랗게 누웠다. 무슨 생각으로 내가 그따위 짓을 했나? 알 수가 없다. 그저 그러고 싶었다. 나는 게서 그냥 깊이 잠이 들었다. 잠결에도 바위틈을 흐르는 물소리가 졸졸 하고 귀에 언제까지나 어렴풋이 들려왔다.

내가 잠을 깨었을 때는 날이 환히 밝은 뒤다. 나는 거기서 일주야를 잔 것이다. 풍경이 그냥 노랗게 보인다. 그 속에서도 나는 번개처럼 아스피린과 아달린이 생각났다.

아스피린, 아달린, 아스피린, 아달린, 맑스, 말사스, 마도로스, 아스피린, 아달린.

아내는 한 달 동안 아달린을 아스피린이라고 속이고 내게 먹였다. 그것은 아내 방에서 이 아달린 갑이 발견된 것으로 미루어 증거가 너무나 확실하였다.

무슨 목적으로 아내는 나를 밤이나 낮이나 재웠어야 됐나?

나를 밤이나 낮이나 재워놓고 그리고 아내는 내가 자는 동안에 무슨 짓을 했나?

나를 조금씩 조금씩 죽이려던 것일까?

그러나 또 생각하여 보면 내가 한 달을 두고 먹어온 것은 아스피린이었는지도 모른다. 아내는 무슨 근심되는 일이 있어서 밤되면 잠이 잘 오지 않아서 정작 아내가 아달린을 사용한 것이나 아닌지, 그렇다면 나는 참 미안하다. 나는 아내에게 이렇게 큰 의혹을 가졌다는 것이 참 안됐다.

나는 그래서 부리나케 거기서 내려왔다. 아랫도리가 홰홰 내저이면서 어찔어찔한 것을 나는 겨우 집을 향하여 걸었다. 8시 가까이였다.

나는 내 잘못 든 생각을 죄다 일러바치고 아내에게 사죄하려는 것이다. 나는 너무 급해서 그만 또 말을 잊어버렸다.

그랬더니 이건 참 너무 큰일났다. 나는 내 눈으로는 절대로 보아서 안 될 것을 그만 딱 보아버리고 만 것이다. 나는 얼떨결에 그만 냉큼 미닫이를 닫고 그리고 현기증이 나는 것을 진정시키느라고 잠깐 고개를 숙이고 눈을 감고 기둥을 짚고 섰자니까 일 초 여유도 없이 홱 미닫이가 다시 열리더니 매무새를 풀어헤친 아내가 불쑥 내밀면서 내 멱살을 잡는 것이다. 나는 그만 어지러워서 게가 그냥 나둥그러졌다. 그랬더니 아내는 넘어진 내 위에 덮치면서 내 살을 함부로 물어뜯는 것이다. 아파 죽겠다. 나는 사실 반항할 의사도 힘도 없어서 그냥 넙죽 엎뎌 있으면서 어떻게 되나 보고 있자니까 뒤이어 남자가 나오는 것 같더니 아내를 한아름에 덥석 안아가지고 방 안으로 들어가는 것이다. 아내는 아무 말 없이 다소곳이 그렇게 안겨 들어가는 것이 내 눈에 여간 미운 것이 아니다. 밉다.

아내는 너 밤 새워가면서 도적질하러 다니느냐, 계집질하러 다니느냐고 발악이다. 이것은 참 너무 억울하다. 나는 어안이 벙벙하여 도무지 입이 떨어지지를 않았다.

너는 그야말로 나를 살해하려던 것이 아니냐고 소리를 한번 꽥 질러보고도 싶었으나 그런 긴가민가한 소리를 섣불리 입밖에 내었다가는 무슨 화를 볼는지 알 수 있나. 차라리 억울하지만 잠자코 있는 것이 우선 상책인 듯싶이 생각이 들길래 나는 이것은 또 무슨 생각으로 그랬는지 모르지만 툭툭 털고 일어나서 내 바지 포켓 속에 남은 돈 몇 원 몇십 전을 가만히 꺼내서는 몰래 미닫이를 열고 살며시 문지방 밑에다 놓고 나서는 나는 그냥 줄달음박질을 쳐서 나와버렸다.

여러 번 자동차에 치일 뻔하면서 나는 그대로 경성역을 찾아갔다. 빈자리와 마주 앉아서 이 쓰디쓴 입맛을 거두기 위하여 무엇으로나 입가심을 하고 싶었다.

커피—— 좋다. 그러나 경성역 홀에 한 걸음을 들여놓았을 때 나는 내 주머니에는 돈이 한 푼도 없는 것을 그것을 깜박 잊었던 것을 깨달았다. 또 아뜩하였다. 나는 어디선가 그저 맥없이 머뭇머

못하면서 어쩔 줄을 모를 뿐이었다. 얼빠진 사람처럼 그저 이리 갔다 저리 갔다 하면서……

나는 어디로 어디로 들입다 쏘다녔는지 하나도 모른다. 다만 몇 시간 후에 내가 미쓰코시[24] 옥상에 있는 것을 깨달았을 때는 거의 대낮이었다.

나는 거기 아무 데나 주저앉아서 내 자라온 스물여섯 해를 회고하여보았다. 몽롱한 기억 속에서는 이렇다는 아무 제목도 불거져 나오지 않았다.

나는 또 내 자신에게 물어보았다. 너는 인생에 무슨 욕심이 있느냐고. 그러나 있다고도 없다고도, 그런 대답은 하기가 싫었다. 나는 거의 나 자신의 존재를 인식하기조차도 어려웠다.

허리를 굽혀서 나는 그저 금붕어나 들여다보고 있었다. 금붕어는 참 잘들 생겼다. 작은 놈은 작은 놈대로 큰 놈은 큰놈대로 다 싱싱하니 보기 좋았다. 내리비치는 5월 햇살에 금붕어들은 그릇 바탕에 그림자를 내려뜨렸다. 지느러미는 하늘하늘 손수건을 흔드는 흉내를 낸다. 나는 이 지느러미 수효를 헤아려보기도 하면서 굽힌 허리를 좀처럼 펴지 않았다. 등어리가 따뜻하다.

나는 또 회탁[25]의 거리를 내려다보았다. 거기서는 피곤한 생활이 똑 금붕어 지느러미처럼 흐늑흐늑 허비적거렸다. 눈에 보이지 않는 끈적끈적한 줄에 엉켜서 헤어나지들을 못한다. 나는 피로와 공복 때문에 무너져 들어가는 몸뚱이를 끌고 그 회탁의 거리 속으로 섞여 들어가지 않는 수도 없다 생각하였다. 나서서 나는 또 문득 생각하여보았다. 이 발길이 지금 어디로 향하여 가는 것인가를……

그때 내 눈앞에는 아내의 모가지가 벼락처럼 내려 떨어졌다. 아스피린과 아달린.

우리들은 서로 오해하고 있느니라. 설마 아내가 아스피린 대신에 아달린의 정량을 나에게 먹여왔을까? 나는 그것을 믿을 수는 없다. 아내가 그럴 대체 까닭이 없을 것이니. 그러면 나는 날밤을 새면서 도적질을 계집질을 하였나? 정말이지 아니다.

우리 부부는 숙명적으로 발이 맞지 않는 절름발이인 것이다. 내가 아내나 제 거동에 로직을 붙일 필요는 없다. 변해할 필요도 없다. 사실은 사실대로 오해는 오해대로 그저 끝없이 발을 절뚝거리면서 세상을 걸어가면 되는 것이다. 그렇지 않을까?

그러나 나는 이 발길이 아내에게로 돌아가야 옳은가 이것만은 분간하기가 좀 어려웠다. 가야 하나? 그럼 어디로 가나?

이때 뚜우 하고 정오 사이렌이 울었다. 사람들은 모두 네 활개를 펴고 닭처럼 푸드덕거리는 것 같고 온갖 유리와 강철과 대리석과 지폐와 잉크가 부글부글 끓고 수선을 떨고 하는 것 같은 찰나, 그야말로 현란을 극한 정오다.

나는 불현듯이 겨드랑이 가렵다. 아하, 그것은 내 인공의 날개가 돋았던 자국이다. 오늘은 없는 이 날개, 머릿속에서는 희망과 야심의 말소된 페이지가 딕셔너리 넘어가듯 번뜩였다.

나는 걷던 걸음을 멈추고 그리고 어디 한번 이렇게 외쳐보고 싶었다.

날개야 다시 돋아라.

날자. 날자. 날자. 한 번만 더 날자꾸나.
한 번만 더 날아보자꾸나.

봉별기 逢別記

1

스물세 살이오— 3월이오—각혈이다. 여섯 달 잘 기른 수염을 하루 면도칼로 다듬어 코밑에 다만 나비만큼 남겨가지고 약한 재 지어 들고 B라는 신개지 한적한 온천으로 갔다. 게서 나는 죽어도 좋았다.

그러나 이내 아직 기를 펴지 못한 청춘이 약탕관을 붙들고 늘어져서는 날 살리라고 보채는 것은 어찌하는 수가 없다. 여관 한등(寒燈) 아래 밤이면 나는 늘 억울해했다.

사흘을 못 참고 기어 나는 여관 주인 영감을 앞장세워 밤에 장고 소리 나는 집으로 찾아갔다. 게서 만난 것이 금홍(錦紅)이다.

"몇 살인구?"

체대(體大)¹가 비록 풋고추만 하나 깡그라진 계집이 제법 맛이

맵다. 열여섯 살? 많아야 열아홉 살이지 하고 있자니까

"스물한 살이에요."

"그럼 내 나인 몇 살이나 돼 뵈지?"

"글쎄 마흔? 서른 아홉?"

나는 그저 흥! 그래버렸다. 그리고 팔짱을 떡 끼고 앉아서는 더욱더욱 점잖은 체했다. 그냥 그날은 무사히 헤어졌건만—

이튿날 화우(畫友) K군²이 왔다. 이 사람인즉 나와 농(弄)하는 친구다. 나는 어쩌는 수 없이 그 나비 같다면서 달고 다니던 코밑수염을 아주 밀어버렸다. 그리고 날이 저물기가 급하게 또 금홍이를 만나러 갔다.

"어디서 뵌 어른 겉은데."

"엊저녁에 왔던 수염 난 양반 내가 바루 아들이지. 목소리까지 닮었지?"

하고 익살을 부렸다. 주석(酒席)이 어느덧 파하고 마당에 내려서다가 K군의 귀에 대고 나는 이렇게 속삭였다.

"어때? 괜찮지? 자네 한번 얼러보게."

"관두게, 자네가 얼러보게."

"어쨌든 여관으로 껄구 가서 짱껭뽕³을 해서 정허기루 허세나."

"거 좋지."

그랬는데 K군은 측간에 가는 체하고 피해버렸기 때문에 나는 부전승으로 금홍이를 이겼다. 그날 밤에 금홍이는 금홍이가 경산부(經産婦)⁴라는 것을 감추지 않았다.

"언제?"

"열여섯 살에 머리 얹어서 열일곱 살에 낳았지."

"아들?"

"딸."

"어딨나?"

"돌 만에 죽었어."

지어가지고 온 약은 집어치우고 나는 전혀 금홍이를 사랑하는 데만 골몰했다. 못난 소린 듯하나 사랑의 힘으로 각혈이 다 멈췄으니까.

나는 금홍이에게 노름채[5]를 주지 않았다. 왜? 날마다 밤마다 금홍이가 내 방에 있거나 내가 금홍이 방에 있거나 했기 때문에.

그 대신 우(禹)라는 불란서 유학생의 유야랑(遊冶郞)[6]을 나는 금홍이에게 권하였다. 금홍이는 내 말대로 우씨와 더불어 '독탕(獨湯)'에 들어갔다. 이 '독탕'이라는 것은 좀 음란한 설비였다. 나는 이 음란한 설비 문간에 나란히 벗어놓은 우씨와 금홍이 신발을 보고 언짢아하지 않았다.

나는 또 내 곁방에 와 묵고 있는 C라는 변호사에게도 금홍이를 권하였다. C는 내 열성에 감동되어 하는 수 없이 금홍이 방을 범했다.

그러나 사랑하는 금홍이는 늘 내 곁에 있었다. 그리고 우, C 등등에게서 받은 10원 지폐를 여러 장 꺼내놓고 어리광석게 내게 자랑도 하는 것이었다.

그러자 나는 백부님 소상[7] 때문에 귀경하지 않으면 안 되게 되었다. 복숭아꽃이 만발하고 정자(亭子) 곁으로 석간수(石間水)[8]

가 졸졸 흐르는 좋은 터전을 한 군데 찾아가서 우리는 석별의 하루를 즐겼다. 정거장에서 나는 금홍이에게 10원 지폐 한 장을 쥐여주었다. 금홍이는 이것으로 전당 잡힌 시계를 찾겠다고 그러면서 울었다.

2

금홍이가 내 아내가 되었으니까 우리 내외는 참 사랑했다. 서로 지나간 일은 묻지 않기로 하였다. 과거라야 내 과거가 무엇 있을 까닭이 없고 말하자면 내가 금홍이 과거를 묻지 않기로 한 약속이나 다름없다.

금홍이는 겨우 스물한 살인데 서른한 살 먹은 사람보다도 나았다. 서른한 살 먹은 사람보다도 나은 금홍이가 내 눈에는 열일곱 살 먹은 소녀로만 보이고 금홍이 눈에 마흔 살 먹은 사람으로 보인 나는 기실 스물세 살이요 게다가 주책이 좀 없어서 똑 여남은 살 먹은 아이 같다. 우리 내외는 이렇게 세상에도 없이 현란하고 아기자기하였다.

부질없는 세월이 ——

1년이 지나고 8월, 여름으로는 늦고 가을로는 이른 그 북새통에 ——

금홍이에게는 예전 생활에 대한 향수가 왔다.

나는 밤이나 낮이나 누워 잠만 자니까 금홍이에게 대하여 심심하다. 그래서 금홍이는 밖에 나가 심심치 않은 사람들을 만나 심심치 않게 놀고 돌아오는——

즉 금홍이에 협착한 생활이 금홍이의 향수를 향하여 발전하고 비약하기 시작하였다는 데 지나지 않는 이야기다.

그런데 이번에는 내게 자랑을 하지 않는다. 않을 뿐만 아니라 숨기는 것이다.

이것은 금홍이로서 금홍이답지 않은 일일 밖에 없다. 숨길 것이 있나? 숨기지 않아도 좋지. 자랑을 해도 좋지.

나는 아무 말도 하지 않는다. 나는 금홍이 오락의 편의를 돕기 위하여 가끔 P군 집에 가 잤다. P군은 나를 불쌍하다고 그랬던가 싶이 지금 기억된다.

나는 또 이런 것을 생각하지 않았던 것도 아니다. 즉 남의 아내라는 것은 정조를 지켜야 하느니라고!

금홍이는 나를 내 나태한 생활에서 깨우치게 하기 위하여 우정 간음하였다고 나는 호의로 해석하고 싶다. 그러나 세상에 흔히 있는 아내다운 예의를 지키는 체해본 것은 금홍이로서 말하자면 천려의 일실' 아닐 수 없다.

이런 실없는 정조를 간판 삼자니까 자연 나는 외출이 잦았고 금홍이 사업에 편의를 돕기 위하여 내 방까지도 개방하여주었다. 그러는 중에도 세월은 흐르는 법이다.

하루 나는 제목 없이 금홍이에게 몹시 얻어맞았다. 나는 아파서 울고 나가서 사흘을 들어오지 못했다. 너무도 금홍이가 무서웠다.

나흘 만에 와 보니까 금홍이는 때 묻은 버선을 윗목에다 벗어놓고 나가버린 뒤였다.

이렇게도 못나게 홀아비가 된 내게 몇 사람의 친구가 금홍이에 관한 불미한 가십[10]을 가지고 와서 나를 위로하는 것이었으나 종시 나는 그런 취미를 이해할 도리가 없었다.

버스를 타고 금홍이와 남자는 멀리 과천 관악산으로 가는 것을 보았다는데 정말 그렇다면 그 사람은 내가 쫓아가서 야단이나 칠까 봐 무서워서 그런 모양이니까 퍽 겁쟁이다.

3

인간이라는 것은 임시 거부하기로 한 내 생활이 기억력이라는 민첩한 작용을 하지 않았기 때문에 두 달 후에는 나는 금홍이라는 성명 삼 자까지도 말쑥하게 잊어버리고 말았다. 그런 두절된 세월 가운데 하루 길일을 복(卜)하여 금홍이가 왕복 엽서처럼 돌아왔다. 나는 그만 깜짝 놀랐다.

금홍이의 모양은 뜻밖에도 초췌하여 보이는 것이 참 슬펐다. 나는 꾸짖지 않고 맥주와 붕어과자와 장국밥을 사 먹여가면서 금홍이를 위로해주었다. 그러나 금홍이는 좀처럼 화를 풀지 않고 울면서 나를 원망하는 것이었다. 할 수 없어서 나도 그만 울어버렸다.

"그렇지만 너무 늦었다. 그만해두 두 달지간이나 되지 않니? 헤어지자, 응?"

"그럼 난 어떻게 되우, 응?"

"마땅헌 데 있거든 가거라, 응?"

"당신두 그럼 장가 가나? 응?"

헤어지는 한에도 위로해 보낼지어다. 나는 이런 양의(良議) 아래 금홍이와 이별했더니라. 갈 때 금홍이는 선물로 내게 베개를 주고 갔다.

그런데 이 베개 말이다.

이 베개는 2인용이다. 싫대도 자꾸 떠맡기고 간 이 베개를 나는 두 주일 동안 혼자 베어보았다. 너무 길어서 안됐다. 안됐을 뿐 아니라 내 머리에서는 나지 않는 묘한 머리 기름땟내 때문에 안면(安眠)이 적이 방해된다.

나는 하루 금홍이에게 엽서를 띄웠다.

"중병에 걸려 누웠으니 얼른 오라"고.

금홍이는 와서 보니까 내가 참 딱했다. 이대로 두었다가는 역시 며칠이 못 가서 굶어 죽을 것같이만 보였던가 보다. 두 팔을 부르걷고 그날부터 나서 벌어다가 나를 먹여 살린다는 것이다.

"오―케―"

인간 천국―그러나 날이 좀 추웠다. 그러나 나는 대단히 안일하였기 때문에 재채기도 하지 않았다.

이러기를 두 달? 아니 다섯 달이나 되나 보다. 금홍이는 홀연히 외출했다.

달포를 두고 금홍이 홈시크"를 기대하다가 진력이 나서 나는 기명집물(器皿什物)[12]을 뚜들겨 팔아버리고 21년 만에 '집'으로 돌아갔다.

와 보니 우리 집은 노쇠해버렸다. 이어 불초 이상은 이 노쇠한 가정을 아주 쑥밭을 만들어버렸다. 그동안 이태 가량——

어언간 나도 노쇠해버렸다. 나는 스물일곱 살이나 먹어버렸다.

천하의 여성은 다소간 매춘부의 요소를 품었느니라고 나 혼자는 굳이 신념한다. 그 대신 내가 매춘부에게 은화를 지불하면서는 한 번도 그네들을 매춘부라고 생각한 일이 없다. 이것은 내 금홍이와의 생활에서 얻은 체험만으로는 성립되지 않는 이론같이 생각되나 기실 내 진담이다.

4

나는 몇 편의 소설과 몇 줄의 시를 써서 내 쇠망해가는 심신 위에 치욕을 배가하였다. 이 이상 내가 이 땅에서의 생존을 계속하기가 자못 어려울 지경에까지 이르렀다. 나는 하여간 허울 좋게 말하자면 망명해야겠다.

어디로 갈까. 나는 만나는 사람마다 동경으로 가겠다고 호언했다. 그뿐 아니라 어느 친구에게는 전기 기술에 관한 전문 공부를 하러 간다는 둥 학교 선생님을 만나서는 고급 단식 인쇄술을 연구하겠다는 둥 친한 친구에게는 내 5개 국어에 능통할 작정일세 어쩌구 심하면 법률을 배우겠소까지 허담을 탕탕 하는 것이다.

웬만한 친구는 보통들 속나 보다. 그러나 이 헛선전을 안 믿는 사람도 더러는 있다. 여하간 이것은 영영 빈빈털털이가 되어버린 이상의 마지막 공포에 지나지 않는 것만은 사실이겠다.

어느 날 나는 이렇게 여전히 공포를 놓으면서 친구들과 술을 먹고 있자니까 내 어깨를 툭 치는 사람이 있다. 긴상[13]이라는 이다.

"긴상(이상도 사실은 긴상이다) 참 오랜간만이슈. 건데 긴상 꼭 긴상 한번 만나 뵙자는 사람이 하나 있는데 긴상 어떡허시려우."

"거 누군구. 남자야? 여자야?"

"여자니까 일이 재미있지 않으냐 거런 말야."

"여자라?"

"긴상 옛날 옥상."[14]

금홍이가 서울에 나타났다는 이야기다. 나타났으면 나타났지 나를 왜 찾누?

나는 긴상에게서 금홍이의 숙소를 알아가지고 어쩔 것인가 망설였다. 숙소는 동생 일심(一心)[15]이 집이다.

드디어 나는 만나 보기로 결심하고 그리고 일심이 집을 찾아가서

"언니가 왔다지?"

"어유 — 아제두, 돌아가신 줄 알았구려! 그래 자그만치 인제 온단 말씀유, 어서 들오슈."

금홍이는 역시 초췌하다. 생활 전선에서의 피로의 빛이 그 얼굴에 여실하였다.

"네눔 하나 보구져서 서울 왔지 내 서울 뭘 허려 왔다디?"

"그러게 또 난 이렇게 널 찾어오지 않었니?"

"너 장가 갔다더구나."

"얘 듣기 싫다. 그 익모초 겉은 소리."

"안 갔단 말이냐, 그럼."

"그럼."

당장에 목침이 내 면상을 향하여 날아 들어왔다. 나는 예나 다름이 없이 못나게 웃어주었다.

술상을 보았다. 나도 한잔 먹고 금홍이도 한잔 먹었다. 나는 영변가(寧邊歌)[16]를 한마디 하고 금홍이는 육자배기[17]를 한마디 했다.

밤은 이미 깊었고 우리 이야기는 이 생에서의 영이별이라는 결론으로 밀려갔다. 금홍이는 은수저로 소반전을 딱딱 치면서 내가 한 번도 들은 일이 없는 구슬픈 창가를 한다.

"속아도 꿈결 속여도 꿈결 굽이굽이 뜨내기 세상 그늘진 심정에 불질러버려라 운운."

실화 失花

1

사람이

비밀이 없다는 것은 재산 없는 것처럼 가난하고 허전한 일이다.

2

꿈── 꿈이면 좋겠다. 그러나 나는 자는 것이 아니다. 누운 것
도 아니다.

앉아서 나는 듣는다. (12월 23일)

"언더──더 워치──시계 아래서 말이에요── 파이브 타운스
──다섯 개의 동리란 말이지요── 이 청년은 요 세상에서 담배를

제일 좋아합니다──기다랗게 꾸부러진 파이프에다가 향기가 아주 높은 담배를 피워 빽── 빽── 연기를 품기고' 앉았는 것이 무엇보다도 낙이었답니다."

(내야말로 동경 와서 쓸데없이 담배만 늘었지. 울화가 푹── 치밀 때 저 폐까지 쭉── 연기나 들이키지 않고 이 발광할 것 같은 심정을 억제하는 도리가 없다)

"연애를 했어요! 고상한 취미──우아한 성격──이런 것이 좋았다는 여자의 유서예요──죽기는 왜 죽어──선생님 저 같으면 죽지 않겠습니다──죽도록 사랑할 수 있나요──있다지요──그렇지만 저는 모르겠어요."

(나는 일찍이 어리석었더니라. 모르고 연이와 죽기를 약속했더니라. 죽도록 사랑했건만 면회가 끝난 뒤 대략 20분이나 30분만 지나면 연이는 내가 '설마' 하고만 여기던 S의 품 안에 있었다)

"그렇지만 선생님──그 남자의 성격이 참 좋아요──담배도 좋고 목소리도 좋고── 이 소설을 읽으면 그 남자의 음성이 꼭── 웅얼웅얼 들려오는 것 같아요. 이 남자가 같이 죽자면 그때 당해서는 또 모르겠지만 지금 생각 같아서는 저도 죽을 수 있을 것 같아요. 선생님 사람이 정말 죽을 수 있도록 사랑할 수 있나요. 있다면 저도 그런 연애 한번 해보고 싶어요."

(그러나 철부지 C양이여. 연이는 약속한 지 두 주일 되는 날 죽지 말고 우리 살자고 그립디다. 속았다. 속기 시작한 것은 그때부터다. 나는 어리석게도 살 수 있을 것을 믿었지. 그뿐인가 연이는 나를 사랑하느니라고까지)

"공과(功課)는 여기까지밖에 안 했어요——청년이 마지막에는
——멀리 여행을 간다나 봐요. 모든 것을 잊어버리려고."

(여기는 동경이다. 나는 어쩔 작정으로 여기 왔나? 적빈이 여세[2]
——콕토——가 그랬느니라——재주 없는 예술가야 부질없이 네 빈
곤을 내세우지 말라고—— 아—— 내게 빈곤을 팔아먹는 재주 외에
무슨 기능이 남아 있누. 여기는 신전구(神田區) 신보정(神保町),
내가 어려서 제전(帝展), 이과(二科)에 하가키[3] 주문하던 바로 게
가 예다. 나는 여기서 지금 앓는다)

"선생님! 이 여자를 좋아하십니까——좋아하시지요——좋아요
——아름다운 죽음이라고 생각해요——그렇게까지 사랑을 받은——
남자는 행복되지요——네 선생님——선생님 선생님."

(선생님 이상 턱에 입 언저리에 아—— 수염 숱하게도 났다. 좋게도
자랐다)

"선생님——뭘——그렇게 생각하십니까——네—— 담배가 다 탔
는데——아이—— 파이프에 불이 붙으면 어떻게 합니까——눈을 좀
뜨세요. 이 얘기는——끝났습니다. 네—— 무슨 생각 그렇게 하셨
나요."

(아—— 참 고운 목소리도 다 있지. 10리나 먼 밖에서 들려오는——
값비싼 시계 소리처럼 부드럽고 정확하게 윤택이 있고 피아니시모[4]
——꿈인가. 한 시간 동안이나 나는 스토리——보다는 목소리를 들었
다. 한 시간——한 시간같이 길었지만 10분——나는 졸았나? 아니 나
는 스토리——를 다 외운다. 나는 자지 않았다. 그 흐르는 듯한 연연
한 목소리가 내 감관을 얼싸안고 목소리가 잤다.)

꿈——꿈이면 좋겠다. 그러나 나는 잔 것도 아니요 또 누웠던 것
도 아니다.

3

파이프에 불이 붙으면?

끄면 그만이지. 그러나 S는 껄껄 아니 빙그레 웃으면서 나를 타
이른다.

"상! 연이와 헤어지게. 헤어지는 게 좋을 것 같으니. 상이 연이
와 부부? 라는 것이 내 눈에는 똑 부러 그러는 것 같아서 못 보겠
네."

"거 어째서 그렇다는 건가."

이 S는, 아니 연이는 일찍이 S의 것이었다. 오늘 나는 S와 더불
어 담배를 피우면서 마주 앉아 담소할 수 있다. 그러면 S와 나 두
사람은 친우였던가.

"상! 자네 'EPIGRAM'이라는 글 내 읽었지. 한 번——허허——한
번. 상! 상의 서푼짜리 우월감이 내게는 우스워 죽겠다는 걸세.
한 번? 한 번——허허——한 번."

"그러면(나는 실신할 만치 놀랐다) 한 번 이상——몇 번. S! 몇
번인가."

"그저 한 번 이상이라고만 알아두게나그려."

꿈——꿈이면 좋겠다. 그러나 10월 23일부터 10월 24일까지 나

는 자지 않았다. 꿈은 없다.

(천사는—어디를 가도 천사는 없다. 천사들은 다 결혼해버렸기 때문이다)

23일 밤 12시부터 나는 가지가지 재주를 다 피워가면서 연이를 고문했다.

24일 동이 훤하게 터 올 때쯤에야 연이는 겨우 입을 열었다. 아—장구한 시간!

"첫번—말해라."

"인천 어느 여관."

"그건 안다. 둘째번—말해라."

"……"

"말해라."

"N빌딩 S의 사무실."

"셋째번—말해라."

"……"

"말해라."

"동소문 밖 음벽정(飮碧亭)."

"넷째번—말해라."

"……"

"말해라."

"……"

"말해라."

머리맡 책상 서랍 속에는 서슬이 퍼런 내 면도칼이 있다. 경동맥[5]을 따면 요물은 선혈이 댓줄기 뻗치듯 하면서 급사하리라. 그러나—

나는 일찌감치 면도를 하고 손톱을 깎고 옷을 갈아입고 그리고 예년 10월 24일 경에는 사체가 며칠 만이면 썩기 시작하는지 곰곰 생각하면서 모자를 쓰고 인사하듯 다시 벗어 들고 그리고 방— 연이와 반년 침식을 같이 하던 냄새나는 방을 휘둘러 살피자니까 하나 사다놓네 놓네 하고 기어이 뜻을 이루지 못한 금붕어도— 이 방에는 가을이 이렇게 짙었건만 국화 한 송이 장식이 없다.[6]

4

그러나 C양의 방에는 지금—고향에서는 스케이트를 지친다는데—국화 두 송이가 참 싱싱하다.

이 방에는 C군과 C양이 산다. 나는 C양더러 '부인'이라고 그랬더니 C양은 성을 냈다. 그러나 C군에게 물어보면 C양은 '아내'란다. 나는 이 두 사람 중의 누구라고 정하지 않고 내 동경 생활이 하도 적막해서 지금 이 방에 놀러 왔다.

언더—더 워치—시계 아래서의 렉처[7]는 끝났는데 C군은 조선 곰방대를 피우고 나는 눈을 뜨지 않는다. C양의 목소리는 꿈 같다. 인토네이션[8]이 없다. 흐르는 것같이 끊임없으면서 아주 조용하다.

나는 그만 가야겠다.

"선생님(이것은 실로 이상 옹을 지적하는 참담한 인칭대명사다) 왜 그러세요——이 방이 기분이 나쁘세요? (기분? 기분이란 말은 필시 조선말은 아니리라) 더 놀다 가세요——아직 주무실 시간도 멀었는데 가서 뭐 하세요? 네? 얘——기나 하세요."

나는 잠시 그 계간유수(溪澗流水)⁹ 같은 목소리의 주인 C양의 얼굴을 들여다본다. C군이 범과 같이 건강하니까 C양은 혈색이 없이 입술조차 파르스레하다. 이 오사게¹⁰라는 머리를 한 소녀는 내일 학교에 간다. 가서 언더 더 워치의 계속을 배운다.

사람이——

비밀이 없다는 것은 재산 없는 것처럼 가난하고 허전한 일이다.

강사는 C양의 입술이 C양이 좀 횟배를 앓는다는 이유 외의 또 무슨 이유로 조렇게 파르스레한가를 아마 모르리라.

강사는 맹랑한 질문 때문에 잠깐 얼굴을 붉혔다가 다시 제 지위의 현격히 높은 것을 느끼고 그리고 외쳤다.

"조그만 것들이 무얼 안다고——"

그러나 연이는 히힝 하고 코웃음을 쳤다. 모르기는 왜 몰라—— 연이는 지금 방년이 이십, 열여섯 살 때 즉 연이가 여고 때 수신과 체조를 배우는 여가에 간단한 속옷을 찢었다. 그리고 나서 수신과 체조는 여가에 가끔 하였다.

여섯——일곱——여덟——아홉——열——

다섯 해——개 꼬리도 삼 년만 묻어두면 황모가 된다던가 안 된다던가 원——

수신 시간에는 학감 선생님, 할훈(割烹)¹¹시간에는 올드 미스 선생님, 국문 시간에는 곰보딱지 선생님—

"선생님 선생님— 이 귀염성스럽게 생긴 연이가 엊저녁에 무엇을 했는지 알아내면 용하지."

흑판 위에는 '절조숙녀(窈窕淑女)'[12]라는 액(額)의 흑색이 임리(淋漓)하다.

"선생님 선생님— 제 입술이 왜 요렇게 파르스레한지 알아맞히신다면 참 용하지."

연이는 음벽정(飮碧亭)에 가던 날도 R영문과에 재학 중이다. 전날 밤에는 나와 만나서 사랑과 장래를 맹서하고 그 이튿날 낮에는 기싱[13]과 호손[14]을 배우고 밤에는 S와 같이 음벽정에 가서 옷을 벗었고 그 이튿날은 월요일이기 때문에 나와 같이 같은 동소문 밖으로 놀러가서 베제[15]했다. S도 K교수도 나도 연이가 엊저녁에 무엇을 했는지 모른다. S도 K교수도 나도 바보요 연이만이 홀로 눈 가리고 아웅하는 데 희대의 천재다.

연이는 N빌딩에서 나오기 전에 WC라는 데를 잠깐 들르지 않으면 안 되었다. 나오면 남대문통 십오간 대로 GO STOP의 인파.

"여보시오 여보시오, 이 연이가 조 2층 바른편에서부터 둘째 S씨의 사무실 안에서 지금 무엇을 하고 나왔는지 알아맞히면 용하지."

그때에도 연이의 살결에서는 능금과 같은 신선한 생광(生光)이 나는 법이다. 그러나 불쌍한 이상 선생님에게는 이 복잡한 교통을 향하여 빈정거릴 아무런 비밀의 재료도 없으니 내가 재산 없는 것보다도 더 가난하고 싱겁다.

"C양! 내일도 학교에 가셔야 할 테니까 일찍 주무셔야지요."

나는 부득부득 가야겠다고 우긴다. C양은 그럼 이 꽃 한 송이 가져다가 방에 꽂아놓으란다.

"선생님 방은 아주 살풍경(殺風景)[16]이라지요?"

내 방에는 화병도 없다. 그러나 나는 두 송이 가운데 흰 것을 달래서 왼편 깃에다가 꽂았다. 꽂고 나는 밖으로 나왔다.

5

국화 한 송이도 없는 방 안을 휘—— 한 번 둘러보았다. 잘——하면 나는 이 추악한 방을 다시 보지 않아도 좋을 수——도 있을까 싶었기 때문에 내 눈에는 눈물도 고일 밖에——

나는 썼다 벗은 모자를 다시 쓰고 나니까 그만하면 내 연이에게 대한 인사도 별로 유루(遺漏)[17]없이 다 된 것 같았다.

연이는 내 뒤를 서너 발자국 따라 왔던가 싶다. 그러나 나는 예년 10월 24일 경에는 사체가 며칠 만이면 상하기 시작하는지 그것이 더 급했다.

"상! 어디 가세요?"

나는 얼떨결에 되는 대로

"동경."

물론 이것은 허담이다. 그러나 연이는 나를 만류하지 않는다. 나는 밖으로 나갔다.

나왔으니, 자— 어디로 어떻게 가서 무엇을 해야 되누.

해가 서산에 지기 전에 나는 이삼 일 내로는 반드시 썩기 시작 해야 할 한 개 '사체'가 되어야만 하겠는데, 도리는?

도리는 막연하다. 나는 10년 긴— 세월을 두고 세수할 때마다 자살을 생각하여왔다. 그러나 나는 결심하는 방법도 결행하는 방법도 아무것도 모르는 채다.

나는 온갖 유행약을 암송하여보았다.

그러고 나서는 인도교, 변전소, 화신상회(和信商會)[18] 옥상, 경원선, 이런 것들도 생각해보았다.

나는 그렇다고—정말 이 온갖 명사의 나열은 가소롭다—아직 웃을 수는 없다.

웃을 수는 없다. 해가 저물었다. 급하다. 나는 어딘지도 모를 교외에 있다. 나는 어쨌든 시내로 들어가야만 할 것 같았다. 시내—사람들은 여전히 그 알아볼 수 없는 낯짝들을 쳐들고 와글와글 야단이다. 가등(街燈)이 안개 속에서 축축해한다. 영경(英京)[19] 런던이 이렇다지—

6

NAUKA사(社)[20]가 있는 신보정(神保町) 영란동(鈴蘭洞)에는 고본(古本) 야시(夜市)가 선다. 섣달 대목—이 영란동도 곱게 장식되었다. 이슬비에 젖은 아스팔트를 이리 디디고 저리 디디고 저녁

안 먹은 내 발길은 자못 창량(踉蹌)²¹하였다. 그러나 나는 최후의 20전을 던져 타임스판 상용 영어 4천 자라는 서적을 샀다. 4천 자——

4천 자면 참 많은 수효다. 이 해양만 한 외국어를 겨드랑에 낀 나는 섣불리 배고파할 수도 없다. 아—— 나는 배부르다.

진따²²——(옛날 활동사진 상설관에서 사용하던 취주악대)²³ 진동아²⁴의 진따가 슬프다.

진따는 전원 네 사람으로 조직되었다. 대목의 한몫을 보려는 소백화점의 번영을 위하여 이 네 사람은 클라리넷과 코넷과 북과 소고(小鼓)를 가지고 선조 유신(維新)²⁵ 당초에 부르던 유행가를 연주한다. 그것은 슬프다 못해 기가 막히는 가각(街角)풍경이다. 왜? 이 네 사람은 네 사람이 다 묘령의 여성들이더니라. 그들은 똑같이 진홍색 군복과 군모과 '꼭구마'²⁶를 장식하였더니라.

아스팔트는 젖었다. 영란동 좌우에 매달린 그 영란꽃 모양 가등도 젖었다. 클라리넷——소리도——눈물에 젖었다. 그리고 내 머리에는 안개가 자욱이 끼었다.

영경 런던이 이렇다지?

"이상은 무슨 생각을 그렇게 하십니까?"

남자의 목소리가 내 어깨를 쳤다. 법정대학 Y군, 인생보다는 연극이 재미있다는 이다. 왜? 인생은 귀찮고 연극은 실없으니까.

"집에 갔더니 안 계시길래!"

"죄송합니다."

"엠프레스에 가십시다."

"좋——지요."

ADVENTURE IN MANHATTAN[27]에서 진 아서[28]가 커피 한 잔 맛있게 먹더라. 크림을 타 먹으면 소설가 구보씨(仇甫氏)[29]가 그랬다──쥐 오줌내가 난다고. 그러나 나는 조엘 마크리[30]──만큼은 맛있게 먹을 수 있었으니──MOZART의 41번은 「목성」이다. 나는 몰래 모차르트의 환술을 투시하려고 애를 쓰지만 공복으로 하여 적이 어지럽다.

"신숙(新宿) 가십시다."

"신숙이라?"

"NOVA[31]에 가십시다."

"가십시다 가십시다."

마담은 루파시카. 노바는 에스페란토. 헌팅을 얹은 놈의 심장을 아까부터 벌레가 연해 파먹어 들어간다. 그러면 시인 지용(芝溶)이여! 이상은 물론 자작의 아들도 아무것도 아니겠습니다그려!

12월의 맥주는 선뜩선뜩하다. 밤이나 낮이나 감방은 어둡다[32]는 이것은 고리키의 「나드네」[33] 구슬픈 노래, 이 노래를 나는 모른다.

7

밤이나 낮이나 그의 마음은 한없이 어두우리라. 그러나 유정(兪政)아! 너무 슬퍼 마라. 너에게는 따로 할 일이 있느니라.

이런 지비(紙碑)[34]가 붙어 있는 책상 앞에 유정에게 있어서는 생사의 기로다. 이 칼날같이 선 한 지점에 그는 앉지도 서지도 못하면서 오직 내가 오기를 기다렸다고 울고 있다.

"각혈이 여전하십니까?"

"네── 그저 그날이 그날 같습니다."

"치질이 여전하십니까?"

"네── 그저 그날이 그날 같습니다."

안개 속을 헤매던 내가 불현듯 나를 위하여는 마코³⁵──두 갑, 그를 위하여는 배 10전어치를, 사가지고 여기 유정을 찾은 것이다. 그러나 그의 유령 같은 풍모(風貌)를 도회(韜晦)하기 위하여 장식된 무성한 화병에서까지 석탄산³⁶ 냄새가 나는 것을 지각하였을 때는 나는 내가 무엇하러 여기 왔나를 추억해볼 기력조차도 없어진 뒤였다.

"신념을 빼앗긴 것은 건강이 없어진 것처럼 죽음의 꼬임을 받기 마치 쉬운 경우더군요."

"이상 형! 형은 오늘이야 그것을 빼앗기셨습니까? 인제──겨우──오늘이야──겨우 인제."

유정! 유정만 싫다지 않으면 나는 오늘 밤으로 치러버리고 말 작정이었다. 한 개 요물에게 부상해서 죽는 것이 아니라 27세를 일기로 하는 불우의 천재가 되기 위하여 죽는 것이다.

유정과 이상──이 신성불가침의 찬란한 정사(情死)──이 너무나 엄청난 거짓을 어떻게 다 주체를 할 작정인지.

"그렇지만 나는 임종할 때 유언까지도 거짓말을 해줄 결심입니다."

"이것 좀 보십시오."

하고 풀어헤치는 유정의 젖가슴은 초롱(草籠)보다도 앙상하다. 그 앙상한 가슴이 부풀었다 구겼다 하면서 단말마의 호흡이 서글프다.

"명일의 희망이 이글이글 끓습니다."

유정은 운다. 울 수 있는 외의 그는 온갖 표정을 다 망각하여버렸기 때문이다.

"유형! 저는 내일 아침 차로 동경 가겠습니다."

"……"

"또 뵈옵기 어려울걸요."

"……"

그를 찾은 것을 몇 번이고 후회하면서 나는 유정을 하직하였다. 거리는 늦었다. 방에서는 연이가 나 대신 내 밥상을 지키고 앉아서 아직도 수없이 지니고 있는 비밀을 만지작만지작하고 있었다. 내 손은 연이 뺨을 때리지 않고 내일 아침을 위하여 짐을 꾸렸다.

"연이! 연이는 야옹³⁷의 천재요. 나는 오늘 불우의 천재라는 것이 되려다가 그나마도 못 되고 도루 돌아왔소. 이렇게 이렇게! 응?"

8

나는 버티다 못해 조그만 종잇조각에다 이렇게 적어 그놈에게

주었다.

"자네도 야웅의 천잰가? 암만해도 천잰가 싶으이. 나는 졌네. 이렇게 내가 먼저 지껄였다는 것부터가 패배를 의미하지."

일고(一高) 휘장이다. HANDSOME BOY ─ 해협 오전 이시(二時)의 망토를 두르고[38] 내 곁에 가 버티고 앉아서 동(動)치 않기를 한 시간(以上)?

나는 그동안 풍선처럼 잠자코 있었다. 온갖 재주를 다 피워서 이 미목수려한 천재로 하여금 먼저 입을 열도록 갈팡질팡했건만 급기해하에 나는 졌다. 지고 말았다.

"당신의 텁석부리는 말(馬)을 연상시키는구려. 그러면 말아! 다락 같은 말아![39] 귀하는 점잖기도 하다마는 또 귀하는 왜 그리 슬퍼 보이오? 네(이놈은 무례한 놈이다)?

"슬퍼? 응 ─ 슬플 밖에 ─20세기를 생활하는 데 19세기의 도덕성밖에는 없으니 나는 영원한 절름발이로다. 슬퍼야지 ─ 만일 슬프지 않다면 ─ 나는 억지로라도 슬퍼해야지 ─ 슬픈 포즈라도 해 보여야지 ─ 왜 안 죽느냐고? 헤헹! 내게는 남에게 자살을 권유하는 버릇밖에 없다. 나는 안 죽지. 이따가 죽을 것만 같이 그렇게 중속(衆俗)을 속여주기만 하는 거야. 아 ─ 그러나 인제는 다 틀렸다. 봐라. 내 팔. 피골이 상접. 아야 아야. 웃어야 할 터인데 근육이 없다. 울려야 근육이 없다. 나는 형해다. 나 ─ 라는 정체는 누가 잉크 짓는 약으로 지워버렸다. 나는 오직 내 ─ 흔적일 따름이다."

NOVA의 웨이트리스 나미코는 아부라에[40]라는 재주를 가진 노라[41]의 따님 콘론타이[42]의 누이동생이시다. 미술가 나미코 씨와 극

작가 Y군은 4차원 세계의 테마를 불란서 말로 회화한다.

불란서 말의 리듬은 C양의 언더——더 워치 강의처럼 애매하다. 나는 하도 답답해서 그만 울어버리기로 했다. 눈물이 좔좔 쏟아진다. 나미코가 나를 달랜다.

"너는 뭐냐? 나미코? 너는 엊저녁에 어떤 마치아이[43]에서 방석을 비고 15분 동안——아니 아니 어떤 빌딩에서 아까 너는 걸상에 포개 앉았었으냐 말해라. 헤헤—— 음벽정? N빌딩 바른편에서부터 둘째 S의 사무실(아— 이 주책없는 이상아 동경에는 그런 것은 없습네)? 계집의 얼굴이란 다마네기[44]다. 암만 벗겨보려무나. 마지막에 아주 없어질지언정 정체는 안 내놓느니."

신숙의 오전 일시(一時)——나는 연애보다도 우선 담배를 한 대 피우고 싶었다.

9

12월 23일 아침 나는 신보정 누옥(陋屋) 속에서 공복으로 하여 발열하였다. 발열로 하여 기침하면서 두 벌 편지는 받았다.

"저를 진정으로 사랑하시거든 오늘로라도 돌아와주십시오. 밤에도 자지 않고 저는 형을 기다리고 있습니다. 유정."

"이 편지 받는 대로 곧 돌아오세요. 서울에서는 따뜻한 방과 당신의 사랑하는 연이가 기다리고 있습니다. 연서(姸書)."

이날 저녁에 내 부질없는 향수를 꾸짖는 것처럼 C양은 나에게 백국(白菊) 한 송이를 주었느니라. 그러나 오전 일시 신숙역 폼에서 비칠거리는 이상의 옷깃에 백국은 간데없다. 어느 장화가 짓밟았을까. 그러나——검정 외투에 조화를 단, 댄서——한 사람. 나는 이국종 강아지[45]올시다. 그러면 당신께서는 또 무슨 방석과 걸상의 비밀을 그 농화장(濃化粧) 그늘에 지니고 계시나이까?

사람이——비밀 하나도 없다는 것이 참 재산 없는 것보다도 더 가난하외다그려! 나를 좀 보시지요?

종생기 終生記

극유산호(郤遺珊瑚)—요 다섯 자 동안에 나는 두 자 이상의 오자를 범했는가 싶다. 이것은 나 스스로 하늘을 우러러 부끄러워할 일이겠으나 인지가 발달해가는 면목이 실로 약여하다.[1]

죽는 한이 있더라도 이 산호 채찍일랑 꽉 쥐고 죽으리라. 네 폐포파립[2] 위에 퇴색한 망해(亡骸)위에 봉황이 와 앉으리라.

나는 내「종생기」가 천하 눈 있는 선비들의 간담을 서늘하게 해놓기를 애틋이 바라는 일념 아래 이만큼 인색한 내 맵시의 절약법을 피력하여 보인다.

일발 포성에 부득이 영웅이 되고 만 희대의 군인 모(某)는 아흔에 귀를 단 황송한 일생을 끝막던 날 이렇다는 유언 한마디를 지껄이지 않고 그 임종의 장면을 곧잘(무사히 후— 한숨이 나올 만큼) 넘겼다.

그런데 우리들의 레우오치카—애칭 톨스토이—는 괴나리봇

328

짐을 짊어지고 나선 데까지는 기껏 그럴 성싶게 꾸며가지고 마지막 5분에 가서 그만 잡았다. 자자레한 유언 나부랭이로 말미암아 70년 공든 탑을 무너뜨렸고 허울 좋은 일생에 가실 수 없는 흠집을 하나 내어놓고 말았다.

나는 일개 교활한 옵서버[3]의 자격으로 그런 우매한 성인들의 생애를 방청하여 있으니 내가 그런 따위 실수를 알고도 재범할 리가 없는 것이다.

거울을 향하여 면도질을 한다. 잘못해서 나는 생채기를 낸다. 나는 골을 벌컥 낸다.

그러나 와글와글 들끓는 여러 '나'와 나는 정면으로 충돌하기 때문에 그들은 제각기 베스트를 다하여 제 자신만을 변호하는 때문에 나는 좀처럼 범인을 찾아내기는 어렵다는 것이다.

그러기에 대저 어리석은 민중들은 '원숭이가 사람 흉내를 내네' 하고 마음을 놓고 지내는 모양이지만 사실 사람이 원숭이 흉내를 내고 지내는 바 지당한 전고(典故)[4]를 이해하지 못하는 탓이리라.

오호라 일거수일투족이 이미 아담 이브의 그런 충동적 습관에서는 탈각한 지 오래다. 반사 운동과 반사 운동 틈바구니에 끼여서 잠시 실로 전광석화만큼 손가락이 자의식의 포로가 되었을 때 나는 모처럼 내 허무한 세월 가운데 한각(閑却)[5]되어 있는 기암 내 콧잔등이를 좀 만지작만지작했다거나, 고귀한 대화와 대화 늘어선 쇠사슬 사이에도 정히 간발을 허용하는 들창이 있나니 그 서슬 퍼런 날이 자의식을 걷잡을 사이도 없이 양단하는 순간 나는 내 명경같이 맑아야 할 지보[6] 두 눈에 혹시 눈곱이 끼지나 않았나 하는 듯이 적절하게 주름살 잡힌 손수건을 꺼내어서는 그 두 눈을 만지작만지작했다거나—

내 혼백과 사대[7]의 점잖은 태만성이 그런 사소한 연화(煙火)들을 일일이 따라다니면서(보고 와서) 내 통괄되는 처소에다 일러바쳐야만 하는 그런 압도적 망쇄(忙殺)[8]를 나는 이루 감당해내는 수가 없다.

그러나 나는 내 지중(至重)한 산호편(珊瑚鞭)을 자랑하고 싶다.

"쓰레기."

"우거지."

이 구지레한 단자의 분위기를 족하[9]는 족히 이해하십니까.

족하는 족하가 기독교식으로 결혼하던 날 네이브 · 앤드 · 아일[10]에서 이 '쓰레기' '우거지'에 근이한[11] 감흥을 맛보았으리라고 생각이 되는데 과연 그렇지는 않으십니까.

나는 그런 '쓰레기' '우거지' 같은 테이프를—내 종생기 처처에다 가련히 심어놓은 자자레한 치레를 위하여—뿌려보려는 것인데—

다행히 박수하다. 이상(以上).

*

'치사(侈奢)[12]한 소녀는' '해동기의 시냇가에 서서' '입술이 낙화 지듯 좀 파래지면서' '박빙 밑으로는 무엇이 저리도 움직이는 가고' '고개를 갸웃거리는 듯이 숙이고 있는데' '봄 운기를 품은 훈풍이 불어와서' '스커트' 아니 아니, '너무나' 아니, 아니, '좀' '슬퍼 보이는 흥발을 건드리면' 그만. 터 아니다. 나는 한마디 가련한 어휘를 첨가할 성의를 보이자.

'나붓나붓'

이만하면 완비된 장치에 틀림없으리라. 나는 내 종생기의 서장을 꾸밀 그 소문 높은 산호편을 더 여실히 하기 위하여 위와 같은 실로 나로서는 너무나 과람히[13] 치사스럽고 어마어마한 세간살이를 장만한 것이다.

그런데—

혹 지나치지나 않았나. 천하에 형안[14]이 없지 않으니까 너무 금칠을 아니했다가는 서툴리 들킬 염려가 있다. 하나—

그냥 어디 이대로 써(用)보기로 하자.

나는 지금 가을바람이 자못 소슬한 내 구중중한 방에 홀로 누워 종생하고 있다.

어머니 아버지의 충고에 의하면 나는 추호의 틀림도 없는 만 25세와 11개월의 '홍안 미소년'이라는 것이다. 그렇건만 나는 확실히 노옹(老翁)이다. 그날 하루하루가 '인생은 짧고 예술은 기다랗다'하는 엄청난 평생이다.

나는 날마다 운명하였다. 나는 자던 잠—이 잠이야말로 언제 시작한 잠이더냐—깨면 내 통절한 생애가 개시되는데 청춘이 여지없이 탕진되는 것은 이불을 푹 뒤집어쓰고 누웠지만 역력히 목도한다.

나는 노래(老來)에 빈한한 식사를 한다. 12시간 이내에 종생을 맞이하고 그리고 할 수 없이 이리 궁리 저리 궁리 유언다운 어디 유실되어 있지나 않나 하고 찾고, 찾아서는 그중 의젓스러운 놈으로 몇 추린다.

그러나 고독한 만년 가운데 한 구(句)의 에피그램을 얻지 못하고 그대로 처참히 나는 물고(物故)하고 만다.[15]

일생의 하루——

하루의 일생은 대체(우선) 이렇게 해서 끝나고 끝나고 하는 것이었다.

자——보아라.

이런 내 분장은 좀 과하게 치사스럽다는 느낌은 없을까, 없지 않다.

그러나 위풍당당 일세를 풍미할 만한 참신무비한 햄릿[16](망언다사)[17]을 하나 출세시키기 위하여는 이만한 출자는 아끼지 말아야 하지 않을까 하는 느낌도 없지 않다.

나는 가을. 소녀는 해동기.

어느 제나 이 두 사람이 만나서 즐거운 소꿉장난을 한번 해보리까.

나는 그해 봄에도——

부질없는 세상이 스스로워서 상운(霜雲) 같은 위엄을 갖춘 몸으로 한심한 불우의 1월을 맞고 보내지 않으면 안 되었다.

미문, 미문, 애하(噯呀)! 미문.

미문이라는 것은 적이 조처하기 위험한 수작이니라.

나는 내 감상의 굴방구리 속에 청산 가던 나비처럼 마취 혼사하기 자칫 쉬운 것이다. 조심조심 나는 내 맵시를 고쳐야 할 것을 안다.

나는 그날 아침에 무슨 생각에서 그랬던지 이를 닦으면서 내 작성 중에 있는 유서 때문에 끙끙 앓았다.

열세 벌의 유서가 거의 완성되어가는 것이었다. 그러나 그 어느 것을 집어내보아도 다같이 서른여섯 살에 자살한 어느 '천재'[18]가 머리맡에 놓고 간 개세(蓋世)의 일품(逸品)[19]의 아류에서 일보를 나서지 못했다. 내게 요만한 재주밖에는 없느냐는 것이 다시없이 분하고 억울한 사정이었고 또 초조의 근원이었다. 미간을 찌푸리되 가장 고매한 얼굴은 지속해야 할 것을 잊어버리지 않고 그리고 계속하여 끙끙 앓고 있노라니까(나는 일시 일각을 허송하지는 않는다. 나는 없는 지혜를 끊이지 않고 쥐어짠다) 속달 편지가 왔다. 소녀에게서다.

선생님! 어제 저녁 꿈에도 저는 선생님을 만나 뵈었습니다. 꿈 가운데 선생님은 참 다정하십니다. 저를 어린애처럼 귀여워해주십니다.

그러나 백일 아래 표표하신 선생님은 저를 부르시지 않습니다.

비굴이라는 것이 무슨 빛으로 되어 있나 보시려거든 선생님은 거울을 한번 보아보십시오. 거기 비치는 선생님의 얼굴빛이 바로 비굴이라는 것의 빛입니다.

헤어진 부인과 3년을 동거[20]하시는 동안에 너 가거라 소리를 한

마디도 하신 일이 없다는 것이 선생님의 유일의 자만이십디다그려! 그렇게까지 선생님은 인정에 구구하신가요.

R과도 깨끗이 헤어졌습니다. S와도 절연한 지 벌써 다섯 달이나 된다는 것은 선생님께서도 믿어주시는 바지요? 다섯 달 동안 저에게는 아무것도 없습니다. 저의 청절(淸節)을 인정해주시기 바랍니다.

저의 최후까지 더럽히지 않은 것을 선생님께 드리겠습니다. 저의 희멀건 살의 매력이 이렇게 다섯 달 동안이나 놀고 없는[21] 것은 참 무엇이라고 말할 수 없이 아깝습니다. 저의 잔털 나스르르한[22] 목, 영한 온도가 선생님을 기다리고 있습니다. 선생님이여! 저를 부르십시오. 저더러 영영 오라는 말을 안 하시는 것은 그것 역시 가신 적 경우와 똑같은 이론에서 나온 구구한 인생 변호의 치사스러운 수법이신가요?

영원히 선생님 '한 분'만을 사랑하지요. 어서어서 저를 전적으로 선생님만의 것으로 만들어주십시오. 선생님의 '전용'이 되게 하십시오.

제가 아주 어수룩한 줄 오산하고 계신 모양인데 오산치고는 좀 어림없는 큰 오산이리다.

네 딴은 제법 든든한 줄만 믿고 있는 네 그 안전지대라는 것을 너는 아마 하나 가진 모양인데 그까짓 것쯤 내 말 한마디에 사태가 나고 말리라, 이렇게 일러드리고 싶습니다. 또—

예끼! 구역질나는 인생 같으니 이러고도 싶습니다.

3월 3일날 오후 2시에 동소문 버스 정류장 앞으로 꼭 와야 되지 그러지 않으면 큰일 나요. 내 징벌을 안 받지 못하리다.

만 19세 2개월을 맞이하는

정희(貞姬) 올림

이상 선생님께

물론 이것은 죄다 거짓부렁이다. 그러나 그 일촉즉발의 아슬아슬한 용심법이 특히 그중에도 결미의 비견할 데 없는 청초함이 장히 질풍신뢰를 품은 듯한 명문이다.

나는 까무러칠 뻔하면서 혀를 내어둘렀다. 나는 깜빡 속기로 한다. 속고 만다.

여기 이 이상 선생님이라는 허수아비 같은 나는 지난밤 사이에 내 평생을 경력했다. 나는 드디어 쭈글쭈글하게 노쇠해버렸던 차에 아침(이 온 것)을 보고, 이키! 남들이 보는 데서는 나는 가급적 어쭙지 않게 (잠을) 자야 되는 것이어늘, 하고 늘 이를 닦고 그러고는 도로 얼른 자 버릇하는 것이었다. 오늘도 또 그럴 셈이었다.

사람들은 나를 보고 짐짓 기이하기도 해서 그러는지 경천동지의 육중한 경륜을 품은 사람인가 보다고들 속는다. 그러니까 그렇게 하는 것이 내 시시한 자세나마 유지시킬 수 있는 유일무이의 비결이었다. 즉 나는 남들 좀 보라고 낮에 잔다.

그러나 그 편지를 받고 흔희작약(欣喜雀躍),[23] 나는 개세의 경륜과 유서의 고민을 깨끗이 씻어버리기 위하여 바로 이발소로 갔다. 나는 여간 아니 호걸답게 입술에다 치분(齒紛)을 허옇게 묻혀가지고는 그 현란한 거울 앞에 가 앉아 이제 호화장려하게 개막

하려 드는 내 종생을 유유히 즐기기로 거기 해당하게 내 맵시를
수습하는 것이었다.

우선 그 작소(鵲巢)라는 뇌명(雷名)[24]까지 있는 봉발을 썰어서
상고머리라는 것을 만들었다. 오각발(五角鬚)은 깨끗이 도태해버
렸다. 귀를 후비고 코털을 다듬었다. 안마도 했다. 그리고 비누
세수를 한 다음 문득 거울을 들여다보니 품(品)있는 데라고는 한
귀퉁이도 없어 보이는 듯하면서도 또한 태생을 어찌 어기리요,
좋도록 말해서 라파엘 전파(前派)[25] 일원같이 그렇게 청초한 백면
서생[26]이라고도 보아줄 수 있지 하고 실없이 제 얼굴을 미남자거
니 고집하고 싶어하는 구지레한 욕심을 내심 탄식하였다.

아차! 나에게도 모자가 있다. 겨우내 꾸겨박질러두었던 것을
부득부득 끄집어내었다. 15분간 세탁소로 가지고 가서 멀쩡하게
만들었다. 그리고 흰 바지저고리에 고동색 대님을 다 치고 차림
차림이 제법 이색이 있다. 공단은 못 되나마 능직 두루마기에 이
만하면 고왕금래 모모한 천재의 풍모에 비겨도 조금도 손색이 없
으리라. 나는 내 그런 여간 이만저만하지 않은 풍모를 더욱더욱
이만저만하지 않게 모디파이어[27]하기 위하여 가늘지도 굵지도 않
은 고다지 알맞은 단장을 하나 내 손에 쥐여주어야 할 것도 때마
침 잊어버리지는 않았다.

별수 없이 ──

오늘이 즉 3월 3일인 것이다.

나는 점잖게 한 30분쯤 지각해서 동소문 지정받은 자리에 도착
하였다. 정희는 또 정희대로 아주 정희답게 한 30분쯤 일찍 와서

있다.

정희의 입상은 제정 러시아적 우표딱지처럼 적잖이 슬프다. 이 것은 아직도 얼음을 품은 바람이 해토(解土)머리[28]답게 싸늘해서 말하자면 정희의 모양을 얼마간 침통하게 해 보일 탓이렷다.

나는 이런 경우에 천만뜻밖에도 눈물이 핑 눈에 그뜩 돌아야 하 는 것이 꼭 맞는 원칙으로서의 의표가 아닐까 그렇게 생각하면서 저벅저벅 정희 앞으로 다가갔다.

우리 둘은 이 땅을 처음 찾아온 제비 한 쌍처럼 잘 앙증스럽게 만보하기 시작했다. 걸어가면서도 나는 내 두루마기에 잡히는 주름살 하나에도 단장을 한 번 휘젓는 곡절에도 세세히 조심한 다. 나는 말하자면 내 우연한 종생을 감쪽스럽도록 찬란하게 허 식하기 위하여 내 박빙을 밟는 듯한 포즈를 아차 실수로 무너뜨 리거나 해서는 절대로 안 된다는 것을 굳게 굳게 명하고 있는 까 닭이다.

그러면 맨 처음 발언으로는 나는 어떤 기절 참절한 경구를 내어 놓아야 할 것인가, 이것 때문에 또 잠깐 머뭇머뭇하지 않을 수도 없었지만 그렇다고 바로 대고 거 어쩌면 그렇게 똑 제정 러시아 적 우표딱지같이 초초(楚楚)[29]하니 어쩌니 하는 수는 차마 없다.

나는 선뜻

"설마가 사람을 죽이느니."

하는 소리를 저 뱃속에서부터 우러나오는 듯한 그런 가라앉은 목 소리에 꽤 명료한 발음을 얹어서 정희 귀 가까이다 대고 지껄여 버렸다. 이만하면 아마 그 경우의 최초의 발성으로는 무던히 성공한 편이리다. 뜻인즉, 네가 오라고 그랬다고 그렇게 내가 불쑥 올 줄은 너 꿈에도 생각하지 못했으리라는 꼼꼼한 의도다.

나는 아침 반찬으로 콩나물을 3전어치는 안 팔겠다는 것을 교묘히 무사히 3전어치만 살 수 있는 것과 같은 미끈한 쾌감을 맛본다. 내 딴은 다행히 노랑돈 한 푼도 참 용하게 낭비하지는 않은 듯싶었다.

그러나 그런 내 청천에 벽력이 떨어진 것 같은 인사(人事)에 대하여 정희는 실로 대답이 없다. 이것은 참 큰일이다.

아이들이 고추 먹고 맴맴 담배 먹고 맴맴 하고 노는 그런 암팡진 수단으로 그냥 단번에 나를 어지러뜨려서는 넘어뜨려버릴 작정인 모양이다.

정말 그렇다면!

이 상쾌한 정희의 확고부동 자세야말로 엔간치 않은 출품이 아닐 수 없다. 내가 내어놓은 바 살인촌철[30]은 그만 즉석에서 분쇄되어 가엾은 부작(不作)으로 내리떨어지고 마는 것이다 하고 나는 느꼈다.

나는 나로서 할 수 있는 가장 큰 규모의 손짓 발짓을 한번 해 보이고 이윽고 낙담하였다는 것을 표시하였다. 일이 여기 이른 바에는 내 포즈 여부가 문제 아니다. 표정도 인제 더 써먹을 것이 남아 있을 성싶지도 않고 해서 나는 겸연쩍게 안색을 좀 고쳐가지고 그리고 정희! 그럼 나는 가겠소, 하고 깍듯이 인사하고 그리고?

나는 발길을 돌쳐서 집을 향해 걷기 시작했다. 내 파란만장의 생애가 자자레한 말 한 마디로 하여 그만 회신(灰燼)으로 돌아가고 만 것이다. 나는 세상에도 참혹한 풍채 아래서 내 종생을 치른 것이다고 생각하면서 그렇다면 그럼 그럴 성싶기도 하게 단장도 한두 번 휘두르고 입도 좀 일기죽일기죽해보기도 하고 하면서 행차하는 체해 보인다.

5초──10초──20초──30초──1분──

결코 뒤를 돌아다보거나 해서는 못쓴다. 어디까지든지 사심 없이 패배한 체하고 걷는 체한다. 실심한 체한다.

나는 사실은 좀 어지럽다. 내 쇠약한 심장으로는 이런 자약(自若)한 체조를 그렇게 장시간 계속하기가 썩 어려운 것이다.

묘지명이라. 일세(一世)의 귀재 이상은 그 통생(通生)의 대작 「종생기」 1편을 남기고 서력 기원후 1937년 정축(丁丑) 3월 3일 미시(未時) 여기 백일(白日) 아래서 그 파란만장(?)의 생애를 끝막고 문득 졸(卒)하다. 향년 만 25세와 11개월. 오호라! 상심커다. 허탈이야 잔존하는 또 하나의 이상 구천을 우러러 호곡하고 이 한산 일편석을 세우노라. 애인 정희는 그대의 몰후 수삼 인의 비첩 된 바 있고 오히려 장수하니 지하의 이상 아! 바라건대 명목[31]하라.

그리 칠칠치는 못하나마 이만큼 해가지고 이 꼴 저 꼴 구지레한 흠집을 살짝 도회(韜晦)[32]하기로 하자. 고만 실수는 여상(如上)의 묘기로 겸사겸사 메꾸고 다시 나는 내 반생의 진용(陳容)[33] 후일에 관해 차근차근 고려하기로 한다. 이상(以上).

역대의 에피그램과 경국(傾國)의 철칙이 다 내에 있어서는 내

위선을 암장(暗葬)하는 한 스무스한[34] 구실에 지나지 않는다. 실로 나는 내 낙명(落命)의 자리에서도 임종의 합리화를 위하여 코로[35]처럼 도색(桃色)의 팔레트를 볼 수도 없거니와 톨스토이처럼 탄식해주고 싶은 쥐꼬리만 한 금언의 추억도 가지지 않고 그냥 난데없이 다리를 삐어 넘어지듯이 스르르 죽어가리라.

거룩하다는 칭호를 휴대하고 나를 찾아오는 '연애'라는 것을 응수하는 데 있어서도 어디서 어떤 노소간의 의뭉스러운 선인들이 발라먹고 내어버린 그런 유훈을 나는 헐값에 걷어 들여다가는 제련(製鍊) 재탕 다시 써먹는다는 줄로만 알았다가도 또 내게 혼나는 경우가 있으리라.

나는 찬밥 한 술 냉수 한 모금을 먹고도[36] 넉넉히 일세를 위압할 만한 '고언'[37]을 적적할 수 있는 그런 지혜의 실력을 가졌다.

그러나 자의식의 절정 위에 발돋움을 하고 올라선 단말마의 비결을 보통 야시(夜市) 국수 버섯을 팔러 오신 시골 아주머니에게 서너 푼에 그냥 넘겨주고 그만두는 그렇게까지 자신의 에티켓을 미화시키는 겸허[38]의 방식도 또한 나는 무루(無漏)[39]히 터득하고 있는 것이다. 당목(瞠目)[40]할지어다. 이상(以上).

난마(亂麻)와 같이 갈피를 잡을 수 없는 얼마간 비극적인 자기 탐구.

이런 흙발 같은 남루한 주제는 문벌이 버젓한 나로서 채택할 신세가 아니거니와 나는 태서(泰西)의 에티켓으로 차 한 잔을 마실 적의 포즈에 대하여도 세심하고 세심한 용의가 필요하다.

휘파람 한 번을 분다 치더라도 내 극비리에 정선된 절차를 온고

(溫古)하여야만 한다. 그런 다음이 아니고는 나는 희망 잃은 황혼에서도 휘파람 한마디를 마음대로[41] 불 수는 없는 것이다.

동물에 대한 고결한 지식?

사슴, 물오리, 이 밖의 어떤 종류의 동물도 내 애니멀 킹덤[42]에서는 낙탈(落脫)되어 있어야 한다. 나는 이 수렵용으로 귀여이 가엾이 되어 먹어 있는 동물 외에 동물에 언제든지 무가내하(無可奈何)[43]로 무지하다.

또—

그럼 풍경에 대한 방만한 처신법?

어떤 풍경을 묻지 않고 풍경의 근원, 중심, 초점이 말하자면 나하나 '도련님'다운 소행(素行)[44]에 있어야 할 것을 방약무인으로 강조한다. 나는 이 맹목적 신조를 두 눈을 그대로 딱 부르감고 믿어야 된다.

자진(自進)한 '우매,' '몰각'이 참 어렵다.

보아라. 이 자득하는 우매의 절기(絕技)를! 몰각의 절기를.

백구(白鷗)는 의백사(宜白沙)하니 막부춘초벽(莫赴春草碧)하라.[45]

이태백(李太白). 이 전후 만고의 으리의리한 '화족(華族).' 나는 이태백을 닮기도 해야 한다. 그렇기 위하여 오언 절구 한 줄에서도 한 자 가량의 태연자약한 실수를 범해야만 한다. 현란한 문벌이 풍기는 가히 범할 수 없는 기품과 세도가 넉넉히 고시를 한 절쯤 서슴지 않고 생채기를 내어놓아도 다들 어수룩한 체들 하고 속느니 하는 교만한 미신이다.

곱게 빨아서 곱게 다리미질을 해놓은 한 벌 슈미즈의 곱박 속는 청절(清節)처럼 그렇게 아담하게 나는 어떠한 질차(跌蹉)[46]에서도 거뜬하게 얄미운 미소와 함께 일어나야만 하는 것이니까―

오늘날 내 한 씨족이 분명치 못한 소녀에게 섣불리 딴죽을 걸려 넘어진다기로서니 이대로 내 숙망(宿望)의 호화 유려한 종생을 한 방울 하잘것없는 오점을 내는 채 투지(投匙)[47]해서야 어찌 초지(初志)의 만일에 응답할 수 있는 면목이 족히 서겠는가, 하는 허울 좋은 구실이 영일(永日)[48] 밤보다도 오히려 한 뼘 짧은 내 전정(前程)에 대두하기 시작하는 것이었다.

완만 착실한 서술!

나는 과히 눈에 띌 성싶지 않은 한 지점을 재재바르게 붙들어서 거기서 공중 담배를 한 갑 사 (주머니에 넣고) 피워 물고 정희의 뻔한 걸음을 다시 뒤따랐다.

나는 그저 일상의 다반사를 간과하듯이 범연(凡然)하게[49] 휘파람을 불고, 내, 구두 뒤축이 아스팔트를 디디는 템포 음향, 이런 것들의 귀찮은 조절에도 깔끔히 정신차리면서 넉넉잡고 3분, 다시 돌친 걸음은 정희 어깨를 나란히 걸을 수 있었다. 부질없는 세상에 제 심각하면 침통하면 또 어쩌겠느냐는 듯싶은 서운한 눈의 위치를 동소문 밖 신개지 풍경 어디라고 정(定)치 않은 한 점에 두어두었으니 보라는 듯한 부득부득 지근거리는 자세면서도 또 그렇지도 않을 성싶은 내 묘기 중에도 묘기를 더한층 허겁지겁 연마하기에 골똘하는 것이었다.

일모(日暮) 창산[50]―

날은 저물었다. 아차! 아직 저물지 않은 것으로 하는 것이 좋을까 보다.

날은 아직 저물지 않았다.

그러면 아까 장만해둔 세간 기구를 내세워 어디 차근차근 살림살이를 한번 치러볼 천우의 호기가 내 앞으로 다다랐나 보다. 자—

태생은 어길 수 없어 비천한 '티'를 감추지 못하는 딸—

(전기 치사한 소녀 운운은 어디까지든지 이 바보 이상의 호의에서 나온 곡해다. 모파상의 「지방 덩어리」를 생각하자. 가족은 미만 14세의 딸에게 매음시켰다. 두번째는 미만 19세의 딸이 자진했다. 아— 세번째는 그 나이 스물두 살이 되던 해 봄에 얹은 낭자⁵¹를 내리고 게다 다홍 댕기를 들여 늘어뜨려 편발처자⁵²를 위조하여는 대거하여 강행으로 매끽하여버렸다.)

비천한 뉘 집 딸이 해빙기의 시냇가에 서서 입술이 낙화 지듯 좀 파래지면서 박빙 밑으로는 무엇이 저리도 움직이는가고 고개를 갸웃거리는 듯이 숙이고 있는데 봄 방향(芳香)을 품은 훈풍이 불어와서 스커트, 아니 너무나, 슬퍼 보이는, 아니, 좀 슬퍼 보이는 홍발을 건드리면—

좀 슬퍼 보이는 홍발을 나붓나붓 건드리면—

여상(如上)이다. 이 개기름 도는 가소로운 무대를 앞에 두고 나는 나대로 나답게 가문이라는 자자레한 '투'는 어떤 일이 있더라도 잊어버리지 않고 채석장 희멀건 단층을 건너다보면서 탄식 비슷이

'지구를 저며내는 사람들은 역시 자연 파괴자리라'는 둥,

'개미집이야말로 과연 정연하구나'라는 둥,

'비가 오면, 아— 천하에 비가 오면.'

'작년에 났던 초목이 올해에도 또 돋으려누, 귀불귀(歸不歸)란 무엇인가'라는 둥—

치레 잘 하면 제법 의젓스러워도 보일 만한 가장 한산한 과제로만 골라서 점잖게 방심해 보여놓는다.

정말일까? 거짓말일까. 정희가 불쑥 말을 한다. 한 소리가 '봄이 이렇게 왔군요' 하고 윗니는 좀 사이가 벌어져서 보기 흉한 듯하니까 살짝 가리고 곱다고 자처하는 아랫니를 보이지 않으려고 했지만 부지불식간에 그렇게 내어다보인 것을 또 어쩝니까 하는 듯싶이 가증하게 내어보이면서 또 여간해서 어림이 서지 않는 어중간 얼굴을 그 위에 얹어 내세우는 것이었다.

좋아, 좋아, 좋아, 그만하면 잘되었어.

나는 고개 대신에 단장을 끄덕끄덕해 보이면서 창졸간에 그만 정희 어깨 위에다 손을 얹고 말았다.

그랬더니 정희는 적이 해괴해하노라는 듯이 잠시는 묵묵하더니—

정희도 문벌이라든가 혹은 간단히 말해 에티켓이라든가 제법 배워서 짐작하노라고 속삭이는 것이 아닌가.

꿀꺽!

넘어가는 내 지지한 종생, 이렇게도 실수가 허(許)해서야 물화적(物貨的) 전 생애를 탕진해가면서 사수하여온 산호편(珊瑚篇)의

본의가 대체 어디 있느냐? 내내 울화가 복받쳐 혼도할 것 같다.

흥천사(興天寺) 으슥한 구석방에 내 종생의 갈력(竭力)이 정희를 이끌어들이기도 전에 나는 밤 쓸쓸히 거짓말깨나 해놓았나 보다.

나는 내가 그윽히 음모한 바 천고불역(千古不易)[53]의 탕아, 이상이 자자레한 문학의 빈민굴을 교란시키고자 하던 가지가지 진기한 연장이 어느 겨를에 빼물르기[54] 시작한 것을 여기서 깨단해야[55] 되나 보다. 사회는 어떠쿵, 도덕이 어떠쿵, 내면적 성찰 추구 적발 징벌은 어떠쿵, 자의식 과잉이 어떠쿵, 제 깜냥에 번지레한 칠을 해 내건 치사스러운 간판들이 미상불 우스꽝스럽기가 그지없다.

'독화(毒花)'

족하는 이 꼭두각시 같은 어휘 한마디를 잠시 맡아가지고 계셔 보구려?

예술이라는 허망한 아궁이 근처에서 송장 근처에서보다도 한결 더 썰썰 기고 있는 그들 해반주룩한[56] 사도(死都)의 혈족들 땟국내 나는 틈에 가 끼기어서, 나는――

내 계집의 치마 단속곳을 갈가리 찢어놓았고, 버선 켤레를 걸레를 만들어놓았고, 검던 머리에 곱던 양자, 영악한 곰의 발자국이 질컥 디디고 지나간 것처럼 얼굴을 망가뜨려놓았고, 지기(知己) 친척의 돈을 뭉청 떼어먹었고, 좌수터 유래 깊은 상호를 쑥밭을 만들어놓았고, 겁쟁이 취리자는 고랑때[57]를 먹여놓았고, 대금업자의 수금인을 졸도시켰고, 사장과 취체역(取締役)[58]과 사돈과 아범과 애비와 처남과 처제와 또 애비와 애비의 딸과 딸이 허다 중생으로 하여금 서로서로 이간을 붙이고 붙이게 하고 얼버무려져 싸움질을 하게 해놓았고 사글셋방 새 다다미에 잉크와 요강과 팥죽을 엎질렀고, 누구누구를 임포텐스[59]를 만들어놓았고──

'독화'라는 말의 콕 찌르는 맛을 그만하면 어렴풋이나마 어떻게 짐작이 서는가 싶소이까.

잘못 빚은 증(蒸)편 같은 시 몇 줄 소설 서너 편을 꿰어차고 조촐하게 등장하는 것을 아 무엇인 줄 알고 깜박 속고 섣불리 손뼉을 한두 번 쳤다는 죄로 제 계집 간음당한 것보다도 더 큰 망신을 일신에 짊어지고 그러고는 앙탈 비슷이 시치미를 떼지 않으면 안 되는 어디까지든지 치사스러운 예의 절차──마귀(터주)의 소행(덧났다)이라고 돌려버리자?

'독화'

물론 나는 내일 새벽에 내 길든 노상에서 무려(無慮) 내게 필적하는 한 숨은 탕아를 해후할는지도 마치 모르나, 나는 신바람이 난 무당처럼 어깨를 치켰다 젖혔다 하면서라도 풍마우세(風磨雨洗)[60]의 고행을 얼른 그렇게 쉽사리 그만두지는 않는다. 아── 어쩐지 전신이 몹시 가렵다. 나는 무연(無緣)한 중생의 뭇 원한 탓으로 악역의 범함을 입나 보다. 나는 은근히 속으로 앓으면서 토일렛 정한 대야에다 양손을 정하게 씻은 다음 내 자리로 돌아와 앉아 차근차근 나 자신을 반성 회오──쉬운 말로 자자례한 셈을 좀 놓아보아야겠다.

에티켓? 문벌? 양식? 번신술(翻身術)?

그렇다고 내가 찔끔 정희 어깨 위에 얹었던 손을 뚝 뗀다든지 했다가는 큰 망발이다. 일을 잡치리라. 어디까지든지 내 뺨의 홍조만을 조심하면서 좋아, 좋아, 좋아, 그래만 주면 된다. 그러고 나서 피차 다 알아들었다는 듯이 어깨에 손을 얹은 채 어깨를 나란히 홍천사 경내로 들어갔다. 가서 길을 별안간 잃어버린 것처럼 자분참 산 위로 올라가버린다. 산 위에서 이번에는 정말 포즈를 할 일 없이 무너뜨렸다는 것처럼 정교하게 머뭇머뭇해준다. 그러나 기실 말짱하다.

풍경 소리가 뚝 알맞다. 이런 경우에는 제법 번듯한 식자(識字)가 있는 사람이면—

아— 나는 왜 늘 항례에서 비켜서려 드는 것일까? 잊었느냐? 비싼 월사(月謝)[61]를 바치고 얻은 고매한 학문과 예절을.

현역 육군 중좌에게서 받은 추상열일(秋霜烈日)[62]의 훈육을 왜 나는 이 경우에 버젓하게 내세우지를 못하느냐?

창연한 고찰(古刹) 유루(遺漏)[63] 없는 장치에서 나는 정신차려야 한다. 나는 내 쟁쟁한 이력을 솔직하게 써먹어야 한다. 나는 고개를 숙이고 담배를 한 대 피워 물고 도장에 들어가는 소, 죽기보다 싫은 서투르고 근질근질한 포즈 체모 독주에 어지간히 성공해야만 한다. 그랬더니 그만두 한다. 당신의 그 어림없는 몸치렐랑 그만두세요. 저는 어지간히 식상이 되었습니다[64] 한다.

그렇다면?

내 꾸준한 노력도 일조일석에 수포로 돌아가는 것이 아닌가.

대체 정희라는 가련한 '석녀(石女)'가 제 어떤 재간으로 그런 음흉한 내 간계를 요만큼까지 간파했다는 것이다.

일시에 기진한다. 맥은 탁 풀리고는 앞이 팽 돌다 아찔하는 것이 이러다가 까무러치려나 보다고 극력 단장을 의지하여 버텨보노라니까 희(噫)라! 내 기사회생의 종생도 이번만은 회춘하기 장히 어려울 듯싶다.

이상! 당신은 세상을 경영할 줄 모르는 말하자면 병신이오. 그다지도 '미혹'하단 말씀이오? 건너다 보니 절터지요? 그렇다 하더라도 『카라마조프의 형제』[65]나 『사십 년』[66]을 좀 구경 삼아 들러 보시지요.

아니지! 정희! 그게 뭐냐 하면 나도 살고 있어야 하겠으니 너도 살자는 사기, 속임수, 일부러 만들어내어놓은 미신, 중에도 가장 우수한 무서운 주문이오.

이상! 그러지 말고 시험 삼아 한 발만 한 발자국만 저 개흙밭에다 들여놓아보시지요.

이 악보같이 스무스한 담소 속에서 비칠비칠하노라면 나는 내게 필적하는 천의무봉(天衣無縫)[67]의 탕아가 이 목첩(目睫)[68]간에 있는 것을 느낀다. 누구나 제 내어놓았던 헙수룩한 포즈를 걷어치우느라고 허겁지겁들 할 것이다. 나도 그때 내 슬하의 이렇게 유산되는 자손을 느끼면서 만재(萬載)에 드리우는 이 극흉 극비 종가(宗家)의 부작(符籍)을 앞에 놓고서 적이 불안하게 또 한편으로는 적이 안일하게 운명하는 마지막 낙백(落魄)의 이 내 종생을 애오라지 방불히 하는 것이었다.

나는 내 분묘 될 만한 조촐한 터전을 찾는 듯한 그런 서글픈 마

348

음으로 정희를 재촉하여 그 언덕을 내려왔다. 등 뒤에 들리는 풍경 소리는 진실로 내 심통함을 돕는 듯하다고 사자(寫字)하면 정경을 한층 더 반듯하게 매만져놓는 한 도움이 되리라. 그럼 진실로 풍경 소리는 내 등 뒤에서 내 마지막 심통함을 한층 더 들볶아놓는 듯하더라.

미문(美文)에 견줄 만큼 위태위태한 것이 절승(絶勝)에 혹사(酷似)한 풍경이다. 절승에 혹사한 풍경을 미문으로 번안 모사해놓았다면 자칫 실족 익사하기 쉬운 웅덩이나 다름없는 것이니 첨위(僉位)[69]는 아예 가까이 다가서서는 안 된다. 도스토예프스키──나 고리키──는 미문을 쓰는 버릇이 없는 체했고 또 황량, 아담한 경치를 '취급'하지 않았으되 이 의뭉스러운 어른들은 오직 미문은 쓸 듯 쓸 듯, 절승 경개는 나올 듯 나올 듯, 해만 보이고 끝끝내 아주 활짝 꼬랑지를 내보이지는 않고 그만둔 구렁이 같은 분들이기 때문에 그 기만술은 한층 더 진보된 것이며, 그런 만큼 효과가 또 절대하여 천 년을 두고 만 년을 두고 내리내리 부질없는 위무를 바라는 중속들을 잘 속일 수 있는 것이다. 그러나──왜 나는 미끈하게 솟아 있는 근대 건축의 위용을 보면서 먼저 철근 철골, 시멘트와 세사(細砂), 이것부터 선뜩하니 감응하느냐는 말이다.

씻어버릴 수 없는 숙명의 호곡, 몽고레안푸렉게〔蒙古痣〕[70] 오뚝이처럼 쓰러져도 일어나고 쓰러져도 일어나고 하니 쓰러지나 섰으나 마찬가지 의지할 얄팍한 벽 한 조각 없는 고독, 고고(枯槁),[71] 독개(獨介),[72] 초초(楚楚).

나는 오늘 대오한 바 있어 미문을 피하고 절승의 풍광을 격하여 소조하게 왕생하는 것이며 숙명의 슬픈 투시벽은 깨끗이 벗어놓고 온아 종용(溫雅慫慂),[73] 외로우나마 따뜻한 그늘 안에서 실명(失命)하는 것이다.

의료(意料)하지 못한 이 한 '종생' 나는 요절인가 보다. 아니 중세 최절(中世摧折)인가 보다. 이길 수 없는 육박, 눈먼 떼까마귀의 매언(罵言) 속에서 탕아 중에도 탕아 술객 중에도 술객, 이 난공불락의 관문의 괴멸, 구세주의 최후 연(然)히 방방곡곡이 여독(餘毒)은 삼투하는 장식 중에도 허식의 표백[74]이다. 출색(出色)의 표백이다.

내부(乃夫)[75]가 있는 불의. 내부가 없는 불의. 불의는 즐겁다. 불의의 주가낙락(酒價落落)한 풍미를 족하는 아시나이까. 윗니는 좀 잇새가 벌어지고 아랫니만이 고운 이 한경(漢鏡)같이 결함의 미를 갖춘 깜쪽스럽게[76] 새침을 뗄 줄 아는 얼굴을 보라. 7세까지도 옥잠화 속에 감춰두었던 장분(粉)만을 바르고 그 후 분을 바른 일도 세수를 한 일도 없는 것이 유일의 자랑거리. 정희는 사팔뜨기다. 이것은 무엇으로도 대항하기 어렵다. 정희는 근시 육도다. 이것은 무엇으로도 대항할 수 없는 선천적 훈장이다. 좌난시 우색맹 아――이는 실로 완벽이 아니면 무엇이랴.

속은 후에 또 속았다. 또 속은 후에 또 속았다. 미만 14세에 정희를 그 가족이 강행으로 매춘시켰다. 나는 그런 줄만 알았다. 한 방울 눈물――

그러나 가족이 강행하였을 때쯤은 정희는 이미 자진하여 매춘한 후 오래오래 후다. 다홍 댕기가 늘 정희 등에서 나부꼈다. 가족들은 불의에 올 재앙을 막아줄 단 하나 값나가는 다홍 댕기를 기탄없이 믿었건만——

그러나——

불의는 귀인답고 참 즐겁다. 간음한 처녀——이는 불의 중에도 가장 즐겁지 않을 수 없는 영원의 밀림이다.

그럼 정희는 게서 멈추나?

나는 자기 소개를 한다. 나는 정희에게 분모를 지기 싫기 때문에 잔인한 자기 소개를 하는 것이다.

나는 벼를 본 일이 없다. 자전거를 탈 줄 모른다. 생년월일을 가끔 잊어버린다. 구십 노조모가 이팔소부(二八少婦)로 어느 하늘에서 시집온 10대조의 고성을 내 손으로 헐었고 녹엽 천 년의 호도나무 아름드리 근간을 내 손으로 베었다. 은행나무는 원통한 가문을 골수에 지니고 찍혀 넘어간 뒤 장장 4년 해마다 봄만 되면 독시(毒矢)[77]같은 싹이 엄돋는 것이었다.

나는 그러나 이 모든 것에 견뎠다. 한번 석류나무를 휘어잡고 나는 폐허를 나섰다.

조숙 난숙 감 썩는 골머리 때리는 내. 생사의 기로에서 완이이소(莞爾而笑),[78] 표한무쌍(剽悍無雙)[79]의 수구(瘦軀)[80] 음지에 창백한 꽃이 피었다.

나는 미만 14세 적에 수채화를 그렸다. 수채화와 파과(破瓜).[81] 보아라 목저(木箸)같이 야윈 팔목에서는 삼동[82]에도 김이 무럭무럭 난다. 김 나는 팔목과 잔털 나스르르한 매춘하면서 자라나는 회충같이 매혹적인 살결. 사팔뜨기와 내 흰자위 없는 짝짝이 눈. 옥잠화 속에서 나오는 기술(奇術) 같은 석일(昔日)의 화장과 화장 전폐(全廢), 이에 대항하는 내 자전거 탈 줄 모르는 아슬아슬한 천품. 다홍댕기에 불의와 불의를 방임하는 속수무책의 내 나태.

심판이여! 정희에 비교하여 내게 부족함이 너무나 많지 않소이까?

비등 비등? 나는 최후까지 싸워보리라.

홍천사 으슥한 구석방 한 간 방석 두 개 화로 한 개. 밥상 술상——

접전 수십합(數十合). 좌충우돌. 정희의 허전한 관문을 나는 노사의 힘으로 들이친다. 그러나 돌아오는 반발의 흉기는 갈 때보다도 몇 배나 더 큰 힘으로 나 자신의 손을 시켜 나 자신을 살상한다.

지느냐. 나는 그럼 지고 그만두느냐.

나는 내 마지막 무장을 전장에 내어세우기로 하였다. 그것은 즉 주란(酒亂)이다.

한 몸을 건사하기조차 어려웠다. 나는 게울 것만 같았다. 나는 게웠다. 정희 스커트에다. 정희 스타킹에다.

그러고도 오히려 나는 부족했다. 나는 일어나 춤추었다. 그리고 그 방 뒤 쌍창 미닫이를 열어젖히고 나는 예서 떨어져 죽는다고 마지막 한 벌 힘만을 아껴 남기고는 나머지 있는 힘을 다하여 난간을 잡아 흔들었다. 정희는 나를 붙들고 말린다. 말리는데 안 말리는 것도 같았다. 나는 정희 스커트를 잡아 젖혔다. 무엇인가 철썩 떨어졌다. 편지다. 내가 집었다. 정희는 모른 체한다.

속달(S와도 절연한 지 벌써 다섯 달이나 된다는 것은 선생님께서
도 믿어주시는 바지요? 하던 S에게서다).

정희! 노하였소. 어젯밤 태서관(泰西館) 별장의 일! 그것은 결
코 내 본의는 아니었소. 나는 그 요구를 하려 정희를 그곳까지 데
리고 갔던 것은 아니오. 내 불민을 용서하여주기 바라오. 그러나
정희가 뜻밖에도 그렇게까지 다소곳한 태도를 보여주었다는 것으
로 적이 자위를 삼겠소. 정희를 하루라도 바삐 나 혼자만의 것으로
만들어달라는 정희의 열렬한 말을 물론 나는 잊어버리지는 않겠
소. 그러나 지금 형편으로는 '아내'라는 저 추물을 처치하기가 정
희가 생각하는 바와 같이 그렇게 쉬운 일은 아니오. 오늘(3월 3일)
오후 8시 정각에 금화장(金華莊) 주택지 그때 그 자리에서 기다리
고 있겠소. 어제 일을 사과도 하고 싶고 달이 밝을 듯하니 송림을
거닙시다. 거닐면서 우리 두 사람만의 생활에 대한 설계도 의논하
여봅시다.

3월 3일 아침 S

내가 속달을 띄우고 나서 곧 뒤이어 받은 속달이다.

모든 것은 끝났다. 어젯밤에 정희는——

그 낮으로 오늘 정희는 내게 이상 선생님께 드리는 속달을 띄우
고 그 낮으로 또 나를 만났다. 공포에 가까운 변신술이다. 이 황
홀한 전율을 즐기기 위하여 정희는 무고(無辜)의 이상을 징발했
다. 나는 속고 또 속고 또 또 속고 또 또 또 속았다.

나는 물론 그 자리에 혼도하여버렸다. 나는 죽었다. 나는 황천을 헤매었다. 명부에는 달이 밝다. 나는 또다시 눈을 감았다. 태허에 소리 있어 가로대 너는 몇 살이뇨? 만 25세와 11개월이올시다. 요사(夭死)로구나. 아니올씨다. 노사(老死)올씨다.

눈을 다서 떴을 때는 거기 정희는 없다. 물론 8시가 지난 뒤였다. 정희는 그리 갔다. 이리하여 나의 종생은 끝났으되 나의 종생기는 끝나지 않는다. 왜?

정희는 지금도 어느 빌딩 걸상 위에서 드로어즈의 끈을 푸는 중이요. 지금도 어느 태서관 별장 방석을 베고 드로어즈의 끈을 푸는 중이요. 지금도 어느 송림 속 잔디 벗어놓은 외투 위에서 드로어즈의 끈을 성(盛)히 푸는 중이니까다.

이것은 물론 내가 가만히 있을 수 없는 재앙이다.

나는 이를 간다.

나는 걸핏하면 까무러친다.

나는 부글부글 끓는다.

그러나 지금 나는 이 철천의 원한에서 슬그머니 좀 비켜서고 싶다. 내 마음의 따뜻한 평화 따위가 다 그리워졌다.

즉 나는 시체다. 시체는 생존하여 계신 만물의 영장을 향하여 질투할 자격도 능력도 없는 것이라는 것을 나는 깨닫는다.

정희, 간혹 정희의 훗훗한 호흡이 내 묘비에 와 슬쩍 부딪는 수가 있다. 그런 때 내 시체는 홍당무처럼 화끈 달면서 구천을 꿰뚫어 슬피 호곡한다.

그동안에 정희는 여러 번 제(내 때꼽재기도 묻은) 이부자리를 찬란한 일광 아래 널어 말렸을 것이다. 누누[83]한 이 내 혼수(昏睡) 덕으로 부디 이 내 시체에서도 생전의 슬픈 기억이 창궁 높이 훨훨 날아가나 버렸으면——

나는, 지금 이런 불쌍한 생각도 한다. 그럼——

——만 26세와 3개월을 맞이하는 이상 선생님이여! 허수아비여!

자네는 노옹일세. 무릎이 귀를 넘는 해골일세. 아니, 아니.

자네는 자네의 먼 조상일세. 이상(以上).

11월 20일 동경서

12월 12일

＊『조선』. 1930. 2~12.

1 구우(舊友) 어릴 때 죽마(옛날에는 잎이 달린 긴 대나무를 아이들이 가랑이에 끼우고 말이라 하여 끌고 다님)를 타고 놀며 함께 자란 벗을 일컬음. 죽마고우(竹馬故友).

2 처창하다 몹시 구슬프고 애달프다.

3 질풍신뢰 빠르고 세찬 바람과 무섭게 울리는 천둥이라는 뜻으로, '몹시 빠르고 세찬 기세'를 비유.

4 습벅이다 눈에 먼지 따위가 들어가 자꾸 끔벅이고 싶어지다. 눈까풀을 움직여 눈을 감았다 떴다 하다.

5 자심 점점 더 심함.

6 우물우물 (벌레 따위) 몸피가 비교적 큰 것들이 한곳에 많이 모여 자꾸 굼지럭거리는 모양.

7 글발 글월. 편지의 옛말.

8 신호시(神戶市) 고베시. 일본 효고현의 현청 소재지.

9 세간기명(世間器皿) 집안 살림에 쓰이는 온갖 도구와 그릇붙이.

10 뻔히 원문은 '편히'이며, 기존 전집은 '편히'로 수정.

11 얻고 원문은 '업고'로 현대 문체로 표현하면 '없고'가 된다. 그러나 내용상 '얻고'가 적절하며, '업고'는 오식으로 보인다.

12 기필(期必) 틀림없이 이루어지기를 기약함.

13 도포업(塗布業) 칠하여 지워 없애거나 위에 덧발라서 가리는 직업. 도장이나 미장 따위의 업을 말하는 듯.

14 앵도 저리 뻐찌 앵두, 자리(紫李:자두), 버찌(벚나무 열매).

15 날라리 '태평소'의 속칭. 단단한 나무의 속을 파서 만든 국악기의 한 가지.

16 매도 몹시 욕하며 몰아세움.

17 힐타 힐책과 질타. 힐책과 타박.

18 토질(土疾) 수질이나 토질에 맞지 않아 생기는 병. 풍토병.

19 적조 오랫동안 소식이 막힘. 격조.

20 명고옥(名古屋) 나고야. 일본 아이치현의 현청 소재지.

21 헤드 쿡 head cook 주방장.

22 육향 분복(肉香芬馥) 몸에서 풍기는 향내.

23 법선 (물리에서) 투사 광선이 경계면과 만나는 점으로부터 그 면에 수직으로 그은 직선. (수학에서) 곡선 또는 곡면 위에 있는 임의의 접선 또는 접평면에 수직인 선.

24 울립(鬱立) 빽빽하게 들어섬.

25 맥진(驀進) 힘차게 나아감.

26 토롯코 광산이나 공사 현장에 사용되던 지붕 없는 열차.

27 마멸(馬蔑) 글자상으로 보면 매멸(罵蔑: 욕하고 꾸짖고 업신여김)의 오식으로 보이지만, 내용상으로 보면 마멸(磨滅: 갈리어서 닳아 없어짐, 蔑=滅)의 오식으로 보인다. 기존 전집은 '모멸(侮蔑)'의 오식으로 봄.

28 봄도라지 원문은 '봉도라지'로 이는 '봄도라지'의 오식인 듯.

29 니힐리스트 허무주의자.

30 앙감질 한 발은 들고 한 발로만 뛰어가는 짓.

31 사바 중생이 갖가지 고통을 참고 견뎌야 하는 괴로움 많은 이 세상.

32 토로 앞에 나온 '토롯코'를 줄인 말.

33 악지 잘 되지 않을 생각이나 주장을 억지로 해내려는 고집.

34 기절 절기, 기후.

35 덮어줄 원문은 '덥허줄'이며, 오늘날의 표현은 '덮어줄'이다. 기존 전집은 '데워 줄'로 잘못 쓰고 있다.

36 악희 못된 장난, 심술궂은 장난.

37 간기(癎氣) '지랄병'의 딴 이름.

38 계제적(階梯的) 원래는 '사닥다리'라는 의미이지만, 전(轉)하여 일을 하는 데 차 례를 밟아 올라가는 경로.

39 브로마이드 소형 초상 사진.

40 촉탁 의 임시로 진료를 맡아보는 의사.

41 야료 까닭 없이 트집을 부리고 마구 떠들어대는 짓.

42 정력 기존 전집은 '경력'으로 오식. 정력은 심신의 활동력이나 기운을 뜻함.

43 차인잔고(差引殘高) '뺀 나머지 금액'을 뜻하는 일본식 한자.

44 들어가는 기존 전집은 '들어 아는'으로 수정. '(기술하여) 들어가는 바'를 뜻하는 듯.

45 고적 외롭고 쓸쓸함.

46 해로 한평생 삶을 같이 할 상대.

47 가지 '여자에게(로) 가지 못할 무슨 깊은 원한'이라는 뜻으로 보인다. 기존 전집은 '갖지'로 수정했으나, '가지'가 오식이라면, '갚지'의 오식으로 고려해볼 만하다.

48 여중(女中) 하녀. 식모. 가정부.

49 하게쯤 기존 전집은 '하게끔'으로 수정했다. '쯤'은 정도를 의미하는 것으로, '주인 노릇하게 되는 정도'의 뜻이 되며, 그대로 두어도 의미 연결에는 지장이 없겠다.

50 지질려가며 기본형은 '지질리다'로 지지르다(의견이나 기세를 꺾어 누르다, 무거 운 물건으로 내리누르다)의 피동형.

51 도승사(渡繩師) 줄을 타는 광대.

52 이○ 이상 본인을 가리키는 말. 이 부분의 본문은 과거 연재 당시 삽입했던 오늘 날의 '작가의 말'에 해당한다.

53 임리 피, 땀, 물 따위의 액체가 흘러 흥건한 모양.

54 교통 기존 전집은 '고통'으로 수정. 교통은 '서로 왕래하며 의사소통하는 것'을 의미.

55 완이(莞爾) 빙그레.

56 다나 선반을 일컫는 일본어.

57 원한인 기존전집은 '인'을 오식으로 보고 탈락시킴. 아마도 원한의 원인을 뜻하는 '怨恨因'인 듯.

58 따개꾼 기존 전집은 '소매치기'로 설명. 의미상 '도둑'을 의미하는 듯.

59 수형 어음의 옛말.

60 화태(樺太) 사할린.

61 아시지요 원문은 '하시지요'이지만 내용상 '아시지요'의 오식으로 보인다.

62 취재 재물을 취함. 재물을 모음.

63 명도 불교에서, 사람이 죽어서 간다는 영혼의 세계. 명계(冥界). 명부(冥府). 저승.

64 미두(米豆) 현물 없이 투기적 약속으로 곡물을 거래하는 일.

65 똥기다 모르는 것을 일러주어 깨닫게 하다.

66 콘덴스트 밀크 연유.

67 희괴하다 희한하고 괴이하다.

68 잡답하다 많이 몰리어 붐비다.

69 마주 기존 전집은 '마구'로 오식.

70 잡도한 조음 잡도한은 '잡답한'의 오식으로 보이며, 조음(噪音)은 소음과 같은 뜻이다. 기존 전집은 '잡다한 소음'으로 수정.

71 도영(倒影) 거꾸로 비치다.

72 연조 어떤 일에 종사한 햇수.

73 햇해 새해라는 뜻.

74 현상하다 기존 전집은 '헌상하는'으로 오식. '현상하다'는 현상을 나타낸다는 뜻.

75 타기만만(墮氣滿滿) 타기(墮氣)는 곧, 태기(惰氣)로 게으른 마음, 게으름을 뜻한다. 게으름 가득한.

76 종순하다 순종하다.

77 시진하다 기운이 쑥 빠져 없어지다.

78 그 양삼년 원문은 '그랑삼년'이고 기존 전집은 '그냥 삼 년'으로 옮기고 있다. 의미상 량은 2로 '그 2, 3년'을 뜻하는 것이 아닌가 한다.

79 참회 원문은 '첨회'이나 '참회'의 오식으로 보인다.

80 속죄 원문은 '독죄'이나 '속죄'의 오식으로 보인다.

81 지경 노래 지반을 다질 때 부르는 노래.

82 목도 소리 무거운 물건이나 돌덩이를 밧줄로 얽어 어깨에 메고 옮길 때 하는 소리.

83 진척 원문은 '진섭'으로 되어 있으나 이는 '진척'의 오식인 듯.

84 장주의 꿈 장주의 꿈은 어느날 장주가 꿈에 나비가 되었다는 호접몽을 말함.

85 있지 원문은 '잇지'이며, 기존 전집은 '잊지'로 수정하고 있다. 역설적 표현으로 보임.

86 장속 무슨 일을 하기 위하여 몸을 꾸며 차림.

87 장승 원문은 '장송'이지만, 의미상 '장승'이 적절하다. 오식으로 보인다.

88 클로드cloth 옷감, 천.

89 바니스varnish 바니시, 니스, 광택제, 유약.

90 부동명왕 불교에서의 팔대 명왕의 하나. 대일여래가 모든 악마와 번뇌를 항복시키기 위하여 분노한 모습으로 나타난 형상.

91 경조부박 사람됨이 진중하지 못하고 날리고 가벼움.

92 속할까요 원문은 '속살할가요'로 되어 있는데, 이는 '속할가요'의 오식으로 보인다.

93 다다미 일본식 방에 까는, 짚과 돗자리로 만든 두꺼운 깔개.

94 리터 원문은 '리틀'로 되어 있으며, 이는 리터(liter)를 뜻한다.

95 반자 더그매를 두고, 천장을 평평하게 만든 시설.

96 카인 성경의 창세기에 나오는 이담과 이브가 낳은 맏아들.

97 악마구리 '잘 우는 개구리'라는 뜻으로 참개구리를 이르는 말.

98 안모 얼굴 모양. 용모.

99 멱진적으로 좌우 돌아보지 않고 힘차게 나아감.

100 이상히 원문은 '이양히'로 되어 있으나 '이상히'의 뜻인 듯.

101 작자는 원문은 '각자는'으로 되어 있으나 의미상 '작자는'의 오식이 분명함.

102 음신 소식. 편지.

103 청등 '맑고 깨끗하다(淸淸하다)'와 '서슬이 푸르다(騰騰하다)'는 뜻의 단어를

결합한 조어로 보임.

104 징기다 쟁이다(여러 개를 차곡차곡 포개어놓다)의 수동형으로 방언인 듯.

105 시그널 신호. 경보.

106 파우스트 독일의 문호 괴테가 쓴 희곡『파우스트』속의 주인공을 뜻하는 듯.

107 암로(闇路) 밤길, 또는 어두운 길.

지도의 암실

*『조선』, 1932. 3.

1 離三芽閣路到北停車場 坐黃布車去 삼모각로에서 북정거장까지 황포차를 타고 간다.

2 바이블Bible 성경(聖經).

3 앙뿌르ampoule 전구.

4 도 무소용인인 이 구절의 원문은 '도무소용인인'으로 '도(대체, 무지) 무소용인인 (쓸모없는)'의 뜻으로 볼 수도 있고, '도무(지) 소용인인(쓰임새 있는)'으로 쓸 수 도 있는데, 내용상 전자가 적합할 것으로 보인다.

5 你上那兒去 而且 做甚麼 너는 어디에 가서 무엇을 하려느냐?

6 에로시엥코 러시아의 시인(1889~1952).

7 JARDIN ZOOLOGIQUE 동물원.

8 CETTE DAME EST-ELLE LA FEMME DE MONSIEUR LICHAN? 이 부인은 귀하의 부인입니까?

9 OUI! 예.

10 에호바 여호와. 야훼, 전능하신 신.

11 트렁크 가방.

12 포스트 우체통.

13 풀엄 '엄'은 움으로, 싹이나 어린 줄기. 따라서 풀엄은 풀의 새싹이나 어린 줄기 를 뜻한다.

14 보일 샤를의 법칙 일정량의 기체의 부피는 압력에 반비례하고, 절대온도에 정비 례한다는 보일 샤를의 법칙.

15 活胡同是死胡同 死胡同是活胡同 뚫린 골목은 막힌(또는 막다른) 골목이요, 막힌 골목은 뚫린 골목이다.

16 자암뱅이 잠방이. 가랑이가 무릎까지 내려오게 지은, 짧은 남자 홑바지.

17 笑怕怒 웃음, 두려움, 분노.

18 서양 시가레트 서양 담배.

19 풍기 풍속이나 사회 도덕에 대한 기강, 또는 풍속.

20 취체 규칙, 법령, 명령 따위를 지키도록 통제함.

21 트릭 속임수. 계교.

22 되애달다 '되-애달다'의 결합으로 이뤄진 단어인 듯. 이는 도리어(또는 더) 마음이 쓰이어 속이 달아오르는 듯하다는 뜻.

23 我是二 雖說沒 給得三也我是三 비문이다. '나는 둘이다. 비록 셋을 얻지(주어서 얻지) 못했다 할지라도 나는 셋이다.'라는 뜻이다.

24 메달 기념이나 표창의 뜻을 담은 쇠붙이로 만든 표장.

25 베에제 베제. '키스'를 뜻하는 불어.

26 LOVE PARRADE 사랑 행진. 1930년 파라마운트사에서 만든 영화 「The Love Parade」를 뜻하는 듯.

27 페이브먼트 도로.

지팡이 역사

* 『월간매신』, 1934. 8.

1 지팡이 역사 지팡이가 차에 치어서 죽다.

2 닷 마장 다섯 마장. 마장은 10리나 5리 미만의 길을 이를 때 리(里) 대신 쓰는 말.

3 문회서원 황해도 배천군 치악산 기슭에 있는 서원. 배천지방 유림 출신인 안당·신응시·오억령 등과, 이 고을과 관련이 있는 명현 이이·성혼·조헌의 위패를 모신 서원.

4 기운정 배천온천 주변에 있는 정자.

5 에하가키 '그림엽서'를 뜻하는 일본어.

6 탐승 경치 좋은 곳을 찾아다님.

7 왜떡 지난날, 밀가루나 쌀가루를 반죽하여 얇게 늘여서 구운 과자를 이르던 말.

8 세루serge 서지(능직의 모직물).

9 황해선 경의선의 사리원에서 황해안 부근의 장연에 이르는 협궤 철도선.

10 토롯코 레일 truck-rail 광산이나 공사현장에서 사용되는 지붕 없는 화차(토롯코)의 레일.

11 크로싱 crossing 건널목.

12 갸쿠비키 유객(誘客), 유객꾼을 뜻하는 일본어.

13 박스 box 여기서는 칸막이를 한 좌석, 또는 특등석.

14 살갈 살갈은 '살결, 또는 살갗'이라는 의미도 가능하겠지만, 살의 맵시나 바탕을 일컫는 '살깔'의 의미도 가능.

15 항라 명주실 · 모시실 · 무명실 따위로 짜는 피륙의 한 가지. 씨를 세 올이나 다섯 올씩 걸러서 한 올씩 비우고 짜는데, 구멍이 뚫려서 여름 옷감으로 알맞음.

16 홑껍데기 한 겹으로 된 껍데기, 또는 (겹으로 만들 옷감의) 안감을 안 갖춘 겉감.

17 조발적이다 '조발(照發)'은 '비치고 드러난다'는 뜻의 조어이다. 기존 전집은 '도발적인'으로 수정.

18 복스 새 구두 '박스 구두 box shoes'라는 뜻. 제화용의 무두질한 송아지 가죽으로 만든 구두.

19 마점산(1884~1950) 중국의 국인으로 중일전쟁시 반만항일군(反滿抗日軍)을 일으켜 일본과 싸움.

20 단것 맛이 단 음식. 설탕물 과자류 따위.

21 S. 구르몽 프랑스의 문예평론가, 시인, 소설가.

22 시몬 구르몽의 시 「낙엽」에 나오는 여성.

23 프로필 인물 약평.

24 한복판 원문은 '한본복판'으로 '한복판'의 오식인 듯.

25 모나리자 이탈리아 화가 다빈치가 그린 여인상.

26 타구 가래나 침을 뱉도록 마련한 그릇.

27 해태 옳고 그름을 판단하여 안다고 하는 상상의 동물. 사자와 비슷하나 머리 가운데에 뿔이 하나 있으며, 궁전 좌우에 석상으로 새겨서 세웠음.

28 백통색 백통색은 백동색으로 곧 은백색을 의미.

29 그랬는지 원문은 '앗랫는지'인데, 기존 전집은 '그랬는지', 또는 '알았는지'로 수정하였다.

30 괴불주머니 색 헝겊에 솜을 넣고 수를 놓아 만든 조그만 노리개.

황소와 도깨비

*『매일신보』, 1937. 3. 5~9.

1 귀애하고 원문은 '귀에하고'로 '귀애(貴愛)하고' 또는 '귀(貴)해 하고'로 볼 수 있다.

2 바리 소나 말 따위의 등에 잔뜩 실은 짐을 세는 말.

3 기진역진(氣盡力盡) 기운이 빠지고 힘이 모두 다함.

4 버쩍 '바짝'의 큰말. 몹시 긴장하거나 힘을 주는 모양.

공포의 기록

*『매일신보』, 1937. 4. 25~5. 15.

1 데로 원문은 '대로'이다. 그러나 이것은 '그때마다, 그 족족'이 아니라 '곳, 처소'를 뜻하므로, '데로'로 바로잡았다.

2 변두 변두는 사투리로 맨드라미를 뜻하는데, 여기서는 변두머리, 즉 닭벼슬을 뜻하는 듯.

3 비슷하여서 원문은 '깃버하여서'로 그냥 옮기면, '기뻐하여서'가 된다. 그러나 내용상 '비슷하여서'의 오식으로 보인다.

4 돈복 약 따위를 여러 번에 벼르지 않고 한꺼번에 다 먹음.

5 수군(壽君) 수군은 「불행한 계승(일문 유고)」에는 소운(素雲)으로 나온다. 김소운(1907~1981)은 시인이자 수필가로 이상의 도움으로 아동잡지 『목마』를 만들기도 했고, 이상으로부터 온 서신으로 「청령」「한 개의 밤」을 초하였으며, 이상을 두고 「침통의 장」을 쓰기도 하였다.

6 홑것 홑옷.

7 루파슈카 러시아 남자들이 입는 블라우스 풍의 상의.

8 목노 선술집에서, 술잔을 벌여놓는 널빤지로 만든 좁고 기다란 상. 여기서는 단순히 목로주점을 뜻하는 듯.

9 더리다 격에 안 맞아 좀 떠름하다. 야비하고 다랍다.

10 노들 노들나루를 말함. 서울 한강 남쪽의 나루터. '노량진'의 옛 이름임.

11 전후불각(前後不覺) 앞뒤 분간하지 못함.

12 자분참 지체없이 곧.

13 환신(宦臣) 내시. '불알 없는 사내'를 빗대서 이르는 말.

14 경치다 호되게 꾸지람을 듣다. 아주 단단히 벌을 받다.

15 덴겁을 하다 뜻밖의 일을 당하여 몹시 허둥지둥한다는 뜻.

16 화가(貨家) 집을 판다는 뜻.

17 아방궁 진시황이 위수(渭水)의 남쪽에 지은 궁정. 광대하고 으리으리하게 지은 집을 비유.

18 외풍은 되고 '외풍이 도리어(또는 다시) 일어나다'는 뜻.

19 중양 음력 9월 9일을 명절로 이르는 말.

20 자기(自棄) 될 대로 되라는 태도로 자기 자신을 버림.

21 들일 원문은 '드릴'이다. 그런데 이것은 앞의 내용으로 보아 '무엇을 주다'는 의미가 아니라 '누구를 들어오게 하다'는 뜻이다.

22 깨끼저고리 휜히 비치는 얇은 옷감을 두 겹으로 하여 곱솔로 바느질한 여자 저고리.

23 탄도(彈道) 발사된 탄환이 공중을 날아가 목적물에 이르기까지의 길. 또는 그것이 그리는 곡선.

지주회시

* 『중앙』, 1936. 6.

1 글탄하다 속을 태우며 걱정한다는 뜻.

2 벙어리 원문은 '덩어리'로 되어 있지만 의미상 '벙어리'의 오식으로 보인다. 또는 '덩어리'의 오식일 수도 있다.

3 환토 '환태(幻退),' 또는 '환생'의 의미. 즉 사람이 죽었다가 형상을 바꾸어서 다시 태어남.

4 밴댕이 청어과의 바닷물고기.

5 딴은 원문은 '따는'으로 이상 소설에서 이 표기는 '땀은' 또는 '딴은'으로 모두 해석 가능하다.

6 조하다 기존 전집은 '조'를 '도'의 오식으로 보아 '까칫까칫도 하고'로 수정. 그러나 '까칫까칫 조(燥)하고, 즉 '까칫까칫 깔깔하고 마르고'를 뜻하는 것일 수도 있다.

7 취인점(取引店) 상점, 거래소.

8 망싯망싯하다 망설이다.

9 유카타 목욕을 한 뒤 여름철에 입는 무명 홑옷.

10 형영 형체와 그림자.

11 기미(期米) 미두(米豆). 현물 없이 미곡을 사고파는 일. 미곡의 시세를 이용하여 약속만으로 거래하는 일종의 투기 행위.

12 바bar 술집, 간이식당.

13 금강력(金剛力) 금강신이 지니고 있는 것 같은 몹시 강한 힘.

14 고도 원문은 '道고도'로 되어 있는데, 이는 '道, 高道'를 뜻하는 듯.

15 포터블portable 들고 다닐 수 있는, 휴대용의. 여기서는 휴대용 라디오를 말하는 듯.

16 투어리스트 뷰로tourist bureau 여행사.

17 광풍제월 시원한 바람과 맑은 달.

18 파치 깨어지거나 흠이 생겨 못쓰게 된 물건.

19 게사니 거위.

20 화수분 안에다 온갖 물건을 넣어 두면 새끼를 쳐서 끝이 없이 나오는 보물단지라는 뜻으로, '재물이 자꾸 생겨서, 아무리 써도 줄지 않음'을 이르는 말.

21 소바 상장(相場). 여기서는 미두(米豆)를 뜻함.

22 끄리다 '꾸리다'의 옛말. 싸다, 담아서 꾸리다, 챙겨가다는 뜻.

23 학질 말라리아.

24 세봉 속어로 '좋지 않은 일, 큰 탈이 날 일'을 의미.

25 푼더분한 얼굴이 투실투실하여 복성스러운.

26 조바(帳場) 장부를 기재하고 계산하는 곳, 카운터.

27 이다바(板場) 조리사.

28 경부보 일제 강점기에 경찰관직의 하나. 경부 아래의 직책.

29 콤비네이션combination 결합, 짝맞춤, 배합.

30 새큼한 원문은 '새주한'으로 되어 있으나, 내용상 '새큼한'의 오식이다.

동해

*『조광』, 1937. 2.

1 슈트케이스suitcase 옷가방.

2 나쓰미캉 귤의 일종(여름 밀감).

366

3 켰다 내용상 '꺼도 얼른 껐다'로 보이며 '껐다'는 '껐다'의 오식인 듯.

4 친근 정분이 친하고 가까움.

5 14관(貫) 한 관은 3.75kg, 그러므로 14관은 52.5kg.

6 어차어피(於此於彼) 이렇게 하든지 저렇게 하든지. 이러거나 저러거나. 준말은 '어차피'.

7 풍봉(風丰) 살지고 아름다운 풍채.

8 슈미즈chemise 여성의 양장용 속옷의 한 가지. 어깨에서 엉덩이를 가릴 정도의 길이로 보통 소매가 없음.

9 드로어즈drawers 여성용 팬티.

10 슬립slip 어깨에 걸어서 드레스보다 짧게 입는 여자용 속옷.

11 일타화(一朶花) 한 송이 꽃.

12 근로직 기존 전집은 이를 '로직'으로 하여 앞 한 글자를 빼고 있다. 이것이 '근'인지 '르'인지 확인하기 어렵다. 전자라면 '가깝다(近)'의 의미로 '논리(logic)에 가까운'이 될 것이다.

13 불언실행(不言實行) 말없이 실행함.

14 왕양(汪洋) 미루어 헤아리기 어려움.

15 심청 심술.

16 슬럼프slump 심신의 상태 또는 작업이나 사업 따위가 일시적으로 부진한 상태.

17 SEUVENIR SOUVENIR의 오식인 듯. 이것은 기념품, 비망록을 뜻함.

18 암상 남을 미워하고 샘을 잘 내는 잔망스러운 심술.

19 안차고 다라지다 '성질이 겁이 없고 깜찍하며 당돌하다'는 뜻이다.

20 안짬재기 안잠자기, 즉 남의 집에서 잠을 자며 일을 도와주는 여자.

21 토식(討食) 음식을 억지로 청하여 먹음.

22 물경(勿驚) 놀라지 말라는 뜻으로 엄청난 것을 말할 때 앞세워 이르는 말.

23 DOUGHTY 용감한, 굳세고 용맹스러운. 원문은 'DOUGATY'로 오식.

24 체인지change 거스름돈.

25 죗다 기존 전집은 죄었다, 또는 쥐었다로 봄. '죄다(모조리, 빠짐없이)'를 강하게 발음해서 그렇게 적은 것으로도 생각해볼 만하다.

26 그레이하운드greyhound 이집트 원산의 개의 품종.

27 조스joss 중국인이 섬기는 우상. 신상(神像).

28 통봉(痛棒) 좌선(坐禪)할 때 마음의 안정을 잡지 못하는 사람을 징벌하는 데 쓰는 방망이.

29 스냅snap 움직이는 피사체를 순간적으로 촬영하는 일. 또는 그 사진. 원문은 '느냅'으로 오식.

30 일착(一着) 첫번째 도착을 뜻함.

31 키네마kinema 영화. 여기서는 영화관을 의미.

32 대시dash 돌격, 과시, 허세.

33 에필로그epilogue 시가 · 소설 · 연주 따위의 끝 부분.

34 서장(西藏) 티베트의 한자음 표기.

35 피테칸트로푸스 50만 년 전에 지구에 살았던 인류로 현인류의 조상이 되며, 원인 (猿人, 또는 原人)으로 부른다.

36 오크oak 떡갈나무. 졸참나무류의 총칭.

37 끽다점 다방, 찻집.

38 알라모드 최신 유행을 뜻하는 불어.

39 전질(顚跌) 거꾸러짐. 실족함.

40 경상비 매년 계속해서 지출되는 일정한 경비.

41 몽골피에 조셉 몽골피에(1740~1810)과 자크 몽골피에(1745~1799) 형제. 이들 은 1783년 열기구로 공중을 비행하는데 처음 성공하였다.

42 장 콕토(1889~1963) 프랑스 시인, 소설가, 극작가.

43 텐스tense 구미어(歐美語)에서 현재 · 과거 · 미래 따위의 때를 나타내는 문법적 분류. 시제.

44 규수 작가 학예에 뛰어난 여성 작가.

45 저립(佇立) 우두커니 섬.

46 삼첨(三尖) 한 번에 세 개의 탑이 솟아났다는 말.

47 에피그람epigram 에피그램. 경구(警句) · 단시(短詩) · 비시(碑詩).

48 알마치 알맞게.

49 바통baton 릴레이 경주에서, 주자(走者)가 가지고 뛰다가 다음 주자에게 넘겨 주는 짤막한 막대기.

50 연선(沿線) 선로를 따라 그 옆에 있는 지역.

51 횡광이일(橫光利一) 일본의 소설가 요코미쓰 리이치.

날개

*『조광』, 1936. 9.

1 정신분일자 정신 분열(=사고 분열)에 걸린 사람.

2 도스토예프스키 러시아의 소설가.

3 위고 프랑스의 시인 · 소설가 · 극작가.

4 지언 지극히 마땅한 말.

5 디테일detail 세부, 세목, 사소한 것, 하찮은 것.

6 소 요소, 또는 원소.

7 유곽 창녀가 모여서 몸을 팔던 집이나 그 구역.

8 비웃 청어.

9 탕고도란 일제때 많이 쓰인 화장품 이름.

10 칼표딱지 기존 전집에는 '뜯어서 쓰는 딱지'라는 설명이 붙어 있다. '칼표'는 담배의 이름으로 보이며, 무늬가 도안된 담뱃갑의 한 면을 의미하는 것으로 보인다.

11 지리가미 휴지. 수지.

12 센슈얼sensual 관능적인, 육감적인, 음탕한.

13 하이넥high-necked 깃을 깊이 파지 않은.

14 사루마다 팬티.

15 스스로웠다 두 가지 의미로 볼 수 있는데 첫번째 기본형은 수수롭다. 근심스럽다. 마음이 서글프고 산란하다. 또는 기본형이 스스럽다. 정분이 그리 두텁지 않아 조심스럽다. 수줍고 부끄럽다.

16 누깔잠 누깔비녀.

17 금고형 원문은 '금고평'이나 '금고형'의 오식.

18 비워 때리다 비워뜨리다, 즉 '비워놓다'는 뜻.

19 쓰게질 비로 쓸어 집안을 청소하는 일. 쓰레질.

20 복스 여기서는 '칸막이 한 좌석'을 의미.

21 갑발(匣鉢) 도자기를 구울 때 담는 큰 그릇.

22 연심이 문종혁(「몇 가지 의의」, 『문학사상』 1974. 4)에 따르면, 연심은 이상의 연인 금홍의 본명이다.

23 아달린 최면제의 상품명.

24 미쓰코시 일본의 삼정(三井) 재벌이 1906년 서울 충무로 1가에 설립한 백화점.

25 회탁 기존 전집은 '회락'으로 오기. 회탁(灰濁)은 '회색의 탁한'이라는 뜻.

봉별기

*『여성』, 1936. 12.

1 체대(體大) 원래는 '몸이 큼'을 의미하지만 여기서는 '몸의 크기' 정도를 일컬음.

2 K군 꼽추 화가로 잘 알려진 서양화가 구본웅(1906~1953)을 일컬음.

3 쌍껭뽕 가위바위보.

4 경산부(經産婦) 이미 출산 경험이 있는 여자.

5 노름채 놀음차. 잔치 때 기생이나 악공에게 수고했다고 주는 돈이나 물건. 화대.

6 유야랑(遊冶郎) 주색에 빠진 방탕하고 유약한 남자.

7 백부님 소상 백부는 김연필을 뜻하며, 그는 1932년 5월 7일 뇌일혈로 사망했다. 소상(小祥)은 죽은 지 한 돌(1년) 만에 지내는 제사.

8 석간수(石間水) 바위틈에서 흘러나오는 샘물. 돌샘. 그런데 내용으로 보아 '돌이 많은 산골짜기를 흐르는 시냇물'을 뜻하는 석간수(石澗水)의 오식일 수도 있다.

9 천려일실(千慮一失) 천 가지 생각 중의 한 가지 실수라는 뜻으로, 아무리 지혜로운 사람도 한 번쯤은 실수가 있다는 것을 비유하는 말.

10 가십 소문, 험담.

11 홈시크 향수병.

12 기명집물(器皿什物) 살림살이에 쓰는 온갖 그릇과 세간 기구.

13 긴상 우리말로 옮기면 '김씨' 정도가 되며, 이상은 김해경이니까 일어로 '긴상'이라 부를 수 있다.

14 옥상 사모님, 부인.

15 일심 문종혁에 따르면, 금홍의 본명은 연심(蓮心)이고, 그 동생은 일심(一心)이었다고 한다.

16 영변가(寧邊歌) 평안북도 지방의 민요.

17 육자배기 잡가의 한 가지로 남도 지방에서 널리 불리며, 곡조가 활발함.

실화

＊『문장』, 1939. 3.

1 품기다 '풍기다'의 옛말.

2 적빈여세(赤貧如洗) 가난하기가 마치 물로 씻은 듯하여 아무것도 가진 것이 없음.

3 하가키 엽서를 뜻하는 일본어.

4 피아니시모 악보에서, 셈여림을 나타내는 말. '아주 여리게'의 뜻.

5 경동맥 원문은 '항동맥(項動脈)'이나 이는 경동맥(頸動脈)의 오식인 듯하다.

6 장식이 없다 원문은 '장식이였다'로 되어 있다. 그러나 5장의 내용으로 보면 '국화 한 송이도 없는 방'으로 나오는 것으로 보아 원문이 '장식이 없다'를 오식한 것으로 풀이된다.

7 렉처 강의.

8 인토네이션 음의 높이의 변화. 억양.

9 계간유수(溪澗流水) 원문은 계간(溪間)으로 이는 '溪澗'의 오식으로 보인다. '산골 짜기에 흐르는 시냇물'을 뜻한다.

10 오사게 소녀의 땋아 늘인 머리. 양 끝을 늘어뜨리는 여자의 띠 매는 법을 뜻하는 일본어.

11 할훈(割烹) 고기를 썰어서 삶는다는 뜻으로 음식을 요리함.

12 절조숙녀(窃窕淑女) 요조성을 절취해 다니는 여자라는 의미로 요조숙녀(窈窕淑女)를 파자하여 만든 이상의 조어이다.

13 기싱 Gissing 영국의 소설가 · 수필가.

14 호손 Hawthorne 미국의 소설가.

15 베제 '키스'를 뜻하는 불어. 앞 작품 「지도의 암실」에서의 '베에제'와 같다.

16 살풍경(殺風景) 아주 보잘것없거나 몹시 쓸쓸한 풍경, 또는 아주 단조롭고 흥취가 없음.

17 유루(遺漏) 필요한 것이 비거나 빠짐. 유탈.

18 화신상회(和信商會) 1929년 9월 박흥식이 종로2가 3번지에 건립한 조선인 최초의 현대식 백화점.

19 영경(英京) 영국의 수도.

20 NAUKA사 일본의 출판사 이름.

21 창량(蹌踉) 비틀비틀하는 모양.

22 진따 서커스, 영화관 선전 따위에 쓰는 소수인의 악대.

23 취주악대 취주악기(목관악기, 금관악기)를 주로 하여 편성한 악대.

24 진동야 일본 전통 가무단.

25 선조 유신(維新) 메이지 유신을 말함. 메이지 왕이 도쿠가와 바쿠후를 붕괴시키고 천황 친정 형태의 통일국가를 형성시킨 근대 일본의 정치·사회적 변혁 과정으로 그 시기는 대체로 1853년에서 1877년 전후로 잡고 있다.

26 꼭구마 군졸이 쓰는 벙거지 뒤에 늘어뜨린 것.

27 ADVENTURE IN MANHATTAN 1936년 미국에서 제작된 것으로 맨해튼에서 벌어지는 지능적인 은행털이를 다룬 코미디 영화.

28 진 아서 ADVENTURE IN MANHATTAN에 등장하는 여자 주인공.

29 소설가 구보씨 「소설가 구보씨의 일일」을 쓴 소설가 박태원(1909~1987)을 말함.

30 조엘 마크리 ADVENTURE IN MANHATTAN에 등장하는 남자 주인공.

31 NOVA 에스페란토어로 '우리'라는 뜻이며, 여기서는 동경 신주쿠에 있던 맥주홀의 이름.

32 밤이나 낮이나 감방은 어둡다 고리키의 「밤 주막」에 나오는 구절.

33 나드네 고리키의 희곡 「밤 주막」.

34 지비(紙碑) 석비(石碑)로부터 만들어낸 이상의 조어. 종이로 만든 비석.

35 마코 담배 이름.

36 석탄산 페놀. 방향족 알코올의 하나. 특이한 냄새가 나는 무색이나 흰색의 결정으로, 벤젠을 원료로 하는 화학 합성으로 얻음. 방부제·소독 살균제 따위로 사용됨.

37 야웅 '눈 가리고 아웅'에서 나왔으며, 아웅의 천재는 속임수, 또는 변신의 천재를 일컬음.

38 해협 오전 이시의 망토를 두르고 정지용의 시 「해협」의 일부에서 차용한 것. 시 속에는 '망토 깃에 솟은 귀는 소라 속같이' '해협 오전 두 시의 고독'과 같은 구절이 있다.

39 말아! 다락 같은 말아! 정지용의 시 「말」의 일부.

40 아부라에 유화(油畵)의 일본식 발음.

41 노라 입센의 희곡 『인형의 집』에 나오는 여주인공.

42 콘론타이 러시아 혁명가인 알렉산드라 콘론타이(1872~1952)를 말한다.

43 마치아이(待合) 요릿집. 남자가 기생을 불러들여 유흥하는 곳.

44 다마네기 양파.

45 이국종 강아지 정지용의 시 「카페 프란스」에 나오는 구절.

종생기

*『조광』, 1937. 5.

1 약여하다 발랄하고 생기 있다. 또는 눈앞에 생생히 떠오르다.

2 폐포파립 해진 옷과 부서진 갓이라는 뜻으로 '너절하고 구차한 차림새'를 이르는 말.

3 옵서버 구경꾼. 관람객.

4 전고(典故) 전례와 고사, 전거가 되는 옛일.

5 한각(閑却) 무심히 버려둠.

6 지보 더없이 귀한 보배.

7 사대 사람의 몸. 지(地) · 수(水) · 화(火) · 풍(風)의 네 가지로 성립되었다 하여 이름.

8 망쇄(忙殺) 몹시 바쁨.

9 족하 동료에 대한 존칭.

10 네이브 · 앤드 · 아일 교회의 본당과 복도.

11 근이하다 가깝다.

12 치사(侈奢) 사치(奢侈:분수에 넘치게 옷 · 음식 · 거처 따위를 치레하거나 분수에 넘치게 호사스러움)의 어순을 바꿔놓은 것. 의미는 사치이면서 음은 치사로 읽혀 중의적 효과를 지님.

13 과람하다 분수에 넘치다.

14 형안 날카로운 눈매, 사물의 본질을 꿰뚫어 보는 뛰어난 관찰력.

15 물고하고 만다 '죽고 만다'를 속되게 이른 말.

16 햄릿 세익스피어의 비극「햄릿」, 또는 위대한 작품.

17 망언다사 편지글이나 평문 따위에서, 자기의 글 가운데 망언이 있으면 깊이 사과한다는 뜻으로 쓰는 말.

18 천재 일본 작가 아쿠타가와 류노스케(1892~1927)를 일컬음.

19 개세(蓋世)의 일품(逸品) 세상을 뒤덮을 만큼 아주 뛰어난 작품을 일컬음. 여기서는 아쿠타가와의 유서「어느 벗에게 보내는 수기」를 뜻하는 것으로 보인다.

20 헤어진 부인과 3년을 동거 이상은 금홍과 1933년에서 1935년까지 3년 가량 동거하였다.

21 없는 원문은 '없는'이지만 내용상 '있는'의 오식인 듯.

22 나스르르하다 성기고 가지런해 보이다.

23 흔희작약(欣喜雀躍) 너무 좋아서 뛰며 기뻐함.

24 뇌명(雷名) 세상에 널리 알려진 높은 명성.

25 라파엘 전파(前派) 19세기 중엽 영국에서 일어난 예술 운동으로, 라파엘로 이전처럼 자연에서 겸허하게 배우는 예술을 표방한 유파.

26 백면서생 글만 읽고 세상일에 경험이 없는 사람.

27 모디파이어 수식어구. 간단히 '수식 또는 치장'을 뜻하는 듯.

28 해토(解土)머리 얼었던 땅이 풀릴 무렵.

29 초초(楚楚) 고통을 견디지 못하는 모양.

30 살인촌철 사람을 죽일(놀라게 할) 만한 뛰어난 말이나 경구.

31 명목 눈을 감음, 죽음.

32 도회(韜晦) 숨기어 감춤.

33 진용(陳容) 진세(陣勢)의 형편이나 상태.

34 스무스하다 부드럽다.

35 코로 프랑스의 화가.

36 찬밥 한 술 냉수 한 모금『논어』의「옹야편」에 나온 구절 '한 그릇의 밥과 한 표주박의 물(一簞食一瓢飮)'을 인용.

37 고언 듣기에는 거슬리나, 유익한 충고의 말.

38 겸허(謙虛) '아는 체하거나 잘난 체하지 않고, 겸손하며 삼가는 태도'를 뜻하는 일반 명사가 아니라, 이상의 벗이었던 겸허 김유정(1908~1937)을 일컫는 것으로 보인다.

39 무루(無漏) 원래 의미는 불교에서 이르는, 번뇌를 떠난 경지. 또는 번뇌를 떠나는 일인데, 여기서는 '눈물 없이'의 뜻인 듯.

40 당목 놀라거나 괴이쩍게 여겨 눈을 휘둥그렇게 뜨고 바라봄.

41 마음대로 원문은 '마든대로'로 되어 있으나 내용상 '마음대로'의 오식으로 보임.

42 애니멀 킹덤 동물 왕국.

43 무가내하(無可奈何) 몹시 고집을 부리거나 버티어서 어찌할 수가 없는 일. 막무가내.

44 소행(素行) 평소의 행실.

45 막부춘초벽(莫赴春草碧) 흰 갈매기는 흰 모래에 어울리니 봄 풀 푸른 데에 가지 말라.

46 질차(跌蹉) 차질(蹉跌)을 순서를 뒤바꿔놓은 것. 발을 헛디뎌 넘어진다는 뜻으로, 하던 일이 틀어짐.

47 투지(投匙) 숟가락을 놓다. 즉 '죽다'는 뜻.

48 영일(永日) 낮 시간이 긴 날을 뜻하며, 상대적으로 밤 시간이 짧음.

49 범연(凡然)하다 차근차근한 맛이 없이 데면데면하다는 뜻.

50 창산 기존 전집은 '靑山'으로 이해하여 청산으로 수정하였으나 해 저물 무렵의 파란 산을 뜻하는 '蒼山'으로 보인다.

51 낭자 결혼한 여자. 부인.

52 편발처자 미혼 여자. 처녀.

53 천고불역(千古不易) 예부터 변하지 않는 것.

54 빼물르다 '뼈들어지다'는 뜻으로 사용. '날이 무디어 들지 않게 되다'는 뜻.

55 깨단하다 오랫동안 생각나지 않던 것을 어떤 실마리로 하여 깨달아 분명히 안다는 뜻.

56 해반주룩하다 '해반주그레하다'의 뜻. 얼굴이 해말쑥하고 반주그레하다.

57 고랑때 한꺼번에 되게 당하는 손해. 골탕.

58 취체역(取締役) (주식회사의) 이사(理事)의 옛말.

59 임포텐스 음경이 발기하지 않아 성교가 되지 않는 상태.

60 풍마우세(風磨雨洗) 바람에 갈리고 비에 씻김.

61 월사(月謝) 지난날 다달이 내는 수업료를 일컬음.

62 추상열일(秋霜烈日) 가을의 찬 서리와 여름의 뜨거운 태양이란 뜻으로 '형벌이나 권위 따위가 몹시 엄함'을 비유하여 이르는 말. 여기서는 '고되고 힘든'이라는 뜻인 듯.

63 유루(遺漏) 비거나 빠짐.

64 식상이 되다 '식상해지다'는 것으로, 원래는 음식에 물리는 일이지만 여기서는 같은 일이 되풀이되어 싫증이 나는 일을 일컬음.

65 카라마조프의 형제 도스토예프스키의 소설.

66 사십 년 고리키의 소설 『클림 사므긴의 생애』를 말한다. 이 작품의 부제가 「40년」이다.

67 천의무봉(天衣無縫) 사물의 완전무결함을 일컫는 말.

68 목첩(目睫) 거리상으로 아주 가까운 곳, 시간적으로 임박했음을 일컫는 말.

69 첨위(僉位) 여러분. 제위(諸位).

70 몽고레안푸렉게[蒙古痣] 몽골리안 스포트. 황색인종의 어린 아이의 엉덩이에서 등에 걸쳐 나타나는 푸른 점. 몽고반점.

71 고고(枯槁) 초목이 말라 물기가 없음. 야위어서 파리함.

72 독개(獨介) 개독(介獨)을 뒤바꾸어놓은 말. 고립무원함.

73 온아 종용(溫雅慫慂) 온아하게 달래어서 권함.

74 표백 드러내어 밝히거나 말함.

75 내부(乃夫) 내부(乃父)는 아버지인데, '乃夫'는 남편을 뜻하는 조어로 보임.

76 깜쪽스럽다 전혀 알아차릴 수 없을 만큼 아무 표가 없이 즉 '감쪽같이'의 뜻.

77 독시(毒矢) 독약을 묻힌 화살.

78 완이이소(莞爾而笑) 빙그레 웃음.

79 표한무쌍(剽悍無雙) 날쌔고 사나워서 대적할 수 없음.

80 수구(瘦軀) 수척한 몸, 야윈 몸.

81 파과(破瓜) 과(瓜)자를 파(破)자하면 팔팔(八八)로 여자 나이 16세, 남자 나이 64세를 일컫는 말.

82 삼동 겨울의 석 달.

83 누누 첩첩이 쌓인 모양. 여러 번. 자주. 누차.

이상의 삶과 문학
그리고 전위와 해체에 대하여

1

우리는 이상에 대한 첫번째 인상을 그의 이름에서 얻게 된다. 그것은 이상(異常)과 이상(理想) 사이의 끊임없는 머뭇거림이다. 그는 천재, 광인, 요절 등 다양한 이미지를 갖고 있다. 우리가 이상을 이상(異常)하게 인식하게 된 것은 무엇보다 「오감도」의 탓이 크다. 그리고 당시에 그와 관련된 숱한 일화도 그러한 인식에 일조를 한다. 이상은 우리 근대 문인 가운데 어느 누구보다도 문학적 자장이 넓고 크다. 그는 시, 소설뿐만 아니라 수필에서도 뛰어난 작품들을 남겼으며, 그의 문학은 당대뿐만 아니라 오늘날에도 여전히 영향을 미치고 있다. 이상은 정말 이상한 사람이었던가, 그는 끊임없이 이상(理想)적인 삶을 추구했던 것은 아닌가. 우리의 관심도 어쩌면 그 사이에서 맴돌고 있는 것인지도 모른다. 그는 과연 천재 작가였던가, 아니면 미치광이 예술가였던가?

2

이상의 소설은 거의 자서전적인 작품이다. 어쩌면 이상 소설은 그의 자전적 사실에서 한 발자국도 벗어나지 못했다고 해도 과언이 아니다. 그는 「12월 12일」부터 「종생기」에 이르기까지 자신의 신변적 사실들을 소설에 재현시키고 있다. 그러나 그의 생활이라고 할지라도 작품마다 그 성격이 다르다. 동일한 금홍과의 삶을 다루었지만, 「날개」와 「지주회시」 「봉별기」는 서로 다른 작품이다. 그것은 경험을 가공하는 방식이 달랐기 때문이다. 특히 언어의 예술적 처리가 관건이 된다. 이상의 작품들은 크게 세 가지 글쓰기 방식을 보이고 있다. 그것은 일상언어를 통한 자전적 글쓰기와 심층언어를 통한 무의식의 글쓰기, 그리고 메타언어를 통한 상호 텍스트적 글쓰기이다.

일상언어를 통한 자전적 글쓰기는 이상 자신의 신변적 사실들을 재현하거나 병적 체험을 기록하는 형식으로 나타났다. 이상은 가족 관계, 친구와의 우정, 여인과의 사랑 등 자신의 전기적 사실을 줄곧 작품에 형상화했다. 특히 그러한 모습이 잘 드러나는 작품이 「12월 12일」 「공포의 기록」 「봉별기」 「날개」 등이다.

「12월 12일」은 이상의 첫번째 발표 작품이다. 이 작품은 그의 일상적 생활을 기반으로 형성되었는데, 서신과 일기라는 형식을 통해 자신의 내면을 드러내고 있다. 이 작품에서 업은 백부가 보는 앞에서 백부가 자신에게 했던 것과 똑같이 해수욕 도구들을 불태워버린다. 이 작품의 원제는 첫 발표지 상단에 제시된 '불을 피하는 이'로 보인다. 작품에서 불은 신자가 지른 교회당의 불, ×가 해수욕 도구에 지른 불(이것은 업과 C양 그리고 T의 가슴에 불 지른 것이나 마찬가지이다), 업이 해수욕 도구에 지른 불(×의 가슴에 지른 불), 그리고 T가 M과 그의 집, 병원에 저지른 불(형 또는 세상에 대한 방화) 등 다양하다. 불신과 증오, 배신과 복수 등의 감정이 불로 화하는 모습을 그렸다. 결국 불을 피하던 그는 열차에 치여 목숨을 거둔다. 이 작품에는 백부에 대한 원망과 분노가 잘 드러나는데, 그것은 세 살적의 입양과 그에 따른 심리적 충격을 반영한 것으로 볼 수 있다. 이 작품에는 백부와 친부모라는 이상의 가족 구조가 그대로 재현된다. 이상이 백부 또는 친부에 대해 갖는 감정, 친부·친모가 백부에 대한 감정과 그들이 이상에게 갖는 감정, 백부가 이상에 대해 갖는 감정이 작품 속에 그대로 드러난다. 그리고 "업씨의 나이 — 이제 스물 한 살(「12월 12일」을 창작하던 당시 이상의 나이)"이라 하여 이상 자신의 실제 모습도 투영되어 있다.

　이상은 결핵으로 인한 공포 의식을 「공포의 기록」에서 표출하고 있다. 결핵과 가난으로 인한 위기의식은 이 작품의 주제의식에 가깝다. 이상의 심경은 "제2차 객혈이 있은 후 나는 어슴푸레하게나마 내 수명에 대한 개념을 스스로 파악했다고 스스로 믿고 있다"에서 잘 드러난다. 이 작품에서 객혈은 그에게 죽음을 예고

하는 공포로 작용하게 된 것이다. 이상은 폐결핵으로 인해 1933
년 배천온천에 요양간 적이 있고, 1935년 8월에는 성천에서 한 달
가까이 요양하기도 한다. 「공포의 기록」은 1935년 성천 기행을 전
후해 창작된 것이다. 그 시기의 이상의 내면을 보여주는 작품으
로 「첫번째 방랑」이 있다. 그는 그 글에서 "거대한 바위 같은 불
안이 공기와 호흡의 중압이 되어 마구 짓눌렀다"라고 고백하였는
데, 이는 「공포의 기록」에도 그대로 나타난다. 그는 폐결핵과 가
난 그리고 가족과 여인과의 불화로 마침내 자살을 생각하게 된
다. 점점 여위어서 마침내 죽을 바에야 철로에 가서 열차에 치이
거나 식칼로 자신의 삶을 결단내는 것이 낫겠다는 생각을 하게
된 것이다. 삶에 대한 공포와 두려움이 자살에의 욕망을 충동한
것이다. 그는 「공포의 기록」에서 결핵으로 인한 자신의 병적 상황
을 드러내고, 자신의 심경을 표현하였다.

　「봉별기」는 "스물세 살이오 — 3월이오 — 각혈이다……(중
략)……약 한 재 지어 들고 B라는 신개지 한적한 온천으로 갔다"
라는 구절에서 보듯 결핵으로 인한 삶의 위기의식을 잘 보여준
다. 이상은 결핵으로 인해 총독부 기사직을 그만두고, 배천온천
에서 요양을 했다. 그곳에서 술집 작부였던 금홍을 만났다. 이 작
품은 금홍을 만나 사귀고, 다시 서울에 돌아와 동거하고 헤어지
는 과정이 주된 내용으로 이뤄져 있다. 그런데 이상의 다른 어떤
작품보다 쉽게 읽혀지는 것은 자신의 삶을 보다 직접적으로 그려
내고 있기 때문이다. 금홍과의 삶을 재현하면서도 「날개」나 「지
주회시」에 비해서 예술적인 장치나 기교가 별로 사용되지 않았

다.「봉별기」는 이상의 가족과 가난, 결핵과 사랑, 문단의 친구 등 자신의 주변적인 사실들을 적극 허구 속에 끌어들여 예술화한 것이다. 이 소설에는 특히 자신의 폐결핵, 금홍과의 사랑이 낭만적으로 그려져 있다. 이상이 배천에서 금홍을 사귀고 그녀를 여러 사람에게 권했다거나 귀경 후 그녀가 가출과 귀가를 일삼았다는 사실 속에서 자본주의의 병리의식과 퇴폐주의를 읽을 수 있지만, 이상은 그러한 삶을 예술로 치환하기에 이른다. 이상에게 있어서 삶은 문학으로 한 차원 승화된 것이다.

「날개」는 발표 당시 대단히 호평을 받은 작품으로, 문체나 구성이 독특하다. 작가는 작품의 서두에 "'박제가 되어버린 천재'를 아시오?"라는 질문을 던져놓고 있다. 이 작품은 질문과 답변의 형태, 아이러니, 패러독스, 비유 등 특이한 문체로 이뤄졌다. 아내의 직업을 밝히기 위해 잠, 내객, 돈, 아달린 등을 사건 해결의 실마리로서 연속적으로 제시한다. 하나의 질문에 대한 해답은 유보되면서 다음 화제로 넘어가는데, 새로운 화제는 이전 질문과 연관성을 지니면서 독자의 관심과 흥미를 유도하게 된다. 그리고 이 작품은 외출과 귀가의 반복 구조를 띠고 있다. 다섯 번의 외출과 네 번의 귀가를 겹쳐놓으면 하나의 완전한 영상, 즉 성행위 장면으로 상승·발전하는 양상을 띤다. 외출과 귀가는 시·공간적인 차원에서도 의미를 갖는다. 외출은 거리에서 티룸, 산 위, 미쓰코시 옥상이라는 공간의 수직적 상승 국면을 갖고 있다. 그리고 시간은 밤 또는 자정에서 낮 또는 대낮으로 수직적 이동 국면을 갖는다. 이 작품은 사회와의 단절된 공간에 유폐된 주인공의 자의식적 세계를 내적 초점화를 통해 서술하고 있다. 나는 돈을 변소에 집어넣는 등 근대 자본주의의 토대인 화폐의 가치를 부정하기도 하며 끊임없이 쾌감의 세계, 욕망과 무의식 세계를 탐닉하게 된다. 근대 경성은 자본주의화, 성의 상품화, 그리고 인간관계의 단절 등으로 인해 회탁의 거리로 변질되었고, 그 속에서 지식인은 희망과 야심조차 말소된 채 살아가는 것이다. 그런데 마지막 부분 '날자, 날자'는 마침내 의식의 회복, 주체의 각성을 일깨우는 외침이다.

3

다음으로 심층언어를 통해 내면 의식을 표출하는 작품들이 있다. 이상이 강조해서 드러내고자 했던 것은 자신의 무의식 세계, 말하자면 본능으로 추상되는 세계에 대한 글쓰기이다. 이상은 초기 다다이즘이나 초현실주의적인 시를 많이 썼는데, 이 역시 그러한 세계를 표현한 것으로 볼 수 있다. 그것은 함축이나 상징의 시적 세계와 맞닿아 있으며, 이상 소설에서 자유연상, 자동기술, 내적 독백 등의 모더니즘적인 글쓰기로 나타난다.

「지도의 암실」은 하루 동안에 일어난 이야기를 기술한 것이다. 그는 10시에 기상하여 하루의 일과를 시작하는 인물이다. 잠에서 깨어나서 다시 잠에 들어가는 것이 이 작품의 처음과 끝을 장식하고 있다. 그의 하루 일과는 도시의 거리를 산책하고 글을 쓰는 일이다. 이 작품은 대상에 대한 외관의 묘사보다 인물의 내적인 의식이나 심리를 주로 드러내고 있다. 그는 새벽 4시에 누워서 10시에 일어나 거리로 나선다. 그는 작가이자 서술자인 내가 보기에 '이상한 우스운' 사람이다. 작가는 '그에 대하여 한쪽 보려' 하는 관찰자이자 그의 이야기를 서술하는 함축 작가의 역할도 한다. 여기에서 나는 관찰하는 나이자 작품을 서술하는 나이고, 그는 보여지는 나(타자)이자 서술되는 나(타자)이다. 말하자면 서로는 분신의 관계이다. 작가는 체육선생 리상이나 K 등을 통해 자신의 분신을 그려내고 있다. 이 작품에서 '지도 그리기'란 곧 '아름다운 복잡한 기술'로 표현되는 글쓰기이다. 그 글쓰기는 놀이이며, 이 놀이에 자신이 포함된다. 이 작품은 분신을 통해서 자기를 놀이화하고 그로부터 벗어나려는 욕망을 드러내며, 삶과 허구의 공간을 일치시키려고 한, 글쓰기에 대한 자의식이 들어 있는 작품이다.

「지주회시」는 매춘부인 아내와 무능력한 자신의 생활을 그린 것이다. 이 작품도 「봉별기」나 「날개」처럼 금홍과의 삶을 대상으로 하였으며, 주로 내적 독백을 통해 내면 의식을 드러내고 있다. 즉, 그의 마음속에 일어나는 심리의 진행이나 의식의 흐름을 그대로 진술하고 있다. 작중 인물인 그는 아내를 거미라고 생각한다. 그는 아내에 대해 살인의 욕망을 느낀다. 그는 자신과 아내가 살고 있는 방 전체가 거미라고 느낀다. 그의 독백은 여기에서 서술자의 목소리와 교묘히 혼합되어 있다. 이 작품에서 주인공, 그는 이상의 모습을 직접적으로 형상화한 것으로 지극히 자의식적인 인물이며, 아내에게 기생하는 그런 인물이다. 그는 카페 여급인 아내가 벌어 오는 돈을 족족 탕진해버린다. 아내는 뚱뚱보 취인점 전무의 발길에 차여 층계에 굴러 떨어지게 되고 그 위자료로 20원을 받아 들고 온다. 그는 그 돈을 카페에 가서 탕진하려고 한다. 그러면서 다시 아내가 전무의 발에 차여 층계에 굴러 떨어져 돈을 받아 왔으면 한다. 그러므로 '아내는 거미다' '이 방이 거미이다' '내가 거미이다'로 변이되어가는 자의식적 진술은 의식의 흐름을 여지없이 보여줄 뿐만 아니라 내적 체험에 기반한 서술 태도를 보여준다.

「동해」는「실화」「종생기」와 더불어 동림과의 삶을 형상화한 작품으로 자의식이 치열한 작품이다. 이 작품은 그녀와의 결혼과 애정, 정조 문제 등을 대상으로 하였는데, 연극의 각 장면처럼 자유연상을 통해서 장면들이 구성되어 있다. 작품의 서두에 사건의 실마리로 제시된 '칼'의 이미지는 제법 섬뜩하다. 작가가 그것을 '서슬이 퍼런 칼'이라고 한 것은 독자의 상상력을 자극하기 위한 수사이다. 칼은 자객의 이미지로 연결되는데, 그것은 죽음과 결부시키려는 의도이다. 다음 날 아침의 장면은 이발소로 바뀌면서 칼은 나쓰미캉을 깎는 도구에서 이발하는 도구로 의미가 변환된다. 그리고 꿈과 현실이 착종되어 두 개의 시공간이 서로 병치되기도 한다. 이는 "하하, 그럼 아까 내가 이발소 걸상에 누워 있던 것이 그쪽이 아마 생시더구나, 하다가도 또 이렇게까지 역력한 꿈이라는 것도 ── 없을 줄 믿고 싶다"는 구절에 잘 드러난다. 여기에서 신부 임이가 갖고 온 칼은 이발사의 칼과 동일하면서도 서로 다른 이미지를 형성한다. 그것은 임이의 '단발'로 확인되지만, 또한 자살과 연결된다. 일생을 낭비한 인간으로서의 자의식과 현실에 대한 도피 의식은 자꾸만 극단적인 곳으로 자신을 몰아간다. 그리하여 나는 자기도 모를 공포와 위기의 현실에서 도피하는 방안으로 자살을 생각하게 된다. 그것은 작가에게 내재된 죽음의 충동을 보여준다. 「동해」에서 각 장면과 의미의 변환 과정은 자유 연상의 과정이며, 그로 인해 내면의 의식이 흘러나오게 된다. 이러한 연상은 독특한 상상력과 결합하면서 하나의 창작 방법으로 형성된 것이다. 그리고 이 작품은 나쓰미캉을 깎는 칼에서 시작하여 나쓰미캉을 깎는 칼로 끝마치고 있다.

4

언어가 메타언어로 놀이화되면서 글쓰기는 상호 텍스트적 글쓰기로 전환된다. 재현의 대상이 세계에서 작품으로 전환되기에 이른 것이다. 그러한 것은 이상에게 패러디나 인유 등 다양하게 나타난다. 이상은 그러한 글쓰기에 집착하게 된 것을 언어의 탕진, 정신의 공동, 사상의 빈곤 등으로 요약했다. 그는 자신의 체험에 대한 직접적인 재현이 어려워지자 패러디적인 방법을 통해 작품을 창작하게 된 것이다. 그의 작품 가운데서 상호 텍스트적 글쓰기는 동림과의 생활을 그린 「실화」 「종생기」 등이다.

「실화」 역시 자유연상을 작품 전체의 창작 방법으로 수용하고 있다. 「실화」는 과거 서울의 연이 방과 현재 동경의 C양 방이라는 시공간이 병치되고, 주인공의 의식이 순환되어 스토리가 형성된다. 「실화」는 「동해」나 「오감도」처럼 제목이 언어 놀이의 성격을 띠고 있다. 제목에서 이미 연상 작용이 일어난다. 그것을 '실화(失花)'로 읽을 경우 "이상의 옷깃에 백국은 간데없다"와 간단히 연결된다. 이것은 C양의 입장에서 읽을 때 그렇다. 꽃은 여인을 비유하니까 단순히 비유적인 의미에서 C양을 잃어버렸다는 해석이 가능하다. 그러나 연이로 볼 때 '실화'는 음성적 유사성에 의해 '실화(失火)'로 읽힌다. 이 소설의 화두라고 할 수 있는 '파이프에 불이 붙으면?'이라는 구절이 이를 가능하게 한다. 연이를 중심으로 읽으면, 연이가 이상에게 '실화'를 한 셈이다. 농화장 그늘에서 비밀을 만들고 있을 연이는 이상을 놀이의 대상 정도로 간주하는 여자이다. 그렇다면 마지막 부분에 연이에게서 온 편지 역시 실화인 것이다. 야웅의 천재 연이는 이상에게 불을 놓아(失火) 이상을 불우의 천재로 만들지 않았던가. 그러므로 〈실화〉 역시 기표들의 자유로운 놀이를 통해 기의가 무한히 연기되며, 새로운 의미들이 형성된다. 그러한 기표 놀이의 중심에 인유가 존재한다. 이 작품에는 장 콕토를 비롯하여 기싱, 호손, 입센, 구보, 유정, 지용 등 유독 많은 작가, 또는 그들의 작품 구절이 언급되었는데, 이 작품은 그들과 상호 텍스트적인 글쓰기를 형성하고 있다.

이상의 「종생기」는 일종의 유서로 그가 매우 공들여 창작한 작품이다. 그는 김기림에게 보내는 「사신」에서 "방금은 문학 천 년이 회신(灰燼)에 돌아갈 지상 최종의 걸작 「종생기」를 쓰는 중이

오. 형이나 부디 이 억울한 내출혈을 알아주기 바라오!"라고 하여
그러한 점을 강조했다. 그는 결핵으로 인해 자신의 생사마저 불
투명한 시기에 「종생기」에 매달렸다. 그는 소설의 중간에도 "나
는 내 「종생기」가 천하 눈 있는 선비들의 간담을 서늘하게 해놓기
를 애틋이 바라는 일념 아래 이만큼 인색한 내 맵시의 절약법을
피력하여 보인다"라 하였다. '인색한 내 맵시의 절약법'은 작품의
방법론이면서 또한 독자와의 놀이를 구사해보겠다는 의미이다.
「종생기」는 「옥호음」 「비곗덩어리」 「햄릿」 등의 작품들을 혼성모
방해왔다. 그리하여 「종생기」는 마치 여러 텍스트가 하나의 텍스
트를 구성하는 듯한 몽타주의 방식을 취하고 있다. 그는 고결함
을 지향하려는 「옥호음」의 '동방삭'에 자신을 위치시키고, 정희를
'비곗덩어리,' '왕비'로 우거지화시켰다. 그것은 자신의 유서를 다
른 사람들이 감히 범접할 수 없도록 금칠하고 도회(韜晦)한 것이
다. 따라서 「종생기」는 다른 작가들의 작품을 이끌어들이는가 하
면, 작품에 자신을 등장시키고 텍스트 자체를 놀이화시켜 매우
난해한 작품이 되고 말았다.

5

한편 앞의 작품들과는 조금 다른 성격의 소설이 있다. 그것은
우화적 성격이 짙은 작품이다. 「지팡이 역사」는 지팡이가 차에 치
어 죽었다는 의미이다. 제목 앞에 '희문'이라는 단어처럼 매우 우

스꽝스러운 내용을 담고 있다. 그래서 이어령 같은 이는 이 작품을 수필에 포함시키기도 했다. 이 작품은 1932년 이상이 배천에 요양을 갔을 때 겪은 일을 그려낸 것으로 보인다. 서술자인 나는 황해도 배천에서 S와 더불어 여관에 머물고 있다. 구첩반상의 늦은 아침을 먹고 황해선 협궤열차를 탔다. 열차에는 전나무 냄새가 나고 우유 냄새가 나는 부인, 대패질한 소나무에 니스 칠한 것 같은 조발적인 살결을 지닌 여인, 단것 장사, 갓 쓴 해태처럼 생긴 영감 등 여러 명이 타고 있었다. 열차의 마루창 한복판에는 꽤 큰 구멍이 하나 있어서 나와 S는 기름 넣는 구멍이다 침 뱉는 구멍이다 논란이 한창이다. 그런데 갓을 쓴 영감이 담배를 피려다가 그만 지팡이가 그 구멍 속으로 사라져버렸다. 나중에 영감은 지팡이가 없어진 줄을 알았지만, 개의치 않고 담뱃대를 그 구멍에 땅땅 털었다는 내용이다. 열차의 모습과 승객들의 풍정, 그리고 마루창에 난 구멍으로 인해 빚어진 일들을 매우 기발하고 재미있게 그려내고 있다.

「황소와 도깨비」는 도요시마 요시오(豊島與志雄)의 「천하 제일의 말」(『붉은 새』, 1924. 3)을 패러디한 동화이다. 돌쇠는 나무장사였는데, 어느 겨울 장작을 팔고 돌아오는 길에 새끼 도깨비를 만난다. 사냥개에게 꼬리가 잘린 도깨비는 두 달간 황소의 뱃속에서 살게 해달라고 간청을 한다. 돌쇠는 그 청을 들어주고, 도깨비가 들어간 황소는 힘이 더욱 세어져 많은 돈을 벌게 되었다. 그러나 도깨비는 약속한 두 달이 지나도 나오지 않고, 소는 더욱 배가 불러온다. 살이 찐 도깨비가 좁은 소의 목구멍으로 나오려고

하자 소는 발버둥을 친다. 도깨비는 소가 하품을 하면 쉽게 나올 수 있다고 알려주었고, 돌쇠는 소를 하품하도록 하기 위해 백방 노력했지만 허사였다. 마침내 돌쇠는 피곤하고 졸려 자신도 몰래 하품을 하는데, 황소도 따라 하품을 하여 도깨비가 튀어 나왔다. 돌쇠는 더욱 힘이 세어진 소를 몰며 콧노래를 불렀다. 이 작품은 도요시마의 작품에서 산꼬마(山の子僧)를 도깨비로, 말몰이꾼을 나무장사로, 말을 소로 바꾸어 우리의 전통과 결부되는 동화로 거듭나고 있다. 비록 패러디한 작품이지만, 이상의 창작적 실력이 유감없이 발휘되어 원작에 버금가는 새로운 작품이 된 것이다.

6

이상의 지인이었던 김기림은 「고 이상의 추억」에서 다음과 같이 회고했다.

이상의 시에는 언제든지 상의 피가 임리(淋漓)하다. 그는 스스로 제 혈관을 짜서 '시대의 혈서'를 쓴 것이다. 그는 현대라는 커다란 파선(破船)에서 떨어져 표랑(漂浪)하던 너무나 처참한 선체(船體)조각이었다.

이상의 문학이 시대의 혈서라는 것이다. 그가 죽어가는 이상의 모습에서 본 것은 '골고다의 예수'였다. 왜 그런 말을 했는가는

"가장 우수한 최후의 모더니스트 이상은 모더니즘의 초극이라는 이 심각한 운명을 한 몸에 구현한 비극의 담당자"(「모더니즘의 역사적 위치」)라는 말에 이미 제시되었다. 이상은 혈관을 짜서 글을 썼던 것이다. 그러나 당시 사람들은 그를 제대로 이해해주지 않았다. 그래서 그는 「오감도 작자의 말」에서 "왜 미쳤다고들 그리는지 대체 우리는 남보다 수십 년씩 떨어져도 마음놓고 지낼 작정이냐, 모르는 것은 내 재주도 모자랐겠지만 게을러빠지게 놀고만 지내던 일도 좀 뉘우쳐보아야 아니하느냐. 열아문 개쯤 써보고서 시 만들 줄 안다고 잔뜩 믿고 굴러다니는 패들과는 물건이 다르다"라고 항변했다. 이상은 이처럼 전위와 해체를 통해 시대를 앞서 가는 작가였지만, 당대의 독자들은 그를 외면했던 것이다. 오늘의 우리도 이상을 이상하다고만 여기고 그를 제대로 이해하지 않으려고 하는 것은 아닌가, 또는 지나치게 그를 신화의 그늘 속으로만 내몰고 있는 것은 아닌가?

이상의 문학은 하나의 가능성 그 자체이다. 그의 문학은 우리의 모더니즘 문학사에서 중요한 의미를 띠고 있다. 그는 작가적 치열성을 통해 실험적이고 창조적인 글쓰기를 하여 우리의 모더니즘 문학을 개척했을 뿐만 아니라 모더니즘 문학을 심화·발전시켰다. 게다가 오늘날 많은 사람들이 포스트모더니즘을 서구의 박래품으로만 여기는데, 이상은 이미 오래전에 전위적이고 해체적인 글쓰기를 통해 포스트모더니즘의 징후 내지 가능성을 내보였던 것이다.

작가 연보

1910년(1세) 9월 23일(음력 8월 20일) 아버지 김연창과 어머니 박세창 사이의 장남으로 태어남.

1912년(3세) 백부 김연필의 집에 양자로 감. 이곳에서 24세까지 생활.

1917년(8세) 신명학교(4년제)에 입학. 그림 그리기를 좋아함.

1921년(12세) 동광학교(중학교 과정)에 입학.

1924년(15세) 동광학교가 보성고보에 합병되면서 보성고보 4학년에 편입됨. 재학시 교내 미술전람회에 유화 「풍경」을 출품하여 입선.

1926년(17세) 경성고등공업학교 건축과에 입학.

1929년(20세) 조선총독부 내무국 건축과 기수 및 조선총독부 관방 회계과 영선계 기수로 근무. 『조선과 건축』 표지 현상 도안에 당선.

1930년(21세) 중편 「12월 12일」을 『조선』에 연재.

1931년(22세) 일문시 「이상한 가역반응」, 「조감도」 등을 『조선과 건축』에 발표.

1932년(23세) 「지도의 암실」을 발표. 5월 7일 백부가 뇌일혈로 사망.

1933년(24세) 『카톨릭청년』지에 「꽃나무」, 「이런 시」 등 한글시를 발표. 각혈로 한때 배천온천에 요양하였으며, 이때 금홍을 만나 상경하여 다방 '제비'를 개업.

1934년(25세) 구인회에 가입. 조선중앙일보에 「오감도」를 발표하였으나 독자의 항의로 연재가 중단됨. 박태원의 소설 「소설가 구보씨의 일일」에 삽화를 그림.

1935년(26세) '제비'의 파산, 연이어 카페 '쓰루(鶴)' '69' '무기(麥)' 등의 실패로 경제적 어려움이 가중됨. 한달여 동안 성천 등지를 기행.

1936년(27세) 구인회 동인지 『시와 소설』 창간호를 편집하여 발간. 소설 「날개」를 발표하여 일약 문단의 총아로 떠오름. 이때 시, 소설, 수필 등 다양한 작품 활동을 함. 변동림과 결혼하였으며, 10월 중순경에 동경행.

1937년(28세) 2월에 '불령선인'으로 니시간다(西神田) 경찰서에 체포되어 수감되었다가 건강 악화로 보석되었으나 4월 17일 동경제대 부속병원에서 생을 마감. 그의 아내 변동림이 유골을 가지고 5월 4일 귀국하였으며, 같은 해 3월 29일 사망한 김유정과 함께 5월 15일 부민관 소집회실에서 합동 추도식이 거행되었고, 6월 10일 미아리 공동묘지에 안장됨.

작품 목록

1. 소설

작품명	발표지	발표 연월일
12월 12일	조선	1930. 2.~12
지도의 암실	조선	1932. 3
휴업과 사정	조선	1932. 4
지팡이 역사(轢死)	월간매신	1934. 8
지주회시(智鼄會豕)	중앙	1936. 6
날개	조광	1936. 9
봉별기	여성	1936. 12
동해(童骸)	조광	1937. 2
황소와 도깨비	매일신보	1937. 3. 5~9
공포의 기록	매일신보	1937. 4. 25~5. 15
종생기	조광	1937. 5
환시기	청색지	1938. 6
실화(失花)	문장	1939. 3
단발	조선문학	1939. 4
김유정	청색지	1939. 5
불행한 계승	문학사상	1976. 7

2. 시

작품명	발표지	발표 연월일
이상한 가역반응	조선과 건축	1931. 7
파편의 경치	조선과 건축	1931. 7
▽의 유희	조선과 건축	1931. 7
수염	조선과 건축	1931. 7
BOITEUX · BOITEUSE	조선과 건축	1931. 7
공복(空腹)	조선과 건축	1931. 7
조감도(鳥瞰圖): 연작시	조선과 건축	1931. 8
삼차각설계도: 연작시	조선과 건축	1931. 10
건축무한육면각체: 연작시	조선과 건축	1932. 7
꽃나무	카돌릭청년	1933. 7
이런 시	카돌릭청년	1933. 7
1933. 6. 1	카돌릭청년	1933. 7
거울	카돌릭청년	1933. 10
보통기념	월간매신	1934. 6
오감도(鳥瞰圖): 연작시	조선중앙일보	1934. 7. 24～8. 8
소영위제(素榮爲題)	중앙	1934. 9
정식	카돌릭청년	1935. 4
지비(紙碑)	조선중앙일보	1935. 9. 15
지비——어디 갔는지도 모르는 아내	중앙	1936. 1
역단(易斷)	카돌릭청년	1936. 2
가외가전(街外街傳)	시와 소설	1936. 3
명경(明鏡)	여성	1936. 5
위독: 연작시	조선일보	1936. 10. 4～9
I WED A TOY BRIDE	34문학	1936. 10
파첩(破貼)	자오선	1937. 11
무제	맥(貘)	1938. 10
무제	맥	1939. 2
실락원: 연작시	조광	1939. 2

작품명	발표지	발표 연월일
최저낙원	조선문학	1939. 5
청령	젓빛구름	1940
한 개의 밤	젓빛구름	1940
척각(隻脚)	이상전집	1956
거리	이상전집	1956
수인이 만든 소정원	이상전집	1956
육친의 장	이상전집	1956
내과	이상전집	1956
골편에 관한 무제	이상전집	1956
가구(街衢)의 추위	이상전집	1956
아침	이상전집	1956
최후	이상전집	1956
유고	현대문학	1960. 11
무제	현대문학	1960. 11
1931년	현대문학	1960. 11
구두	현대문학	1961. 1
습작 쇼윈도 수점	현대문학	1961. 2
회한의 장	현대문학	1966. 7
애야(哀夜)	현대문학	1966. 7
무제	현대문학	1966. 7
황(獚)	현대문학	1966. 7
단장(斷章)	문학사상	1976. 6
황의 기	문학사상	1976. 7
작품 제3번	문학사상	1976. 7
여전준일(與田準一)	문학사상	1976. 7
월원등일랑(月原橙一郎)	문학사상	1976. 7
각혈의 아침	문학사상	1976. 7
단상(斷想)	문학사상	1986. 10

3. 수필 · 기타

작품명	발표지	발표 연월일
혈서삼태(血書三態)	신여성	1934. 6
산책의 가을	신동아	1934. 10
문학을 버리고 문화를 상상할 수 없다	조선중앙일보	1935. 1. 5
배의 역사	신아동	1935. 2
산촌여정(山村餘情)	매일신보	1935. 9. 27~10. 11
나의 애송시	중앙	1936. 1
서망율도(西望栗島)	조광	1936. 3
편집후기	시와 소설	1936. 3
조춘점묘(早春點描)	매일신보	1936. 3. 3~26
여상4제(女像四題)	여성	1936. 4
내가 좋아하는 화초와 내 집의 화초	조광	1936. 5
약수(藥水)	중앙	1936. 7
EPIGRAM	여성	1936. 8
동생 옥희 보아라	중앙	1936. 9
아름다운 조선말	중앙	1936. 9
행복	여성	1936. 10
가을 탐승처(探勝處)	조광	1936. 10
추등잡필(秋燈雜筆)	매일신보	1936. 10. 14~28
19세기식	34문학	1937. 4
권태	조선일보	1937. 5. 4~11
슬픈 이야기	조광	1937. 6
오감도 작자의 말	조광	1937. 6
문학과 정치	사해공론	1938. 7
병상 이후	청색지	1939. 5
동경(東京)	문장	1939. 5
서신(2~10)	이상전집	1956
얼마 안 되는 변해	현대문학	1960. 11
무제(1)	현대문학	1960. 11

작품명	발표지	발표 연월일
이 아이들에게 장난감을 주라	현대문학	1960. 12
모색	현대문학	1960. 12
무제(2)	현대문학	1960. 12
어리석은 석반	현대문학	1961. 1
첫번째 방랑	문학사상	1976. 7
공포의 기록	문학사상	1986. 10
공포의 성채	문학사상	1986. 10
야색	문학사상	1986. 10

참고 문헌

이상 연구는 기호론의 집합소이자 이론의 실험 무대였다. 그에 대한 논의는 이상의 작품이 발표되던 1930년대부터 다양한 촌평과 인상 비평의 형태로 존재했다. 그리고 1950년대부터 이상에 대한 연구는 이론의 각축장이 되리만치 다양한 논의로 문학 연구에서 방법론적인 선도를 구축해왔다. 1950년대 정신분석학적 비평과 1970년대 신비평, 그리고 1990년대 해체 비평에서도 여전히 그의 문학은 논의의 중심에 자리잡고 있다. 그래서 이상 연구는 우리 근대 문학 연구에 있어서 해석학의 역사이자 그 축도라고 해도 과언이 아니다.

이상에 대한 초기 논의들은 작품에 대한 심도있는 평이기이라기보다는 대부분 해설이나 촌평, 또는 인상 비평의 범주에서 크게 벗어나지 못하고 있다. 당시 이상 문학의 전위성과 실험성에 대해 대체로 긍정적으로 평가했지만, 다른 한편으론 부정적으로 바라보는 논자들도 있었다. 이상 사후 그의 문학의 의미는 최재서, 김기림, 조연현 등에 의해서 제대로 논의되었다.

이상 문학의 본격적 연구는 1950년대 중반부터 시도되었다. 전후 실존주의의 유입, 반공 이데올로기의 절대화에 따른 이념의 억압, 새로운 아카데미즘의 도입 등 평단에서도 새로운 변화가 전개된다. 이상 문학이 갖고 있는 새로움과 실험성, 전위성 등은 연구자의 관심을 불러 일으키기에 충분했고, 또한 그의 문학은 전후에 형성되기 시작한 아카데믹한 비평의 흐름과도 맞아떨어졌다. 그리고 임종국의 이상 전집 발간이 이상 연구의 기폭제로 작용하기도 했다. 이러한 상황에서 제1세대 이상 연구자라고 할 수 있는 연구자들이 등장하게 된다. 그들은 전후 신인 비평가로 등장하여 이상 연구에 큰 족적을 남긴 사람들이다. 대표적인 인물로는 임종국, 이어령, 고석규 등을 꼽을 수 있다. 1960년대에 들어서 이상 문학이 본격적으로 학적 연구의 대상으로 자리하게 되었다. 대표적인 연구자로 송기숙, 송민호, 여영택, 이보영, 정명환 등을 들 수 있는데, 이들에 의해 이상 연구는 보다 다채롭게 이뤄진다. 제1세대 이상 연구자들은 이상의 시학을 정립하는 데 많은 기여를 하였다. 이들 1세대 연구자들은 알게 모르게 전후 실존주의의 영향을 입고 있으며, 정신분석학적 연구 방법에 크게 힘입고 있다. 임종국과 고석규 등이 지닌 실존주의적 정신과 이어령, 고석규 등이 보여주는 정신분석학적 태도가 그러하다. 이들에 의해 이상 문학은 범문단적인 논의로 확대되었으며, 또한 전집의 발간으로 이상 연구의 토대가 보다 튼실하게 되었다. 이들 1세대는 1950년대 중반부터 전집이 마무리되는 1970년대까지 연구사에 큰 영향을 주고 있다.

1970년대에는 고은, 구연식, 김용운, 정귀영 등이 괄목할 성과를 낳았다. 특히 이 시기는 이상의 수학이나 회화에 대한 접근도 이뤄지는 등 연구의 시야가 보다 폭넓어졌으며, 신비평의 유입으로 인해 문학의 형식적 요건에도 많은 관심을 쏟게 되었다. 이 시기 고은의 이상평전과 이어령의 이상 전집 발간은 연구의 활성화에 크게 기여한다. 그리고 1980년대에는 리얼리즘의 압도 속에서도 이상에 대한 관심은 지속적으로 전개된다. 특히 김윤식, 이승훈 등의 업적이 두드러진다. 전자는 전기적 방법을 통해, 후자는 형식주의적 방법을 통해 이상 문학의 실체를 규명하였다. 시 소설에 대한 개인적 연구성과도 의미 있지만, 이들은 그 이전의 연구 성과를 통괄하고 아울러 개별 작품에 대한 주석 및 세밀한 분석을 제시했다는 점에서 중요한 의미를 지닌다. 제2세대 이상 연구자들에게는 전기에 따른 작가론적 방법과 형식주의의 방법이 그 토대를 이루고 있다. 이들에 의해 주석 달린 전집이 간행됨으로써 연구의 토대가 보다 튼실하게 되었다. 고은, 김윤식, 이승훈에 이어 수많은 이상 연구자들이 나타나 이상에 대해 보다 풍요롭고 다양한 논의들을 펼치게 된다.

오늘날의 이상 문학 연구자는 제3세대 연구자라 할 수 있다. 김승희, 최혜실을 비롯하여 90년대 이후 문흥술, 김주현, 김성수, 이경훈, 조해옥, 박현수 등이 여기에 속한다. 이들은 해체, 탈중심의 포스트모더니즘적 방법론을 통해 논의하거나 원전의 확정을 통한 실증주의적 연구, 또는 문화론적이고 수사학적인 연구를 펼치고 있다. 이 시기는 연구자들의 관심 영역이 확대되고, 또한 그 층위도 다양해졌다. 그리고 이전에 비해 작품, 또는 텍스트에 대한 미세한 접근들이 이루어지고 있다. 심지어 이상 연구는 건축, 시각디자인, 회화 등 보다 다양한 방면으로 논의가 확산되어가는 추세이다.

이상에 대한 주요 연구 업적을 연대순으로 정리하면 다음과 같다.

최재서, 「리아리즘의 확대와 심화 —— '천변풍경'과 '날개'에 관하야」, 『조선일보』, 1936. 10. 31~11. 7.

김기림, 「절박의 매력——이상문학의 한모」, 『태양신문』, 1949. 4. 27.

조연현, 「근대정신의 해체——고 이상의 문학적 의의」, 『문예』, 1949. 11.

임종국, 「이상론(1)——근대적 자아의 절망과 항거」, 『고대문화』 1, 고대문학회, 1955. 12.

이어령, 「나르시스의 학살——이상의 시와 그 난해성」, 『신세계』, 1956. 10, 1957. 1.

고석규, 「시인의 역설」, 『문학예술』, 1957. 4~7.

송기숙, 「이상론서론」, 전남대 석사학위 논문, 1964. 8.

송민호 · 윤태영, 『절망은 기교를 낳고』, 교학사, 1968.

정명환, 「부정과 생성」, 『한국인과 문학사상』, 일조각, 1968.

여영택, 「이상의 산문에 관한 考究」, 『국어국문학』 39·40, 국어국문학회, 1968. 5.

김용운, 「이상 문학에 있어서의 수학」, 『신동아』, 1973. 2.

정귀영, 「이상 문학의 초의식 심리학」, 『현대문학』, 1973. 7~9.

고 은, 「이상평전」, 민음사, 1974.

김용직, 「현대열과 작품의 실제」, 『이상』, 문학과지성사, 1977.

구연식, 「한국 다다이즘의 비교문학적 연구——이상 시를 중심으로」, 동아대 박사학위 논문, 1975.2.

김윤식, 『이상연구』, 문학사상사, 1987.

이승훈, 『이상시연구』, 고려원, 1987.

김윤식, 『이상소설연구』, 문학과 비평사, 1988.

三枝壽勝, 「李箱の モダニズム──その成立と限界」, 『朝鮮學報』 141, 天理大 朝鮮學會, 1991. 10.

황도경, 「이상의 소설 공간 연구」, 이대 박사학위 논문, 1993. 8.

안상수, 「타이포그라피적 관점에서 본 이상 시에 대한 연구」, 한양대 박사학위 논문, 1996. 2.

김승희, 『이상 시 연구』, 보고사, 1998.

김윤식, 『이상 문학 텍스트 연구』, 서울대출판부, 1998.

문홍술, 「1930년대 한국 모더니즘 소설에 나타난 언술 주체의 분열 양태 연구」, 서울대 박사학위 논문, 1998. 8.

이보영, 『이상의 세계』, 금문서적, 1998.

권영민 편, 『이상문학연구 60년』, 문학사상사, 1998.

김성수, 『이상 소설의 해석──생과 사의 감각』, 태학사, 1999.

김주현, 『이상 소설 연구』, 소명출판, 1999.

조두영, 『프로이트와 한국문학』, 일조각, 1999.

이경훈, 『이상, 철천의 수사학』, 소명출판, 2000.

조해옥, 『이상시의 근대성연구』, 소명출판, 2001.

박현수, 「이상 시의 수사학적 연구」, 서울대 박사학위 논문, 2002.

안미영, 『이상과 그의 시대』, 소명출판, 2003.

김승구, 「이상 문학에 나타난 욕망과 기호 생성의 상관성 연구」, 서울대 박사학위 논문, 2004.

한국문학전집을 펴내며

오늘의 한국 문학은 다양한 경험과 자산에서 비롯된 것이지만, 그중에서도 우리 앞선 세대의 문학 작품에서 가장 큰 유산을 물려받고 있다. 그럼에도 우리는 가끔 우리의 문학 유산을 잊거나 도외시한다. 마치 그것 없이는 살아갈 수 없는 소중한 물을 쉽게 잊고 사는 것처럼 그동안 우리는 우리가 이루어놓은 자산들을 너무 쉽게 잊어버리고 있었는지도 모르겠다. 인기 있는 외국 작품들이 거의 동시에 번역 출판되고, 새로운 기획과 번역으로 전 세계의 문학 작품들이 짜임새 있게 출판되고 있는 요즈음, 정작 한국 문학 작품들을 체계적으로 정리하지 못하고 있었다는 점을 최근에 우리는 깊이 반성하게 되었다. 그리고 이러한 때늦은 반성을 곧바로 '한국문학전집'을 기획하는 힘으로 전환하였다.

오늘의 시점에서 '한국문학전집'을 기획한다는 것은, 우선 그동안 양적으로나 질적으로 괄목할 만한 수준에 이른 한국 문학 연구 수준을 반영하는 새로운 시각이 전제되어야 할 것이다. 그리고 '우리 것을 지키자'는 순진한 의도에서가 아니라, 한국 문학이 바로 세계 문학이 되는 질적 확장을 위해, 세계 문학 속에서의 한국 문학의 정체성을 찾는 일을 간과해서는 안 될 것이다.

이번 기획에서 우리가 가장 크게 신경 썼던 점은 크게 두 가지이다. 하나는, 그동안 거의 관습적으로 굳어져왔던 작품에 대한 천편일률적인 평가를 피하고 그동안의 평가에 대한 비판적 평가와 더불어 새로운 평가로 인한 숨은 작품의 발굴이었다. 그리하여 한국 문학사를 시기별로 구분하여 축적된 연구 성과들 위에서 나름대로 중요한 작품들을 선별하는 목록 작업에 가장 큰 공을 들였다. 나머지 하나는, 그동안 여러 상이한 판본의 난립으로 인해 원전 텍스트가 침해되고 있는 심각한 상황을 고려하여 각각의 작가에게 가장 뛰어난 연구자들을 초빙하여 혼신을 다해 원전 텍스트를 확정하였다는 점이다.

장구한 우리 문학사의 주옥같은 작품들을 한자리에 모아, 세대를 넘고 시대를 넘어 그 이름과 위상에 값할 수 있는 대표적인 한국문학전집을 내놓는다. 이번에 출간되는 한국문학전집은 변화된 상황과 가치를 반영하는 내실 있고 권위를 갖춘 내용으로 꾸며질 것이며, 우리 문학의 정본 전집으로서 자리매김해 한국 문학의 전통을 계승하고 발전시키는 데 기여하고자 한다. 이 기획이 한국 문학의 자산들을 온전하게 되살려, 끊임없이 현재성을 가지는 살아 있는 작품들로, 항상 독자들의 옆에 있게 되기를 기대한다.

㈜문학과지성사

01 감자 김동인 단편선

최시한(숙명여대) 책임 편집

수록 작품 약한 자의 슬픔 / 배따라기 / 태형 / 눈을 겨우 뜰 때 / 감자 / 광염 소나타 / 배회 / 발가락이 닮았다 / 붉은 산 / 광화사 / 김연실전 / 곰네

극단적인 상황과 비극적 운명에 빠진 인물 군상들을 냉정하게 서술해낸 한국 근대 단편 문학의 선구자 김동인의 대표 단편 12편 수록. 인간과 환경에 대한 근대적 인식을 빼어난 문체와 서술로 형상화한 김동인의 주옥같은 작품들을 만날 수 있다.

02 탈출기 최서해 단편선

곽근(동국대) 책임 편집

수록 작품 고국 / 탈출기 / 박돌의 죽음 / 기아와 살육 / 큰물 진 뒤 / 백금 / 해돋이 / 그믐밤 / 전아사 / 홍염 / 갈등 / 먼동이 틀 때 / 무명초

식민 치하 빈궁 문학을 대표하는 최서해의 단편 13편 수록. 식민 치하의 참담한 사회적 현실을 사실적으로 전해주는 작품들. 우리 민족의 궁핍한 현실에 맞선 인물들의 저항 정신과 민족 감정의 감동과 울림을 전한다.

03 삼대 염상섭 장편소설

정호웅(홍익대) 책임 편집

우리 소설 가운데 서울말을 가장 풍부하게 살려 쓴 작품이자, 복합성·중층성의 세계를 구축하여 한국 근대 장편소설의 대표작으로 꼽히는 염상섭의 『삼대』. 1930년대 서울의 중산층 가족사를 통해 들여다본 우리 근대의 자화상이다.

04 레디메이드 인생 채만식 단편선

한형구(서울시립대) 책임 편집

수록 작품 논 이야기 / 레디메이드 인생 / 미스터 방 / 민족의 죄인 / 치숙 / 낙조 / 쑥국새 / 당랑의 전설

역설과 반어의 작가 채만식의 대표 단편 8편 수록. 1920~30년대의 자본주의적 현실 원리와 민중의 삶을 풍자적으로 포착하는 데 탁월했던 채만식. 사실주의와 풍자의 절묘한 조합으로 완성한 단편 문학의 묘미를 즐길 수 있다.

05 비 오는 길 최명익 단편선

신형기(연세대) 책임 편집

수록 작품 폐어인 / 비 오는 길 / 무성격자 / 역설 / 봄과 신작로 / 심문 / 장삼이사 / 맥령

시대를 앞섰던 모더니스트 최명익의 대표 단편 8편 수록. 병과 죽음으로 고통받는 인물 군상들을 통해 자신이 예감한 황폐한 현대의 징후를 소설화한 작가 최명익. 너무나 현대적이어서, 당시에는 제대로 평가받을 수 없었던 탁월한 단편소설들을 만난다.

06 사하촌 김정한 단편선

강진호(성신여대) 책임 편집

수록 작품 그물 / 사하촌 / 항진기 / 추산당과 곁사람들 / 모래톱 이야기 / 제3병동 / 수라도 / 인간단지 / 위치 / 오끼나와에서 온 편지 / 슬픈 해후

리얼리즘 문학과 민족 문학을 대표하는 김정한의 대표 단편 11편 수록. 민중들의 삶을 통해 누구보다 먼저 '근대화의 문제'를 문학적으로 제기하고 예리하게 포착한 작가 김정한의 진면목을 본다.

07 무녀도 김동리 단편선

이동하(서울시립대) 책임 편집

수록 작품 화랑의 후예 / 산화 / 바위 / 무녀도 / 황토기 / 찔레꽃 / 동구 앞길 / 혼구 / 혈거부족 / 달 / 역마 / 광풍 속에서

한국적이고 토착적인 전통 세계의 소설화에 앞장선 김동리의 초기 대표작 12편 수록. 민중의 삶 속에 뿌리 내린 토착적 전통의 세계를 정확한 묘사와 풍부한 서정으로 형상화했던 김동리 문학 세계를 엿본다.

08 독 짓는 늙은이 황순원 단편선

박혜경(인하대) 책임 편집

수록 작품 소나기 / 별 / 겨울 개나리 / 산골 아이 / 목넘이마을의 개 / 황소들 / 집 / 사마귀 / 소리 / 닭제 / 학 / 필묵장수 / 뿌리 / 내 고향 사람들 / 원색오뚝이 / 곡예사 / 독 짓는 늙은이 / 황노인 / 늪 / 허수아비

한국 산문 문체의 모범으로 평가되는 황순원의 대표 단편 20편 수록. 엄격한 지적 절제와 미학적 균형으로 함축적인 소설 미학을 완성시킨 작가 황순원. 극적인 사건 전개 대신 정적이고 서정적인 울림의 미학으로 깊은 감동을 전한다.

09 만세전 염상섭 중편선

김경수(서강대) 책임 편집

수록 작품 만세전 / 해바라기 / 미해결 / 두 출발

한국 근대 소설의 기념비적 작품인 「만세전」, 조선 최초의 여류화가인 나혜석의 삶을 소설화한 「해바라기」, 그리고 식민지 조선의 현실을 담아내고 나름의 저항의식을 형상화하기 위한 소설적 수련의 과정을 단적으로 보여주는 「미해결」과 「두 출발」 수록. 장편소설의 작가로만 알려진 염상섭의 독특한 소설 미학의 세계를 감상한다.

10 천변풍경 박태원 장편소설

장수익(한남대) 책임 편집

모더니스트 박태원이 펼쳐 보이는 1930년대 서울의 파노라마식 풍경화. 근대 자본주의 사회의 이데올로기와 일상성에 대한 비판에 몰두하던 박태원 초기 작품의 모더니즘 경향과 리얼리즘 미학의 경계를 넘나드는 역작. 식민지라는 파행적 상황에서 기형적으로 실현되던 근대화의 양상을 기층 민중의 생활에 초점을 맞춰 본격화한 작품이다.

11 태평천하 채만식 장편소설

이주형(경북대) 책임 편집

부정적인 상황들이 난무하는 시대 현실을 독자적인 문학적 기법과 비판의식으로 그려냄으로써 '문학적 미'를 추구했던 채만식의 대표작. 판소리 사설의 반어, 자기 폭로, 비유, 과장, 희화화 등의 표현법에 사투리까지 섞은 요설로, 창을 듣는 듯한 느낌과 재미를 선사하는 작품. 세태풍자소설의 장을 열었던 채만식이 쓴 가족사소설의 전형에 해당한다.

12 비 오는 날 손창섭 단편선

조현일(홍익대) 책임 편집

수록 작품 공휴일 / 사연기 / 비 오는 날 / 생활적 / 혈서 / 피해자 / 미해결의 장 / 인간동물원초 / 유실몽 / 설중행 / 광야 / 희생 / 잉여인간 / 신의 희작

가장 문제적인 전후 소설가 손창섭의 대표 단편 14작품 수록. 병적이고 불구적인 인간 군상들을 통해 전후 사회 현실에서의 '절망'의 표현에 주력했던 손창섭. 전쟁 그리고 전쟁 이후의 비일상적 사태를 가장 근원적인 차원에서 표현한 빼어난 작품들을 선별했다.

13 등신불 김동리 단편선

이동하(서울시립대) 책임 편집

수록 작품 인간동의 / 흥남철수 / 밀다원시대 / 용 / 목공 요셉 / 등신불 / 송추에서 / 까치 소리 / 저승새

「무녀도」의 작가 김동리가 1950년대 이후에 내놓은 단편 9편 수록. 전기 작품에 이어서 탁월한 문체의 매력, 빈틈없는 구성의 묘미, 인상적인 인물상의 창조, 인간에 대한 깊이 있는 통찰이라는 김동리 단편의 미학을 다시 한 번 경험할 수 있는 기회이다.

14 동백꽃 김유정 단편선

유인순(강원대) 책임 편집

수록 작품 심청 / 산골 나그네 / 총각과 맹꽁이 / 소낙비 / 솥 / 만무방 / 노다지 / 금 / 금 따는 콩밭 / 떡 / 산골 / 봄·봄 / 안해 / 봄과 따라지 / 따라지 / 가을 / 두꺼비 / 동백꽃 / 야앵 / 옥토끼 / 정조 / 땡볕 / 형

고단한 삶을 살아가는 순박한 촌부에서 사기꾼에 이르기까지 다양한 삶의 모습을 문학 속에 그대로 재현한 김유정의 주옥같은 단편 23편 수록. 인물의 토속성과 해학성, 생생한 삶의 언어와 우리 소리, 그 속에 충만한 생명감을 불어넣은 김유정 문학의 정수를 맛본다.

15 소설가 구보씨의 일일 박태원 단편선

천정환(성균관대) 책임 편집

수록 작품 수염 / 낙조 / 소설가 구보씨의 일일 / 애욕 / 길은 어둡고 / 거리 / 방란장 주인 / 비량 / 진통 / 성탄제 / 골목 안 / 음우 / 재운

한국 소설사상 가장 두드러진 모더니즘 작품으로 인정받는 「소설가 구보씨의 일일」을 비롯한 박태원의 대표 단편 13편 수록. 한글로 씌어진 가장 파격적이고 실험적인 작품으로 주목 받은 박태원. 서울 주변부 중산층의 삶이라는 자기만의 튼실한 현실 공간을 구축하여 새로운 소설 기법과 예술가소설로서의 보편성을 획득한 작품들이다.

16 날개 이상 단편선

김주현(경북대) 책임 편집

수록 작품 12월 12일 / 지도의 암실 / 지팡이 역사 / 황소와 도깨비 / 공포의 기록 / 지주회시 / 동해 / 날개 / 봉별기 / 실화 / 종생기

근대와 맞닥뜨린 당대 식민지 조선의 기념비요 자화상 역할을 하는 이상의 대표 단편 11편 수록. '천재'와 '광인'이라는 꼬리표와 함께 전위적이고 해체적인 글쓰기로 한국의 모더니즘 문학사를 개척한 작가 이상. 자유연상, 내적 독백 등의 실험적 구성과 문제로 식민지 근대와 그것에 촉발된 당대인의 내면을 예리하게 포착해낸 이상의 문제작들을 한데 모았다.

17 흙 이광수 장편소설

이경훈(연세대) 책임 편집

한국 최초의 근대 장편소설 『무정』을 발표하면서 한국 소설 문학의 역사를 새롭게 쓴 이광수. 『흙』은 이광수의 계몽 사상이 가장 짙게 깔린 작품으로 심훈의 『상록수』와 함께 한국 농촌계몽소설의 전위에 속한다. 한국 근대 문학사상 가장 많이 연구되고 있는 작가의 대표작답게 『흙』은 민족주의, 계몽주의, 농민문학, 친일문학, 등장인물론, 작가론, 문학사 등의 학문적 · 비평적 논의의 중심에 있는 작품이다.

18 상록수 심훈 장편소설

박헌호(성균관대) 책임 편집

이광수의 장편 『흙』과 더불어 한국 농촌계몽소설의 쌍벽을 이루는 『상록수』. 심훈의 문명(文名)을 크게 떨치게 한 대표작이다. 1930년대 당시 지식인의 관념적 농촌 운동과 일제의 경제 침탈사를 고발 · 비판함으로써, 문학이 취할 수 있는 현실 정세에 대한 직접적인 대응 그리고 극복의 상상력이란 두 가지 요소를 나름의 한계 속에서 실천해냈고, 대중적으로도 큰 호응을 불러일으킨 작품이다.

19 무정 이광수 장편소설

김철(연세대) 책임 편집

20세기 이래 한국인이 가장 많이 읽고 가장 자주 출간돼온 작품, 그리고 근현대 문학 가운데 가장 많이 연구의 대상이 된 작가 이광수의 대표작 『무정』. 씌어진 지 한 세기가 가까워오도록 여전히 읽히고 있고 또 학문적 논쟁의 중심에 서 있는 『무정』을 책임 편집자의 교정을 충실하게 반영한 최고의 선본(善本)으로 만난다.

20 고향 이기영 장편소설

이상경(KAIST) 책임 편집

'프로문학의 정점'이자 우리 근대 문학사의 리얼리즘의 확립을 결정적으로 보여주는 이기영의 『고향』. 이기영은 1920년대 중반 원터라는 충청도의 한 농촌 마을을 배경으로 봉건 사회의 잔재를 지닌 채 식민지 자본주의화가 진행되어가는 우리 근대 초기를 뛰어난 관찰로 묘파한다. 일제 식민 치하 근대화에 대한 문학적 · 비판적 성찰과 지식인의 고뇌를 반영한 수작이다.

21 까마귀 이태준 단편선

김윤식(명지대) 책임 편집

수록 작품 불우 선생 / 달밤 / 까마귀 / 장마 / 복덕방 / 패강랭 / 농군 / 밤길 / 토끼 이야기 / 해방 전후

'한국 근대소설의 완성자' '단편문학'의 명수. 이태준은 우리 근대 문학의 전개 과정에서 결코 간과할 수 없는 역할을 담당했던 작가 가운데 한 사람이다. 문학의 자율성과 예술성을 상실하지 않으면서도 현실 문제에 각별한 관심을 보여주었던 그의 단편은 한국소설사에서 1930년대를 대표하는 것으로 인정받고 있다.

22 두 파산 염상섭 단편선

김경수(서강대) 책임 편집

수록 작품 표본실의 청개구리 / 암야 / 제야 / E선생 / 윤전기 / 숙박기 / 해방의 아들 / 양과자갑 / 두 파산 / 절곡 / 얼룩진 시대 풍경

한국 근대사를 증언하고 있는 횡보 염상섭의 단편소설 11편 수록. 지식인 망국민으로서의 허무적인 자기 진단, 구체적인 사회 인식, 해방 후와 전후 시기에 대한 사실적 증언과 문제 제기를 포함한 대표작들을 통해 횡보의 단편 미학을 감상한다.

23 카인의 후예 황순원 소설선

김종회(경희대) 책임 편집

수록 작품 카인의 후예 / 너와 나만의 시간 / 나무들 비탈에 서다

인간의 정신적 순수성과 고귀한 존엄성을 문학의 제일 원칙으로 삼았던 작가 황순원. 그의 대표작 가운데 독자들의 가장 많은 사랑을 받은 장편소설들을 모았다. 한국전쟁을 온몸으로 체득하면서 특유의 절제되고 간결한 문장으로 예술적 서사성을 완성한 황순원은 단편에서와 마찬가지로 변함없는 감동의 세계를 열어놓는다.

24 소년의 비애 이광수 단편선

김영민(연세대) 책임 편집

수록 작품 무정 / 소년의 비애 / 어린 벗에게 / 방황 / 가실 / 거룩한 죽음 / 무명 / 꿈

한국 근대소설사와 이광수 개인의 문학 세계에서 중요한 의미를 갖는 단편 8편 수록. 이광수가 우리말로 쓴 최초의 창작 단편 「무정」, 당시 사회의 인습과 제도를 비판한 「소년의 비애」, 우리나라 최초의 서간체 소설인 「어린 벗에게」, 지식인의 내면적 갈등과 자아 탐구의 과정을 담은 「방황」, 춘원의 옥중 체험을 바탕으로 씌어진 「무명」 등 한국 근대문학의 장르와 소재, 주제 탐구 면에서 꼼꼼히 고찰해야 할 작품들이다.

25 불꽃 선우휘 단편선

이익성(충북대) 책임 편집

수록 작품 테러리스트 / 불꽃 / 거울 / 오리와 계급장 / 단독강화 / 깃발 없는 기수 / 망향

8·15 해방과 분단, 6·25전쟁으로 이어지는 한국 근현대사의 열병을 깊이 있게 고찰한 선우휘의 대표작 7편 수록. 평판작 「불꽃」과 「깃발 없는 기수」를 비롯해 한국 근현대사의 역동성과 이를 바라보는 냉철한 작가의식이 빚어낸 수작들을 한데 모았다.

26 맥 김남천 단편선

채호석(한국외대) 책임 편집

수록 작품 공장 신문 / 공우회 / 남편 그의 동지 / 물 / 남매 / 소년행 / 처를 때리고 / 무자리 / 녹성당 / 길 위에서 / 경영 / 맥 / 등불 / 꿀

카프와 명맥을 같이하며 창작과 비평에서 두드러진 족적을 남긴 작가 김남천. 1930년대 초, 예술운동의 볼세비키화론 주장과 궤를 같이하는 「공장 신문」「공우회」, 카프해산 직후 그의 고발문학론을 담은 「처를 때리고」「소년행」「남매」, 전향문학의 백미로 꼽히는 「경영」「맥」 등 그의 치열했던 문학 세계의 변화를 일별할 수 있는 대표작 14편 수록.

27 인간 문제 강경애 장편소설

최원식(인하대) 책임 편집

한국 근대 여성문학의 제일선에 위치하는 강경애의 대표작. 일제 치하의 1930년대 조선, 자본가와 농민·노동자의 대립 구조 속에서 농민과 도시노동자가 현실의 문제를 해결하고자 하는 주체로 성장하는 과정과 그들의 조직적 투쟁을 현실성 있게 그려낸 작품. 이기영의 『고향』과 더불어 우리 근대 소설사에서 리얼리즘 소설의 수작으로 꼽힌다.

28 민촌 이기영 단편선

조남현(서울대) 책임 편집

수록 작품 농부 정도룡 / 민촌 / 아사 / 호외 / 해후 / 종이 뜨는 사람들 / 부역 / 김군과 나와 그의 아내 / 변절자의 아내 / 서화 / 맥추 / 수석 / 봉황산

카프와 프로문학의 대표 작가 이기영. 그가 발표한 수십 편의 단편소설들 가운데 사회사나 사상운동사로서의 자료적 가치가 높으면서 또 소설 양식으로서의 구조미를 제대로 보여주는 14편을 선별했다.

29 혈의 누 이인직 소설선

권영민(서울대) 책임 편집

수록 작품 혈의 누 / 귀의 성 / 은세계

급진적이고 충동적인 한국 근대의 풍경 속에 신소설이라는 새로운 서사 양식을 창조해낸 이인직. 책임 편집자의 꼼꼼한 텍스트 확정과 자세한 비평적 해설을 통해, 신소설의 서사 구조와 그 담론적 특성을 밝히고 당시 개화·계몽 시대를 대표하는 서사 양식에 내재화된 일본적 식민주의 담론을 꼬집는다.

30 추월색 이해조 안국선 최찬식 소설선

권영민(서울대) 책임 편집

수록 작품 금수회의록 / 자유종 / 구마검 / 추월색

개화·계몽시대의 대표적인 신소설 작가 3인의 대표작. 여성과 신교육으로 집약되는 토론의 모습을 서사 방식으로 활용한 「자유종」, 구시대적 인습을 신랄하게 비판한 「구마검」, 가장 대중적인 신소설 가운데 하나로 꼽히는 「추월색」, 그리고 '꿈'이라는 우화적 공간을 설정하여 현실 비판의 풍자적 색채가 강한 「금수회의록」까지 당대의 사회적 풍속과 세태의 변화를 민감하게 반영한 작품들을 수록했다.

31 젊은 느티나무 강신재 소설선

김미현(이화여대) 책임 편집

수록 작품 안개 / 해방촌 가는 길 / 절벽 / 젊은 느티나무 / 양관 / 황량한 날의 동화 / 파도 / 이브 변신 / 강물이 있는 풍경 / 점액질

1950, 60년대를 대표하는 여성 작가 강신재의 중단편 10편을 엄선했다. 특유의 서정적인 문체와 관조적 시선, 지적인 분석력으로 '비누 냄새' 나는 풋풋한 사랑 이야기에서 끈끈한 '점액질'의 어두운 욕망에 이르기까지, 운명의 폭력성과 존재론적 한계를 줄기차게 탐문한 강신재 소설의 여정을 한눈에 볼 수 있는 기회다.

32 오발탄 이범선 단편선

김외곤(서원대) 책임 편집

수록 작품 일요일 / 학마을 사람들 / 사망 보류 / 몸 전체로 / 갈매기 / 오발탄 / 자살당한 개 / 살모사 / 천당 간 사나이 / 청대문집 개 / 표구된 휴지 / 고장난 문 / 두메의 어벙이 / 미친 녀석

손창섭·장용학 등과 함께 대표적인 전후 작가로 꼽히는 이범선의 대표작 14편 수록. 한국 현대사의 비극에 대한 묘사를 바탕으로 하면서도 잃어버린 고향, 동양적 이상향에 대한 동경을 담았던 초기작들과 전후의 물질적 궁핍상을 전통적 사실주의에 기초해 그리면서 현실 비판적 성격을 강하게 드러낸 문제작들을 고루 수록했다.

33 메밀꽃 필 무렵 이효석 단편선

서준섭(강원대) 책임 편집

수록 작품 도시와 유령 / 깨뜨려지는 홍등 / 마작철학 / 프레류드 / 돈 / 계절 / 산 / 들 / 석류 / 메밀꽃 필 무렵 / 삽화 / 개살구 / 장미 병들다 / 공상구락부 / 해바라기 / 여수 / 하얼빈산협 / 풀잎 / 낙엽을 태우면서

근대 작가의 문화적 정체성이 끊임없이 흔들렸던 식민지 시대, 경성제대 출신의 지식인 작가로서 그 문화적 혼란기를 소설 언어를 통해 구성하고 지속적으로 모색했던 이효석의 대표작 20편 수록.

34 운수 좋은 날 현진건 중단편선

김동식(인하대) 책임 편집

수록 작품 희생화 / 빈처 / 술 권하는 사회 / 유린 / 피아노 / 할머니의 죽음 / 우편국에서 / 까막잡기 / 그리운 흘긴 눈 / 운수 좋은 날 / 발 / 불 / B사감과 러브 레터 / 사립정신병원장 / 고향 / 동정 / 정조와 약가 / 신문지와 철창 / 서투른 도적 / 연애의 청산 / 타락자

한국 근대 단편소설의 형식적 미학을 구축하고 근대적 사실주의 문학의 머릿돌을 놓은 작가 현진건의 대표작 21편 수록. 서구 중심의 근대성과 조선 사회의 식민성 사이에서 방황하는 지식인의 내면 풍경뿐만 아니라, 식민지 조선의 일상을 예리하게 관찰함으로써 '조선의 얼굴'을 담아낸 작가 현진건의 면모를 두루 살폈다.

35 사랑 이광수 장편소설

한승옥(숭실대) 책임 편집

춘원의 첫 전작 장편소설. 신문 연재물의 제약에서 벗어나 좀더 자유롭고 솔직한 그의 인생관이 담겨 있다. 이른바 그의 어떤 장편소설보다도 나아간 자유 연애, 사랑에 관한 작가의 생각을 엿볼 수 있는 작품. 작가의 나이 지천명에 이르러 불교와 『주역』 등 동양고전에 심취하여 우주의 철리와 종교적 깨달음에 가닿은 시점에서 집필된, 춘원의 모든 것.

36 화수분 전영택 중단편선

김만수(인하대) 책임 편집

수록 작품 천치? 천재? / 운명 / 생명의 봄 / 독약을 마시는 여인 / 화수분 / 후회 / 여자도 사람인가 / 하늘을 바라보는 여인 / 소 / 김탄실과 그 아들 / 금붕어 / 차돌멩이 / 크리스마스 전야의 풍경 / 말 없는 사람

1920년대 초반 자연주의, 사실주의적 색채가 강한 작품 세계로 주목받았던 작가 전영택의 대표작선. 이들 작품에서 작가는, 일제 초기의 만세운동, 일제 강점기하의 극심한 궁핍, 해방 직후의 사회적 혼돈, 산업화 초창기의 사회적 퇴폐상에 대한 자신의 경험을 소박한 형식 속에 담고 있다.

37 유예 오상원 중단편선

한수영(동아대) 책임 편집

수록 작품 황선지대 / 유예 / 균열 / 죽어살이 / 모반 / 부동기 / 보수 / 현실 / 훈장 / 실기

한국 전후 세대 문학의 대표 작가 오상원의 주요작 10편을 묶었다. '실존'과 '행동'에 초점을 맞춘 그의 작품은, 한결같이 극한 상황에 처한 인간 존재의 의미를 묻는 데 천착하면서 효과적인 주제 전달을 위해 낯설고 다양한 소설적 실험을 보여준다.

38 제1과 제1장 이무영 단편선

전영태(중앙대) 책임 편집

수록 작품 제1과 제1장 / 흙의 노예 / 문 서방 / 농부전 초 / 청개구리 / 모우지도 / 유모 / 용자소전 / 이단자 / B녀의 소묘 / O형의 인간 / 들메 / 며느리

한국 농민문학의 선구자로 평가받는 이무영의 주요 단편 13편 수록. 이들 작품에서 작가는, 농민을 계몽의 대상이 아닌, 흙을 일구는 그들의 삶을 통해서 진실한 깨달음을 얻는 자족적 대상으로 바라본다. 이무영의 농민소설은 인간을 향한 긍정적 시선과 삶의 부조리한 면을 파헤치는 지식인의 냉엄한 비판 의식이 공존하고 있다.

39 꺼삐딴 리 전광용 단편선

김종욱(세종대) 책임 편집

수록 작품 흑산도 / 진개권 / 지층 / 해도초 / GMC / 사수 / 크라운장 / 충매화 / 초혼곡 / 면허장 / 꺼삐딴 리 / 곽 서방 / 남궁 박사 / 죽음의 자세 / 세끼미

1950년대 전후 사회와 60년대의 척박한 삶의 리얼리티를 '구도의 치밀성'과 '묘사의 정확성'을 통해 형상화한 작가 전광용의 대표 단편 15편 모음집. 휴머니즘적 주제 의식, 전통적인 서사 형식, 객관적이고 냉철한 묘사 태도, 짧고 건조한 문체 등으로 집약되는 전광용의 작품 세계를 한눈에 살필 수 있는 계기.

40 과도기 한설야 단편선

서경석(한양대) 책임 편집

수록 작품 동경 / 그릇된 동경 / 합숙소의 밤 / 과도기 / 씨름 / 사방공사 / 교차선 / 추수 후 / 태양 / 임금 / 딸 / 철로 교차점 / 부역 / 산촌 / 이녕 / 모자 / 혈로

식민지 시대 신경향파 · 카프 계열 작가로서 사회주의 리얼리즘 문학을 추구한 작가 한설야의 문학적 특징을 잘 드러내는 단편 17편을 수록했다. 시대적 대세에 편승하며 작품의 경향을 바꾸었던 다른 카프 작가들과는 달리 한설야는, 주체적인 노동자로서의 삶을 택한 「과도기」의 '창선'이 그러하듯, 이 주제를 자신의 평생 과제로 삼아 창작에 몰두했다.

41 사랑손님과 어머니 주요섭 중단편선

장영우(동국대) 책임 편집

수록 작품 추운 밤 / 인력거꾼 / 살인 / 첫사랑 값 / 개밥 / 사랑손님과 어머니 / 아네모네의 마담 /
북소리 두둥둥 / 봉천역 식당 / 낙랑고분의 비밀

주요섭이 남녀 간의 애정 문제를 주로 다룬 통속 작가로 인식되어온 것은 교정되어야
마땅하다. 그는 빈민 계층의 고단하고 무망(無望)한 삶을 사실적으로 재현하는 데 탁
월한 기량을 보였으며, 날카로운 현실인식과 객관적 묘사의 한 전범을 보여주었고 환
상성을 수용함으로써 보다 탄력적인 소설미학을 실험하기도 하였다.

42 탁류 채만식 장편소설

우찬제(서강대) 책임 편집

채만식은 시대의 어둠을 문학의 빛으로 밝히며 일제 강점기와 해방기의 우리 소설사
를 빛낸 작가다. 그는 작품활동 전반에 걸쳐 열정적인 창작열과 리얼리즘 정신으로
당대의 현실상을 매우 예리하게 형상화했다. 특히 『탁류』는 여주인공 초봉의 기구한
운명의 족적을 금강 물이 점점 탁해지는 현상에 비유하면서 타락한 당대의 세계상을
여실하게 드러내주고 있다.

43 벙어리 삼룡이 나도향 중단편선

우찬제(서강대) 책임 편집

수록 작품 젊은이의 시절 / 별을 안거든 우지나 말걸 / 옛날 꿈은 창백하더이다 / 여이발사 /
행랑 자식 / 벙어리 삼룡이 / 물레방아 / 꿈 / 뽕 / 지형근 / 청춘

위험한 시대에 매우 불안하게 살았던 작가. 그러나 나도향은 불안에 강박되기보다 불
안한 자유의 상태를 즐기는 방식으로 소설을 택한 작가였다. 낭만적 환멸의 풍경이나
낭만적 동경의 형식 등은 불안에 대한 나도향 식 문학적 향유의 풍경으로 다가온다.

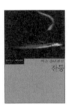

44 잔등 허준 중단편선

권성우(숙명여대) 책임 편집

수록 작품 탁류 / 습작실에서 / 잔등 / 속습작실에서 / 평대저울

한국 근대소설사에서 허준만큼 진보적 지식인의 진지한 자기 성찰을 깊이 형상화한
작가는 없었다. 혁명의 필연성을 기꺼이 인정하면서도 혁명과 해방으로 인해 궁지와
비참에 몰린 사람들에 대해 깊은 연민과 따뜻한 공감의 눈길을 던진 그의 대표작 다
섯 편을 한데 모았다.

계속 출간됩니다.